신의 카르테 3

KAMISAMA NO KARTE 3 [BUNKO]

ⓒ 2014 Sosuke NATSUKAWA

All rights reserved.

Original Japanese edition published by SHOGAKUKAN.

Korean translation rights in Korea arranged with SHOGAKUKAN
through Shinwon Agency Co.

신의 카르테 ³

시간의 풍경

나쓰카와 소스케 장편소설
백지은 옮김

arte

차 례

일러두기

———

옮긴이주는 괄호 안에 '옮긴이'를 함께 넣어 표기하였습니다.

서쪽으로 가미코치를 품고 있고, 동쪽으로는 우쓰쿠시
가하라를 바라본다.

북쪽으로 아즈미노가 드넓게 펼쳐져 있고, 남쪽으로는
스와호(혼슈 나가노현에 있는 큰 호수 - 옮긴이)가 깔려 있다.

나가노현의 '마쓰모토다이라'라는 땅에 대해 설명하기
위해서는, 위에서 언급한 것처럼 아름다운 경치의 지명을
나열하는 것만으로도 충분하다. 물론 이 자연의 경관을 뒤
집어보면 '시골'이라는 두 글자로 간단히 정리할 수 있고,
천혜의 환경에 둘러싸인 만큼이나 편리성과는 거리가 너
무나도 먼 땅이다.

그런 마쓰모토다이라의 인구는 약 24만 명.

쓸데없는 통합으로 인해 면적은 넓어졌지만 인구는 그다지 늘지 않았다. 통합 지역의 상당 부분은 사람보다 원숭이가 더 많다고 할 만큼 산간 지방이며, 어느새 야리가타케산 정상까지 마쓰모토 시내에 포함된 것이 현재의 상황이다.

이러한 마쓰모토 시가지에 나, 구리하라 이치토의 근무지인 혼조병원이 있다. 일반 진료부터 응급 진료까지 폭넓게 소화해내는 이 지역 거점 병원이다. 신슈 지역 각지의 인구 감소 문제와는 별개로 1년 365일 24시간 내내 분주히 날아다니는 비명과 외침이 끊이지 않고 있다.

이렇게 무너지기 직전의 아수라장이 된 지역 병원에서 희생한 지도 벌써 5년 반이 되었다.

물론 성실한 내과 의사 혼자 고군분투한다고 기울어가는 의료 현장에 변화가 일어나지는 않겠지만, 이렇게 노골적이고 현실적인 말은 입에 담으면 안 되는 것을 잘 알고 있다.

현실이라는 비정한 괴물에 맞서는 데는 의지와 정열이라는 단어조차 부질없다. 필요한 것은 오직 현실로부터 고개를 돌릴 용기와 아무것도 생각하지 않는 무아의 경지, 그것뿐이다.

이런 깨달음의 경지에 오른 나에게 예고도 없이 "연구

회라도 다녀오지"라며 말을 건넨 사람이 바로 나의 지도 의사인 내과 부장 왕너구리 선생님이었다.

언제나처럼 큰 배를 팡팡 두드리며 "확대 내시경에 대한 연구회가 대학병원에서 열리는데 말이야, 가서 공부 좀 하고 오지그래?"라고 말씀하시고는 토요일 오후를 통째로 쉬게 해준 것이다.

연구회라고는 하지만 밤늦게까지 계속할 리는 없다. 저녁 즈음이면 끝나는 것이 통상적인 만큼, 연구회가 끝나고 대학병원을 빠져나왔다는 것은 결과적으로 작은 휴식을 얻게 되는 것이나 마찬가지였다.

"왔어요, 이치 씨?"

여름 태양빛이 내리쬐는 골목 안에서 맑은 목소리가 들려왔다.

마쓰모토성 북쪽으로 펼쳐져 있는 조용한 주택가 한구석이었다.

눈을 가늘게 떠보니 진녹색 나무 울타리 앞에 대나무 빗자루를 들고 서 있는 자그마한 여자의 모습이 들어왔다.

박공널이 걸린 옛날 방식의 돌대문 앞이었다. 건축 양식으로만 보았을 때는 훌륭한 건축물이지만, 지나간 세월의 무게를 지탱하듯 지붕은 약간 기울어져 있었다. 출입문 옆의 예스럽고도 아담한 매화나무와 더불어 왠지 한 시대의 오래된 흑백사진을 보는 듯한 정취를 풍기는 곳이었다.

이런 흑백 풍경 속에서도 그녀가 서 있는 장소만큼은 영롱한 색으로 반짝이고 있었다.

"고생했어요, 이치 씨."

아내의 다정한 목소리에 나는 슬며시 웃으며 대답했다.

"고생 안 했는데. 그냥 앉아서 사람들 얘기를 듣기만 했는걸 뭐. 참 편했어."

"그래도 좋은 공부가 되었잖아요. 고생했어요."

아내는 빗자루를 담벼락에 세워놓고선 내 가방을 받아들었다.

"어느새 만개했네."

"회화나무 말하는 거죠?"

아내가 시선을 돌린 곳에는 이웃집 정원의 나무가 있었다. 어느새 머리 위를 훌쩍 넘어 자란 가지 끝에 노란색 꽃들이 산들거리며 바람에 흔들리고 있었다.

여름날이 되면 어김없이 하얀 꽃이 우아하게 치장하고는 주변을 물들이는 꽃이 저 회화나무이다.

한자로는 '나무 목'에 '귀신 귀' 자를 쓰는 '괴화(槐花)'라 불길한 느낌도 없지 않지만 사실은 전혀 그렇지 않다. 무성하게 우거진 달걀 모양의 잎 위에 황백색 꽃잎으로 이루어진 그저 사랑스러운 꽃일 뿐이다. 멀리서 보면 많은 나비들이 나뭇잎 한 부분에 모여들어 잔치라도 벌이는 것 같은 즐거운 운치를 느낄 수 있다.

살짝 몽롱해질 만큼 희미하게 연기가 낀 아련한 북알프스를 배경으로 이 꽃이 느릿느릿 흔들리는 지금 이 시기가 신슈에서는 최고로 보내기 좋은 계절이다.

"커피 타 올게요. 이치 씨는 잠깐 쉬고 있어요."

아내는 밝은 목소리와 함께 총총거리며 부엌으로 뛰어들어갔다.

이런 평온한 풍경은, 입구 옆에 걸린 '온타케소'의 문패마저 어느 것 하나 예스러움을 머금지 않은 것이 없다. 나는 기울어진 문패를 바로잡은 후 아내의 뒤를 따랐다.

온타케소는 원래 여관이었던 건물이다. 그래서 난간이나 마루 여기저기에 그 예스러움이 남아 있기는 하지만, 그조차도 지금은 이길 수 없는 존재인 시간의 흐름을 강조하는 장식일 뿐이다.

마룻바닥이 삐걱거리는 복도에서 문을 하나 열면 다다미가 깔린 10평 정도의 널찍한 공용 거실이 있다.

아내는 무언가 작업을 하고 있었다. 옆 탁자에 카메라 몇 대와 필름 몇 십 통이 줄 서 있는 것이 보였다.

사랑스러운 내 아내는 병원 안에서만 바삐 돌아다니는

일개 내과 의사인 나와는 대조적으로, 전 세계를 누비며 바쁘게 돌아다니는 산악 사진가이다. 일이 들어오면 국경을 넘어 여행을 떠나고, 돌아오면 늘 이렇게 꼼꼼하게 사진과 기구를 손질한다.

무엇보다 일상의 거의 대부분을 병원 안에서 보내는 나에게는 이런 풍경과 마주할 기회조차 흔치 않아서 색다른 기분이다.

무심코 렌즈 하나에 손을 대려다가 작은 부품 하나하나가 의외로 고가였음이 떠올라 황급히 손을 거두었다.

"오! 이거 이거, 여름에 눈이 내린 건가."

갑자기 거실 맞은편의 툇마루 쪽에서 한 남자의 목소리가 들려왔다.

시선을 돌려보니 파이프를 문 남자가 태연하게 툇마루 모서리에 앉아 담배를 피우고 있다.

"천재 화가인 남작한테는 다른 사람의 눈에 안 보이는 것이 보이기라도 하나 봐?"

"닥터가 이렇게 밝을 때 집에 돌아와 있다는 이 상황이 꼭 여름에 눈이 온 것 같다는 말이야. 연구회는 잘 끝났나 보네."

그는 담배 연기를 후 내뿜으며 웃고 있었다.

그림을 그리는 남작은 도라지방의 주인이며 이 온타케

소의 최고참이다.

연령 추측 불가, 경력 불명의 괴짜 같은 이 화가는 6년 전 내가 여기에 왔을 때, 이미 이곳에 융화되어 살고 있었다. 아마도 상당 기간을 이곳에서 보낸 것 같기는 한데 아쉽게도 그에 대해 물어볼 사람이 없었다. 신기한 것은 이 인간이 어떤 이유에서인지 나의 아내와 사이가 좋다는 것이다. 연구회에 관한 얘기도 그녀에게 들었을 터이다.

가장자리 쪽으로 걸어가 앉으니, 오후의 상쾌한 햇볕까지 더해져서 저녁 바람을 쐬기에는 최적의 장소였다. 마루 끝에 펼쳐진 신문지 위에는 식물의 이파리처럼 보이는 정체 모를 것들이 정성스레 널려 있었다.

"영국산 담배가 도착해서 말이야. 바람을 쐬어주고 있었지. 이파리는 최상품인데 약간 온기가 강하단 말이야."

"픽이나 여유로운 화가네. 작품 활동은 순조로운 거야?"

"너무 순조로워 어쩐지 무서울 정도라 일단 쉬기로 했어."

피식 웃으며 들어 올린 유리잔에는 호박 빛깔의 액체가 흔들리고 있었다.

툇마루 옆에 놓인 병은 탐나불린 위스키 24년산이다. 파이프 담배와 위스키, 커피에 쓰는 돈을 아끼지 않는 것이 이 괴짜 화가의 신념이다.

"해가 저물 무렵부터 담뱃잎을 말리고 위스키를 따르

고…… 그저 부럽다. 나도 자네처럼 살고 싶네."

"질투할 필요는 없어. 이건 귀족으로 태어난 자의 숙명이니까."

여느 때처럼 한낱 의미도 없는 대답이 돌아온다.

힐끗 쳐다보자 남작은 모르는 척 "아, 그것보다……" 하며 화제를 돌렸다.

"닥터야말로 무슨 일이야? 1년 내내 혼조병원에 있어야 할 양반이 대학병원에 공부하러 다녀오는 날도 다 있고?"

"상사가 시간을 내줬어. 바쁘다 바쁘다 난리를 쳐봤자 하루가 다르게 변해가는 의료 기술이 나를 기다려주는 것도 아니고……. 기회가 왔을 때 잡아서 나아가지 않으면 금세 도태되는 게 여기 현실이니까."

"평소에도 그렇게 분주하게 뛰어다니면서 그 작은 짬을 이용해서 학문에까지 힘써야 한다니 결국은 의사도 굉장히 괴로운 직업이네."

쓰게 웃으며 정원을 바라보던 나는 문득 미소를 지었다. 툇마루 끝에 두 마리의 산새가 날아들었기 때문이다. 하얀 배에 검정 넥타이를 조여 매고 있는 귀여운 박새였다.

한 마리가 자랑스럽게 넥타이를 보여주듯 가슴을 펴고 지저귀자 다른 한 마리도 지지 않겠다는 듯이 목소리를 높였다. 눈부시게 내리쬐는 햇살 밑에서 정원 앞을 쉴 새 없이 종횡하는 작은 신사들의 움직임을 보고 있자니 절로 웃음이 나왔다.

그때 은은한 커피 향이 바람에 섞여 날아왔고, 나는 자연스레 커피 향을 좇았다. 부엌에서 접시를 들고 나온 사람은 말할 것도 없이 아내였다.

"앗, 하루나 공주. 설마…… 남편이랑 둘이서만 이 맛있는 커피를 즐기려고 한 건 아니겠지?"

몸을 일으켜 세운 남작에게 아내가 웃으며 대답했다.

"남작님의 커피도 당연히 가지고 왔지요."

"역시 공주님이야. 물론 이 접시 위에 커피가 두 잔밖에 없었다 한들, 사양하지 않고 집어 들 작정이었지만 말이야."

남작은 접시 위의 세 잔 중 한 잔을 유유히 집어 들고 커피를 들이켰다.

옆에서 웃고 있는 아내의 눈을 마주 보며 나도 한 잔을 손에 들었고, 아내도 자신의 커피를 입으로 가져갔다.

내과 의사와 그의 아내, 한량 같은 괴짜 화가……. 이 이상한 조합의 세 명은 맑은 하늘이 보이는 저녁 툇마루에 앉아 바람을 쐬며 평온하게 커피를 즐기고 있다.

떠다니는 공기 속에서 따뜻하고도 침착한 일상을 느낄 수 있었다. 매일같이 전쟁터 같은 병원 안에서 동분서주하는 나에게는 이런 잠깐의 평온한 시간마저 소중하게만 느꺼진다.

'안달하면 안 돼. 그저 소처럼 묵묵하게 앞으로 나아가는 게 중요해.'

느닷없이 떠오른 말이 내 가슴속을 이리저리 돌아다녔다. 내가 사랑하는 작가 나쓰메 소세키가 제자에게 보낸 편지에 썼던 말이다.

그는 이어서 이렇게 말했다.

'소는 초연하게 밀고 나아가지. 무엇을 미는지 묻는다면 말해주겠네. 인간을 미는 것이야. 작가를 미는 것이 아닐세.'

작가라는 단어를 의사로 바꿔보면 말 그대로 나 자신에게 딱 들어맞는 명언 중에 명언이다.

나도 모르게 마음속으로 그의 명언을 읊조려보니, 최고의 맛을 자랑하는 아내의 커피가 그 단어들과 어우러지며 흥건한 취기를 불러일으켰다. 그 도취를 허락해주는 듯이 남작이 입을 열었다.

"닥터, 오늘 밤은 이대로 내처 술잔을 주고받아볼 텐가?"

그의 오른손이 위스키 병을 가볍게 들어 흔들고 있다.

더할 나위 없는 그 초대에 나는 너그러이 고개를 끄덕이며 응했고, 그 고갯짓과 동시에 주머니의 휴대폰이 요란하게 울렸다.

네, 하고 받은 전화는 말할 것도 없이 혼조병원이었다. 병동에 호흡 상태가 나빠져가는 환자가 있다고 알리는 호출이었다.

전화를 끊고서 나는 남은 커피를 한 번에 들이켰고, 남작은 그런 나를 어이없다는 표정으로 바라보고 있었다.

"여름에 내리는 눈은 환상이었던 것인가……."

"뭐, 금세 녹아 없어져버리긴 했지만 눈이 왔던 건 사실이잖아. 계절이 치는 장난 정도로 한여름에 눈이 쌓여버리기까지 하면 그것도 낭만적이지는 않지."

웃으며 일어났을 때, 옆에 있던 아내는 이미 내 구두를 들고 배웅할 준비를 마쳤다.

"갔다 올게" 하며 말을 건네자마자, "다녀와요"라며 그녀는 아름다운 목소리로 나를 배웅해주었다.

온타케소에서 한 걸음 내디디면 눈앞에 펼쳐지는 여름의 저녁 빛은 눈부시게 밝고 아름답다. 뜻밖의 휴식을 터무니없이 빼앗기고 항복을 선언한 나와는 대조적으로, 하늘에 떠 있는 태양만큼은 변함없이 기세등등해 보였다.

실망감에 쓴웃음이 섞인 탄식을 내뱉으며, 전쟁터에 끌려가듯 무거운 발걸음을 한 걸음 한 걸음 내디뎠다.

문득 걸어가다 눈을 들어보니 이름도 없는 한 병사의 출군(出軍)을 격려해주듯이, 옆집 회화나무에 핀 꽃이 자연스럽게 내 머리 위를 가득 수놓고 있었다.

걸어가는 길 가운데로 여름 바람이 지나자 그 꽃들은 일
제히 좌우로 손을 흔들어주었다……。

제 1 장

한여름의 축제

"구급차 도착, 적색 3번으로 들어갑니다!"

복도를 빠져나와 응급실에 발을 내디딘 순간 다급한 목소리가 내 귀를 때렸다.

창밖을 내다보니 마침 구급차의 빨간 회전등이 '혼조병원 응급실 입구' 간판 밑으로 빨려 들어가고 있었다. 간호사 두 명도 지체 없이 함께 뛰어 들어가는 것이 보였다.

시계를 보니 오후 5시 반.

응급실 당직이 막 시작되려고 하는 지금 시간에 들이닥친 적의 선봉 부대는 바로 구급차였다. 스태프 대기실 맞은편의 대합실에는 이미 남녀노소 할 것 없이 많은 사람들로 넘쳐나고 있었다.

일반 사회인들에게는 기분을 들뜨게 해준다는 금요일 밤도 병마(病魔)들에게는 그다지 특별한 감흥을 갖게 해주지 않는 것 같다. 오늘 밤도 전력투구로 응급실을 휩쓸고 있을 뿐이었다.

나는 센터 테이블 앞에 가서 물었다.

"구급차가 적색 3번이라는 건 1번과 2번에 이미 중증환자가 차 있는 상태라는 거네요."

"상황 파악이 빨라서 다행이네요, 구리하라 선생님."

쌀쌀맞은 대답의 주인공은 응급실 담당 간호부장 도무라 씨였다.

도무라 씨는 지극히 바쁜 혼조병원 응급실을 오랜 시간 지켜온 베테랑 간호부장이다. 나이는 거의 40대인 것 같긴 한데, 진실은 아무도 알 수 없다. 적어도 그녀의 날씬한 팔다리와 똑 부러지는 행동거지를 보면, 누구든 그녀의 실제 나이를 추측하기는 어려울 것이다.

"오자마자 미안한데 지금 도착한 3번부터 좀 부탁할게요! 일단 1번, 2번은 레지던트 선생님이 보고 계시니까 3번이 안정되는 대로 가서 같이 좀 봐주시겠어요?"

"알겠어요."

대답하고 응급실 입구로 눈을 돌리자, 구급차보다는 병원 입구에 세워진 새빨간 간판이 먼저 눈에 들어왔다. 갑자기 두통의 낌새가 왔다.

'24시간, 365일 진료'.

이념만큼은 완벽해 보이는 이 간판은 오늘도 쓸데없이 밝게 마쓰모토의 밤하늘을 비추고 있다.

그 경박한 빛을 바라보다 옆에 있는 화이트보드로 눈을 돌렸다. 명단을 보니 이미 외래 처치용 침대의 대부분이 환자들로 가득 차 있었다. 기분이 한층 더 침울해졌다.

가볍게 이마를 누르면서 한숨을 쉬는 나에게 도무라 간호부장이 쓸쓸히 웃으며 말했다.

"그렇게 한숨만 푹푹 쉬다 보면 행복의 여신이 달아난다고요."

"한숨 쉬는 거 정도로 달아나는 야박한 신이라면 나도 거절입니다."

"그런 버르장머리 없는 말을 하니까 벌 받는 거예요."

그녀가 가벼운 어조로 대답하면서 책상 위에 진찰 대기 중인 환자들의 카르테를 턱 내려놓았다.

"뭡니까? 하룻밤 동안 몇 명까지 진찰이 가능한지 기네스에라도 도전하려고요?"

"그렇게 놀라지 않아도 이미 선생님은 부전승이에요. '환자를 끌어당기는 구리하라'를 상대로 그런 승산도 없는 경쟁을 할 사람은 없으니까요."

'환자를 끌어당기는 구리하라' 징크스에 관해서라면 이제 반박할 힘도 없다. 완벽하게 우연히 이루어진 일들을 합쳐서 '통계'라는 난폭한 수식으로 고정화시킨, 그저 허무맹랑한 가설일 뿐이다.

"아니, 구리하라 선생님 아니세요?"

이 전쟁 같은 장소와는 어울리지 않는 온화한 목소리가 들려 뒤를 돌아보니, 이쪽으로 다가오고 있는 사람은 마쓰모토다이라 광역 소방서의 고토 대장이었다. 마침 이송되어 온 환자의 담당이었던 것이다. 바이털 사인이 적힌 이송 환자의 기록을 나에게 내밀며 말했다.

"오늘 밤은 초장부터 꽤나 험난하다고 생각하고 있었는데 역시 선생님이 당직이었군요?"

나는 한순간 눈썹을 움직였지만 못 들은 척하며 조용히 환자 기록장에 사인을 했다.

고토 대장은 많은 구급대원을 통솔하는 구급대의 최고 연장자이다. 검은 머리에 흰머리가 살짝 섞여 있는 모습이 오히려 인상도 좋고 격이 있어 보인다. 그는 입가에 온화한 미소를 띠면서 덧붙였다.

"역시 선생님이 당직인 날은 평소와는 다르네요. 마쓰모토다이라에 있는 구급차를 전부 혼조병원으로 모을 작정이신 거죠?"

"고토 대장님도 점점 입이 걸어지기 시작하시네요. 그렇게 자꾸 비꼬시면 다음부터는 사인 안 해드릴 거예요."

"그건 곤란한데…… 벌써 다음 환자의 호출이 들어와 있어서 계속 한가롭게 여기 있을 수도 없겠네요."

은은한 미소와 선명한 눈매는 이 아수라장의 한복판에 서 있어도 변하지 않았다. 아직은 나 같은 애송이가 당해 낼 상대가 아니다.

"그럼 또 뵙죠."

간단한 인사를 남긴 채 고토 대장은 발길을 돌렸다. 복도에서 기다리고 있던 젊은 구급대원이 구급차에 올라탔고 동시에 빨간 회전등이 천천히 돌아가기 시작했다. 도무라 씨는 달려 나가는 구급차를 배웅하며 툭 하고 내 어깨를 두드렸다.

"선생님, 고토 씨가 다음 환자를 데려오기 전에 환자 한 사람이라도 얼른 돌려보내세요."

"그렇게 안달하면 안 돼요. 그저 소처럼 묵묵하게 앞으로 나아가는 것이 중요해요."

내가 갑자기 중얼거리자 도무라 씨는 두 번 정도 눈을 깜빡거렸다.

"그게…… 무슨 말이에요?"

"나쓰메 소세키의 명언이에요. 몰라요? 초조해하면 안

된다고요. 그저 소처럼……."

곧 도무라 씨는 기가 막힌다는 표정을 짓고 쳐다보았다.

"그런 말만 하니까 다들 선생님 보고 괴짜 의사라고 하는 거예요." 말이 끝남과 동시에 그녀가 카르테 뭉치를 쑥 내밀었다. "선생님이 그 소설가를 얼마나 좋아하는지는 나중에 들어드릴 테니까 일단은 적색 3번부터요."

들어주기를 바라는 것은 아니었지만 나는 일단 조용히 3번 방으로 걸어갔다.

응급실에는 적색, 황색, 녹색 세 가지 색으로 방이 구분되어 있다.

적색은 구급차로 실려 온 중환자들이며, 초록색은 경상, 황색은 그 중간 정도 되는 상태의 환자가 배치된다.

'3'이라는 큰 숫자가 적혀 있는 적색의 처치실로 실려 온 환자는 복통과 구토를 동반한 어느 여성이었다.

바이털이 안정되는 것을 확인한 후 링거 주사, 혈액 검사, 소변 검사, 엑스레이 촬영을 하도록 간호사에게 지시했다. 젊은 간호사는 왠지 하얗게 질린 얼굴로 우왕좌왕하고 있었다. 하지만 지금 그녀를 신경 쓸 겨를이 전혀 없다.

그대로 적색 2번으로 가기 위해 복도로 나선 순간 갑자기 들려온 외침에 발이 멈춰버렸다. 반대편 황색 방 앞에 마침 이송용 침대 한 대가 실려 온 것이다. 거기에는 한 남자가 얼굴만 내 쪽으로 향한 채 드러누워 있었다. 응급조치로 이마 부위에 감은 붕대가 불그레하게 물든 것을 보니 외상 환자인 듯했다.

다가간 나를 향해 그 남자는 한쪽 볼을 움직이며 빙긋 웃었다.

"오랜만이네요, 선생님."

조금 쉰 듯한 그 목소리……. 분명 들어본 적이 있는 목소리이다. 그 질리는 목소리에 갑자기 피곤해진 나에게 남자는 미소를 보내며 말했다.

"지금 표정을 보아하니 나를 기억하고 있었던 것 같네요, 선생님."

"알코올성 간경화로 통원 치료가 필요한데도 외래에는 한 번도 오지 않고 그저 술만 마시는 요코타 씨 아닙니까? 살아 계셨구나. 이렇게라도 만나게 되다니 그저 기쁠 따름이네요."

"하하하, 역시 구리하라 선생님! 안 변하셨네."

황달에 걸려 이미 노랗게 변한 눈으로 뭐가 기쁜지 웃고 있었다.

옛날에 정확히 무슨 일을 했는지는 모르겠지만 그냥 위험한 일을 했다고만 들었다. 이 사람은 동작 하나하나에 어딘가 모르게 상대를 위압하는 기운을 풍기다가도, 알아차릴 즈음 금세 숨겨버리는 이상한 재주를 가졌다. 물론 내가 비꼬아대는 말이나 빈정거리는 공격 따위는 전혀 효력도 없고 타격을 입지도 않는다.

"선생님의 쓴소리는 여전하네요. 술은 달달한 게 좋다고 하시더니 말투는 여전히 담백하면서 쓴맛이 느껴지네요. 날카로운 것 같기도 하고. 뭐, 암튼 변하지 않아서 안심이 됩니다."

"머리에서 피를 줄줄 흘리면서 그렇게 안심된다고 말해봤자 소용없어요. 또 마신 거예요?"

"아뇨, 술은 지난달부터 안 마셨어요."

의외의 대답이었다.

"잠깐 일을 다시 시작했는데 말예요. 복귀해서 작업하자마자 실수로 머리를 맞았어요."

곁에 있던 간호사에게 전자 카르테를 넘겨받아 확인해보니 어쩐지 거짓말은 아닌 듯하다. 나는 장갑을 받아 낀 후 붕대를 풀어서 머리의 상처를 확인했다.

"방금 전에 하시던 일로 복귀했다고 들었습니다만, 이상하게 찜찜한 기분이 드는 건 그저 기분 탓일까요?"

"그렇게 아니꼽게 말하지 마시렵니까. 일을 안 하면 먹고살아갈 수도 없는데 말입니다."

그 익살맞은 말투를 들으니 정말로 술을 끊은 것이 맞는지 의심스러웠다.

"일단 상처는 그렇게 심하지 않지만 머리 부분의 CT 촬영은 해두는 게 좋겠습니다."

"머리 CT? 그건 좀 곤란한데요. 내 머릿속이 텅텅 비어 있는 걸 다 들켜버릴 텐데."

자신 있게 농담을 하더니 자기 혼자만 웃고 있었다.

나는 물론 웃을 수 없었다.

"텅텅 비어 있진 않더라도 술을 하도 먹어서 머릿속의 반 정도는 녹아 있을지도 모르겠네요."

"……농담이 심하네요. 의사 양반."

"제 말이 농담이 되길 바라겠습니다."

웃음이 사라진 요코타 씨에게서 등을 돌리자 창밖에서는 또 다른 사이렌 소리가 들려왔다.

아까 고토 대장이 말했던 다음 환자인 것일까. 끊임없이 적군의 공격을 받은 대기실 안은 벌써부터 굉장히 시끄러웠다.

오늘 밤도 역시 한숨도 못 잘 듯하다. 물론 "잠은 좀 재워줘"라며 소리쳐봤자 폐렴 환자의 열이 내려가는 것도 아니고 골절 환자의 다리가 붙게 되지도 않는다. 그런 말도 안 되는 망상에 젖어 있는 사이에도 "구리하라 선생님!" 하고 부르는 소리가 들리는 것이, 지금 나의 현실이다.

나는 하얀 가운 주머니에서 두통약을 꺼내 재빨리 입안에 털어 넣고는 황급히 적색 2번으로 걸어갔다.

창밖으로 고개를 돌려 쳐다보니 끝없이 맑고 쾌청한 날씨였다.

7월의 강렬한 햇볕은 세상의 색채를 모조리 빼앗았다. 민가의 흙담벼락이나 지붕은 하얗게 물들어 그저 눈부시게 아름다웠다. 2층에 있는 의국에서 바라본 마을은 한낮인데도 하얗게 응고된 것처럼 움직임이 전혀 느껴지지 않았다. 그대로 시선을 위로 올려보니 흰 구름 하나 없이 맑게 갠 하늘은 푸른색 한 가지만으로 온통 물들어 있었다.

활짝 열어놓은 창문 안쪽에 달려 있던 어스름한 옥색 빛의 커튼이 출렁출렁 흔들렸다.

"당직 엄청 힘들었다며?"

평온한 목소리와 함께 딱 하고 장기짝이 움직이는 소리가 들렸다. 그 소리와 동시에 멀어졌던 매미 울음소리가 가까워지면서 큰 소리가 사방을 가득 채웠다.

환하게 빛나는 바깥에서 방 안으로 얼굴을 돌려보니 눈이 적응하지 못해서인지 시야가 흐릿했다.

몇 초가 지나자 낡은 장기판을 사이에 두고 마주 앉은

나의 옛 친구가 생각에 잠긴 채 고개를 갸웃거리는 것이
보인다.

그의 이름은 신도 다쓰야이다.

의대생 시절 동기였고 예전에는 '의학부의 양심'이라고
불렸던 온순하고 성실한 청년이다. 졸업 후에는 도쿄에 있
는 유명 병원에 취직해서 근무했지만 특별한 사정으로 퇴
직했다. 그리고 올해 4월부터 이곳 혼조병원에서 혈액내과
의사로 근무하고 있다.

그 옛 친구가 뾰족한 턱을 손가락으로 만지면서 나지막
하게 중얼거렸다.

"하룻밤 사이에 35명이 왔다고? 여기 처음 왔을 때에는
'환자를 끌어당기는 구리하라'라는 말이 꽤나 오버라고 생
각했는데 진짜 농담이 아니었구나."

"36명이야."

"응?"

"들어온 환자가 서른여섯 명. 구급차는 여덟 대."

"굳이 안 더해도 돼. 듣는 것만으로도 우울해진다."

나는 딱딱거리며 다가오는 말(馬)을 바라보았다. 그리고
몽유병 환자처럼 그냥 멍한 상태로 말들을 포위하며 나아
갔다.

의국의 벽시계가 오전 10시를 가리키고 있다.

조금 전 겨우 그 아수라장에서 응급실 당직을 끝낸 직후이다. 장장 열여섯 시간 동안 이어진 당직 업무로부터 해방되어 일단 의국으로 돌아와보니, 보기 드물게 토요일에 출근한 다쓰야를 만나게 되었다. 그리고 그대로 장기 대국한 판이 펼쳐졌다.

신슈의 여름은 햇빛이 강렬하긴 해도 그늘에 들어가면 나름대로 시원함을 느낄 수 있다. 의국 창가에도 맑은 바람이 지나간다. 그 창가 곁에서 낡은 장기판을 두고 마주 앉은 나와 친구는 잠깐 동안 꼼짝도 않고 장기판 위만 응시하고 있었다.

다시 다쓰야의 손이 조용히 움직였다.

"아침에 응급실에서 도무라 씨를 봤는데 그 빈틈도 없는 사람이 보기 드물게 냉랭한 미소를 띠고 서 있더라."

"기록을 경신했으니까. 기네스에 등재될 수 있어서 기뻐하고 있었겠지."

될 대로 되라는 식으로 대답했더니 다쓰야가 쓴웃음을 지으며 시선을 돌렸다.

"스나야마도 꽤 힘들었다고 하던데."

소파에 커다란 체구를 눕히고 지축이 흔들릴 정도로 요상한 코골이를 하고 있는 인물은 외과 의사인 스나야마 지로였다.

홋카이도에 있는 낙농가에서 태어났지만 어떤 인연인지 시나노대학의 의학부에 입학했고 졸업 후에도 신슈에서 계속 일하고 있다. 까맣고 큰 덩치로는 타의 추종을 불허할 만큼 이 병원 최고인 저 괴물도 안타깝지만 나의 동기이다.

지로는 지난밤부터 연달아 긴급 수술이 잡히는 바람에 새벽 동틀 무렵에나 의국으로 돌아왔다. 그리고 좋아하는 인스턴트커피를 두 잔이나 연거푸 들이켠 후 기절하듯 소파에 쓰러지더니, 매미 소리를 압도할 만큼 코를 요란하게 골며 깊은 잠에 빠져 있다.

나는 비장의 무기를 꺼내 말을 움직였고, 적군을 내쫓으면서 입을 열었다.

"하룻밤 사이에 긴급 수술이 세 건이나 있었나 보더라. 아무리 괴물이라도 체력의 한계를 넘긴 거지."

"'환자를 끌어당기는 구리하라' 영향을 받은 거지."

"이의 있음! 신빙성 있는 증거를 제시하지 못한 경솔한 발언이야."

"증거라면 응급실 내원 환자 수의 통계를 내보면 충분한 것 같은……."

"그것도 이의 있음. 어쨌든 기분 나쁜 발언이니까."

숙면 중인 지로는 우리의 무의미한 대화에 조금의 반응

도 하지 않은 채, 드르렁거리며 계속 코를 골고 있다. 가끔씩 갑자기 "가위!" 또는 "실!"이라며 중얼거리는 것을 보니 꿈속에서 이미 네 번째 수술을 하고 있는 것 같다.

"그래도 오늘은 명색이 토요일인데 조금 쉴 수 있는 것 아니야?"

"쉴 수 있는지 없는지는 내가 정하는 게 아니야. 장소 불문하고 들이닥치는 외래 환자들이랑 시간에 관계없이 상태가 급변하는 입원 환자들이 정하는 거지."

"그렇군. 쉬는 건 별로 기대조차 안 하고 있는 것 같네." 다쓰야가 쓰게 웃으며 낮은 목소리로 말을 이었다. "그건 그렇고 구리하라의 전법이 이렇게 대단할 줄은 몰랐어."

"너의 중요한 차(車)가 갈 곳을 잃었네?"

나는 곧장 적진으로 말을 움직였다.

공격적으로 움직이는 나의 전술을 보고 다쓰야는 끼고 있던 팔짱을 풀었다.

"너는 어찌 된 게 평소보다 철야 근무로 머리 회전도 잘 안 될 것 같은 이런 시간이 더 상대하기가 힘든 것 같지?"

"흠…… 너야말로 시원찮은 수만 계속 쓰다가 패배의 고통을 맛보다니……. 오늘은 지는 방식도 너답지 않다."

내가 한 수를 더 내밀자 결국 다쓰야는 목소리도 내지 않고 잠자코 쳐다보고만 있다.

갑자기 더 소란스러워진 매미 울음소리와 지로의 코 고는 소리가 교대로 적막을 깨뜨렸다. 시야의 한편에 있던 소파 뒤 커튼이 한층 더 커진 지로의 코골이에 놀랐다는 듯이 한 번 더 나풀거렸다.

그때 등 뒤에서 의국의 문이 열리는 소리가 들렸다.

"뭐예요, 여기 있었던 거예요?"

귀에 익은 목소리에 얼굴을 돌리자, 문 앞에 서 있는 사람은 남쪽 3병동의 주임 간호사 도자이 나오미였다.

"무슨 일이야. 자네가 의국에 다 들어오고?"

"또 그렇게 한가로운 사람처럼 말할래요? 지금 뭐 하고 있는 거예요?"

"보다시피 장기 두고 있잖아. 장기 몰라?"

"그걸 묻고 있는 게 아니잖아요. 제가 호출을 얼마나 했는데요. 연결도 안 되고."

그럴 리 없다고 믿으며 가운 안주머니에서 호출기를 꺼내어 보고는 급하게 변명거리를 생각해보았다.

"전파가 안 통했네."

도자이는 가느다란 허리에 양손을 얹은 채 어이없다는 표정을 지으며 한숨을 쉬었다.

도자이 나오미는 내가 레지던트 시절부터 함께하던 간호사로, 특히 이 아수라장 안에서 그녀의 냉정함은 이미 정평이 나 있다. 내가 전문의가 되었을 즈음, 그녀의 침착하고 유연한 행동 덕분에 많은 도움을 받았다.

"PHS도 밤새 일하느라 힘들었을 거야. 오늘 정도는 쉬게 해주자."

"PHS는 쉬게 해주더라도 선생님은 그럴 수 없죠. 지금 곧바로 병동으로 오세요. 아직 지시 받지 못한 환자가 꽤 많다고요."

"에이, 그건 안 되지."

여태껏 잠잠히 있던 다쓰야가 입을 열면서 말을 담는 나무 상자를 집어 들었다.

"야! 다쓰야……."

내가 말릴 새도 없이 그 긴 손가락이 장기판 위의 말을 낚아채더니 나무 상자 안에 담고 있었다.

"근무를 다 끝냈다고 생각해서 한판 하자고 한 거지. 지시할 게 아직 남아 있었으면 먼저 그쪽이 우선시되어야 하는 것 아니겠어?"

그가 말을 끝낸 순간 장기판 위는 이미 깨끗하게 정리되어 있었다. 이길 수가 없는 게임이라고 판단해 벌인 폭동임을 알고, 내가 항의의 목소리를 내려고 하자 다시 도자이의 재촉하는 목소리가 들려왔다.

"구리하라 선생님, 다들 지금 곤란한 상황이니까 빨리

움직이세요."

목덜미를 내밀면 그대로 잡아 끌고 갈 수도 있을 것 같은 기세였다.

나는 그저 초연하게 일어났다. 생글생글 웃으며 손을 흔드는 다쓰야와 이 시끄러운 상황 속에서도 편안하게 자고 있는 스나야마 지로를 교대로 째려보며 의국을 나섰다.

"어이, 구리하라!"

남쪽 3병동의 스태프 대기실 쪽에서 난폭한 목소리가 울려 퍼진 것은 미간에 주름을 만든 도자이에게서 겨우 해방되고 난 후의 일이었다.

살짝 뒤돌아보니 센터 테이블 앞에 작은 체구의 할머니가 휠체어에 앉아 있는 모습이 보였다. 허리가 굽을 대로 굽어 턱이 책상에 닿을 것만 같은 초라한 자세였지만, 눈만큼은 이상하게도 반짝반짝 빛을 내며 내 쪽을 응시하고 있었다.

"어이, 구리하라!"

할머니는 주름이 자글자글한 입을 움직이며 다시 한 번쉰 목소리를 내뱉었다. 나는 일단 들리지 않는 척하며 전자 카르테 쪽으로 눈을 돌렸다.

그만한 이유가 있었다.

이 가이다 쓰네라는 할머니는 폐렴으로 입원 중인 92세 노인이다. 비교적 몸의 상태는 안정된 편이지만 입이 좀 거칠다. 그리고 그 험한 입으로 늘 나를 귀찮게 한다.

"구리하라! 안 들려?"

상대할 기력도 없어서 철저하게 들리지 않는 척하기로 했다.

"안 들리는 척하는 거지, 너? 어이, 구리하라!"

이 쓰네 할머니는 가족이 별로 없다. 남편은 물론 아들, 며느리도 이미 저세상 사람이 된 지 오래였다. 남은 가족은 여동생 한 명과 손자 부부 정도이다. 그 부부의 말에 따르면 원래는 마음 씀씀이가 따뜻하고 다정했으며 늘 웃는 얼굴이었다고 한다.

무슨 일이 있었는지는 정확히 모르겠지만 지금처럼 독설을 내뿜는 이 할머니를 보고 있으면 그런 모습은 도저히 상상도 되지 않는다.

"완전히 태도가 재수 없는 의사야."

"쓰네 씨 정도는 아니죠."

"들리네? 다 듣고 있었잖아!"

나는 체념하고 뒤돌아보았다.

"구리하라! 배고파 죽겠다고!"

쏘아보고 있는 그 눈의 움직임은 심각함 그 자체이지만

그렇다고 압도당한 채로 가만히 있을 수는 없었다.

"지금은 금식 중이에요, 쓰네 씨. 폐렴이 다 나을 때까지는 드실 수 없어요."

"배때기가 붙어서 죽을 것 같다. 아아! 죽을 것 같아. 너 지금 죽든가 말든가! 이렇게 생각했지? 82년이나 살았으면서 이제 죽어도 충분한 거 아니냐! 그렇게 생각하고 있었지? 야! 구리하라!"

"그렇게 나이를 열 살이나 어리게 말씀하셔도 아무도 식사는 안 줄 겁니다."

"쳇, 거지 같은 세상이야."

쓰네 씨의 손자 부부는 그녀가 치매에 걸렸다고 말하지만 그렇지만은 않은 것 같다.

"구리하라 너한테 죽임을 당하는 게 내 소원이다. 내가 귀신이 되어서 쫓아다닐 거니까."

때때로 저런 무서운 말을 하는 것을 보면 가벼운 치매를 앓고 있는지도 모르겠다.

휠체어를 덜컹덜컹 움직이며 온몸으로 불만을 표출하고 있는 그 모습이 때로는 소름 끼칠 때도 있긴 하다.

"뭐 하고 계신 거예요, 쓰네 씨?"

그때 들린 목소리는 2년차 간호사인 미즈나시 씨의 목소리였다. 밤색의 짧은 커트머리를 한 활발한 성격의 간호사이다. 주사 회진을 돌고 오는 길 같았다. 빈 링거 병을 품에 안은 그녀는 당황한 듯 대기실 안으로 뛰어 들어왔다.

"선생님, 죄송해요. 또 쓰네 씨가 막 뭐라고 했어요?"

"맨날 뭐라고 하니까 별 상관없어."

"쓰네 씨, 선생님은 바쁜 분이에요. 귀찮게 하면 안 돼요."

미즈나시 씨의 말에 할머니가 입을 삐죽거리며 삐친 얼굴을 하고는 입을 다물었다.

"요즘 들어 손자 부부가 전혀 안 들르니까 쓰네 씨가 많이 외로우신가 봐요."

그녀는 작은 목소리로 나에게 속삭인 후 솜씨 좋게 링거 병들을 정리하고 쌓인 카르테를 입력하기 시작했다. 아직 일을 시작한 지 1년 반 정도밖에 되지 않았지만 맡은 일을 척척 해내는 그녀를 보고 있으면 나도 덩달아 기분이 좋아진다. 주임 간호사인 도자이가 그녀를 높게 평가하는 것도 이해가 간다.

그녀의 유일한 문제가 있다면, 남자친구로 코골이 괴물 스나야마 지로를 골랐다는 정도?

탁탁탁 전자 카르테를 두드리는 소리가 스태프 대기실에 울리고 있다. 미즈나시 씨의 리드미컬한 손가락의 움직임을 의식이라도 하듯 쓰네 할머니는 계속 곁눈질로 응시 중이다.

하늘 한가운데에서 강렬하게 내리쬐고 있던 태양빛은 간신히 오후의 부드러운 빛으로 변하고 있었다.

병원을 나선 것은 저녁 무렵이었다.

병원 밖에서 보는 기울어진 여름 해는 조금씩 어스름한 빛을 띠고 있었다.

병원 뒤편을 흐르고 있는 강가의 제방 길로 올라가보니, 가로수의 푸른빛이 저녁 해를 받아 눈부시게 아름다웠다.

검붉은 가로수를 장식한 스스키강의 강물이 우쓰쿠시가하라 방향으로 이어지면서 저 멀리 나무들의 반짝거림 속으로 사라져간다.

내가 살고 있는 이곳 신슈 지역은 사소한 일상의 풍경들 속에도 그런 절경이 녹아 있다. 그 절경을 보고 있으면 밤샘의 피로도 한순간에 안개처럼 사라진다. 나는 제방 위에서 이마에 손을 올린 채 저녁 해를 쬐고 있는 우쓰쿠시가하라의 산등성이를 응시했다.

토요일 저녁이라 그런지 자동차들의 왕래도 많지 않고, 한가로이 산책하는 노부부나 조깅하는 커플들의 모습만이 간혹 보였다.

시선을 돌리다가 갑자기 멈추었다. 아래쪽의 풀이 우거진 강가에서 사람의 그림자를 보았기 때문이었다.

응급실의 간호부장 도무라 씨였다.

그녀가 늘 피우는 담배인 필립모리스를 입에 문 채, 산의 능선을 유유히 바라보고 있었다. 어젯밤에는 나와 함께 응급실에서 일한 게 분명한데 지금 여기에 있다는 것은 오늘 밤 역시 야근일지 모른다는 의미일 터이다. 조금 피곤한 기색은 보였지만 천천히 후 하며 연기를 내뱉는 모습은 변함없이 세련되고 빈틈없어 보였다. 그때 그녀가 나의 존재를 눈치챈 듯 갑자기 제방 위쪽을 올려다보며 담배 쥔 손을 가볍게 들어 올렸다.

"선생님, 설마 지금 퇴근하는 거예요?"

"감사하게도 지금 퇴근입니다."

"그럼 지금까지 계속 병원에 있었어요?"

"뭐…… 그렇죠……."

나의 피곤한 목소리에 그녀는 쓴웃음으로 답해주었다. 조금 후 다 태운 담배를 휴대용 재떨이에 집어넣으면서 내가 있는 제방 길 위까지 올라왔다.

"어쨌든 지금은 퇴근한다는 거네요."

"도무라 씨 덕분이죠."

"자, 빨리 돌아가서 자는 게 좋겠어요. 그런 얼굴색으로 일하겠다고 해도 병원 측에서 사양할 것 같으니까."

도무라 씨가 시원하게 웃으며 나를 놀렸다.

그녀의 마음 씀씀이는 언제나 나를 기분 좋게 만든다.

"도무라 씨야말로 이틀 연속 야근인 거예요?"

"보통은 이렇게 안 하는데 간호사 한 사람이 감기에 걸려서…….'

"그래서 간호부장이 몸소 대타를요?"

"이 정도야 뭐……. '환자를 끌어당기는 구리하라'만 없으면 철야 정도는 거뜬하죠. 아마 엄청 한가할 거예요."

어이없는 대답이었다. 어젯밤의 아수라장을 떠올려보면 딱히 반박할 수도 없었다.

'엇?' 하고 생각한 것은 별안간 어디선가 큰 북소리가 들렸기 때문이다. 고개를 돌리는데 이번에는 피리 소리도 들려왔다. 꿈결처럼 느껴지는 그 소리는 바람의 세기에 따라 커졌다 작아졌다를 반복하며, 밀려왔다가 물러가는 파도처럼 흔들거리고 있었다.

"여름 축제를 시작했나 보네요."

"축제?"

내가 되묻자 도무라 씨가 어이없어 하는 표정을 지었다.

"덴진 축제! 매년 하잖아요."

듣고 보니 불현듯 짐작이 갔다. '덴진 축제.' 7월 말인 이 시기에 후카시 신사에서 열리는 성대한 축제이다.

후카시 신사는 병원에서 몇 분 정도만 걸으면 갈 수 있는 위치에 있다. 그곳에서 열리는 축제 소리가 바람을 타고 이곳까지 흘러온 것이다.

"이 소리를 들으니 여름이 온 게 실감이 나네요."

"오늘하고 내일은 응급실에 취객들이 넘쳐날 거란 뜻이겠지요."

"또 그렇게 멋대가리 없는 말씀을 하시네."

말은 그렇게 하면서도 왠지 그녀는 즐거워 보였다.

잠시 축제의 음악 소리에 귀 기울이고 있던 도무라 씨가 갑자기 무언가 생각났다는 듯 나를 빤히 쳐다보았다.

"아, 맞다. 당직 시간 되기 전에 빨리빨리 돌아가줄래요? 선생님이 병원 근처에 있는 것만으로도 환자들이 늘어날 것 같으니까."

상당히 억울한 마음이 들었지만 나는 얌전히 고개를 끄덕이고는 등을 돌렸다.

작은 길을 건너 북쪽의 주택가에 발을 디디니, 2분도 채 걸리지 않아 고요하고 큰 나무들에 둘러싸인 공간 속으로 들어갈 수 있었다.

외부와 단절된 주택가 한복판에 호젓이 펴져 있는 성스러운 곳이 바로 후카시 신사이다.

고개를 들어보니, 하늘까지 닿을 듯한 가지와 잎을 펼친

나무들이 저녁 하늘을 가로막고 있었다. 저 멀리에는 낡은 돌바닥과 빨간 신전이 절묘한 색채를 조화롭게 내뿜으며 운치와 매력을 더하고 있었다. 신당의 숲을 따라 들어가보니, 평소에는 죽은 듯이 조용하던 신사의 안쪽까지도 오늘만큼은 사람들의 발길로 부산했다.

축제니까 당연한 것이기도 하다.

텐진 축제는 스가와라 미치자네를 신으로 모시는 이 작은 신전에서 매해 여름마다 여는 큰 축제이다. 그다지 넓지도 않은 이 신사 안에는 이미 많은 노점들이 줄지어 있었고, 그 위에 매달린 등불은 오가는 사람들의 머리 위를 부드럽게 비추고 있었다.

축제는 아직 본격적으로 시작된 것 같지 않았다. 영업을 시작한 가게가 있는가 하면 이제 막 포장마차의 조립을 시작하고 있는 텐트도 보였다. 점포를 만들기 위해 쇠 파이프를 옮기는 근육질의 남자, 수많은 가면과 탈들을 꼼꼼하게 늘어놓고 있는 여인, 한가로이 담배를 태우며 그들을 바라보는 노인……. 그런 잡다한 분위기 속에 여름 축제 특유의 열기와 정서가 녹아 있었다.

가구라덴 옆에 여러 무대가 펼쳐져 있고, 그 주변에 가슴 근육이 제법 두꺼운 남자들이 무슨 일인지 큰 소리로 외치고 있었다.

슬쩍 축제 속으로 들어가보니 술을 마신 것도 아닌데 무언가 거나하게 취한 느낌이 들었다.

흥겨운 분위기에 빠져 있던 내가 갑자기 발을 멈춘 곳은 '금붕어 잡기'라고 쓰인 천막 간판 앞이었다. 금붕어가 유난히 신기해서가 아니었다. 간판 밑에서 상하의가 이어진 옷을 입고 큰 수조를 꺼내고 있는 남자를 분명 어디에선가 본 적이 있기 때문이었다.

내 시선을 느낀 듯 남자는 뒤를 돌아보았다. 눈이 마주친 순간 그는 조금 놀란 듯이 어색한 웃음을 띠고 있었다.

"아니, 구리하라 선생님."

다름 아닌 요코타 씨였다.

"어제 머리에서 피를 철철 흘리던 환자가 이런 데서 뭘 하고 있습니까?"

"뭐 하고 있는 것처럼 보입니까?"

"……금붕어를 파는 척하고 있는 거예요?"

"여전히 삐딱하게 말하시는구먼. 금붕어 장사! 그걸 하고 있는 거잖소, 헤헤헤."

요코타 씨는 머리에 감긴 붕대를 수건으로 가리고 있어서, 얼핏 보았을 때는 어제 외상으로 실려 왔던 환자처럼 보이지 않았다. 다만 붕대는 잘 감추었다고 하더라도 눈언저리의 황달기는 가릴 방법이 없다.

"그렇게 무서운 얼굴 하지 말아주세요. 난 그냥 금붕어 장수일 뿐이니까."

"단순히 금붕어 장수에게 화내고 있는 것이 아닙니다. 어제와 오늘, 술을 마신 것에 대해서 화내고 있는 겁니다."

나는 눈썹을 움직이며 확연하게 빨개진 요코타 씨의 얼굴을 노려보았다. 그는 체념한 듯한 표정으로 머리를 북북 긁으며 말했다.

"아니, 의사 양반. 진짜로 술은 끊었었다니까. 그렇지만 오늘 같은 축제날에는 말이야, 같이 노점 하는 사람들이 한 잔씩 권하면 거절할 수가 없어서……."

나는 옆의 오사카 요리 점포의 남자 쪽으로 시선을 흘끗 돌렸다. 그 남자는 아무 의미도 없이 해죽거리며 나에게 웃음을 보냈다. 나는 그저 한숨과 함께 이마에 손을 올리는 것밖에는 다른 도리가 없었다.

"어제 머리를 부딪혔다고 한 것도 술 취한 몸으로 가게 준비를 하다가 그렇게 된 거죠?"

"아니, 어제는 한 방울도 안 마셨어요. 진짭니다."

"그런 대답은 누구나 할 수 있죠."

"자, 자, 의사 양반. 오늘은 환자와 의사가 아닌 친절한 금붕어 장수와 성격이 까칠한 손님, 뭐 그 정도의 관계로 해둡시다. 너무 어렵잖아요. 그냥 없었던 일로 해주세요."

빨개진 얼굴의 요코타 씨는 수조에 물을 채우면서 알 수 없는 말을 했다.

"어쨌든 이 점포를 열 수 있었던 건 다 의사 선생님 덕분이지. 이래 보여도 다 감사드리고 있습니다."

그의 거친 얼굴에 떠오른 뜬금없이 부끄러워하는 듯한 미소는 왠지 모를 애교까지 담고 있었다. 하지만 그 애교에 속아 의사의 본분을 잊어버리는 것은 용납할 수 없는 일이다.

"좌우지간 술은 끊으세요. 그렇지 않으면 다음번에 마시게 되는 건 술이 아니라 죽음의 물(일본인들이 임종 때 마지막으로 입을 적시는 물-옮긴이)이 될 거예요."

"선생님은 재수 없는 소리를 참 잘해."

그는 조금 질린 표정을 지었지만 곧 술 취한 사람 특유의 쾌활한 모습으로 돌아왔다.

"금방 준비되니까 꼭 와요, 선생님."

어떻게 할 수도 없는 허탈감을 뿌리치고 나는 그대로 돌아섰다.

서쪽의 신사 입구 기둥 밑까지 오자, 아이를 데리고 나들이를 온 가족들과 유카타(여름철에 입는 무명 홑옷-옮긴이)를 입은 젊은 여성들이 보였다. 그들의 축제는 벌써 시작된 것처럼 보였다. 간판에 달린 저마다의 빨간 등들은 물결처럼 흔들리고 있고, 오가는 사람들의 떠들썩함은 예사롭지 않게 활기를 띠고 있었다.

그대로 돌바닥을 밟고 신사 입구의 양쪽 기둥 밑을 지나가며 축제로부터 빠져나오려는 그때였다. 갑자기 등 뒤에서 소란스러운 낌새가 느껴졌다.

무심결에 뒤돌아보니 누군가 질러대는 불명확한 큰 목소리가 들려왔다. 내용은 알 수 없었지만 절박한 느낌이 전해져왔다.

별안간 모여들기 시작한 사람들은 모두가 다코야키(잘게 다진 문어가 들어간 빵-옮긴이)집 반대편 쪽을 바라보고 있었다. 다시 말하자면 내가 지금 방금 등을 돌려서 온 금붕어 가게, 그곳이었다.

내가 눈을 흐리게 뜨며 그곳을 쳐다보는 순간 고함 소리가 들려왔다.

"금붕어 아저씨가 쓰러졌다!"

한순간 멈칫했으나 곧바로 다시 신사 안쪽으로 뛰어 들어갔다.

북적거리는 사람들을 좌우로 밀어제치며 '금붕어 잡기'라고 쓴 깃발 밑까지 왔을 때, 수조 옆에 푹 엎어진 요코타 씨가 보였다.

오른손은 여전히 물이 똑똑 흐르는 두꺼운 호스를 잡고

있었다. 미동조차 없는 요코타 씨 옆에서 유일하게 살아 있음을 증명이라도 하듯 흐르는 물은 그와는 매우 상반된, 묘하게 비현실적인 느낌이었다.

수조 안에 풀어놓은 빨간 금붕어들이 이상한 낌새라도 느낀 것일까. 쉴 새 없이 궤도 없는 물속 이곳저곳을 정신없이 헤엄치며 돌아다니고 있었다.

쓰러진 요코타 씨 옆에 무릎을 꿇고 앉아 있는 오사카 요리 점포의 남자를 밀치고 맥을 짚어보니, 혈압은 특별히 문제가 없었다. 부정맥도 아니다. 그런데 그는 불러도 반응이 없다.

"괜찮은 거야?" 하며 소리치는 오사카 요리 점포 주인을 돌아보며 말했다.

"지금 당장 119로 전화해서 구급차를 불러주세요."

"응!"

대답하는 그의 옆에서 다코야키집 주인이 수상한 눈길을 보내며 말했다.

"뭐야, 형씨는? 이 사람 친구야?"

"무슨 그런 농담을……."

반사적으로 대답했다가 아무래도 말실수를 한 것 같아서 나는 금방 입을 다물었다. 다코야키집 주인의 눈에 의심이 커져간다 싶어서 하는 수 없이 한숨과 함께 말을 덧붙였다.

"……마침 지나가던 주치의일 뿐입니다."

좀 더 센스 있게 대답할 수 없었던 것은 이미 두통의 기
미가 농후했기 때문이다.

"구리하라, 꽤 빨리 돌아왔네."

야밤의 의국에서 나를 맞이해준 사람은 낮이랑 똑같은
장소에서 혼자 조용히 장기를 두고 있던 다쓰야였다.

시간은 밤 10시.

후카시 신사 안에서 느닷없이 졸도한 금붕어 장수를 응
급실로 이송해 왔고, 검사 후에 입원시키는 것으로 일단락
되었다고 한숨을 돌리며 시계를 보니 벌써 이런 시간이 되
어 있었다.

한밤에 들어온 의국은 꽤나 어두웠다. 그 한편으로 비치
는 달빛 아래에서 장기판 위에 장기짝을 놓던 다쓰야가 혼
잣말을 하듯이 말했다.

"너네 환자가 이송되어 왔다는 얘기는 들었는데……."

"간성뇌증(간 기능 장애가 있는 환자의 의식이 나빠지거나
행동의 변화가 생기는 것을 말한다 - 옮긴이)이야. 모리헤파민
을 한 병 꽂았더니 의식은 돌아왔어. 그런데 금붕어 가게
로 돌아가야 한다고 퇴원시켜달라는 통에 감당이 안 돼."

"술을 끊지 못하는 알코올의존증 환자에게 일일이 대응해준다니 특이하다고 해야 하나……. 하긴, 그게 너답다고 해야 하는 건가?"

다쓰야는 장기 책을 턱 덮고는 피식거렸다. 방금 심한 말을 뱉은 사람치고는 웃음이 부드러웠다. 나는 마주 보고 앉으면서 말을 돌렸다.

"그러는 너야말로 이런 늦은 시간에……."

그러다 흠칫 놀라 입을 닫은 것은 다쓰야의 무릎 위에 어린아이가 자고 있는 것을 보았기 때문이다. 다쓰야의 세 살배기 딸 나쓰나가 아빠의 가슴에 매달려서는 쌕쌕거리며 편안하게 숨을 내뱉고 있었다.

침묵하는 나를 보며 다쓰야가 담담한 말투로 대답해주었다.

"집에 들어가서 공원에 데리고 나왔는데 그때 병동에서 호출이 들어왔어. 아무리 어르고 달래도 계속 나랑 같이 있겠다고 생떼를 써서 하는 수 없이 데리고 왔어. 방금 전까지는 간호사들이 놀아주었는데 그들도 지쳤나 봐."

"호출 온 병동은 잘 정리한 거야?"

"원래부터 우울증이 있던 환자가 충동적으로 열흘 치 수면제를 복용했어. 지금은 우리보다 훨씬 편한 기분으로 숙면하고 있겠지."

"멋있네."

나는 조용히 끄덕이면서 다쓰야를 쳐다보았다. 그는 내가 나름대로 입에 굳이 담지 않으려 했던 그 말을 정확하게 짐작한 모양이었다.

"난 괜찮아. 그렇게 무리하고 있지는 않아."

다쓰야는 기다란 손가락으로 다정하게 딸아이의 머리카락을 쓰다듬어주었다.

"나쓰나를 보살피면서 병동을 돌기는 어렵겠지만 할 수 있는 건 할 수 있을 때 해나갈 거니까……. 그렇게 했는데도 도저히 안 될 것 같을 때는 전부 너한테 떠넘기고 도망가버리면 되겠지 뭐."

"그런 발상의 전환을 해보는 것은 괜찮은데 여기서 놀라운 건, 그 일을 떠넘길 나한테는 어떤 양해도 구하지 않았다는 거야."

"기다려. 언제 떠넘기면 좋을지 계속 생각하고 있으니까. 후훗."

작은 소리로 웃는 다쓰야의 얼굴에는 걱정이 없었다.

그 은근한 웃음소리에 호응하듯 무릎 위의 나쓰나가 아슬아슬하게 몸을 움직였다. 무슨 말인지 작게 중얼거리는 목소리가 들렸지만 잠꼬대인 건가……. 세 살짜리 어린아이가 어떤 잠꼬대를 하는지 짐작도 할 수 없다.

"기사라기는 어떻게 되었어?"

내가 갑자기 던진 그 단어는 다쓰야가 도쿄에 두고 온 아내의 이름이다. 가족이 아닌 환자를 선택한 그의 아내는 지금 이 시간에도 도쿄의 병원에서 일하고 있을 것이다.

나의 갑작스러운 기습 공격에도 다쓰야는 마치 예상하고 있었던 사람처럼 그다지 동요하지 않았다.

"가끔씩 연락은 하고 있어."

"여기로 돌아오는 거야?"

직설적인 질문에 다쓰야는 그저 미소로 받아넘겼다.

"아직 모르지."

괴로워서 비관하는 것도 아니었고 현실을 외면하고 있지도 않았다. 지금 그의 모습은 일찍이 대학생 때부터 '의학부의 양심'이라 불리던, 두뇌가 명석한 나의 옛 친구 모습 그대로였다.

안달하지 않고 천천히. 소처럼 묵묵하게……

지금의 다쓰야가 내딛는 걸음, 바로 그것이다.

"다쓰야, 마시자!"

나는 하얀 가운 주머니에서 캔 맥주 두 개를 천천히 꺼내 들고 장기판 위에 턱 내려놓았다.

"신사에 얼굴 좀 비추고 오는 길에 사 왔어. 우리의 휴일을 망쳐버린 알코올의존증 환자와 우울증 환자를 위해!

건배!"

"좀 더 매력적인 건배를 할 수는 없을까, 구리하라? 그리고 여긴 의국이야. 맥주를 즐기기엔 부적절한 장소라고 생각하는데……."

"상관없어. 이거 기린맥주! 알코올 제로야!"

"내 눈에는 완전히 '클래식 라거'라고 쓰여 있는데?"

"그냥 알코올 제로인 걸로 해두자."

"넌…… 여전하다."

다쓰야가 어깨를 조금 흔들며 웃고 있을 때, 그 웃음소리를 방해하듯 의국의 문이 힘차게 열렸다. 뛰어온 발소리와 함께 들어온 것은 괴물 외과 의사 스나야마 지로였다.

"어? 이치토랑 다쓰잖아!"

그가 입을 열자마자 머리가 울릴 정도로 큰 목소리가 터져나왔다.

모처럼 두통이 나아지려고 하던 타이밍이었다. 나에게는 생사가 걸린 문제이다.

"지로, 좀 닥치든지 말을 말든지 둘 중에 하나만 해."

"닥치거나…… 말을 하지 말거나?"

심각한 얼굴로 고민하는 괴물을 보고 나는 흐물흐물 늘어져버렸다.

"조용히 좀 하라고 인마!"

"어? 나쓰나 짱이잖아?"

"내 말 듣고 있어? 이 멍충아."

괴물은 기분이 좋은 듯, 다쓰야의 무릎 위에서 자고 있는 소녀를 흐뭇하게 내려다보았다.

"귀여워! 여기 봐봐."

왠지 기뻐하는 듯한 괴물의 큰 목소리에 나쓰나가 눈을 떴다가 금세 다시 꿈나라로 돌아갔다.

"스나야마, 또 수술이 있었어? 요즘에 심상치 않게 바쁜 것 같던데 너 괜찮은 거야?"

"외과 학회 때문에 외과 의사들이 지금 전부 도쿄에 가 있어. 병원에 아마리 부장 선생님이랑 나밖에 안 남아서 예정된 수술이랑 응급까지 전부 둘이서 맡고 있어."

외과 부장인 아마리 선생님은 지로에게도 지지 않을 만큼 까맣게 탄 피부와 탄탄한 체구를 가지고 있다. 과묵한 호걸이라고 평가해도 될 만큼 좋은 풍채를 가진 정통 있는 외과 의사이다.

"너 그러면 아마리 선생님하고 둘이 마주 보며 수술하고 있는 거야?"

"응. 엄청나게 긴장되기는 하는데, 많이 배우고 있고 도움도 많이 돼. 와하하하!"

장난스럽게 큰 소리로 웃으며 지로가 대답했다.

매일 밤 응급 수술을 전부 맡아야 하고, 심지어 부장인 아마리 선생님과 일대일로 처치해야 하는 심리적인 압박 속에서도 여전히 이렇게 웃을 수 있다는 것은 그 성품만으로도 이미 훌륭하다고 생각한다. 역경을 힘으로 바꾸는 능력은 나와 다쓰야보다는 이 남자가 확실히 위에 있다.

"주말엔 무조건 버텨보는 거지 뭐."

천진한 웃음소리를 내며 웃고 있는 괴물의 모습을 보고 있으면 현장에서 느꼈던 우울감도 신기하리만큼 밝은 기운으로 바뀐다.

나는 마음속에 있던 흐뭇한 웃음을 숨기고 괜히 한숨을 뱉으며 가운 주머니에서 세 번째 맥주를 꺼내 들었다.

"지로야, 일단 너의 그 끝도 없는 체력을 위해 마시자. 건배."

다쓰야가 아무리 봐도 기가 막힌다는 얼굴을 했다.

"구리하라, 너 가운에 대체 몇 개가 들어 있는 거냐?"

"딱 필요한 만큼만 들어 있어."

태연하게 대답하고 스스로 캔 하나에 손을 뻗었다.

"별로 대단하지도 않은 일상에 푸념해봤자 바뀌는 것도 없잖아. 환자가 오면 상대해야 하는 게 우리니까. 그냥 마시고 넘겨버리자."

반 정도는 생각 없이 뱉은 대사였지만 어차피 그런 푸념이 통하지 않는 세상이라면, 그저 의지만으로 현실과 부딪쳐 쓰러뜨린다는 마음을 가질 수밖에 없다. 길이 없는 산속도, 다리가 없는 강물도 고집과 긍지로 포장해서, 나아갈 수 있을 때까지 나아가는 것이 우리가 걸어갈 현실이기 때문이다.

지로가 기염을 토하며 맥주를 집었다.

"오는 환자 막지 않고 가는 환자 안 잡지! 넌 역시 꽤 좋은 말을 잘한단 말이야."

"감탄하기 전에 목소리 좀 작게 하라고 말했지. 나쓰나 깨잖아."

"어? 이거 이거, 또 멋있는 말을 하려고 하네. 그렇지, 다 쓰야?"

맥락이 이어지지 않는 둘의 대화 중에 갑자기 세 번째 캔이 열렸다.

건배! 누가 먼저라 할 것 없이 모두가 목소리를 높이며 동기 세 명의 조촐한 회식이 시작되었다.

온타케소에 도착했을 때는 이미 날이 바뀌어갈 즈음이었다.

옅은 구름이 낀 하늘에 떠 있던 달이 누추한 나의 주택가를 비추고 있었다. 창백한 그 빛은 현관 옆의 울퉁불퉁한 매화나무에 풍아한 농담을 새겼고, 금이 간 흙벽에도 신기한 그림자를 만들고 있었다. 꾸미지 않은 수수한 수묵화처럼.

'응?'

현관 앞까지 도착한 나는 고개를 갸웃거렸다. 온타케소 안의 불들이 몽땅 꺼져 있어서였다. 12시가 넘은 시간이라 아내는 먼저 자고 있을 수도 있겠지만 도라지방이 어두운 것은 좀처럼 드문 일이었다. 남작은 이 야심한 밤에 나가서 놀고 있는 것인가.

출입문을 열고 깜깜한 복도를 지나 계단으로 올라가면 2층 제일 끝 쪽 구석이 내가 지내는 벚꽃방이다. 삐걱거리는 문을 조심스레 열고 컴컴한 방에 살며시 들어가자, 갑자기 환한 빛에 눈이 시렸다.

"어서 와요."

귀에 익은 깨끗한 목소리가 벚꽃방에 울렸다.

눈부심에 잠깐 눈을 가늘게 뜨고 있다가 정신을 차려보니, 자고 있어야 할 아내가 생글생글 웃으며 앉은뱅이 탁자 옆에 앉아 있었다. 파자마 차림이 아니라는 것은 잠자리에 들지 않고 나를 기다렸다는 뜻이다. 당황스러움에 눈을 두세 번 깜빡거렸더니 이번에는 뒤쪽에서 시끄럽게 폭죽이 터지는 소리가 들려왔다.

"용케 퇴근했네, 닥터."

굵은 목소리에 뒤를 돌아보니 짐작한 대로 파이프를 문 남자가 지금 막 당긴 폭죽을 한 손에 들고는 태연하게 미소 지으며 서 있었다.

"하루, 남작. 이 밤중에 대체 뭐 하고 있는 거야?"

"뭐 하냐고 물을 것도 없어. 일단 앉아봐, 닥터."

남작이 나의 등을 밀며 방으로 들어왔고, 나는 6평 남짓한 방에 놓인 탁자 옆에 무릎을 꿇었다.

아내가 탁자 위에 올려놓은 하얀 상자로 가느다란 팔을 뻗었다. 상자에서 꺼낸 것을 보고 나는 그제야 상황을 이해할 수 있었다.

"이치 씨, 생일 축하해요."

눈처럼 하얀 케이크 위에 아내의 사랑스러운 목소리가 솔솔 뿌려졌다.

"정말이지…… 하루나 공주님의 눈썰미는 타의 추종을 불허한단 말이야."

남작이 아내가 잘라준 케이크를 맛있게도 먹으면서 말했다.

심야의 벚꽃방은 갑자기 활기를 띠었다.

아내가 있는 것만으로, 아무도 밟지 않은 살벌한 모래사

막이 초록 잎들이 풍성한 오아시스가 되고 거기에 남작까지 더해지니 이 방은 금세 축제 무대로 변했다.

"하루나 공주님이 귀띔해줬어. 닥터는 분명히 12시 넘어서나 돌아온다고. 그러면 딱 생일이 될 테니 함께 축하해주지 않겠느냐면서."

아내의 예언은 정확했다. 대단하다는 말밖에 나오지 않는다.

"닥터도 이제 서른 살이네. 꽤 나이 들었어."

"누가 봐도 나보다 나이 많은 남작이 할 말은 아니지."

"나이 많은? 이상한 말을 하네."

진지한 표정으로 대답하는 화가의 곁에서 커피를 따르고 있던 아내가 깜짝 놀라는 표정을 지었다.

"남작님, 설마…… 아직 서른 살이 안 된 거예요?"

"바보네. 하루나 공주, 내가 30이라는 불길한 나이를 먹었을 리 없잖아."

"으응?" 하며 얇은 입술에 손을 가져가 놀라는 아내. 나는 두 조각째의 케이크에 조용히 손을 뻗고 있는 남작의 앞에 포크를 콱 꽂으면서 그를 노려보았다.

"어떤 논리로 남작이 30살 미만이라는 건지 만일을 위해 물어봐도 되겠습니까?"

"옛날얘기인데 해줘?"

남작은 나의 방해에도 개의치 않고 포크 옆으로 쓱 손을 뻗어 케이크를 접시로 옮기면서 말했다.

"세계 평화를 위해 싸워온 재기 발랄한 천재 청년 화가는 어느 날 갑자기 나쁜 마법사의 주술에 걸려 29세 이상의 나이를 먹는 것이 불가능하게 되어버렸어. 그 후 그 청년은 눈물을 흘리며 29세 생일을 몇 번이나 되풀이하고 있는지…… 닥터가 알기나 해?"

"그게 무슨……."

남작은 눈이 보이지 않을 정도로 해죽거리고 있었다.

"나도 내 나이를 잊어버렸어."

나이를 먹지 않는 화가……. 그렇다고 한다.

아내는 즐거워하며 웃었고, 방금 내린 커피를 탁자 위에 올려놓았다. 이노다 커피숍에서 판매하는 아라비안 펄에 우유를 듬뿍 넣은 커피였다. 정식으로 만든 것은 아니지만 맛은 틀림없을 것이다.

"이치 씨, 요새 다시 바빠진 것 같네요."

"응, 바빠졌어. 뭐 어쩔 수 없지. 알코올 중독자가 술을 마시고, 우울증 여자가 약을 먹고 자살 시도를 하고……. 그래도 바쁘다고 큰 소리로 투덜거려봤자 결국 내가 감당할 일이니까."

"변하지 않는 닥터의 책임감에 박수를 보내야겠어. 가끔은 나처럼 현실에서 떨어져 도망쳐보는 것도 좋지 않아?"

"그런 것도 물론 재미는 있겠지만, 도망친 만큼 쫓아오는 게 현실이라는 놈이지."

"괜찮아. 쫓아오는 현실보다 더 빠른 속도로 달려서 계속 도망치면 언젠가는 안 쫓아오더라고. 그게 현실이라는 놈이야."

남작은 가슴을 팡 하고 두드리며 의미를 알 수 없는 조언을 던졌다.

아내는 진심으로 안심이 된다는 듯이 말했다.

"남작님은 그렇게 계속 전력을 다해서 현실에서 도망쳐오신 거네요?"

갑자기 맥이 풀린 것 같은 남작은 어깨를 축 늘어뜨렸다. 나의 빈정거림보다 아내의 안심했다는 듯한 한마디가 남작에게는 더 심한 타격을 입힌 듯했다.

나는 피식 웃으며 화제를 바꾸었다.

"하루나, 병동이 조금 한가해지면 내일은 빨리 돌아올 수도 있을 것 같아. 우리 덴진 축제에 가볼까?"

"정말요?"

큰 눈을 동그랗게 뜨고 좋아하던 아내가 곧바로 제정신을 차리겠다는 듯 두세 번 고개를 저었다.

"아니요…… 역시 못 갈 것 같아요. 이치 씨 요즘 너무

무리하고 있어요."

"무리해서 가려는 거 아니야. 그 신사에 있는 신은 늘 우리를 도와주잖아. 감사의 참배라도 드릴 겸 다녀오려는 거지."

내 말에 아내는 기쁜 듯이 웃었다.

순간순간 표정이 바뀌는 그녀의 사랑스러운 모습을 보고 있노라니 누구보다 내가 더 위안이 되었다.

"신슈의 밤은 여름에도 시원하다고 생각했는데 벚꽃방 만큼은 뭔가 다르네. 더워서 견딜 수가 없어."

남작이 휙휙 손부채질을 하면서 부자연스러운 목소리로 대화에 끼어들었다.

"더워서 못 견디겠으면 지금 당장 퇴실하셔도 좋습니다, 남작님."

"그건 안 되지. 행복해 보이는 두 사람을 보고 있자니, 시간을 쪼개서라도 방해하고 싶어지는데? 그런 게 바로 사람의 정이라는 것 아닐까?"

남작은 커피 잔을 능숙하게 기울이며 쓸데없는 말을 중 얼거렸다.

"의사라는 직업과 사랑스러운 아내, 두 가지를 모두 손에 넣은 게 바로 닥터 당신의 인생이야. 너무 꽉 들어차버린 일상에서는 그 귀중함을 잘 모르고 넘어가기 쉽지. 어쨌든 그런 시기와 질투에 관한 것은 내가 몸소 전해주지."

"묘한 말을 하네. 영원히 서른 살이 될 수 없는 불가사의
한 몸에, 현실로부터 도망칠 수 있는 튼튼한 다리 힘을 가
진 남작이야말로 사람들의 선망의 대상이잖아."

"그럼 바꿀래?"

"아, 내 목을 자른다고 해도 그것만은 거절할래."

나와 남작의 건설적이지 못한 대화를 들으며 아내는 이
상할 정도로 웃고 있다. 한바탕 웃고 나서 갑자기 아내가
시선을 떨어뜨렸다.

"하루나?"

내가 놀라서 쳐다보자, 아내는 당황해하며 다시 미소를
머금고 말했다.

"아니, 그냥 너무 즐거워서요……."

"즐거워서? 즐거워서 웃다가 갑자기 고개를 떨궜다는
얘기는 처음 들어보는데? 뭐 걱정이라도 있어?"

"아니, 야쿠스기 씨도 빨리 돌아오면 좋을 텐데…… 하
는 마음이 들어서요."

약간의 수줍음과 함께 고개를 기울이는 그녀의 모습에
나와 남작도 자연스레 같은 마음을 품게 되었다.

야쿠스기 군은 이 온타케소의 은행나무방 주인이다. 대
학생이 되고 나서 인생의 목표를 잃어버린 채, 대낮부터

고타쓰에 앉아 술만 마시며 방황하는 삶을 살던 대학생이었다. 그런 그가 우연한 기회를 얻어 '야쿠스기의 연구 여행'을 떠난 것이다.

"나간 지 한 달이 다 되어가는데 아직 아무 소식도 없는 거지?"

"어딘가에서 방을 잡고 술만 들이켜고 있는 건 아닐지 걱정된다."

"걱정하지 않아도 된다고 봐요."

나와 남작의 대화에 오히려 아내가 강하게 대답했다. 우리 둘은 동시에 아내를 쳐다보았다.

"저는 그렇게 걱정하고 있는 건 아니에요. 아니, 오히려 너무 멋진 여행을 경험해서 이곳에 더 이상 돌아오지 않게 되면, 조금 쓸쓸하겠다…… 그런 생각을 한 것뿐이에요."

고타쓰에 들어가 동그랗게 몸을 굽히고 술을 마시던 야쿠스기 군을 아내는 누구보다 걱정했다.

그런 아내의 말에 나와 남작은 조금도 반박할 수 없어서 고개를 끄덕였다.

"닥터……."

힐끗 웃으며 남작이 나에게 사인을 주었다.

"말 안 해도 알아."

나는 일어서서 옆 책장의 '해리슨 내과 의학'이라는 거대한 상자를 꺼내 들었다. 그 안에 의학 서적은 들어 있지 않다. 비장의 4홉짜리 술병이 들어 있다.

"친구의 안위를 술안주로 삼아서 한잔 마셔보겠다는 계획인가……."

'시나노쓰루'라는 큰 병의 청주를 꺼내 든 나에게 남작이 흐뭇하게 웃으며 느릿느릿 고개를 끄덕였다.

가슴에는 기대와 쓸쓸함과 안도감이 마구 섞여 따뜻하게 웅크리고 있었다.

아내가 있어 그런지 술이 더 맛있다. 만사가 곤란한 것들뿐인 요즘 같은 일상에서 이런 시간은 둘도 없이 소중하고 유쾌하기만 하다. 나는 그저 초연하게 다시없이 행복한 시간을 즐기고 있다.

서른 살이 되었다고 해서 특별하게 아침 햇살이 내 인생을 비춰주거나 뭐 그런 것은 없었다. 아름다운 신슈의 풍경과 숨 쉬기 힘든 빠듯한 일상은 변함없이 눈앞에 그득히 차 있었으니까.

어릴 적에는 20세라 하면 어른, 30세는 늙은이, 40세 이상은 전부 산신령처럼 보였다. 서른 살이 된 지금 생각해보니 그다지 그럴싸한 깨달음이나 발견을 얻은 나이인 것 같지도 않다.

원래부터 자유라고는 없는 큰 땅에 무리하게 기둥을 세우고 우울한 지붕을 덮은 것이, 인생이라고 하는 작은 집이다. 겨우 30년 정도의 세상살이로는 아직 정든 집이라고 표현할 수는 없겠지만, 적어도 불혹 즈음에는 이 무겁고 힘든 지붕 정도는 바람이 잘 드는 지붕으로 바꾸고 싶은 마음이다.

가슴속으로 그런 말도 안 되는 개똥철학을 혼자 늘어놓으며 출근한 것은 점심시간 전이었다.

일요일에 서른 살을 맞이했고 그 첫날부터 출근이라니, 그다지 상쾌한 기분은 아니었다. 의국 앞까지 걸어온 나는 생각지도 못한 인물과 마주쳤고, 그대로 발을 멈추었다.

검은 정장에 빈틈없는 차림새. 겨드랑이에는 서류 다발을 낀 작은 체구의 남자가 서 있었다. 어느 정도 흰머리가 섞인 머리카락과 두꺼운 검은 테의 안경 안쪽으로 보이는 날카로운 눈이 인상적인 이 인물은, 혼조병원의 사무장인 가나야마 벤지이다.

내가 마음대로 '재무성'이라고 별명을 붙인 것은 이 인물이 원래는 공무원 출신의 유능한 관리였기 때문이다. 혼조 주이치 병원장에게 헤드헌팅을 당해 부임한 이후로, 바닥을 기던 이곳 병원의 경영 상태를 금세 호전시킨 범상치 않은 인물이다.

보통은 병원에 인접한 사무국 건물에 있어야 하는 이 인물이 의국 앞에 나타났다는 것은 무척이나 드문 일이다.

나는 가볍게 인사를 건넸다. 그는 날카로운 눈으로 슬쩍 쳐다보더니 고개만 한 번 끄덕거리고는 말 한마디 없이 사라졌다.

"어? 구리 쨩, 수고."

그 직후에 의국 안에서 들려온 밝은 목소리는 나의 지도 의사이신 왕너구리 선생님이었다. 소파에 앉아 있던 왕너구리 선생님은 나를 향해 가볍게 손을 흔들었다.

"일요일도 회진인 거야? 수고가 많네."

나의 지각을 알고도 쾌활한 목소리로 인사를 건네는 왕너구리 선생님에게 나는 언제나 방심할 수가 없다.

"사무장이랑 선생님이 일요일 낮에 의국에 계시다니, 또 무슨 음모를 꾸미고 계신 겁니까?"

"음모라니, 삐뚤어졌구면. 사무장한테 의심 받고 있던 구리 쨩을 내가 얼마나 열심히 감싸주고 있었는데. 와하하하!"

왕너구리 선생님은 큰 소리로 웃어댔지만, 나는 전혀 웃을 수가 없었다.

2개월여 전에 재무성과 정면 돌파를 한 적이 있다. 그때는 왕너구리 선생님이 끼어들어준 덕에 무사히 끝나긴 했지만 내가 재무성의 블랙리스트에 올라가 있는 것은 의심할 여지도 없다.

힐끗 안색을 살피며 쳐다보자, 왕너구리 선생님은 "농담이야"라며 다시 한 번 큰 소리로 웃었다.

탁자 위에 올려놓은 가방에서 모서리가 다 닳은 『풀베개』와 구깃구깃한 가운을 꺼냈다. 그때 왕너구리 선생님은 커다란 배를 쓱 한 번 만지더니 창밖을 바라보며 한숨을 쉬었다.

"맑은 하늘과 평온한 일요일…… 쉬는 날도 없이 열심히 일해주는 구리 쨩까지……. 내가 골프에 가도 될 만한 이유가 전부 갖춰졌는데 말이야……."

전혀 관심도 없는 말을 절절하게도 중얼거린다.

"……뭐 무슨 일이라도 생긴 거예요?"

조금 눈치 있게 물어봐주자 바로 이때다 싶은 대답이 돌아왔다.

"어, 생겼어. 그게…… 모처럼의 휴일인데 사무장이랑 얼굴을 맞대고 일을 해야 한다네……. 구리 쨩, 나 대신 좀 해주지 않겠나?"

"뭐 해드리는 건 상관없지만, 그럼 30명가량의 병동 회진을 부탁드립니다."

"사무장이 낫겠다. 아, 맞다. 구리 쨩."

왕너구리 선생님은 손사래를 치다가, 갑자기 생각난 듯 앞에 있는 서류더미를 탁 하고 두드렸다.

"어제 긴급으로 입원한 요코타 씨 말인데, 아침에 채혈해보니까 아직 암모니아가 높아서 모리헤파민 주사를 추가로 넣어놨어."

생각지 못한 배려에 당혹스러운 모습을 보이자 왕너구리 선생님은 당연한 듯이 말을 이어갔다.

"알코올의존증 환자 상대하기가 여간 힘들지 않겠지만, 잘 부탁하네."

아무것도 생각하지 않는 사람처럼 보여도 이미 전부를 파악하고 있다. 이게 바로 왕너구리 선생님의 너구리스러운 이유이다.

출근이 늦어진 이유를 숙취 때문이라고 말씀드리기 어려웠다. 그저 조용히 감사의 목례를 했다. 얼굴을 들자 문득 선생님의 손에 있는 서류가 보였고, 나는 그것을 슬쩍 쳐다보았다.

소화기내과 의사 신규 채용에 관하여

완전히 흥미로운 글자였다.

"의사가 늘어나는 겁니까?"

내 질문에 선생님은 한순간 내 얼굴과 서류를 번갈아 보더니 씩 웃었다.

"아직 비, 밀!"

즐거운 듯 웃고는 팡팡 배를 두드렸다.

그 몸짓은 왕너구리 선생님의 기분이 좋다는 증거이기도 하다. 내가 적잖이 놀랐던 것은 그런 모습을 너무 오랜만에 보아서였다.

혼조병원 소화기내과는 한 달 반 정도 전에, 내가 늙은 여우 선생님이라 부르던 나이토 선생님을 떠나보냈다. 그렇지 않아도 극한의 근무였던 혼조병원에서 내과의 부부장으로 오래 근무하셨던 늙은 여우 선생님이 돌아가신 일은 모두가 몹시 원통해할 일이었다. 그 이후에 임상 병동의 현장은 불이 붙은 것처럼 바빠졌다. 하지만 바빠졌다는 것 자체에 문제가 있었다.

모두가 바빠지는 바람에 내과 부장인 왕너구리 선생님은 슬퍼할 여유조차 없어져버렸기 때문이었다.

물론 천하의 왕너구리 선생님은 겉으로 보기에는 항상 평정심을 유지하고 있었다. 하지만 5년 넘게 선생님을 수행해온 내가 보았을 때는 그 패기의 밑 부분에 부정할 수 없는 무언가가 보였다. 가끔 먼 곳을 응시하는 듯한 눈으로 깊이 생각에 잠긴 모습은 이제까지 왕너구리 선생님이 보여주지 않았던 부분이었다.

그랬던 왕너구리 선생님이 오늘 오랜만에 큰 배를 팡팡 두드리고 있다.

"뭐야, 구리 짱. 비밀이라고 했는데 벌써부터 기쁜 거 엄청 티 내면서 웃고 말이야."

왕너구리 선생님은 맥이 빠진 얼굴을 하고 있었다.

어느새인가 나도 모르게 안도의 웃음을 띠고 있었나 보다. 나는 급하게 표정을 숨기고는 말했다.

"아무것도 아니에요. 새로운 의사가 와준다면 그보다 기쁜 일은 없을 거라고 생각한 것뿐."

조용히 대답하고는 일어서서 나가려는 순간 갑자기 "구리 요놈아" 하고 나를 불러 세웠다.

돌아보니 예상치 못한 다정한 웃음을 보이고 계셨다.

"그동안 미안했다. 걱정 끼쳐서."

깊이가 느껴지는 목소리였다.

나는 순간 말문이 막혀 몇 초 만에 겨우 입을 열었다.

"뭔 소리예요?"

조금 억지스러운 나의 대답에도 선생님은 씩 웃고는 고개를 끄덕이기만 했다.

"어이, 구리하라."

오후의 스태프 대기실 안에서 언제나처럼 난폭하고 쉰 목소리가 울렸다.

한숨을 내뱉으며 뒤돌아본 내가 '응?' 하고 눈이 휘둥그레진 것은 늘 있던 그 자리에 쓰네 할머니가 없었기 때문이다. 어리둥절한 표정으로 둘러보니 복도 쪽에 휠체어를 탄 쓰네 할머니가 보였다. 환자 휴게실에서 대기실로 돌아오는 길 같았다. 허리가 살짝 굽은 조그마한 할머니가 그 휠체어를 끌고 있었다. 쓰네 할머니와는 그다지 나이 차가 나지 않아 보였다.

나를 알아챈 상대방이 정중하게 머리를 숙였다.

"선생님, 수고하십니다. 저희 언니가 신세를 많이 지고 있어요."

말로만 듣던 쓰네 할머니의 여동생이다.

차분하게 정돈된 백발의 머리카락과 온화한 미소, 고상한 말투가 침착하고 편안한 인상을 주는 사람이었다. 무뚝뚝한 불상 같은 쓰네 할머니와는 완전히 다른 느낌이었지만, 얼굴 생김새는 어딘가 닮은 것 같기도 하다.

나도 가볍게 인사를 건네자 쓰네 할머니의 목소리가 돌아왔다.

"배고파, 구리하라."

"안 돼요, 할머니."

당황해서 뛰어온 간호사는 올해 1년차인 미카게 씨였다. 아직은 믿음직스럽지 못한 부분도 있는 그녀가 휠체어 옆에 웅크리고 앉더니 말했다.

"아무리 괴짜 같은 선생님이어도 구리하라 선생님은 쓰네 씨의 주치의예요. 다시는 그런 식으로 부르시면 안 돼요, 아셨죠?"

본인은 아마 모르겠지만 그녀의 발언이 할머니보다 더 난폭했다.

꽤 상처를 입은 나는 탄식이 나오긴 했지만 옆에 있던 여동생은 침착한 어조로 그녀에게 말을 전했다.

"늘 죄송해요, 미카게 씨."

"아니에요. 세쓰코 씨가 와주셔서 저도 늘 도움이 되고 있어요. 갈아입을 옷도 가지고 와주신 거예요?"

"네, 1주일 치예요."

꽤 친한 모습을 보니 병문안을 자주 오는 모양이다. 여동생은 휠체어 손잡이에 걸려 있던 큰 쇼핑백을 미카게 씨에게 넘겨주었다.

"항상 언니가 폐를 끼치고 있어서 너무 죄송합니다."

동생이 깊숙이 고개를 숙이자 이 이야기의 주인공인 쓰네 할머니는 무뚝뚝한 얼굴을 한 채 잠시 조용해졌다.

"쓰네 씨의 동생 세쓰코 할머니예요." 별안간 등 뒤에서 들려온 목소리는 도자이였다. "입원했을 때는 손자 부부밖에 안 왔었으니까…… 선생님은 아직 만난 적 없죠?" 옆에 있던 컴퓨터 앞에 앉으며 던진 도자이의 질문에 조용히 고개를 끄덕였다.

"이제 아흔이 다 되어가는 노인인데 굉장히 똑 부러지는 사람이에요. 입원한 이후로 쓰네 씨를 보살펴주는 건 거의 저분밖에 못해요. 뭐든 다 언짢아하는 투덜이 쓰네 할머니가 세쓰코 씨한테는 별로 불평을 안 할 정도로."

"입원하고 나서 거의 병원에 와보지도 않는 손자 부부랑은 확연히 다르네."

무심코 중얼거린 내 말에 도자이가 체념한 목소리로 답했다.

"손자 부부……. 그 사람들은 안 돼요. 할머니 퇴원과 관련해서 얘기를 좀 해보려고 전화를 몇 번이나 걸었는데, 바쁘다는 말만 하고 얼굴도 안 비치니까요."

"손자라고는 해도 쉰 살 정도는 되었잖아. 간호하려면 온종일 쉬지도 못할 테니 돌아오지 않으면 좋겠다고 생각하는 게 그들의 솔직한 심정이겠지."

"그렇게 단순한 일이 아니에요."

도자이가 한숨을 내뱉었다.

내가 눈으로 물으니, 그녀가 "조금 이상한 얘기일 수도 있는데⋯⋯"라며 목소리를 낮추고 말했다.

"사실은 세쓰코 씨가 쓰네 할머니를 데리고 가서 본인이 돌보겠다고 말을 하고 있긴 한데⋯⋯ 손자 부부가 계속 반대하고 있어요."

확실히 이상한 이야기이다. 스스로 돌보겠다고 하는 사람에게 굳이 안 된다고 할 이유가 없었다. 등을 기대고 다시 물어보니 도자이는 조금 망설이는 말투로 덧붙였다.

"저번에 세쓰코 씨가 살짝 얘기해준 건데 들으면 좀 짜증 날 거예요⋯⋯. 괜찮아요?"

도자이는 대기실 입구에 있는 쓰네 할머니와 그의 동생을 힐끗 쳐다보며 다시 한 번 한숨을 쉬었다. 다소 곤란하다는 표정을 짓고 있는 그녀의 하얀 옆모습을 보고 나는 바로 이해할 수 있었다.

"연금이야?"

"정답."

도자이는 질렸다는 듯이 좁은 어깨를 가볍게 움츠리면서 대답했다.

쓰네 씨의 연령을 생각해보면 상당한 연금이 나오는 것은 당연한 일이다. 92세의 할머니가 그 돈을 어딘가에 쓰거나 하지는 않을 테고⋯⋯. 그렇다면 당연히 같이 살고 있는 손자 부부의 손으로 들어가고 있을 터였다.

"쓰네 씨를 동생이 데리고 가버리면 연금을 손에 넣을 수 없고, 하지만 집에 돌아오면 돌보는 건 힘들 것 같으니까 병원에는 오지 않는다……. 뭐 그런 거네?"

나의 노골적인 질문에 도자이는 다시 한 번 어깨를 움츠리기만 하고 확답은 피했다.

갑자기 쓰네 할머니가 폐렴으로 입원했을 당시 보았던 손자의 얼굴이 떠올랐다. 마음이 약해 보이던 손자는 난처한 표정으로 "어떻게든 도와주세요"라고 말했다. 물론 그의 모습이 거짓이었다고는 생각하지 않는다. 하지만 이러니저러니 하더라도 한 달 동안 단 한 번도 병원에 얼굴을 비치지 않은 것을 생각해보면, 그날 했던 말의 밑자락에 무언가 깔렸다고 의심할 수밖에 없다.

"뭐 실제로도 88세의 세쓰코 씨가 쓰네 할머니의 간호를 전부 도맡아 하는 건 아무래도 힘들 테니까, 지금은 그 부부의 대답을 기다릴 수밖에 없어요."

"정말 복잡한데?"

"들으면 짜증 날 거라고 했잖아요……."

도자이는 온도판의 입력을 끝내고 자리에서 일어나 구석에 있는 휴게실 쪽으로 들어갔다.

그녀의 모습을 아무렇지 않게 얼굴을 쑥 빼며 들여다보는 쓰네 할머니가 보였다. 할머니는 요새 이틀 정도 열이

나지 않았다. 오늘 아침에 찍은 방사선 촬영과 혈액 검사에서도 나쁘지 않은 결과가 나왔다.

뒤를 보니 "배고파"라며 외치는 쓰네 할머니에게 여동생은 "그치?"라며 미소를 짓고는 잠옷 차림의 옷깃 부분을 고쳐주고 있었다.

할머니의 속사정은 비록 좋지 않다고 하지만, 지금 둘의 모습만은 절로 미소를 짓게 되는 광경이었다.

갑자기 쓰네 할머니가 한층 더 커진 목소리로 소리쳤다.

"덴진 축제!"

"벌써 그 계절이 왔네. 그치, 언니?"

세쓰코 씨가 부드러운 목소리로 대답해주었다.

휠체어에 앉은 쓰네 할머니와 그 옆의 의자에 걸터앉은 세쓰코 씨의 모습을 보고 있자니 '아…… 역시 자매구나' 싶었다.

"쓰네 씨는 덴진 축제를 좋아하나 보네요."

"태어난 곳도 자란 곳도 전부 이 동네니까요. 덴진 축제가 열리면 둘이서 자주 놀러 갔어요. 금붕어도 잡고 솜사탕도 사 먹고……."

"벌써 덴진 축제야!"

또다시 소리친 쓰네 할머니가 얼굴을 휙 돌려서 동생을 쳐다보았다.

"세쓰코, 나 퇴원할래!"

이 기습적인 말에 침착했던 동생도 영 곤란한 표정을 지었다. 간호사 미카게 씨가 당황하며 끼어들었다.

"쓰네 씨? 아직 링거 주사도 빼지 않았고요, 밥도 안 드셨잖아요. 조금만 더 기다려요."

미카게 씨의 능숙하고 친절한 설명에도 할머니는 째려보기만 했다.

"덴진 축제가 오고 나면 추석도 와……."

쓰네 할머니의 머리를 부드럽게 어루만지며 세쓰코 씨가 조그맣게 속삭였다.

"매년 그렇게 집안일을 잘 꾸려나가던 언니였어요. 계속 병원 안에만 있는 건 고통스럽겠죠. 덴진 축제 같은 얘기를 들으면 더더욱 집에 돌아가고 싶어지나 봐요……."

세쓰코 씨는 이야기를 하다가 미카게 씨의 표정이 우울해진 것을 눈치채고 하던 말을 멈추었다.

"손자는 아직도 병문안 안 왔죠?"

조금 후 던진 세쓰코 씨의 질문에 미카게 씨는 조심스럽게 고개를 끄덕거렸다.

한숨을 뱉은 세쓰코 할머니는 눈을 내리깔고 주름이 자글거리는 언니의 옆모습을 가만히 바라보았다.

"언니도 집에 돌아가고 싶은데…… 그치?"

아무렇지 않게 뱉은 그 한마디에 깊은 서글픔이 담겨 있었다.

갑자기 "자, 받아요"라는 말과 함께 탁자 위로 커피가 놓였다. 돌아보니 어느새 도자이가 돌아와 서 있었다. 그와 동시에 기분 좋은 커피 향이 풍겨왔다.

"안 좋은 얘기 들었으니까 이걸로 입가심해요. 이제부터 회진이죠?"

평소 듣던 그녀의 밝은 목소리가 약간은 우울해져 있던 나의 마음에 조금의 활력을 선물해주었다.

"고마워." 애써 담담하게 대답한 후, 컵을 들면서 말했다. "슬슬 쓰네 할머니가 식사를 드시게 해볼까나……."

내 목소리에 도자이가 은근하게 미소를 지었다.

"설마 감정에 흔들린 건 아니겠죠?"

"엄연하게 과학적 근거에 의거한 판단이야."

"자, 그럼 문제없겠네요. 걸쭉한 유동식부터 시작해도 될까요?"

"응, 그거면 충분해."

대답을 하고 컵을 기울였다. 입속으로 퍼지는 것은 내가 즐겨 마시는 순한 풍미였다.

"이거 이노다 커피 아니야?"

얼굴을 들자, 도자이가 기가 막히다는 듯이 대답했다.

"역시 아시네요. 전에 좋다고 하셔서 일부러 찾아 사 온 거예요."

"진짜야?"

"당연히 가짜죠. 내가 그냥 마시고 싶어서 사 왔어요."

언제나 그랬듯 경쾌하고 빠르게 되받아치는 그녀의 말은 대꾸할 방법을 잘 모르겠다. 침묵하는 나에게 도자이가 발랄하게 덧붙였다.

"그래도 오늘은 해피 버스데이잖아요? 특별하게 드린 거예요."

나는 또다시 허를 찔려서 얼굴을 들었다.

도자이는 얇은 입술로 부드럽게 미소 짓고 있었다.

"선생님, 드디어 20대를 졸업했네."

"……졸업 시험도 안 치렀는데 맘대로 내쫓아버리니까 뭔가 섭섭하기 짝이 없다."

"그렇게 미움 받을 소리를 나불대다 보면 본인도 모르게 마흔 살이 되어 있을 거예요."

"이런 말 하면 안 되는 건 알지만 그땐 도자이도 마흔을 바라보고 있을 거야."

"걱정해주지 않아도 돼요. 난 매력적인 마흔 살이 되어 있을 테니까."

흔들리지도 않고 웃는 얼굴로 대답하더니 "어쨌든!" 하고 말을 덧붙였다.

"서른 살 축하해요, 선생님."

그 말을 하고 어느 정도는 재미있었다는 듯 끄덕이더니 몸을 홱 돌려버렸다. 대답할 틈도 없었다. 정말이지 유능하기 짝이 없는 병동의 주임님이다.

나는 조용히 커피를 음미했다.

눈앞에 문제가 산처럼 쌓여 있었지만 그 꼭대기만 올려다보고 있다 한들, 문제는 정리되지 않는다. 결국 올라가지 않으면 안 되는 산이라면 한 걸음 한 걸음 천천히 앞으로 나아가는 수밖에 없다.

나는 컵을 탁자 위에 올려두고 평소보다 천천히 자리를 떠났다.

30명의 회진이라고 해도 반 정도는 누워서 잠들어 있는 고령자들이다.

콧속에 관이 삽입되어 있거나, 위장으로 연결된 튜브가 나와 있기 때문에 말이 잘 전달되는 고령자의 수는 더더욱 적다. 92세가 되어도 대기실 안에서 큰 소리를 치는 쓰네 할머니가 더없이 특이한 경우이다.

일단 어제 입원한 요코타 씨의 병실에 가보니, 마침 엑스레이 촬영을 하려고 검사실로 내려가던 길이라고 했다.

엑스레이실로 내려간다는 것은 그만큼 건강해졌다는 뜻이므로 조금 안심이 되었다.

내과 환자라고 해서 30명 전원이 같은 곳에 입원해 있는 것은 아니다. 이만큼의 인원이 되면 다른 과의 병동을 빌린 환자도 있으므로 회진하려면 외과, 응급실 등 다른 병동까지 다니지 않으면 안 된다.

나는 그렇게 이곳저곳을 걸어 돌아다니던 중에 외과 병동에서 옛 친구의 뒷모습을 발견하고 발을 멈추었다.

"다쓰! 네가 여긴 웬일이야?"

뒤를 돌아보는 혈액내과 의사는 사복 위에 가운만 걸친 차림이었다. 보나마나 또 호출을 당해서 갑자기 불려 나온 것이다.

"그렇게 말하는 구리하라도 여전히 수고가 많네."

"어제부터 오늘까지 계속 그렇게 나쓰나를 방치해두면 흔들리지 않을 것 같은 아빠의 자리도 깨지는 거 아니야?"

"그렇게 안 되게 하려고 엄청 노력하고 있어. 빨리 돌아가려고."

전자 카르테를 두드리던 손을 멈추고 다쓰야가 살짝 웃음 지었다.

외과의 스태프 대기실에 발을 디디는 순간 간호사들이 쾌활한 목소리와 함께 인사를 건네왔다. 내과 병동과는 또

다른 분위기가 있었다.

"여기에도 환자가 있는 거야?"

"나이토 선생님이 돌아가시고 나서부터 나도 혈액 환자
만 진찰하면 안 되는 상황이 되어버렸어. 물론 너 정도로
많은 환자는 아니지만…… 이것도 나름 바빠."

"덤으로 외과 쪽도 시끄러워질 것 같네."

왠지 모르게 안정되지 않는 외과의 대기실 안을 응시하
며 말했다.

"두 시간 후에 또 응급 수술이 있대. 몇 없는 외과 의사
가 저기서 선잠을 자고 있어."

다쓰야가 턱으로 바로 옆 휴게실을 가리켰다. 커튼 너머
로 목을 빼고 얼굴을 넣어 들여다보니 어둑어둑한 방 안에
까맣고 거대한 괴물이 동그랗게 몸을 만들고 자는 것이 보
였다.

"얘는 요즘 깨어 있는 시간보다 자는 시간이 더 많은 것
같은데 괜찮은 거야?"

"자는 시간 빼고는 거의 수술실에 있으니까. 외과 의사
학회가 끝날 때까지는 당분간 이 상태라더라."

탁탁거리며 키보드를 치던 다쓰야가 탄식하는 소리가
들렸다.

"용케도 이런 병원에서 넌 계속 일을 해왔던 거네. 진짜

대단한 놈이야. 너도 그렇고, 스나야마도……."

남자 혼자 육아를 하면서 내과의 일도 함께 맡고 있는 다쓰야야말로 더 대단한 남자이지만, 갑자기 서로의 칭찬을 해주는 것도 조금 새삼스럽고 징그럽기도 해서 잠자코 있기로 했다.

"그런데 구리하라, 새로운 소화기내과 의사가 온다는 얘기 알고 있었어?"

다쓰야의 말에 나는 슬쩍 쳐다보며 대답했다.

"알고 있었다고 말할 정도는 아니야."

나의 머릿속에 떠오른 것은 의국에서 본 왕너구리 선생님의 서류였다. 그와 동시에 "아직 비, 밀!"이라며 싱글거리던 선생님의 얼굴이 떠올랐다.

"역시 나이토 선생님이 빠지니까 빈자리가 크긴 컸나봐. 사무국도 필사적으로 힘써줬나 보더라. 아침에 의국 안에서 사무장이랑 부장 선생님이 얼굴을 맞대고 얘기하는 걸 봤어."

오늘 점심에 재무성과 스쳐 지나갔던 것은 그 얘기가 끝난 직후임에 분명했다.

재무성은 호감을 주는 인물은 아니지만 수완가임에는 틀림없다. 그런 사람이 적극적으로 의사를 찾아주었다고 하니, 왕너구리 선생님의 만족스러워 보이던 웃음도 그렇고, 꽤나 구체적인 이야기가 오갔던 것 같다.

"기쁜 소식을 들을 날이 기대가 되네."

그렇게 아무렇지 않은 듯 중얼거리던 나의 입을 막은 것은 멋대가리 없는 벨 소리의 PHS였다. 거의 무의식중에 착신 버튼을 누르자 남쪽 3병동 주임의 익숙한 목소리가 들려왔다.

"선생님, 지금 괜찮아요?"

냉정하고 침착한 도자이가 다소 절박한 목소리로 외치고 있었다.

"무슨 일이야?"

그러자 곧바로 그녀가 대답했다.

"요코타 씨가 병실에서 사라졌어요!"

나는 이마를 누르며 한숨과 함께 일어섰다.

요코타 씨가 실종되었다.

간성뇌증으로 입원한 환자가 입원 다음 날 저녁에 행방불명이 되었다. 큰 소동이 아닐 수 없다.

각 병동에 연락하는 동시에 병원 응급실 입구를 포함해 경비가 서 있는 뒷문에도 통지했다. 통행인 체크도 시작되었지만 한 시간이 경과하고 일몰이 시작되도록 아직 실마리를 찾지 못했다. 완전히 병원 밖으로 나가버렸을 가능성이 크다는 것을 의미했다.

나도 직접 병원을 뛰어다니며 찾아보았지만 별 효과는 없었다. 일단 병동에 다시 돌아온 나는 그곳과는 어울리지 않는 한 광경을 보고 멈춰 섰다.

스태프 대기실의 중앙에 재무성이 서 있었던 것이다. 관리직에서나 일할 것 같은 연배의 간호사와 수위 아저씨를 데리고 불필요하게 위압적인 분위기를 풍기며 병동 안을 돌아다니고 있었다.

이상한 긴장감에 떠밀려 발을 멈춰버린 내 앞으로 도자이가 달려왔다.

"왜 이렇게 늦어요?"

나는 목소리를 낮추고 물었다.

"왜 여기에 저 인간이 있는 거야?"

"'의료 안전 관리실'이란 곳 몰라요? 사무장은 그쪽 실장도 겸하고 있단 말이에요."

무의식중에 혀를 쯧, 찼다.

의료 안전 관리실이라는 곳은 병원에 관련된 클레임이나 트러블을 맡아 해결해주는 부서이다. 요코타 씨가 실종된 일에 관해서도 제일 먼저 연락해야만 하는 부서의 하나이지만 그 실장이 재무성일 줄은…… 재수가 없다 해도 정도껏 없어야지…….

"그렇다고 해도 일요일 오후에 사무장이 자기 발로 저렇게 등장하는 건 좀 오버 아니야?"

"그게 지금 중요한가요? 이 일 때문에 더 찍히게 생겼잖아요."

"도자이 네가?"

"구리하라 이치토 선생님요!"

재미없는 대답이다.

"그럼 오늘 실종된 환자의 담당 간호사가 미즈나시 간호사인 겁니까?"

형사가 대질심문이라도 하듯이 차가운 목소리가 대기실에 울렸다.

재무성이 칼처럼 뾰족한 눈으로 쳐다보고 있는 상대는 간호사 미즈나시 씨였다. 오늘 우연히 요코타 씨의 담당을 맡았던 그녀는 참으로 운이 없었다.

원래가 성실하고 조금은 고지식한 미즈나시 씨는 재무성의 예리한 눈빛에 조금 움츠러든 기색이 있긴 했지만, 창백한 얼굴로 열심히 대답하고 있었다. 하지만 미즈나시 씨가 아무리 결사적으로 대답한다 한들 재무성에게 '배려'라는 두 글자는 존재하지 않는다.

"엑스레이 검사를 하러 내려가서 방으로 돌아온 것을 확인한 시간이 오후 4시. 병실에 사람이 없다는 것을 눈치챈 시간은 6시 지나서, 맞습니까?"

"네······."

"그 두 시간 동안 환자의 동향은 확인되지 않는다······. 어제 막 입원한 중환자임에도?"

재무성의 눈이 번쩍하고 빛난다.

너무나도 공격적인 그의 태도에 나도 모르게 그의 등 뒤에서 입을 열려 했다. 그때 나를 말린 것은 도자이였다.

조금 후 미즈나시 씨는 다소 떨리긴 했지만 똑 부러지는 목소리로 대답을 했다.

"요코타 씨의 간성뇌증은 이미 오늘 아침 단계에서 많이 개선된 상태였습니다. 혈압도 안정되었고 심전도 모니터도 빼고 있던 환자였으니 저로서는 통상적인 대응이었습니다."

훌륭하다. 옆에 있던 도자이가 미즈나시 씨를 지켜보며 조용히 고개를 끄덕였다. 역시나 내가 끼어들 상황은 아니었던 것 같다.

가슴속으로 살짝 미소를 띠고 있던 그 시점에 갑자기 재무성이 나의 존재를 눈치챘는지 화살을 내게 겨누었다.

"실종된 요코타 씨의 주치의가 구리하라 선생님이죠? 주치의로서 무언가 하실 말씀은 없으신지요?"

하나하나 무의미하게 압도적인 인간이다. 하지만 내가

당황해야 할 이유는 하나도 없다.

"미즈나시 간호사가 말한 그대로, 요코타 씨는 특별하게 집중 관리를 필요로 하는 환자가 아닙니다. 지금까지도 몇 번이나 입원과 퇴원을 반복했으며 문제없이 추가 진찰을 해왔으니, 이번 일은 완벽하게 예상치 못했던 그냥 사고일 뿐입니다."

"됐습니다." 고개를 끄덕인 재무성은 함께 따라온 간호사를 향해 돌아보며 말했다. "움직일 수 있는 인원을 최대한 활용해서 병원 안에서부터 병원 주차장까지 탐색해주세요. 사무국에서도 사람을 내보냅시다. 한 시간을 탐색 한도로 보고 더 이상 발견되지 않을 경우에는 경찰에 연락하지요."

엄숙하게 단언하고 재무성과 그 일행은 대기실을 빠져나갔다. 대기실 내의 긴장감이 한순간 느슨해졌다.

"그래서 어떻게 할 거예요?"

도자이는 병동 내의 꽉 막혀버린 공기를 헤집듯이 야무진 목소리로 물었다.

"요코타 씨가 있을 만한 장소라면 대충 짐작 가는 곳이 있어."

도자이가 눈을 크게 떴다.

"방금 사무장한테는 완벽하게 예상치도 못한 상황이었

다고 말하지 않았어요?"

"사무장한테 아직 확실하지도 않은 말을 하면 안 되잖아. 요코타 씨는 있을 수도 있고 없을 수도 있어. 그렇지만 달리 찾을 방법이 없잖아."

"무척이나 신뢰가 안 가는 말이네요." 조금은 어이없어 하는 표정의 그녀였지만 바로 고개를 끄덕이면서 말했다. "병동은 내가 보고 있을 테니까 일단 있을 것 같다는 거기를 좀 부탁해요."

"알겠어. 미즈나시 씨를 좀 데리고 갔다 와도 괜찮겠어?"

"응? 뭐 괜찮지만……."

도자이의 시선 끝에 창백한 얼굴을 하고 반쯤 멍한 상태로 창밖을 쳐다보고 있는 미즈나시 씨가 서 있었다.

거의 방전된 상태였다.

"그러네. 이럴 땐 데리고 나가는 편이 그녀를 위한 것 같네요."

끄덕거린 도자이는 내내 멍하니 서 있는 미즈나시 씨를 나에게 데려다주었다.

덴진 축제는 해가 떨어지고 난 후에 가는 것이 좋다.

태양이 기울기 시작하는 해 질 녘보다는 해가 완전히 저물어 있을 때가 더 운치가 있다.

해가 저물면 신당의 숲은 조용하게 어둠 속으로 돌아간다. 평소에는 그대로 어두움에 잠겨버리고 마는 큰 나무들도 축제의 날만큼은 부드러운 빛과 함께 떠오르게 된다.

그 빛의 색 또한 다채롭다.

바람에 흔들리는 무수한 연붉은 등들, 신전에 은은하게 젖어든 적갈색의 돌 초롱, 사람들이 지날 때마다 깜빡거리는 점포의 주황색 등까지…….

그 색은 원색이 아니다. 어느 것 하나도 진하지 않은 아련한 색이었다. 마치 덧없는 꿈과 같은 따뜻함, 그리고 강력함을 간직한 색이다. 그것은 몇 백 년 전부터 변하지 않고 이어져오며 신당의 숲을 비춰온, 축제라는 색채였다.

그런 빛 아래로 여러 복장의 남녀노소가 왕래하고 있었다.

유카타를 입은 여인, 축제 전통 의상을 입은 소년, 전통 작업복을 입은 노인. 그 사이에는 퇴근 후 들른 듯한 정장 차림의 청년도 있었다. 청년은 시끄러운 신전의 본당 옆 돌계단에 앉아 캔 맥주를 마시며 머리 위로 흩날리는 깃발을 쳐다보고 있었다. 그 앞을 지나가던 검은 고양이는 별 관심도 없다는 듯이 발을 멈추더니 마치 알고 지낸 듯이 편한 얼굴로 청년 옆에 자리를 잡았다.

"대단히 활기찬 분위기네요."

미즈나시 씨가 조심스레 입을 연 것은 딱 신사 입구의

기둥 밑에 도착했을 때였다. 축제의 소리가 병원까지 들릴 정도이니 걸으면 2분 정도 되는 거리이다.

"열여섯 개의 마을이 거행하여 무대를 끌고 이곳까지 들어오는 게 후카시 신사의 덴진 축제다. 현란하지는 않지만 정말로 깊은 매력이 있는 축제이지."

후훗, 하며 웃는 소리에 뒤돌아보니 미즈나시 씨가 이상하다는 듯이 웃고 있었다.

"역시나 구리하라 선생님은 특유의 말투가 이상해서 재미있어요."

"이상하다고? 주어도 술어도 전부 제대로 쓰인 국어 아닌가."

"그렇긴 하네요."

미즈나시 씨는 또 한 번 웃었다.

조금 전까지 짓고 있던 슬픈 표정이 웃는 표정으로 바뀐 것은 다행이지만, 뭔가 석연치 않은 것이 남았다. 나의 그런 마음은 눈치채지 못하고, 그녀는 이미 축제의 빛에 빠져들어 있었다.

"정말 예쁘네요……. 저 덴진 축제에 온 거 오늘이 처음이에요."

"마음이 무거워지는 얘기군. 처음으로 온 덴진 축제의 동행자가 나라니, 지로가 안다면 그 낙천적인 놈도 억울해할 거야. 메스 같은 거 갖고 와서 찌르거나 그러면 진짜 곤란하니까 조용히 있도록."

"말 안 할게요. 선생님도 뭐, 저 말고 아내분이랑 오고 싶으셨을 테니까."

장난으로 던진 내 말에 미즈나시 씨가 의외로 진지하게 대답했다.

신사 안은 근처에 사는 사람들이 모여 노래를 부르거나 무대를 보며 이야기를 나누는 등 굉장히 활기찬 분위기에 물들어 있었다.

본당 쪽으로도 즐비하게 늘어선 열여섯 대의 제례용 무대는 장관이었다. 어떤 것도 결코 화려하거나 아름다운 것들로 꾸며진 무대 장식은 아니었다.

종규(역귀, 마귀를 쫓는 중국의 신 - 옮긴이)나 성성이(술을 좋아하는 중국 전설상의 짐승 - 옮긴이)라고 하는 예스러움이 느껴지는 인형이 장식된 것도 있었고, 그런 인형은 아예 없는 무대도 있다. 대신 두세 명의 남자가 무대 위쪽에 올라가 술을 대작하고 있는 모습도 보였다. 꾸밈 없는 그 하나하나가 이 지역의 축제라고 불러도 될 듯하다.

"근데 정말로 요코타 씨가 여기에 있어요?"

"요코타 씨가 금붕어 잡기 점포의 주인이야. 일해야 하니까 퇴원시켜달라고 난리 쳤던 그 말이 진심이었다면 아

94 신의 카르테 3

마도 여기에 있을 거야."

"진심이었다면……이라뇨?" 역시나 당혹스러운 말투가
돌아왔다. "없으면 어떻게 할 건데요. 아무리 그분이 그렇
게 말했다고 하더라도 알코올의존증인 환자의 말을……."

말을 하던 미즈나시 씨가 입을 다물게 된 것은 내가 손
으로 막았기 때문이다.

어제 보았던 신전 옆에 바로 그 금붕어 잡기의 깃발이
펄럭이고 있었다.

머리에 수건을 두른, 황달기가 다분한 요코타 씨는 소년
에게 금붕어 잡기의 종이 망을 전해주고는 즐겁게 말을 걸
고 있었다. 소년은 반짝거리는 눈으로 수조를 바라보고 있
었다. 그 바로 뒤에 소년의 엄마로 보이는 여성이 아이를
조용하게 지켜봐주고 있었다.

소년이 그 망을 조심스럽게 물에 넣고 신중히 떠올리자,
소년의 작은 손 위로 금세 빨간 색채가 반짝하고 튀어 올
랐다. 소년이 "우아!" 하고 기쁨의 소리를 지를 때 요코타
씨가 슬쩍 그릇을 내밀더니 소년의 금붕어를 받아주었다.

아주 아름다운 여름 축제의 한 풍경이었다.

"얼마나 기다려야 같이 병원으로 돌아갈 거예요?"

방금 있던 엄마와 아이가 돌아가자마자 나와 미즈나시

씨는 금붕어 장수에게 다가섰다.

양동이에 앉아 있던 요코타 씨는 내가 온 것을 눈치채고는 바로 씁쓸하게 웃었다.

"이렇게까지 하나요, 보통?"

"그건 제 대사죠."

내가 최대한 쌀쌀맞게 대답하자, 요코타 씨는 조금은 미안해하는 얼굴을 보였다.

"병원에서 기다리면 또 뇌증이 생겨서 곧 돌아오리라는 건 알고 있지만 모처럼 축제날…… 그것도 한밤중에 호출이 오게 만드는 건 저도 좀 사양하고 싶네요."

"여전히 지독하기도 하네, 의사 선생님."

쓴웃음을 띠면서도 요코타 씨는 천천히 일어나 가게의 깃발을 걷으며 정리를 시작했다.

"이제 되었죠, 선생님?"

생각한 것보다 빨리 포기해주었다.

나는 가볍게 눈썹을 올렸다.

"병실에서 탈주해서 온 것치고는 포기가 빠르네요."

"주치의가 가게 앞까지 나타났는데 뭐 어떻게 할 수도 없잖아요."

요코타 씨가 갑자기 먼 곳을 응시하면서 크게 손을 흔들었다. 아까 있던 소년과 엄마가 손을 잡은 채 이쪽을 돌아보고 있었다.

소년은 부끄러워하면서 손을 흔들어주었다. 은근하게 웃음 짓는 소년의 볼은 빨갛게 물들어 눈부실 지경이었다. 소년의 다른 한 손에는 금붕어 몇 마리가 들어 있는 투명 봉지가 매달려 있었다. 소년이 손을 흔들 때마다 반짝거리며 흔들리고 있었다. 옆에서 아이의 엄마가 조심스럽게 머리를 살짝 숙이며 인사하는 것이 보였다.

"선생님 덕분에 올해도 장사는 못 하겠네요. 뭐 그래도 충분해요."

요코타 씨는 접어서 만 깃발을 올려두더니 다시 양동이 위에 앉아 찌그러진 담배를 꺼내 물었다.

발밑의 수조에는 벌써 몇 마리밖에 남지 않은 금붕어가 활발하게 헤엄치며 돌아다니고 있었다. 빨간 꼬리지느러미가 팔락거릴 때마다 선명한 빛깔이 반짝거렸다.

요코타 씨가 숙련된 솜씨로 성냥을 댕기고는 담배 끝자락에 붙이며 말했다.

"의사 선생님, 그리고 간호사 양반." 반딧불처럼 희미한 담뱃불을 빨아들이면서 그가 얼굴을 들었다. "한 가지만 좀 합시다. 그 정도 시간은 있죠?"

그는 울퉁불퉁한 오른손에 옛 추억이 담긴 금붕어 잡기의 망을 쥐고 있었다.

"돈은 왕진료 대신 퉁 친 걸로 합시다."

수지가 맞지 않는 거래를, 웃는 얼굴로 제시하며 내 앞에 아무렇지 않게 망을 내밀었다. 그의 애교 있는 웃음에 빨려가듯 나는 어느새 그것을 받고 말았다.

'이러면 안 되는데……'라고 생각하며 옆을 보니 어느새 미즈나시 씨도 나와 같은 기분인 듯 양손을 꽉 쥐고 고개를 끄덕이고 있었다.

나는 천천히 수조 옆에 앉아 망을 잡은 손을 물속에 넣었다.

차갑고 기분 좋은 물의 감촉과 함께 금붕어가 물살을 따라 움직였다. 옆에 있던 미즈나시 씨가 무의식중에 환호성을 질렀다. 나도 모르게 갑자기 흥이 올라왔다. 망을 움직이자 금붕어도 움직였다. 반짝반짝하는 빨간 색채가 나부끼고 있었다. 충동적으로 급히 들어 올리자 놀랍게도 망의 종이가 찢어지지 않고 그 위에 금붕어가 조용히 공기 중에 떠 있었다. 즉각 요코타 씨가 통을 꺼내 와서 방금 건진 금붕어를 받아주었다.

"훌륭해."

요코타 씨의 구수한 목소리가 울렸다.

또 수조 안에 손을 넣었다. 다시 건져 올려보니 금붕어가 찢어지지 않은 망 위에 또 올라와 있었다. 완벽하게 둔

한 내 손동작에도 이렇게나 간단히 잡을 수 있다니 왠지 통쾌하기 그지없었다.

나의 조심성 없는 동작을 바라보며 요코타 씨는 경쾌하게 어깨를 흔들면서 조그맣게 말했다.

"솜씨 좋네, 우리 선생님."

가슴이 시려질 만큼 따뜻한 목소리였다.

반짝거리는 빨간 색채가 춤을 추고 있다.

네다섯 마리의 금붕어가 헤엄치며 돌고 있는 비닐봉지가 링거 걸이의 손잡이에 축 걸려 있다.

작은 투명 봉지 안에서 금붕어는 열심히도 헤엄치며 돌아다니고, 가끔씩 움직임이 격해져 봉지 자체가 작게 떨릴 때도 있었다.

신사에서 요코타 씨를 데리고 돌아온 나와 미즈나시 씨는 응급 외래에서 혈액 검사를 한 후에 그대로 그를 휠체어에 태워 병동까지 올라왔다.

이런 시간에 쓰네 할머니가 방에 가지도 않고 대기실에 나와 있다. 병실에서 무슨 큰 소리라도 났던 것일까? 지금 그녀는 금붕어 봉지에 온전히 집중한 채, 봉지 속 반짝거림만을 바라보고 있다.

"요코타 씨가 쓰네 씨한테 주는 거래요."

가만히 말을 꺼낸 이는 쓰네 할머니 옆에서 카르테를 기록하고 있던 미카게 씨였다.

"쓰네 할머니가 요코타 씨가 들고 있던 금붕어 봉지를 지그시 보고 있었더니 요코타 씨가 갑자기 '가져요!' 하면서 쑥 내밀더라고요."

미카게 씨가 조심히 시선을 돌린 쪽에는 바로 요코타 씨가 있었다.

대기실 안에서 따분한 듯 휠체어에 앉아 있는 그는 재입원 수속과 각 부서에서 걸려온 연락으로 쉴 새 없이 바빠보이는 미즈나시 씨를 멍하게 응시하고 있었다.

"구리하라 선생님, 나는 휠체어 같은 거 안 타도 그냥 걸을 수 있어요."

아마도 지금 이 상황이 불편할 터이다. 요코타 씨가 조심스럽게 말했지만 나는 들리지 않는 척하며 카르테 입력을 계속해나갔다.

실컷 병원 안을 소란스럽게 한 장본인 요코타 씨에게 이 정도는 마음의 불편함을 느끼게 해주는 것도 나쁘지 않을 것 같다. 요코타 씨는 떠올려주기를 바라는 금붕어처럼 미즈나시 씨만을 계속 바라보고 있었지만 눈코 뜰 새 없이 바쁜 그녀가 눈치챌 리 없었다.

"금붕어를 받는 건 괜찮은데 도대체 누가 돌볼 거야? 병원 안에서 기를 수도 없고. 쓰네 할머니한테는 무리일 것 같은데."

"그렇죠……? 손자 부부에게 부탁할 수 있으면 좋은데 그분들은 아예 오지도 않고 말이에요. 세쓰코 씨한테 부탁하는 것도 왠지 아닌 것 같고……."

미카게 씨의 곤혹스러운 얼굴 따위는 신경도 쓰이지 않는 듯이 할머니는 그저 가만히 금붕어만 바라보고 있었다. 언제나 "배고파"라는 말만 반복하던 할머니가 이렇게 조용하게 앉아 있다니 정말 보기 드문 광경이었다.

점심에 세쓰코 씨가 중얼거렸던 말이 떠올랐다.

'덴진 축제에 둘이 자주 놀러 갔어요. 금붕어도 잡고 솜사탕도 사 먹고…….'

기분 탓이었을까, 평소에 짓던 험악하던 표정도 조금은 누그러진 듯 보였다. 예전에 동생과 거닐던 축제 풍경이 떠오르기라도 한 것일까.

나는 가만히 시선을 돌려, 옆에서 서류를 보며 조용히 사무를 보고 있던 유능한 병동 주임을 지그시 쳐다보았다.

"안 돼. 병동에서 금붕어를 어떻게 길러."

도자이가 쳐다보지도 않고 갑자기 말했다.

"나…… 아무 말도 안 했는데?"

"나도 그냥 혼잣말 한 거니까 신경 쓰지 마요."

그녀는 대답을 참 빨리 잘한다.

침묵한 채로 잠깐 동안 쓰네 할머니와 금붕어가 든 비닐봉지, 도자이를 순서대로 비교해보며 서 있었다. 그때 다리가 저린 듯 도자이가 뒤로 돌았다.

"말해두겠는데 나도 금붕어 정도는 어떻게라도 할머니한테 드리고 싶거든요. 그렇게 못된 놈 보듯 하지 말아주세요."

"이것도 혼잣말인가?"

"아니, 선생님한테 말하고 있잖아요." 도자이는 나를 한번 흘겨보고는 한숨을 쉬었다. "하…… 정말로. 요코타 씨를 찾아서 데리고 와준 건 진짜 고마운데 왜 금붕어까지 같이 데리고 온 거야?"

도자이에게 아직 자세한 얘기는 하지 않았다.

요코타 씨가 병원을 탈출해서 금붕어 잡기 점포를 열러 갔다는 얘기를 들으면, 아마 더 질려 할 것이다.

그때였다. "가이다 씨라면 저쪽에 계십니다"라는 미즈나시 씨의 목소리가 들렸다.

얼굴을 들자 대기실 앞에 체구가 작은 중년 남자가 서 있는 것이 보였다. 조금 더러운 티셔츠에 반바지 차림. 빈말로도 청결과는 거리가 먼 차림의 남자였다. '어딘가에서 본 듯한 사람 같은데……'라고 생각하고 있는데 그쪽이 먼저 머리를 숙였다.

"구리하라 선생님, 오래간만에 인사드립니다."

목소리를 듣고 나서야 갑자기 생각이 났다.

쓰네 할머니의 손자였다. 한 달 동안 한 번도 모습을 보여주지 않았던 그 손자가 일요일 저녁에 갑자기 병원에 나타난 것이었다.

도자이가 바로 일어섰다.

"가이다 씨, 어쩐 일이세요? 이런 시간에?"

그렇게 전화해도 한 번을 안 오시더니, 라고 말하지는 않았지만 역시 그녀도 놀라움을 감추지 못하고 있었다.

"몇 번이나 연락을 받고도…… 정말 죄송합니다, 간호사 선생님."

남자는 정중하게 머리를 숙이고 나서 망설이듯 대기실 안쪽으로 들어와 쓰네 할머니 옆에 웅크리고 앉았다.

"할머니…… 미안. 좀처럼 올 수가 없었어."

금붕어에 빠져 있던 할머니가 시선을 손자에게로 옮겼다. 언제나 불상 같은 표정을 짓던 할머니가 간신히 어깨를 움직이며 놀라움을 표현했다.

남자는 머리 주변을 북북 긁으면서 무언가 결심한 듯이 말했다.

"아까 세쓰코 할머니가 우리 집에 왔었어."

나의 머릿속에 오늘 낮 쓰네 할머니 옆에 있던 백발 여성의 온화한 표정이 떠올랐다. 세쓰코 씨는 오늘 병원을 나선 후, 그대로 손자 부부의 집을 찾아간 것이다.

"할머니가 우리 집에 오는 일은 좀처럼 없으니까…… 깜짝 놀랐어."

남자의 말을 들으니 손자 부부와 세쓰코 씨의 관계는 그 정도로 친밀하지는 않은 것 같았다.

세쓰코 씨는 본래 얌전하고 침착한 사람이라 언니의 일에 관해서 함부로 나서지 않았고, 더군다나 직접 손자의 집까지 방문한 적은 한 번도 없었다고 한다.

"그게 말이야, 해질 때쯤 갑자기 찾아오셔서…… 드디어 할머니 일로 화를 내시겠구나 하고 생각했는데…… 그런 얘기가 아니었어."

"여든여덟 살 먹은 할머니가 지금에 와서 멋대로 참견할 일은 아니지만 오늘 밤만큼은 덴진 신을 뵙고 오기도 했으니 용기를 내서 말을 해볼게."

다다미 위에서 그렇게 조용히 고한 세쓰코 씨는 그때부터 정중하게 머리를 숙이고 이야기를 했다고 한다.

쓰네 할머니가 꽤 건강해져서 식사도 할 수 있게 된 것과 오늘 병원에서 이제는 퇴원해도 좋을 것 같다는 이야기를 들은 것, 그러나 손자 부부가 오지 않아서 퇴원 준비가 전혀 진행되지 않고 있는 것 등…….

분명 세쓰코 씨는 밀어붙이듯이 말하지 않았을 것이며, 비난하지도 않았을 것이다. 그저 진심을 담아 담담히 말했으리라.

"그리고 마지막으로…… 어떻게 해도 모시고 오지 못한다면…….'' 세쓰코 씨는 숨을 한 번 크게 쉬고 그 말 끝에 이렇게 덧붙였다고 한다. "언니의 연금은 전부 너희한테 줄 테니 내가 언니를 데리고 가면 안 되겠니?''

"할머니…… 내가 대체 그동안 무슨 짓을 한 걸까……?''

손자가 중얼거리듯 뱉은 그 목소리는 꾸밈없는 감정이었다.

쓰네 할머니는 아무런 미동도 하지 않고 잠잠히 손주의 옆모습을 바라보고 있었다.

"아무리 좋은 간호사분들이 있고 냉방이 잘되어도 인간은 역시 자기 집에서 지내는 게 제일 편하고 좋은 거라고 말씀하셨어. 자기는 아직 다리랑 허리가 많이 굽지 않았으니 할 수 있는 만큼 한번 간병을 해볼까 한다고 하시면서…….'' 손자는 천천히 입을 꽉 깨물며 말하고 얼굴을 들었다. "할머니랑 나이 차이도 얼마 나지 않는 세쓰코 할머니한테 그 정도까지 얘기를 들으니까 갑자기 나 자신이 너무 비참한 기분이 들었어.''

남자의 거친 팔이 할머니의 휠체어 손잡이를 단단히 잡았다.

　"밥 잡수실 수 있는 거지? 이제 집에 가자, 할머니."

　뜻밖의 깊은 울림이 있는 목소리가 대기실에 퍼졌다. 그간 방황이 컸지만 가슴속 깊숙한 곳의 따뜻함이 느껴지는 울림이었다.

　조금 떨어진 곳에 있던 요코타 씨와 미즈나시 씨까지 이끌린 것처럼 남자의 뒤를 쳐다보고 있었다.

　남자는 나와 도자이, 미카게 씨에게 둘러싸인 것도 잊은 채, 그저 바로 앞에 앉아 있는 몸집이 작은 할머니 한 사람만을 쳐다보며 한 번 더 입을 열었다.

　"집에 가자, 할머니. 우리 집."

　남자의 목소리에 대답하듯 링거 걸이의 손잡이에 축 매달려 있던 금붕어 봉지가 출렁하고 흔들렸다. 쓰네 할머니는 잠시 손주의 얼굴을 보고 있다가 조금 후 천천히 얼굴 근육을 움직였다.

　내가 처음 보는 쓰네 할머니의 웃음이었다.

　"좋은 이야기네, 의사 선생님."

　요코타 씨의 중얼거림이 병실에 울렸다.

　링거 주사를 확인하고 시선을 돌려보니 요코타 씨는 밤

의 어둠 속에 물든 창밖을 가늘게 뜬 눈으로 쳐다보고 있었다.

주택가 한 모퉁이에서 실낱같은 옅은 빛이 보인다. 축제의 등불인 걸까. 기분 탓인지 희미하게 축제의 음악 소리가 들리는 것 같기도 했다.

"그런 게…… 가족이라는 거겠지?"

특별히 대답을 기대한 목소리는 아닌 것 같았다. 요코타 씨는 어딘가 기뻐 보이는 얼굴로 창밖의 밤거리를 응시하고 있었다.

그때 병실 문이 열리고 미즈나시 씨가 들어왔다.

"구리하라 선생님, 암모니아 수치 결과가 나왔습니다."

혈액 검사의 종이를 건네받은 내 쪽으로 요코타 씨가 얼굴을 돌렸다.

"암모니아가 뭐죠?"

"간성뇌증의 지표가 되는 수치입니다. 치료를 내팽개치고 저 축제의 열기 속에서 일하다가 온 사람치고는 그렇게 나쁘진 않습니다."

"거참, 되게 신경 쓰이는 말투네."

피식 웃음을 띠는 요코타 씨에게 미즈나시 씨가 고지식한 얼굴로 대답했다.

"요코타 씨, 모처럼 내려간 수치가 다시금 올라가고 있

는 것은 사실입니다. 이번에야말로 제대로 치료 받으셔야
해요."

"알고 있습니다. 나도 1년에 한 번뿐인 큰일을 잘 끝냈
으니 지금에 와서 밖으로 나갈 이유도 없고요."

의외로 깔끔한 어조였다.

"근데 선생님, 우리 금붕어들은 괜찮은 거예요?"

"쓰네 씨의 손자분이 책임지고 한번 잘 키워보겠다고
했습니다."

나의 대답에 요코타 씨가 만족한 듯 끄덕거렸다.

정말이지 독특한 금붕어 장수이다. 나는 잠깐 생각한
후, 가슴속에서만 계속 맴돌고 있던 아주 사소한 의문을
입에 담았다.

"한 가지 뭐 좀 물어봐도 됩니까, 요코타 씨?"

"뭡니까, 선생님? 그렇게 정색을 하고는?"

"저에게는 절대 다루지 못하는 세 가지가 있는데요."

갑자기 그런 말을 꺼내는 나를 보며 미즈나시 씨는 이
상한 얼굴을 했지만 요코타 씨는 차분한 눈으로 나를 봐주
었다.

"알코올 중독자와 귀신, 금붕어 잡기……입니다."

그다지 파격적이지도 않은 말인데, 미즈나시 씨가 꽤나
곤란한 표정을 짓고 서 있다.

나는 어디까지나 담담하게 말을 이어나갔다.

"저는 태어나서 여름 축제에 가본 횟수가 손에 꼽을 수 있을 정도로 많지는 않았습니다. 하지만 갈 때마다 매번 했던 금붕어 잡기는 단 한 번도 성공한 적이 없었어요. 그런데 오늘은 전대미문의 대어를 낚았죠. 좀 이상하다고 생각했습니다."

조용히 그를 보았지만 아까의 표정 그대로였다. 아니, 오히려 표정을 읽을 수 없었다.

옆에 있던 미즈나시 씨는 무슨 소리인지 전혀 모르겠다는 얼굴로 나를 쳐다보았다. 신경 쓰지 않고 다시 입을 열었다.

"⋯⋯뭔가 꿍꿍이가 있다고 생각되는데요."

"의사 양반은 이길 수가 없네." 갑자기 그가 온화하게 웃었다. "특별히 꿍꿍이라고 할 것도 없어요. 내가 특수 제작한 종이 망을 쓰면 어떤 생 초짜가 와도 대여섯 마리는 건져 올리니까."

그가 의미심장한 말을 술술 털어놓았다.

"특수 제작한 망?"

"우리 아들 전용입니다. 쉽게 찢어지지 않는 종이로 만든 망이죠. 원래 다른 손님들한테는 안 주는데 오늘은 의사 양반한테만 특별하게 서비스해준 거라고."

요코타 씨는 즐거운 듯이 웃고 있었지만 나는 물론 미즈나시 씨도 웃을 상황이 아니었다. 너무나 아무렇지 않게 그가 뱉어버린…… 그냥은 넘길 수가 없는 그 단어를 나는 되물었다.

"아들……요?"

"그렇게 놀라지 좀 마세요. 선생님도 봤잖아요."

그 말을 듣자마자 갑자기 머릿속을 스쳐가는 풍경이 있었다. 요코타 씨의 가게에서 열심히 금붕어를 떠올리던 한 소년의 모습이었다. 금붕어 몇 마리가 흔들거리는 봉지를 쥐고 걸어가던 빨간 볼의 소년.

"매년 덴진 축제날에만 만날 수 있어요. 걔 엄마랑 약속한 거라……. 1년에 딱 한 번만 만나게 해줘요."

나도 미즈나시 씨도 대답할 말을 찾지 못했다.

그는 정말 아무렇지도 않은 것처럼 말했다.

"이혼한 아내랑 초등학교 2학년짜리 아들이에요. 더군다나 아들은 1년에 한 번만 만날 수 있는 금붕어 아저씨가 자기 친아빠인 것도 모르고 있지만……."

요코타 씨는 조용히 쓴웃음을 띤 채 앉아 있었다.

그건 늘 보던 알코올의존증 환자의 옆모습이 아니었다. 가끔 보여주는 소름 돋던 그 웃음도 아니었다. 틀림없이 50년 가까이 긴 세월을 걸어온 한 인간으로서 삶의 쓴맛을 머금은 웃음이었다.

"완전 엉터리 인생이었지만 그래도 그 녀석이 그렇게 손을 잡고 걸어오는 모습을 보면 전부 다 용서가 되는 기분이에요. 묘하게 만족을 느낀단 말이지."

그의 쓴웃음 안에는 부끄러움이랄까, 쑥스러움이 살짝 들어 있는 듯했다.

요코타 씨의 '엉터리 인생'이라는 게 정확히 어떤 것인지 나는 물론 알 수 없다. 소년의 뒤에 서 있던 엄마가 어딘가 딱딱한 표정이었던 것을 생각해보면 둘 사이에는 불편하고 복잡한, 무언가 심상치 않은 것이 있는 것만은 분명하다.

하지만 그 경위를 묻는다 한들 이 인간이 대답을 해줄 리도 만무하다. 설사 대답해준다고 하더라도 그 무거움을 풀어낸다는 것은 어려운 일임에 틀림이 없다.

인생이라는 것은 어차피 언어가 아니다. 걸음이다. 그저 묵묵히 걸어 나가는 걸음이다.

"아들 전용인 특제 망이었으니까 손을 수조에 다 담그고 헤집어대는 의사 양반의 똥 같은 실력에도 그 정도는 뜰 수 있던 거지. 다른 데였어 봐요, 한 마리도 못 잡아."

"그거 사기 아니에요?"

"아들 사랑? 뭐 그런 걸로 해둡시다."

요코타 씨는 어깨를 흔들며 껄껄 웃고 있다.

그러다 갑자기 입을 다물더니 곧 베개에 기대고 있던 머리를 들고 나와 미즈나시 씨를 향해서 깊게 숙여 보였다.

"덕분에 올해도 무사히 아들 녀석을 만났습니다. 고맙습니다."

그는 머리를 숙인 채 한동안 움직이지 않았다.

밤의 병동은 이제야 차분하게 돌아오고 있었다.

대기실 안에는 회진을 끝낸 간호사들이 돌아오고 있었다. 요코타 씨를 발견해서 잘 데리고 온 덕분인지 긴장감이 어느 정도 풀린 차분한 분위기였다.

"대단하신 안전 관리실 실장님께서 뭐라고 안 하든?"

내 목소리에 도자이가 고개를 들었다.

"뭐라고 한 건 아니고 한마디만 하던걸요. 구리하라 선생님께 수고했다고 전해달래요."

"기분 나쁜 한마디네."

"선생님이 그런 말 할 정도로 그렇게 형편없는 사람은 아니지 않아요?"

도자이의 사람 보는 눈은 적어도 나보다는 훌륭하다. 반박하고 싶은 부분이 있긴 했지만 일단 감정싸움이니 조용히 있기로 했다.

"쓰네 할머니는 다음 주 주말 정도에 퇴원하기로 했어요. 밥만 잘 드시면 손자분이 모시러 올 거예요."

역시 도자이는 일을 참 빨리 잘한다.

"쓰네 씨 퇴원도 결정되었고, 요코타 씨도 돌아왔고, 사무장의 분위기도 나쁘지 않았다라……. 일단은 만사 해결인 건가?"

도자이가 가늘고 긴 눈으로 쳐다보며 웃었다. 그러다 내가 무뚝뚝하게 침묵하고 있는 것을 느끼고는 미소를 멈추었다.

"무슨 일인데요?"

"무슨 일이랄 것도 없어."

도자이의 말대로 적어도 병원의 문제는 어느 정도 해결되었다. 잘된 일이긴 하지만 아직 나한테는 지극히 중대한 문제가 남아 있었다.

힐끗 시계를 보니 벌써 9시가 다 되어가고 있었다.

"도자이, 덴진 축제 몇 시까지 하지?"

"덴진 축제? 9시 아니에요? 정확히는 모르겠지만……."

이상하다는 얼굴로 보는 그녀의 대답에 나는 깊게 한숨을 쉬었다.

물론 한숨을 몇 번이고 뱉는다 한들 9시가 8시로 변하지는 않는다. 나는 가슴 쪽의 주머니에서 휴대폰을 꺼내 들고 무겁게 일어섰다.

　낭만 없는 발신음이 귓가에 울리고 있다.

　나는 오른손으로 휴대폰을 든 채 왼손의 캔 커피를 입에 갖다 댔다. 장소는 병원 뒤편의 강가였다.

　해 질 녘에 들려왔던 축제의 음악 소리도 지금은 들리지 않는다. 강변으로 지나가는 바람을 맞고 있는 매실수는 가끔씩 조그맣게 가지를 흔들고 있었다.

　"고생했어요, 이치 씨."

　그런 아내의 목소리가 들린 것은 전화벨이 세 번 울리고 난 후였다.

　"미안해, 하루. 덴진 축제 말인데…… 아무래도 시간을 못 맞출 것 같아."

　"그러네요. 이치 씨야말로 괜찮아요?"

　오히려 나를 신경 써주는 아내의 목소리가 가슴으로 스며들었다.

　가라앉은 그녀의 목소리에는 나를 나무라는 기색은 먼지만큼도 없었다. 그런 그녀의 마음 씀씀이가 때로는 반대로 마음을 울린다. 나는 그저 휴대폰을 쥔 채 크게 끄덕이기만 했다.

　"괜찮지 않더라도 하루의 목소리를 들으니까 만사가 다

괜찮은 것처럼 느껴진다."

"그건 좀 곤란한데요."

은은한 웃음소리가 들렸다.

조금의 틈을 두고 아내가 말을 이었다.

"이치 씨, 지금 시간 괜찮아요?"

"지금?"

묘한 질문이었다.

"5분 정도."

"그 정도는 상관없기는 한데……."

"지금 하늘 보여요?"

"하늘?"

서 있는 곳은 강변이다. 머리를 뒤로 조금 젖혀보니 특별하지도 않은 까만 하늘이 시선을 가득 채우고 있었다.

"아무 특색도 없는 마쓰모토의 밤하늘이 아주 잘 보여."

"그럼 다행이에요. 이치 씨는 시간을 잘 맞추셨어요."

아내의 말을 이해 못 한 내가 다시 물어보려고 한 순간, 시야가 밝은 빛으로 점령당했다.

놀라서 말문이 막히자마자 곧바로 '팡!' 소리와 함께 가슴까지 울리는 큰 소리가 울려 퍼졌다. 어안이 벙벙해진 내 머리 위를 가득 메운 것은 거대한 빛의 꽃이었다. 힘껏 쏘아 올린 불꽃놀이였다.

"오히려 딱 맞아떨어지는 타이밍이네요."

아내의 아름다운 목소리가 들렸다.

그 목소리를 감쪽같이 없애며 또다시 '펑!' 하고 밤하늘이 흔들렸다. 보라색 빛의 큰 원이 밤하늘에 보란 듯이 화려하게 피어올랐고, 넋을 잃고 보고 있는 와중에 이번에는 파란색 원이 쫓아오듯 피어오른다.

그 뒤부터는 연달아 계속해서 올라가는 거대한 불꽃들이 보였다. '펑!' 하며 불꽃이 피어오를 때마다 아내의 희미한 환호성이 이어졌다. 나는 그냥 그녀의 목소리에 귀를 기울이며 빛나는 그 꽃들을 계속 바라보았다.

"이치 씨, 우리 함께 불꽃 축제를 보았네요."

그녀의 그 목소리조차 금세 불꽃들이 내는 소리에 사라져갔다. 대답할 수 없었다. 희미한 목소리로 겨우 한마디를 뱉었을 뿐이다.

"……하루한테는 도저히 이길 수가 없다."

"네? 뭐라고 했어요?"

"최대한 빨리 돌아갈게, 라고 했어."

이번에는 크고 확실하게 전했고, 아내의 밝은 대답이 들렸다.

"맛있는 커피 만들어서 기다릴게요."

따뜻한 그 말을 가슴에 담고 잠시 동안 밤하늘을 바라보다가 전화를 끊었다.

어느새 강가의 다리 위에는 불꽃놀이를 보러 온 사람들이 모여 있었다. 유카타 차림, 양복 차림 등 제각각의 채비를 한 사람들이 각자의 하늘을 올려다보며 시간을 보내고 있었다.

사람들이 갑자기 튀어나온 것은 아닐 테고 처음부터 그들은 그곳에 있었던 것이다. 피곤에 지친 내 마음이 그 풍경조차도 놓치고 있었던 것뿐.

자연스레 쓴웃음이 나왔다.

"정말로 하루한테는 이길 수가 없다……."

굳이 목소리를 내어 중얼거린 내 가슴속 어딘가가 한순간에 따뜻해져왔다. 그대로 크게 깊은 호흡을 한 번 하고 나는 몸을 돌렸다.

병원 뒤편으로 향하는 내 머리 위에서 두 번, 세 번 또다시 현란한 색깔의 꽃이 피어올랐다. 문 앞에서 한 번 더 위를 쳐다보니 때마침 특대 사이즈의 황금색 버드나무가 밤하늘과 거리를 밝게 물들이고 있었다.

제 2 장

가을비

'온천이 끓어오르면 하얀 실처럼 고운 물 때문에 이곳을 찾는 사람들의 발길이 끊이지 않는다.'

 헤이안 시대 후기에 편찬된 시집 『고슈이와카슈』에 그런 구절이 있다.

 헤이안 시대의 대표 시인 36명 중 하나인 미나모토노 시게유키(源重之)가 시나노국(현재의 나가노현 - 옮긴이)의 온천 지역을 방문했을 때 읊은 시가이다.

 그 노래에 나오는 '하얀 실'은 이 온천지의 별명이며 지금은 오보케, 후지이와 함께 '우쓰쿠시가하라 온천'이라는 이름으로 불리고 있다. 마쓰모토다이라의 동쪽 시가지에서 차로 20분 정도 산 위로 오르면 완만한 서쪽 방향의 경사면에 펼쳐지는 것이 이 우쓰쿠시가하라 온천이다. 에도 시대에는 아사마, 시라호네와 더불어 호황을 누리던 신슈의 대표 온천지였다.

온천장의 수는 그다지 많지 않다. 하지만 온천수만큼은 어느 온천보다 좋은 수질이라고 할 수 있다. 특히 '하얀 실' 온천은 먼 길을 온 여행객들의 발길만 붙잡는 곳이 아니다. 이 근처 주민들의 방문으로도 꽤나 북적거리는 것을 볼 수 있으니, 이 온천의 물이 얼마나 좋은지는 짐작할 수 있을 것이다.

이런 작은 거리 한구석에는 '여관 기쿠모토'가 조용하게 자리 잡고 있다.

안채 구조는 요즘은 찾아보기 드문 3층 목조 건물이다. 거기에 증축이 이루어져 각각의 건물이 이상하게도 다 연결되어 있다. 별생각 없이 발을 내디뎌 들어가면 내가 어디에 있는지조차 알 수 없게 될 정도로 복잡한 구조이다. 화려함이 아닌 우아함이 있고, 현란하지는 않아도 소탈한 맛을 느낄 수 있다.

그 여관에서 넓은 방을 통째로 빌려 연회를 여는 대표적인 단골손님이 바로 혼조병원이다.

내가 택시를 타고 온천 거리에서 내린 것은 밤 9시를 넘길 즈음이었다. 연회가 7시에 시작된다고 전달 받았지만, 그 시간에 병원을 나올 수도 없었고 이 시간에 나온 것도 꽤나 노력한 결과이다.

9월의 가을.

보통이라면 슬슬 동장군의 발소리가 들려오는 시기이며, 해가 저물기 무섭게 쌀쌀함을 느낄 수 있는 계절이다. 그런데 올해는 예년에 없던 늦더위 탓인지 가로등이 비치는 여관의 수로 앞쪽에, 마치 불을 켜두고 간 쓸쓸한 등대처럼 다홍색의 피안꽃이 흔들리고 있었다.

징검돌을 밟고 문지방을 넘어 안내를 받고 있을 때, 어디에선가 활기찬 웃음소리가 들려왔다. 좁은 복도를 지나 널찍한 다다미방 안으로 들어가자 연회는 이미 한창인 상태였다.

30개는 되어 보이는 좌탁이 어수선하게 흐트러져 있고 정장과 사복, 유카타 차림의 잡다한 복장을 한 인간들이 술병이나 잔을 쥔 채로 왔다 갔다 하며, 여기저기에 모여 앉아 열띤 토론을 벌이고 있었다.

사무국 간부와 간호부 사람들도 일부 섞여 있었지만 거의 대부분은 혼조병원의 의사였다.

"어! 수고했어, 구리하라."

맨 먼저 나를 눈치채고 술잔을 넘겨준 것은 한쪽 구석에서 조용히 술잔을 기울이던 내 친구 신도 다쓰야였다.

친구는 볼이 조금은 빨갛게 달아올라 있다. 이 남자에게서는 좀처럼 볼 수 없던 일이다. 지금까지 누군가의 술잔을 같이 맞춰주고 있었던 것일지도 모르겠다. 일단 그 옆에 자리를 찾아 앉았고, 다쓰야는 오른손으로 상 위의 술잔을 슬그머니 집어 든다.

"일은 잘 정리했어?"

"아니, 응급실에 천식 발작 환자가 와 있는데 원인불명의 간경화가 있어서. 검사 결과에 따라서 또 호출이 올 수도 있어."

"고생했어. 나는 이미 엄청 즐기고 있었는데 뭔가 미안하네."

"너는 오늘 밤 주빈 중 한 명이야. 걱정하지 말고 즐겨."

내가 내민 술잔에 조심스럽게 술을 따르며 다쓰야가 쓴 웃음을 지었다.

"주빈이라니…… 나는 어느 쪽이냐 물으면 깍두기인 셈인데."

"소심하긴. 당연한 걸 가지고."

"여전히 빈말이라곤 모르는 남자야 너는."

"그걸 말이라고 하냐. 그나저나 이 회식의 주인공은 대체 어디에 있어?"

나의 물음에 다쓰야는 시선을 돌려 가리켜주었다.

그가 눈을 돌린 곳은 연회의 상석 쪽이다.

떠들썩한 목소리와 담배 연기로 자욱한 좌탁 정면에 차분하게 앉아 있는 정장 차림의 노인이 보였다. 풍성하게 흰 수염을 기르고 풍채가 좋으며 품격도 있어 보이는 이 인물이 바로 '산타클로스' 혼조 주이치. 즉 혼조병원의 원장이다. 곁에는 '재무성' 가나야마 벤지의 모습도 보인다. 그 두 명 앞에 날씬한 여성이 생글거리며 이야기하고 있는 것이 보였다.

"오바타 나미 선생님. 이번 9월에 부임해 온 소화기내과의 새로운 선생이야."

다쓰야의 말에 나는 침묵한 채 눈을 찌푸리며 상석 쪽을 계속 바라보았다. 인력 부족으로 무너지기 직전의 내과를 구제하기 위해 병원에 찾아온 의사가 여성이었던 것이다.

"여기에 오기 전까지는 홋카이도의 삿포로에 있는 이나호병원에서 소화기내과를 담당했대."

나는 눈을 크게 떴다.

"삿포로 이나호병원은 ERCP의 분야에선 일본에서 최고인 병원이야!"

"그렇다고 하더라. 결국은 최고의 베테랑이란 말이겠지. 아까 서로 인사도 했는데 붙임성도 좋고 괜히 기분이 좋아지는 밝은 선생님이었어."

"12년차라고 들었는데……."

"맞아. 대단한 거지……. 아마 전력을 다해서 여기까지 끌어온 거겠지? 거기에 9월부터 근무라니……. 조금 애매한 시기인데도 와준 것 같아. 그러고 보면 부장 선생님의 영향력이 얼마나 대단한지 짐작할 수 있겠더라."

소문으로 듣기로는 이번에 왕너구리 선생님의 인맥이 꽤 힘을 발휘했다고 한다. 확실히 12년차인 의사를 갑자기 삿포로에서 이곳 나가노현까지 데리고 왔으니 '신슈의 신의 손'의 영향력이 보통이 아닌 것만은 확실했다.

"구리하라는 아직 제대로 인사도 안 했지?"

"몇 번 병원 안에서 지나가다 본 적은 있는데 제대로 대화는 해본 적 없어. 근데 쾌활한 분위기는 느껴지더라. 이제 어두웠던 내과 분위기가 조금은 바뀔지도 모르겠네."

"바뀌겠지. 아무래도 오바타 선생님은 베테랑이고 붙임성도 좋고, 거기에다가……." 다쓰야는 꿀꺽하고 잔을 비우면서 덧붙였다. "미인이야."

나는 힐끗 친구의 얼굴을 보았다.

착실하고 뛰어난 판단력만으로 만들어진 이 남자가 이런 경솔한 발언을 하는 것은 좀처럼 없는 특이한 경우이다. 그의 옆모습은 평소와는 별다른 점이 없었지만…… 아무래도 취한 것 같다.

그렇구나, 하며 적당히 고개를 끄덕이고는 술을 한 모금 들이켜자, 금세 풍성한 향이 입속에 어우러졌다. 목 넘김이 좋으면서 깊은 맛이 감돌았고, 그렇다고 많이 무겁지도 않은 맛이었다. 날카로운 끝 맛이 탁월해서 오히려 상쾌하고 깨끗한 술이었다.

이 술이라면 다쓰야가 어울리지도 않게 이렇게 취해버린 것도 이해가 간다.

"좋은 술이네. 근데 처음 마셔보는 술이야."

"'후쿠겐'이라는 아즈미노산 청주야. 맛이 꽤 좋지?"

갑자기 큰 웃음소리가 다쓰야의 목소리와 겹치며 크게 울려 퍼졌다.

배를 팡팡 때리며 웃고 있는 것은 우리 왕너구리 선생님이었다. 오바타 선생과 무언가 유쾌하게 이야기하고 있었는데 꽤나 즐거워 보인다. 저렇게 배를 팡팡거리며 때리고 있다는 것은 왕너구리 선생님의 현재 기분이 좋다는 증거이기 때문이다.

오바타 선생은 쾌활하게 웃는 얼굴로 왕너구리 선생님의 이야기에 귀를 기울이고 있다.

얼굴에 화장기라고는 없고 허리까지 오는 검정 머리카락을 대충 목 뒤로 묶은 모습이었다. 꾸미지 않은 모양새가 오히려 시원시원한 인상을 준다. 12년차라는 것은 적어도 30대 후반이라는 말일 텐데 그냥 외모만 본다면 그 나이대로는 짐작하기 힘들었다. 하지만 관록이 묻어나는 혼조병원의 간부들을 침착하게 상대하는 모습은 조금도 흔들림이 없었고, 역시 어른스러운 여성임에 틀림없었다.

오늘 밤은 저 오바타 선생이 의국에 들어오게 된 축하의 의미로 열린 환영회인 것이다. 금요일이라고는 해도 평일 밤에 이렇게나 많은 의사가 모여 있는 걸 보니, 혼조병원이 그동안 얼마나 기다리고 기다리던 사람이었는지는 더 말할 나위가 없었다.

"그렇다고는 해도 너무 매달리듯 하는 거 아니야?"

다쓰야를 힐끗 보니 내 친구는 쓴웃음을 띠기만 했다.

올해 4월부터 부임해서 일한 다쓰야의 환영회는 아직 하지도 않았다는 사실을, 사무국에서는 오바타 선생의 환영회가 열린 오늘에서야 눈치챘다고 한다. 그렇게 오늘 밤의 연회는 갑자기 '오바타 선생님과 신도 선생님의 환영회'가 된 것이다. 아무리 생각해도 '하는 김에'라는 느낌을 부정할 수 없지만 이것이 6년차와 12년차의 대우 차이라고도 할 수 있겠다.

"뭐 4월부터 나이토 선생님 일로 병원은 많이 혼란스러운 상태였으니까……. 내 환영회는 잊어버려도 괜찮은데."

"에이, 그래도 그건 아니지. 혼조병원에서 유일하고 소중한 혈액내과 의사인데."

"그래, 고마워." 다쓰야가 가볍게 어깨를 움츠렸다. "근데 어쩐지 기분이 나쁘다는 말밖에는 안 나오는 풍경이다."

나는 술잔을 기울이면서 상석 쪽을 보았다.

조금 전부터 바로 그 오바타 선생은 산타한테 잡혀 계속 술잔을 주고받고 있었다. 어쩐지 기분 나쁜 느낌이 들었던 것은 그쪽이 아니었다. 그 옆의 풍경이었다.

얼굴색 하나 변하지 않은 무표정의 재무성이 호쾌하게 웃고 있는 왕너구리 선생님한테 계속해서 술잔을 받고 있다. 술병의 바닥이 다 드러나고 있는데도 재무성의 얼굴은 붉은 기색이 전혀 드러나지 않았다. 그는 핏기 없는 얼굴을 그대로 유지한 채, 마치 물처럼 홀짝홀짝 받아 마시고 있었다. 반면 왕너구리 부장 선생님은 시뻘겋게 된 얼굴로 유쾌하게도 배를 흔들고 있었다. 너무나 대조적인 둘의 모습이었지만 그 둘의 눈빛만큼은 너무나 멀쩡했다.

왕너구리 선생님은 지금 온몸이 빨갛게 되어 있지만 조금도 취하지 않았다는 것을 나는 잘 알고 있다.

"정말로 언짢은 광경이다……."

중얼거리는 내 옆에서 다쓰야가 어느새 성냥을 꺼내어 내 쪽의 탁자 위에 있던 냄비에 불을 붙이고 있다.

"스나야마는 아직 일하고 있는 건가?"

"지금 문제는 지로가 아니야. 너의 그 묘하게 빠른 눈치와 배려심이 문제야."

내 말에 다쓰야는 의아한 얼굴을 했다.

"최근에 너랑 내가 이상한 관계가 아니냐는 소문이 병동에 흐르고 있어."

"냄비에 불 좀 붙여줬다고 너랑 내가 연인 사이라고는 할 수 없지 않아?"

"연인이라니, 그런 징그러운 말까지 덧붙이지 마. 그런 경솔한 발언이 기분 나쁜 소문의 원흉이 되는 거야."

취한 것 같은 다쓰야의 경박한 행동에 모처럼 만난 맛있는 술도 소화가 잘되지 않는 것 같다.

'구리하라와 신도, 호모 의혹'이라 함은 어떻게든 소문에 굶주려 있는 간호사들이 좋아할 만한 화제이다. 도자이는 남자끼리 너무 사이가 좋으니까 그런 거라고 했다. 하지만 내 머릿속에는 내가 다쓰야의 머리에 커피를 쏟은 기억은 있어도 각별하게 사이가 좋다고 느낄 만한 어필을 했던 기억은 없었다.

"혼조병원 제일의 괴짜 내과 의사가 그런 소문을 신경 쓰는 남자인지는 몰랐다." 별로 신경 쓰지도 않는 듯, 다쓰야는 탁자의 술병을 들었다. "내 눈치가 너무 빠른 게 문제가 된다면, 모처럼 가져온 이 술도 너의 빈 잔에 따라주지 않는 편이 나으려나……."

"아니, 아니. 농담이야. 네가 남을 잘 챙겨주는 건 평소에도 늘 감사하고 있었어. 남들이야 호모라고 하든지 말든지! 그렇지?"

"넌 술이 들어가면 지조가 없어지는 남자야. 그나저나 스나야마는 뭐하고 있다고?"

"대장에 천공이 생긴 응급 환자가 와 있었어. 지금쯤이면 슬슬 수술실에서 배를 열고 있겠다."

"그렇군. 하긴 외과 선생님들이 아무도 없으니까……. 절로 고개가 숙여지네."

다쓰야는 어깨를 살짝 움츠리고는 "그러고 보니"라며 뜻밖의 말을 했다.

"스나야마가 대학병원으로 돌아갈지도 모른다고 들었는데 알고 있었어?"

아닌 밤중의 홍두깨였다.

"지로가 대학병원에?"

"생각해보니까 스나야마도 벌써 혼조에서 일한 지 4년이더라. 다시 불려가는 것도 이상할 건 없는 시기이긴 해."

"그렇게 되는 건가?"

그렇게 되는 거지, 라고 말하면서 다쓰야는 눈을 가늘게 뜨고 나를 쳐다보았다.

"스나야마가 떠나면 확실히 구리하라도 외로워지겠네."

"왜?"

굳이 모르는 척 물어보자 다쓰야는 한순간 눈을 크게 뜨면서 바로 놀리는 듯한 얼굴로 웃고 있다.

"자, 왜일까?"

그 평온해 보이는 웃음 때문에 약간 열불이 났지만 하나하나 대응하면 쓸데없이 화만 치밀 테니까 듣고 넘기기로 했다.

갑자기 연회장 안에서 휴대폰을 한 손에 쥔 채 일어난 것은 순환기내과의 자약 선생님이다. 늘 태연자약한 자약 선생님은 상 위에 있던 옥수수를 베어 물고 담담하게 전화를 받으면서 복도로 나갔다. 또 심근경색의 환자가 이송된 것일지도 모른다.

이것 또한 혼조병원 연회의 풍경이기도 하다.

술잔이 비면 어느새 술병을 손에 든 다쓰야가 다음 잔을 채워준다.

"곤란하다 곤란해."

"뭐가 또?"

"이렇게 맛있는 술이 많으면 매번 무얼 마시면 좋을지 고민되잖아."

"마음에도 없는 말을 하네. 네가 좋아하는 술이 무엇이고, 얼마만큼 마셔야 하는지조차 다 알고 마시는 게 구리하라 이치토 너잖아."

"……다쓰 너…… 술이 들어가면 현격하게 말을 잘하게 되는구나."

"당직 끝나고 난 후에 장기판에서 공격이 매서워지는 구리하라 너랑 똑같은 거야."

딱히 반론할 말도 없어서 나는 마음속으로만 혀를 차며 또 술잔을 치켜들었다. 빈 술잔을 탁자 위에 올려놓자마자 갑자기 섬뜩함을 느낀 것은 상석 쪽에 앉아 있어야 할 여의사가 갑자기 내 앞에 똑바로 앉았기 때문이었다.

"오바타 나미입니다. 잘 부탁해요, 구리하라 선생님."

방긋 웃고 있는 눈가에 그저 착하지만은 않은 예리한 빛이 들어 있었다.

"선생님의 소문은 여러 가지로 듣기는 했습니다만, 아직 만나서 얘기할 기회가 없었네요."

절도가 있는 미소를 띠며, 내 술잔에 출렁출렁 술을 따라주었다. 나도 서둘러 한 잔을 따라주려고 하니 가볍게 한 손을 들고 "저 술은 못 마셔요"라면서 부드럽게 거절했다.

"아, 그러면……."

형식상 작은 우롱차 한 캔을 집어서 오바타 선생의 잔에
따랐다.

멀리서 보았을 때는 연약하고 온순한 여성으로 보였는
데 이렇게 얼굴을 맞대고 보니 편안한 행동 속에 늠름함과
힘 있어 보이는 강한 무언가가 느껴졌다.

아무래도 그동안 범상치 않은 아수라장을 겪어온 여자
같았다. 의사라고 해보았자 너구리와 여우 등 요괴 닮은
사람들만 봐온 나에게는 일종의 충격이라 할 수도 있겠다.

"부장 선생님한테서 들은 소문이라면 얘기의 절반 정도
만 진짜라고 봐주세요, 오바타 선생님."

나의 말에 오바타 선생은 입가에 손을 대고 작게 소리를
내며 웃었다.

"변하지 않았네요, 이타가키 선생님은."

'이타가키'라는 이름이 왕너구리 선생님의 본명이라는
걸 기억해내기까지 시간이 좀 걸렸기 때문에, 곧바로 대답
할 수가 없었다. 대신 다쓰야가 입을 열었다.

"오바타 선생님은 부장 선생님이랑은 어떤 관계예요?"

"이타가키 선생님은 제가 레지던트였을 때, 저의 지도
선생님이셨어요."

그녀의 매끈한 대답이 우리를 놀라게 했다.

"이타가키 선생님이 대학병원을 나오기 직전의 얘기이

긴 한데, 제가 연수를 받을 당시니까…… 지금으로부터 약 12년 전이 되겠네요."

잇따라 말을 꺼내는 그녀의 입에서 친숙하지 않은 단어가 차례차례 쏟아졌다.

여기서 대학병원은 말할 것도 없이 시나노대학 의학부 부속병원이다. 왕너구리 선생님도 원래는 대학 의국 출신자였다. 이 점은 처음부터 대학 의국에 들어가지 않고 혼조병원에 취직한 나와는 크게 다르다. 오바타 선생은 말로만 듣던 그 시절의 레지던트였던 것이다.

"그럼 우리 둘 다 '신슈의 신의 손' 제자 동지라는 거네? 잘 부탁해, 구리하라 선생님."

오바타 선생은 평온하게 손가락 끝으로 컵을 들고는 미소를 보내왔다.

나는 조금 전 느낀 당혹감을 술로 흘려보낼 작정으로 정중히 그 술을 받아넘겼다.

두통.

이 안하무인 친구는 오늘도 아침 댓바람부터 내 머리에 쳐들어와서 자기 좋을 대로 난폭하게 날뛰고 있다. 나에게는 이 괘씸한 친구를 초대할 마음이 코딱지만큼도 없지만, 그는 내 두개골의 마스터키라도 가지고 있는 건가 싶을 정도로 항상 태연하게 흙 묻은 발로 들어와 머릿속에 버티고 있다.

나는 일단 하얀 가운 주머니에서 진통제를 꺼내어 입속에 털어 넣었다.

새벽 6시 의국에서였다.

창밖은 아직 어스름했고, 컴퓨터가 줄지어 있는 의국에도 사람의 그림자는 없었다. 고요함과 진통제는 내 두통을 진압하는 최선의 포진이면서 나에게는 최적의 무기이다.

나는 조심조심 다시 전자 카르테를 입력하기 시작했다. 그 순간 갑자기 의국의 문이 열리고 큰 소리가 날아 들어왔다.

"어? 이렇게 이른 시간에 의국에 있었던 거야?"

의국 안으로 울려 퍼진 목소리가 겨우 안정시켜놓은 두통을 두들겨 깨웠다. 나는 이마에 손을 짚으며 어깨 너머로 힐끗 고개만 돌리고 쳐다보았다. 들어온 사람은 당연히 스나야마 지로이다.

"뭐야? 틀림없이 새벽까지 기쿠모토에서 마시고 지각 직전에나 출근하겠다고 생각했는데 아니었네……."

"피를 토한다는 환자가 있어서 호출당했어. 일단 너 목소리 좀 낮춰줄래?"

나는 얼굴을 찌푸리며 낮은 목소리로 말했다.

그렇다. 어젯밤은 여관 기쿠모토에서 다쓰야를 상대로 난폭하다 싶을 만큼 술잔을 주고받았고, 밤늦게 겨우 자리에 누웠지만 새벽 3시에 응급 외래로부터 호출을 받았다.

전날 밤에 천식 발작으로 입원한 환자가 새벽에 병동에서 피를 토한 것이다.

"피토? 천식 환자라며? 그게 천식이랑 무슨 상관이 있는 거야?"

"그걸 모르니까 응급으로 내시경에 들어간 거야. 결과는 '말로리바이스증후군(구토로 인해 위나 식도의 점막이 찢어지는 질환 - 옮긴이)'이었어. 최근에 스트레스가 많아서 음주량이 늘었다고 하더라고. 어젯밤에만 두세 번 토했대. 어쨌든 그걸로 간 기능 장애의 원인도 어느 정도는 설명되어서 일단 안심이야."

나름대로 무성의하게 대답하고 오늘로 두 정째인 진통제를 입속에 넣었다.

말로리바이스증후군은 구토가 계속되어 식도와 위의 경계선에 상처가 나고 그로 인해 출혈을 일으키는 질환이다. 이런 환자의 경우, 술을 많이 마시고 피를 토하는 것은 이상한 일도 아니다.

옆에서 아무렇지 않게 나의 전자 카르테를 훔쳐본 지로가 가볍게 눈썹을 움직였다.

"36세의 경비원이라…… 스트레스가 많겠네."

"1년 내내 머릿속이 맑은 너랑 비교하면, 온 세상 사람들 모두가 스트레스 과잉이라고 할 수 있지." 그러곤 지로를 쳐다보며 말했다. "그것보다 너 말이야, 어젯밤에 결국 오바타 선생님의 환영회에 얼굴도 안 비쳤잖아?"

"대장 천공 수술하고 맹장 환자가 바로 왔어. 나도 기쿠모토에서 맛있는 밥을 먹고 싶었다고."

밤새 일하고 와서도 "우하하하!"거리며 큰 소리로 웃는 모습에는 과로의 '과' 자도 보이지 않았다. 그 거인의 무진장한 체력은 오늘도 가득 충전되어 있는 것 같다.

지로는 그대로 의국 구석의 탕비실로 들어가 컵을 들었다. 컵 안에 대량의 커피 가루와, 보고만 있어도 속이 나빠질 정도로 많은 설탕을 아무렇게나 때려 넣고는 뜨거운 물을 붓는다. 한입 마시면 피로와 함께 건강까지 훅 날려버릴 수 있는 극약 '스나야마 블렌드'가 완성되었다. 이런 달고 쓴 물을 지로는 즐겁게 삼킨다. 미각 파괴자라고 말할 수밖에 없다.

"이치토도 마실래?"

그의 말이 전혀 들리지 않는 것처럼 흘려보내고, 여기 좀 보란 듯이 가운 주머니에서 캔 커피를 꺼냈다.

"근데 지로, 대학병원으로 이동한다는 얘기 들었는데 진짜야?"

나의 물음에 지로는 제멋대로 감격한 얼굴을 하더니 말했다.

"오! 뭐야, 이치토? 지금 나 걱정해주고 있는 거야?"

"네가 걱정 안 해도, 아무 걱정 안 하고 있어. 걱정 마."

두세 번 눈을 깜빡이고는 지로가 고개를 갸웃거린다.

나도 그다지 의미 있는 말을 할 작정은 아니었는데…….
어쨌든 신경 쓰지 않고 말을 이어나갔다.

"암튼 지금 너 말하는 걸 보니 현재 상황에서 이동은 없는 것 같네."

"8월에 한 번 그런 얘기가 나오긴 했어. 근데 흐지부지된 것 같아. 모처럼 이치토도 있고 다쓰도 있으니까. 나는 바라던 대로 된 거긴 하지만 말이야."

"안타깝다."

"응?"

"혼잣말."

가슴속에서 어렴풋하게 피어오르는 안도감을 누른 채, 나는 대수롭지 않다는 듯 빈정거렸다. 아무리 까맣고 크고 무신경한 놈이라도 이 지로라는 남자가 갖고 있는 공기의 느낌은 다른 인간이 채울 수 없는 귀하고 소중한 것이다.

"근데 오바타 선생님이라는 사람 어떤 사람이야? 나는

아직 제대로 인사도 못 해봤어."

"너와는 다르게 상식과 사교성을 겸비한 어른이야. 베테랑이고 붙임성도 좋아. 거기에다가……."

"예쁘구나!"

씩, 웃는 까만 얼굴에 나는 조금 피곤해졌다.

어제 다쓰야가 술에 취해 무심코 던진 말을 이 남자는 아주 멀쩡한 정신으로, 심지어 큰 소리로 입 밖에 내고 있다. 나는 한숨을 쉬며 말을 이어갔다.

"거기에다가…… 레지던트 시절에 부장 선생님 밑에서 가르침을 받은 적이 있었대."

"우아, 그거 완전 대단하네."

만성 수면 부족인 내 머릿속에 지로의 한마디 한마디가 쇠망치로 내려치고 있는 것처럼 울리고 있다. 일단 적당히 맞장구를 쳐주고 캔 커피로 목을 축였다.

"원래는 시나노대학 병원의 소화기내과에 있던 사람이지?"

별안간 깊이 있는 바리톤이 의국에 퍼졌다.

놀라서 시선을 돌려보니 의국 구석의 쪽잠 전용 소파에서 벌떡 일어나는 그림자가 있었다. 순환기내과의 자약 선생님이었다. 의사의 길을 걷기 시작한 지 30년, 순환기의 큰손 베테랑. 태연하고 침착한 태연자약 선생님이다. 어스름한 시간, 창가 방향으로 소파가 놓여 있었으니 그쪽에서 자고 있던 선생님을 우리는 전혀 눈치채지 못했던 것이다.

"죄송합니다, 선생님. 계신 줄도 모르고…… 저희 때문에 깨신 겁니까?"

"문제없어." 자약 선생님의 입버릇이다. "어차피 지금부터 아침 회진이야. 문제없어."

뇌리에 떠오른 것은 어젯밤 연회가 한창이던 때 조용히 일어나서 밖으로 나가던 자약 선생님의 뒷모습이었다.

"또 '심카테'가 있었던 거예요?"

"심야랑 해가 뜰 때 즈음해서 두 명. 늘 있는 일이야. 문제없어."

자약 선생님은 당연한 듯이 대답했다.

심카테는 심장 카테터 검사(심장 내에 나일론제의 가느다란 관을 넣어 심장 진단에 유용한 검사를 하거나 치료하는 심도관법 - 옮긴이)의 줄임말로 순환기내과는 심근경색 환자가 오면 어떤 시간이라도 상관없이 바로 그 응급 처치를 실시해야 한다. 이 가혹한 부서에서 자약 선생님은 혼자 짐을 짊어지고 걷고 있다.

지로가 언제나 그랬듯 전혀 스스럼없이 화제를 바꾼다.

"선생님은 오바타 선생님을 알고 계셨어요?"

"기억이 틀리지 않다면 내가 대학에 있었을 때 레지던

트로 분주하게 일해주던 사람이었다. 단아한 용모도 그렇고 우수한 재원이어서 위에 있던 선생들한테도 꽤나 예쁨을 받았던 기억이 있기도 한데." 자약 선생님이 살짝 말을 잘랐다가 다시 붙인다. "근데 그 후로 10년 이상이 흘렀는데 외모가 별로 바뀌지 않았어. 여자란 참 무서운 생물인 것 같아."

의미심장한 건지, 의미가 없는 건지 헤아리기 어려운 코멘트였다.

지로는 소파에서 일어난 자약 선생님을 향해 손에 든 컵을 들어 보이며 말했다.

"선생님도 커피 드실래요?"

"아니." 대답이 빛보다 빨랐다. "아니야. 스나야마 선생을 괜히 귀찮게 할 것 없이 내가 만들게."

덧붙이는 목소리에 이상하게도 황급함이 느껴지는 것은 다 이유가 있다.

반년쯤 전 이야기이지만 자약 선생님은 극약 스나야마 블렌드의 격렬한 세례를 받은 적이 있다.

예비지식이 없는 상태로 지로가 제공하는 극약을 아무 생각 없이 입에 넣었다가 그 충격적인 맛에 굳어버리고 만 자약 선생. 그날 이후 선생님은 지로를 보면 경외와 공포가 뒤섞인 어렴풋한 동요를 눈가에 띠게 되었다. 물론 무신경한 지로는 조금도 눈치를 못 채고 있다.

자약 선생님은 손수 전기포트까지 걸어가서 컵을 들고 말했다.

"어쨌든 나이토 선생님이 떠나고 만신창이가 된 내과도 이제 겨우 재정비를 할 수 있게 되었네."

소파로 돌아온 자약 선생님은 가만히 컵을 들고 만족스러운 듯 입에 가져갔다. 나 또한 선생님과 공통의 감회에 젖어서 고개를 끄덕였다.

왕너구리 선생님 밑에서 가르침을 받았고, 더군다나 첨단의 병원들을 경험해왔다는 사실만으로, 오바타 선생은 확실하게 보증된 소화기내과 의사라고 말할 수 있다.

내시경 기술뿐 아니라 야간 당직, 일반 내과 외래와 병동 관리까지 이 일과 저 일, 모든 것에 빈틈이 없었다. 그뿐 아니라 하루의 진료가 끝나면 내시경실에 틀어박혀 끝없이 문헌을 읽거나 논문을 쓰고 있다고 한다.

활기를 잃어가던 소화기내과에 그녀의 등장은 몹시도 강렬한 것이었으며, 침울하게 가라앉고 있던 내과의 공기를 크게 변화시킨 것은 의심할 여지가 없었다.

"거기다가 다정하고 싹싹한 선생님이니 말 걸기가 쉽고 간호사들한테도 참 고마운 분이에요. 여의사들은 사실 남자 선생님보다 사귀기 힘든 게 있잖아요."

또박또박하게 말을 건넨 이는 도자이였다.

남쪽 3병동의 스태프 대기실 안이다.

"오바타 선생님의 특기라는 초음파 내시경 검사라는 건 뭐예요?"

"내시경 단말기에 초음파 조사기가 달려 있어. 보통 배 바깥에서 하는 초음파 검사에서는 볼 수 없는 미세한 변화부터 몸속의 작은 부분까지도 끌어올려 볼 수 있는 특수한 검사지."

"그게 그렇게 대단한 거예요?"

"대단한 거지. 초음파 내시경을 정확하게 소화할 수 있는 의사 자체가 아직 많지 않다는 게 현재의 상황이니까."

"오!"

속삭이듯 말한 도자이가 갑자기 신기하다는 표정으로 나를 쳐다본다.

"선생님은 못 해요?"

"하고 못 하고를 떠나서 해본 적이 없어. 부장 선생님이 이번에 오바타 선생님이 오는 것에 맞춰서 처음으로 기계를 구입했고, 들여놓은 지도 아직 얼마 되지 않았어."

전자 카르테를 치면서 대답하고 있는 나를 보며 도자이가 묘한 시선을 보냈다.

"뭐야?"

"선생님은 뭐든지 다 할 것 같았는데 못 하는 것도 있었네요."

"높게 평가해준 건 고마운데 고작 6년차 내과 의사 따위는 사람의 반 정도는커녕 3분의 1 정도의 구실밖에 못 하는 게 지금 실정이야. 초음파 내시경 이전에 배워야 할 기술이 산처럼 쌓여 있다고."

일반적으로 'EUS'라고 칭하는 초음파 내시경은 최근 급격하게 주목받게 된 검사법이다. 하지만 내시경 자체가 고가라는 점과 전문적인 트레이닝이 필요하기 때문에 완전히 침투되어 있다고 보기는 어렵다. 그렇기 때문에 오바타 선생이 바로 전문적인 핵심 파트인 것이다.

"근데 고가라는 내시경, 얼마 정도 해요? 100만 엔?"

"적어도 너의 연봉보다는 높아."

"……월급을 잘못 말한 거죠?"

"월급으로는 초음파 말고 그냥 내시경 기계도 못 사."

"뭔가 열 받는 얘기네요. 뭐 실력 좋은 선생님이 와준 건 우리한테는 한없이 기쁜 일이지만."

도자이의 목소리에 덧붙이듯 대기실 전화가 울렸다. 옆을 지나가던 미즈나시 씨가 타이밍 좋게 받았다. 두세 마디를 말한 후 우리 쪽을 돌아본다.

"주임님, 응급 병동에서 피 토했던 환자가 이제 올라온 대요."

"36세의 말로리바이스 환자 맞지? 들었어. 전달 사항 좀 대신해줄 수 있어?"

네, 하고 미즈나시 씨가 밝은 목소리로 대답했다.

도자이는 시선을 내 쪽으로 돌리며 물었다.

"귀찮은 환자예요?"

"말하는 것만 봤을 땐 비교적 성실한 인물 같던데."

"성실한 서른여섯 살이 말로리바이스가 될 때까지 술을 마시나요?"

"따박따박 정확하게 지적하네. 본인이 말하기로는 일이 잘 안 풀리는 게 있어서 하룻밤에 위스키 한 병을 통째로 비웠다고 말하더라고."

도자이는 미간에 조그맣게 주름을 만들고는 한숨을 쉬었다.

"요코타 씨처럼 갑자기 사라져버리는 타입은 아니길 바랄게요."

몹시도 소극적인 대화를 하고 있는 동안 버저 소리와 함께 대기실 앞 침대 전용 엘리베이터의 문이 열렸다. 이야기의 주인공 환자 이송 침대에 실려 올라온 것이다.

침대 위의 남자는 시선을 움직여 나를 보더니 가볍게 인사했다. 뻗쳐 있던 검은 머리카락 사이로 희끗희끗한 새치가 눈에 띄었고, 마른 볼은 광택을 잃어 어떻게 봐도 혈색이 나빴다. 아직 36세라는데 눈가에는 이미 생활에 지쳐 체념한 모습이 엿보인다. 처음 본 사람은 40세는 이미 넘었다고 생각할 수도 있는 인상이다.

나는 복도를 나와 침대 옆으로 다가섰다.

"몸은 어때요?"

"많이 진정되었어요. 구리하라 선생님 덕분이에요."

혈색은 좋지 않아도 대답은 차분했고 행동에는 예의가 있었다.

"천식은 어느 정도 괜찮아진 것 같습니다만, 간 기능 장애가 아직 눈에 띄네요. 당분간은 경과를 지켜볼 필요가 있지만 안정되면 며칠 안으로 퇴원도 가능합니다."

"죄송합니다……."

남자는 한 번 더 조그맣게 예의를 표했다.

환자를 이송해 온 간호사는 아직 미즈나시 씨에게 전달 사항을 듣고 있는 중이다. 마침 복도로 나온 도자이는 침대 위 환자에게 가볍게 인사하고 지나가다가 갑자기 멈칫하고 발을 멈추었다. 냉정하고 침착한 주임 간호사가 희한하게도 가늘고 긴 눈을 동그랗게 뜨고서 계속 환자를 응시하며 서 있었다. 왜 그러느냐고 묻기도 전에 도자이가 먼저 얇은 입술을 움직였다.

"……신 짱……?"

늘 듣던 목소리에서 듣도 보도 못한 단어가 새어나왔다.

대답하듯 침대 위의 남자가 가까스로 목을 들었다.

시선이 공중을 헤매다가 그녀의 머리 위에 도달했을 때, 그의 눈에 심상치 않은 놀라움이 깃들었다.

"나오미……?"

나는 나오미가 도자이의 이름이었다는 것이 그제야 떠올랐고, 그녀는 거의 멍한 상태와 표정으로 몇 걸음 더 환자의 옆에 다가섰다.

"신 짱 맞지? 역시……."

냉정함으로 정평이 나 있던 그녀가 이렇게까지 놀라운 표정을 보이고 있는 것이 신기했다.

환자와 이 간호사는 중간에 서 있는 주치의에게는 눈길도 주지 않고 서로를 말없이 바라보고 있었다. 졸지에 불가사의한 침묵의 시간이 찾아왔고 대체 무슨 일인지 곰곰이 생각하던 그때, 가운 주머니에서 호출음이 울려 퍼졌다. 받아보니 오바타 선생이었다.

오늘은 오전부터 오바타 선생이 초음파 내시경을 지도해주기로 되어 있었다.

"올 수 있는 거야?"

그녀의 시원시원한 목소리에 나는 빠르게 "예스!"라고 응하며 몸을 돌렸다. 서로를 계속 바라보고 있는 나오미와 신 짱을 언제까지 쳐다보고 있을 수만은 없었다.

냉정하고 침착한 도자이가 놀라는 모습을 예전에도 한 번 본 적이 있다.

내가 아직 레지던트 2년차이던 때의 일이었다.

수면 부족과 과로가 최고치에 달해 있던 어느 해 질 무렵, 처음으로 발작성 심방세동을 일으키며 복도에서 졸도했던 적이 있었다.

별안간 가슴이 춤을 추는 듯한 감각과 구토 증세가 닥쳐왔고 그대로 복도에 무릎을 댄 순간 대기실 쪽에서 거의 비명과도 같은 목소리를 내며 달려온 도자이의 모습을 기억하고 있다. 그녀의 하얗게 질린 얼굴에 부정맥 중이었던 내가 오히려 더 놀랐을 정도였다.

이번에 본 도자이의 놀란 모습은 그때 이후로 처음 보는 인상적인 모습이었다.

서로 간의 이름을 부르는 방식으로 보니 가볍지 않은 사이임에는 틀림이 없는 것 같은데, 거기에 상대의 놀란 표정과 내내 서 있던 도자이의 모습까지 합쳐지면서 여러 가지 억측을 하게 만들었다. 물론 아무리 억측을 한들 정답을 찾아낼 수 있을 것 같지도 않았다.

"구리하라 군, 뭘 그렇게 심각한 얼굴로 생각에 빠져 있어?"

불시의 목소리에 정신을 차려보니 바로 눈앞에 오바타 선생의 웃는 얼굴이 보여 크게 당황했다.

"사람 얼굴을 보고 그렇게 놀랄 일은 없잖아."

"얼굴 보고 놀란 게 아니에요. 거리감에 놀란 거지."

후후훗 하는 그녀의 즐거운 웃음소리가 방 안에 퍼졌다.

장소는 내시경실의 구석에 있는 스태프 방이었다.

이전에는 내시경 스태프들의 휴식 공간으로 쓰여 잡다한 물건들이 쌓여 있던 방이었다. 지금은 오바타 선생의 책상이 놓이게 되고, 그야말로 정갈하게 정리되어 있었다.

책상 위에는 알 수 없는 영어 문헌이 다수 쌓여 있었고, 나란히 놓인 두 개의 모니터에는 그녀가 쓰고 있던 논문의 커서가 깜빡거리고 있었다. '역시나'라는 생각이 들었다.

그녀는 매일 밤마다 이곳에 틀어박혀 무수한 논문과 사투를 벌이고 있던 것이다.

"지금 그 모습은…… 여자 생각하고 있지?"

웃으며 나를 내려다본다.

"안 되겠네. 이제부터 초음파 내시경을 가르쳐주려고 하는 중요한 시점에 머릿속으로 여자만 생각하고 있으니."

"죄송합니다."

"뭐야? 진짜 그랬던 거야?"

오바타 선생은 재미있다는 듯 웃으면서 갑자기 책상 옆의 서랍을 열고 맨주먹같이 생긴 빨간 덩어리를 꺼냈다. 그대로 그것을 구석의 세면대에서 뽀득거리며 씻어왔고 갑자기 덥석 베어 먹었다.

어안이 벙벙해진 나에게 오히려 그녀가 이상하다는 얼굴로 쳐다본다.

"뭐야? 사과가 그렇게 신기해?"

"아니, 사과가 신기한 게 아니라……."

"우리 집 이다(나가노현의 시 이름-옮긴이)에서 사과농장 하고 있어. 이때쯤 되면 대량으로 보내줘. 구리하라 군도 먹을래?"

사각사각 시원한 소리를 내며 씹으면서 서랍에서 다시 빨간 그것을 한 개 더 꺼냈다. 근래에 보기 힘든 상식적인 선생님이라고 생각했는데, 역시 왕너구리 선생님의 제자답다고 할 수 있을 정도로 특이한 사람인 것 같다.

사과를 베어 먹던 그녀는 당황하고 있던 내 머릿속 생각을 마음대로 해석한 듯이 말을 이었다.

"제대로 씻어 먹으면 괜찮아. 무엇이든 소독해야 안전하다고 생각하는 요새의 풍조가 오히려 더 이상한 거니까."

제일 기본적인 건 물로 헹구는 것이라면서 내 눈앞에 한 개를 놓았다.

"올해에 수확한 '아키바에'야. 품질은 최상급."

"아키바에?"

"신슈에서 나는 사과. 그것도 몰라?" 대단히 안타깝다는 듯이 나를 처다보았다. "아무래도 EUS를 지도해주기보다 먼저 이것부터 알려줘야 할 것 같네."

될 수 있다면 EUS부터 알려주었으면 좋겠다.

이 명랑한 선생님은 그런 나의 당혹감 따위는 전혀 개의치 않고 사각사각거리며 눈 깜짝할 사이에 사과 한 개를 먹어치웠다.

"자, 이제 시작해볼까?"

명랑하게 외치면서 아무렇게나 던진 사과 심지 부분이 깨끗하게 포물선을 그리며 방구석 쓰레기통에 골인했다. 눈앞에는 이미 수완가인 내시경 의사가 빛나고 있었다.

인상이 순간순간 바뀌는, 좀처럼 알 수 없는 선생이다. 아무튼 음식물 쓰레기의 분리수거에 관해서는 나중에 충고해줘야겠다고 생각하고 있을 때, 오바타 선생은 묶은 머리를 찰랑 흔들며 몸을 돌렸다. 나도 급하게 일어났다.

주변이 갑작스레 어둡게 느껴지는 이유는 병동의 전기

가 야간등으로 바뀌었기 때문이다. 병동 스태프 대기실에서 카르테 입력을 하고 있을 때였다.

시간은 밤 9시. 조금 전에 주간 근무 간호사들이 "수고하셨습니다"라고 밝게 인사하며 떠나갔고, 야간 근무의 간호사들은 병동 회진을 하러 나갔기 때문에 주변은 갑자기 고요한 분위기로 변했다. 조용하게 깜빡이고 있는 컴퓨터의 모니터까지도 뭔가 숨을 감추고 있는 것처럼 정적에 둘러싸여 있었다.

고요함 저편에서 팡팡거리는 아주 기분 좋은 소리가 들려왔다. 나는 전자 카르테에서 얼굴을 들고 쳐다보았다.

"오, 구리 짱! 늦게까지 수고가 많아."

나의 예상대로 모습을 드러낸 것은 왕너구리 선생님이다. 풍채 좋은 배를 팡팡 두드리면서 대기실 안으로 들어왔다. 오바타 선생이 온 이후로는 이 팡팡거리는 소리를 들을 기회가 현격하게 늘어났다. 진심으로 기쁜 일이다.

"병동은 어때? 안정되어가고 있는 거지?"

"이상하리만큼 환자 32명 전원이 안정적입니다. 선생님이야말로 이런 시간에 어쩐 일이세요?"

"뭐, 그 녀석 잘하고 있나 해서. 일 잘하고 있어?"

한 번 더 팡 하고 배를 두드리고는 옆의 의자에 앉는다.

"오바타 선생님이라면 방금 전에 회진하러 막 나가셨는

데요."

나는 어둑어둑한 복도로 눈을 돌렸지만 사람의 모습은 보이지 않았다.

"어느 정도는 특이한 부분도 있긴 하지만 내시경에 관해서는 전적으로……."

"야, 인마. 누가 오바타 선생 어떠냐고 물었어?"

이번에는 전자 카르테를 입력하고 있던 손을 멈추고 내과 부장 쪽으로 뒤돌아보았다.

"내 쪽에서 데려온 이상 그 아이의 일적인 부분에 끼어드는 건 좀 아니잖아."

흔들림 없는 그 신뢰감에 오바타 선생에게 약간의 선망을 느꼈지만, 그것과는 별개로 당혹스러움도 느꼈다.

"오바타 선생님 얘기가 아니면 지금 누구를 말씀하시는 거예요?"

"도자이 말이야."

이 말조차 황당했다.

왕너구리 선생님은 한 번 씩 웃고는 목소리를 낮추었다.

"어젯밤에 도자이의 '남자'가 입원했지? 병원 안에 소문이 자자해."

왕너구리 선생님은 엄지를 쓱 세우더니 기뻐하며 웃고 있었다. 역시 정보가 빠르다.

원래 소문이란 인플루엔자보다 빠르게 전파되는 법이다. 하긴 내과 부장 선생님이 낮에 있었던 일을 지금까지 모르는 게 더 부자연스러운 일일지도 모르겠다.

"이제까지 도자이의 사적인 생활이라는 건 완전히 어둠 속에 있었으니까 말이야. 거기다가 상대 남자가 서른여섯 살이었다며? 도자이가 스물아홉 살이니까…… 일곱 살이나 연상인 거잖아? 이거 이거, 큰일이야. 병원 안의 간호사들이 전부 긴장하면서 지켜보고 있다고."

환자의 입원 정보를 언급할 때보다 훨씬 신중한 어조로 말하고 있다.

"구리 짱, 너도 봤지? 무언가 애절해 보였다던 바로 그 신(scene)."

"뭐, 보기는 봤어요."

"급한 일이 있어도, 병동 침실이 꽉 차도록 환자가 와도, 언제나 침착하게 대해주던 미녀 간호사…… 끽소리도 못 내고 나무처럼 서 있던 그 모습! 아아…… 나도 보고 싶었는데……."

"전 그런 거에 별로 관심 없어요."

"또또또! 그렇게 다 달관한 듯 말하고 말이야. 그래서 얘기는 들었어? 도자이한테?"

"듣고 말고 할 것도 없이 오바타 선생님한테 호출이 와서 저는 그냥 중간에 퇴장했어요."

"넌 안 되겠다. 넌 진짜 안 되겠어."

왕너구리 선생님이 이번에는 정말로 기가 막히다는 표정을 짓고 있었다.

이런 분위기로 흘러가는 건, 왕너구리 선생님이 갖고 있는 특유의 기술이다. 오히려 심각하게 잘 듣던 상대방이 아주 바보가 되는 것 같은 분위기 말이다.

"안 돼요? 뭐가…… 안 돼요?"

"안 돼, 안 돼. 그런 태도라면 아무리 췌장염이나 위궤양을 치료한다고 해도 안 돼. 대부분이 그래." 그러면서 왕너구리 선생님은 갑자기 내 쪽으로 가까이 상체를 쑥 빼고 말했다. "구리 짱에게 마음을 빼앗겨버리는 바람에 다음 남자에게 다가갈 수도 없는 불쌍한 미녀 간호사에게 그렇게 무관심한 태도로 있다는 자체가…… 넌 안 돼. 안 돼."

"누가 누구한테 마음을 빼앗겼다는 거죠, 부장 선생님?"

갑자기 뼛속까지 추워지는 목소리가 등 뒤에서 들려왔고 나와 선생님은 그 자세 그대로 얼어붙었다.

가만히 고개를 돌려 뒤를 보자, 어느새인가 사건의 주인공인 병동 주임이 가는 허리에 손을 얹고 차가운 눈으로 우리 둘을 째려보고 있었다.

호방뇌락(豪放磊落, 기개가 장하고 도량이 넓고 크다-옮긴이)한 왕너구리 선생님의 시선이 평소와 다르게 허공에 맴돌면서 "어어, 도자이! 오랜만이네, 건강하지?"라는 헛소리를 했다.

"덕분에 건강하네요. 근데 병원 안에 자자하다는 그 소문이 뭐예요? 전 처음 들어서."

얇은 입술로 웃음을 띠고는 있는데 눈이 웃고 있지 않다……. 평소와 다르게 도자이의 기분이 상당히 언짢아 보인다.

"아니, 우리 무슨 얘기했지? 구리 짱."

전형적인 화제 돌리기 수법에 웃을 수도 없다.

한순간의 어색했던 공기가 떠다닌 직후, 왕너구리 부장 선생님은 갑자기 가운 주머니에서 병원 내 PHS를 꺼내 들고 일어났다.

"어어? 안 돼, 안 돼. 호출 왔네, 호출 왔어."

누가 봐도 울리지 않는 PHS를 한 손에 쥐고 허둥지둥 복도로 빠져나간다. 가볍게 한숨을 내뱉은 도자이가 그 등에 대고 아주 잘 들리는 목소리로 외쳤다.

"부장 선생님, 하나만 말씀드려도 될까요?"

어깨 너머로 힐끗 쳐다보는 왕너구리 선생님에게 도자이가 팔짱을 낀 채 말했다.

"저 아직 스물여덟 살이에요."

야간등만 켜진 어둑어둑한 복도에서 왕너구리 선생님이 얌전하게 꾸벅하고 머리를 숙였다.

"미안해요, 선생님."

조용한 대기실에 도자이의 망설이는 듯한 목소리가 울렸다.

왕너구리 선생님이 급하게 돌아가고 난 잠시 후의 일이었다. 나는 32명분의 카르테를 끝없이 입력하고 있었고, 등 뒤의 도자이는 도자이대로 온도판의 정보를 컴퓨터에 입력하던 중이었다.

그녀의 목소리에 시선을 돌려보니 단말기 저쪽에서 도자이가 의외로 심각한 눈으로 나를 보고 있었다. 잠시 나와 그녀 사이에 기묘한 긴장감을 동반한 침묵이 흘렀다.

먼저 입을 연 이는 도자이였다.

"오늘 점심 일 말이에요. 근무 중에 이상한 모습 보여서 미안하다고요."

"근무 중에 이상한 모습 보여주는 건 나한테는 일상다반사야. 그런 걸로 자네가 사과하면 앞으로 내가 이상한 모습을 보여줄 수 없잖아."

얌전한 얼굴의 도자이가 희미하게 쓴웃음을 지었다.

"여전하네." 한 템포를 쉬고 나서 그녀가 말했다. "옛날에 많이 신세졌던 사람이에요. 설마 이런 데서 만날 거라고는 생각 못 했으니까."

옛날에 신세를 졌다는 여덟 살 연상의 남자를 '신 짱'이라 부르기도 하는 것인가에 대해서 생각해보았다. 대단히 어려운 문제였다. 게다가 그런 상대에게 그렇게까지 평정심을 잃고 당황할 일이 뭐가 있을까⋯⋯. 쉽게 이해하기는 어렵다.

"별로 이해가 안 된다는 얼굴이네요."

"이해는 안 하고 있어. 근데 이해하지 않으면 안 되는 문제도 아니잖아."

"그렇게 관심 없다는 듯이 말하는 것도 별로 기분이 좋진 않지만요."

"관심이 없다고는 안 했어. 단지 그것참 흥미롭다는 듯한 멋대가리 없는 언행은 자제하고 있는 것뿐이야."

도자이는 조금 놀란 눈을 하더니, 양 팔꿈치를 괴고 맞잡은 손 위로 턱을 올리며 흥미로운 듯 웃고 있었다.

"걱정은 해준 거예요?"

"우수한 주임 간호사가 걱정하고 있는 모습은 병동의 분위기에도 좋지 않은 영향을 끼치는 거야."

"역시 선생님은 재미없어."

심한 말을 들은 것 같다.

그렇지만 도자이는 재미있어 보이는 얼굴로 나를 떠보듯 다시 물었다.

"그래서 뭐, 이것저것 안 물어봐요?"

"물으면 하나하나 알려줄 수 있을 만한 내용이야?"

"그건 또 그렇네……."

도자이는 조금 생각에 잠긴 듯, 시선을 천장으로 올렸다. 조금 뒤 하얀 두 번째 손가락을 턱에 가져가더니 얼마 안 되어 바로 빙긋 웃었다.

"아, 역시 안 알려줄래요." 도자이는 노트북을 탁 덮고 일어섰다. "굳이 선생님한테 얘기할 그런 내용도 아니고요."

말에는 어느 정도 쾌활함이 돌아와 있었다. 기분 전환을 해보려는 듯이 도자이는 크게 기지개를 켜면서 "거기다가"라고 덧붙였다.

"마음을 빼앗긴 채 한 발짝도 다가가지 못하는 아름다운 간호사로서 조금의 비밀 정도는 갖고 있고 싶은? 뭐 그런 거예요."

한 발짝도 앞으로 나아가지 못하는 것치고는 너무나 생기발랄한 발걸음으로 대기실을 나가버렸다.

도자이가 아무리 동요한다 한들, 또 내가 얼마나 두통에 시달리고 있다 한들, 동요와 두통이 해결될 때까지 이 세상이라는 기차는 출발을 늦춰주거나 하지는 않는다.

개개인의 생각 등을 정리해 짐칸에 쌓아 올리고 정해진 시간대로 운전을 계속해 나아간다. 거기에 특급이니 급행이니 하면서 먼저 서두르는 열차만 칭찬을 받고, 그 열차가 서지 않는 작은 역들은 몽땅 내버려둔 채 가버리는 것이 '현대 사회'라는 철도이다.

바로 그 성급한 시대의 추세 속에 살고 있는 나는 깊은 산속의 신비스러운 역에 단정하게 앉아 각자 고유의 시계가 째깍거리고 있는 온타케소 쪽이 오히려 더없이 소중하다고 말할 수 있다.

신비스러운 역의 고요함과는 그다지 어울리지 않는 경쾌한 소리가 울려 퍼진 것은 북알프스 산들이 조금씩 가을색으로 물들기 시작한 9월 중순의 이른 아침이었다.

"굿모닝임다, 닥터."

아침 6시의 온타케소 부엌 안이다.

세 시간 수면이라는 완벽한 수면 부족 상태로 벚꽃방에서 나온 나는 칫솔을 문 채 부엌 입구에 서 있었다.

가스난로 앞에 서 있는 것은 항상 뻗쳐 있던 머리를 깨끗하게 자르고 나타난 젊디젊은 싱싱한 청년이었다. 주전자를 가스 불에 올리고 있는 청년은 나머지 손으로 펼쳐 잡고 있던 책을 식탁 위에 엎어놓고 웃는 얼굴로 나를 맞아주었다.

엎어놓은 책은 빅터 프랑클의 『밤과 안개』였다.

"오랜만입다, 닥터."

그의 특이한 말투를 기억하고 있다. 말투는 그대로였지만 모습은 크게 달라져 있었다.

내가 기억하는 바로는 이 말투의 주인은 의지와 상관없이 수염을 방치시켜 자라게 하고 낮부터 술만 마셔대던 은행나무방의 무기력한 학생이었다. 그런데 내 눈앞에 지금 서 있는 청년은 활력 가득한 웃음을 얼굴에 가득 담고 있는 상쾌한 호감형의 사람이었다.

잠시 침묵한 채로 거듭 쳐다보는 나에게 그 상쾌한 청년이 웃음을 머금으며 다시 말했다.

"닥터, 2개월 만에 벌써 잊은 겁까?"

"잊거나 그러진 않았어. 겉모습이 너무 바뀌어서 놀란 것뿐이야. 오랜만이네, 야쿠스기 군."

틀림없이 2개월 반 전에 야쿠섬으로 여행을 떠났던, 바로 그 야쿠스기 군이었다.

"저는 어제 야쿠섬에서 돌아왔습다. 닥터도 커피 마실 겁까?"

내가 칫솔을 문 채로 끄덕거리자, 야쿠스기 군은 솜씨 좋게 컵을 늘어놓더니 커피 분말을 넣고 물을 붓고 있다.

그 솜씨 또한 훌륭했다. 핏기 없던 볼은 조금 타서 왠지 용 감해 보일 정도로 남자다움이 드러나 있었다.

지금 나는 현저하게 곤혹스러웠다.

그 곤혹스러움을 눈치챈 듯 야쿠스기 군이 쾌활하게 웃 었다.

"역시! 닥터도 놀라네요. 어제 남작이랑 만났을 때도 이 런 반응이었습다. 뭔가 어려운 말로 뭐라 뭐라고 했는데. 남자 3일…… 만나지 않으면……."

얘기 도중에 고개를 갸웃거리고 있다.

"사람이 다시 보인다."

내가 말을 이었다.

"그겁다!"

야쿠스기 군이 밝은 목소리로 대답했다.

"벌써 남작이랑 만났군."

"어젯밤에 귀환 파티를 해준다고 밤늦게까지 여기저기 데리고 다니면서 같이 마셔주셨습다. 사실 지금 굉장히 해 롱해롱임다."

"피곤하다는 것치곤 꽤나 멀쩡해 보이고 무엇보다 일찍 일어났네."

남작은 지금쯤 도라지방에서 죽은 듯이 자고 있을 것이 다. 아니 그 방에 제대로 돌아갔으면 다행이고, 복도나 화장실에 쓰러져 자는 정도가 그에게는 최선이리라.

"오늘은 아침부터 대학 연구 모임에서 보고회가 있슴다. 어제 낮에 담당 선생님한테 인사하러 갔더니 야쿠섬에 다녀온 걸 전혀 믿어주지를 않아서 말임다. 그래서 연구 모임 시간에 저보고 보고를 해보람다."

눈앞에 커피가 놓였다.

양치를 끝내고 한입 마셔보니 의외로 맛이 좋았다.

"어떰까, 닥터? 공주님 커피만큼은 아니겠지만……."

물론 발끝도 못 쫓아간다. 하지만 이 커피도 맛이 좋은 건 의심의 여지가 없었다. 입 밖으로 감탄을 내보냈더니 야쿠스기 군은 쑥스러운 얼굴을 했다.

"야쿠섬에 갔을 때 산악 가이드 하는 사람과 여기저기 돌아다녔는데, 처음에 알려준 게 커피 내리는 방법이었슴다. 인스턴트커피지만 그래도 꽤나 좋은 맛이 나죠?"

'나죠?'라고 말하는 그 끝말이 어떤 조동사의 어미 변화에 해당하는지, 정말 아무 상관도 없는 것을 머릿속으로 생각하고 있을 때 야쿠스기 군이 화제를 바꾸며 물었다.

"닥터, 하루나 공주님은 또 어디로 외출한 검까?"

"하루는 지난주부터 도쿄에 가 있어. 2주 정도 있다가 올 예정이라 당분간은 집에 없을 거야."

"그렇슴까……." 대단히 실망한 모습이다. "남작이랑 공주님 덕분에 여러 가지를 깨닫게 되었슴다. 그래서 빨리 고맙다는 말을 하고 싶었슴다……."

내 이름만 빠져 있던 것이 꽤나 석연치 않지만 추궁할 수는 없었다.

"뭔가 막, 새로운 것을 바로 시작할 수 있게 된 것은 아님다." 탁자에 올려놓은 『밤과 안개』를 바라보며 계속 말했다. "오히려 저금해놓은 돈까지 다 탕진해서 야쿠섬까지 나가 있었는데, 변한 거라곤 여기저기 돌아다닐 수 있는 체력이 생긴 거랑, 커피를 조금 잘 내릴 수 있게 된 것, 뭐이 정도? 그러니까 발표 같은 거 하라고 해도 좀 불안하긴 한데 말임다. 그래도 일단 한번 도전해볼 생각임다."

어딘가 개운해 보일 정도로 웃는 얼굴이었다.

거기에는 바로 수개월 전까지 온타케소의 거실에서 대낮부터 위스키를 기울이던 남자의 모습은 보이지 않았다. 느릿느릿한 걸음이기는 해도 확실하게 앞으로 나아가려고 하는 한 청년의 모습이 있었다.

"신기한 것 같죠? 살아간다는 건……."

그의 밑도 끝도 없는 표현이 무언가 기묘하게 깊은 실감을 불러일으키며 내 가슴을 울렸다.

어렴풋이 미소를 짓는 나에게 야쿠스기 군이 커피를 마시면서 아무렇지 않은 말투로 물었다.

"닥터, 학사님은 어떤 사람이었습까?"

뜻밖의 질문이었다. 조용히 되돌아보는 나에게 야쿠스기 군은 얌전한 얼굴로 말했다.

"어제 마실 때 남작이 알려줬슴다. 그분이 작년까지는 이곳에 함께 있었고 남작에게는 최고의 친구였다고."

"아니야, 야쿠스기 군." 나는 완만히 부정했다. "남작과 '나'에게는, 이지."

학사님은 이곳 들국화방의 원래 주인이었다.

시나노대학의 대학원 철학과 학생이라는, 거의 무진장이라고밖에 표현되지 않는 지식을 가진 사람이었다. 은테 안경 속의 시원스러운 두 눈동자는 항상 초연해 보였고, 나와 남작의 그 어떤 당치 않은 질문에도 항상 온화하게 대답해주던 재주꾼이었다. 하지만 사실을 말하자면 대학 시험에 실패하고 고등학교 졸업을 한 후 꽤나 방황한 끝에 이 온타케소에 흘러들어오게 된 방랑자이기도 했다.

"'살아간다는 것은 학력이나 지위 같은 걸 긁어모으는 것이 아니야, 오늘 할 수 있는 것을 조금씩 쌓아가는 거지' 라고 남작이 말해줬슴다."

"유유자적인 귀족들에게 맞춘 조언이 아닌, 일반 사람들에게 맞는 조언을 해줬구나."

"학사님은 자신에게 맞는 길을 가다 보면 결국 비범한

장소에 다다를 수 있음을 증명해낸 살아 있는 표본이라고 했습니다."

쿵 하고 가슴을 때린 듯한 기분이 들었다.

상처받고 이곳을 떠난 친구를 그렇게 해석하고 있는 남작의 시선과 다정함이 내 마음속 어딘가에서 공명하고 있었다.

"그렇다면 지금의 야쿠스기 군의 걸음도 의미 있다는 뜻이겠지. 예를 들면 화려한 꿈이나 희망이 없다고 해도 일단 행동 그 자체만으로 의미를 가지니까."

내가 말하자 야쿠스기 군이 눈을 동그랗게 뜨고 나를 쳐다보았다.

"뭐야?"

"남작에게도 같은 말을 들었습니다, 닥터."

무의식중에 쓴웃음이 흘러나왔다.

거기에 야쿠스기 군의 밝은 웃음소리가 섞였다.

무언가가 해결된 것은 아니다. 살아 있는 한 해결이란 없다. 중요한 것은 시종일관 취한 상태로 틀어박혀 있던 야쿠스기 군이 지금은 확실한 행보를 시작하고 있다는 것, 그것이리라.

"야쿠스기 군." 나는 커피를 마시며 천천히 입을 열었다. "인생을 살아가는 데는 필요한 것이 두 가지가 있어. 알고 있어?"

대단해 보이는 질문을 하자 청년은 망설이는 듯한 얼굴을 한다. 나는 대답을 기다려주지 않고 말을 이었다.

"앞을 향해서 걸어가는 두 다리와 한 박자 쉴 때 마시는 맛있는 커피야. 적어도 후자 쪽은 내가 보증할게."

남은 커피를 다 마시고 나는 말했다.

바로 앞에서 야쿠스기 군이 환히 웃고 있었다.

정말이지 시원스러운 웃음이었다.

"프레젠테이션 잘하고 오겠슴다, 닥터."

내가 만족스럽게 고개를 끄덕인 그때, 별안간 어디선가 달달한 향기가 방 안에 흘러들어왔다.

취한 듯이 정원 쪽을 돌아보고 나는 눈을 가늘게 떴다.

아침에 올라온 태양빛 아래의 금목서에서 산뜻한 색채가 가을바람을 받으며 느긋하게 좌우로 흔들리는 것이 보였다.

사카키바라 신이치. 도자이가 말한 '신 짱'의 본명이다.

폐렴 발작으로 입원했지만 발작 자체는 다음 날에 거의 사라졌다. 문제는 간 기능 장애 쪽에 있었다. 입원하고 며칠 후 진행한 혈액 검사에서도 나아지는 조짐이 보이지 않았고, 원인을 알 수 없는 황달까지 출현했다.

"컨디션은 뭐 아무렇지 않아요. 호흡도 편하고요."

침대 위의 사카키바라 씨는 매우 편안한 모습이었다. 청진했을 때도 폐렴 쪽은 별다른 문제가 없었다.

"그런데도 황달이에요, 선생님?"

"황달뿐만 아니라 간 기능 이상이 조금씩 악화되고 있습니다. CT상으로도 별다른 변화는 보이지 않으니, 지금 상황으로 볼 땐 원인 불명이라고밖에는 말씀을 못 드리겠네요."

조금 신경질적인 얼굴을 하고 말하자 사카키바라 씨는 가볍게 한숨을 쉬며 말을 뱉었다.

"최근에 술을 너무 많이 마셨으니까요……. 그것 때문일까요?"

"술의 영향이 있기는 합니다만, 그렇다고 해도 보통은 입원하고 이틀이나 사흘 정도 있으면 개선되게 마련입니다. 이번 경우는 입원 후에도 계속 악화되고 있네요. 약에 의한 것일 수도 있으니 약을 변경하면서 당분간 상태를 보도록 합시다."

"당분간은 입원해 있어야 되는 거겠죠?"

사카키바라 씨가 작게 한숨을 쉬었다.

"뭐 불편한 거라도 있으십니까?"

"아니요. 일이라고 해봤자 파견 업무로 경비원을 하는

것밖에 없어서 백수나 다름없어요."

그는 어느 정도 체념한 얼굴로 쓴웃음을 보였다.

그 순간 침대용 접이식 탁자에 올려놓은 한 권의 두꺼운 책이 우연히 눈에 들어왔다. 요즘엔 쉽게 볼 수 없는 헝겊으로 싼 겉표지에는 '장 크리스토프(Jean-Christophe)'라는 금색 자수 글자가 입혀져 있었다.

"『장 크리스토프』예요? 좋은 책을 갖고 있네요."

내 얘기에 사카키바라 씨의 눈가에 금세 기쁨의 빛이 차올랐다.

"제 애장품이에요. 선생님도 알고 있으세요?"

"물론이죠. 로맹 롤랑(Romain Rolland, 프랑스의 소설가이자 극작가, 평론가-옮긴이)이 모든 인류에게 용기를 주기 위해 쓴 최고의 걸작이잖아요. 프랑스 문학의 금자탑이죠."

"역시 의사 선생님이라 그런지 다르네요."

의사라 그런 건 아니지만 하나하나 반응하는 것도 귀찮은 일이라 나는 아무 말도 하지 않고 사카키바라 씨가 내민 책을 손에 들었다.

『장 크리스토프』는 어느 한 음악가의 생애를 다룬 굉장한 대작이다. 악성(樂聖) 베토벤을 모델로 삼아 썼다고는 하나 정확하게는 알 수 없다. 알 수 있는 건 읽는 사람 모두에게 살아가는 활력소를 제공해주는 최고의 장편소설이라는 점이다.

사카키바라 씨가 가지고 있던 『장 크리스토프』는 숙련되면서도 표현이 뛰어난 절품이었다. 책이라는 것 자체가 한낱 소모품 취급을 받고 있는 요즘 시대에 이렇게 훌륭하게 포장된 책을 볼 수 있는 기회도 드물다.

"미술품 같은 한 권이네요. 그런데 하권밖에 없네요?"

"상권은 예전에 어딘가에서 잃어버렸어요. 이제는 구하기도 힘들어서 호화판이라고 불리는데…… 아까워 죽겠어요."

그는 "하하핫" 하고 조그맣게 웃고 나서 갑자기 표정을 고치고는 잠시 후 무언가 결심한 듯 말을 이었다.

"나오미는…… 아, 죄송합니다. 도자이 씨는 무슨 말 안 하던가요?"

"무슨 말이라는 게 뭐죠?"

'내가 왜 이 대목에서 고집을 부리듯 못되게 반문하고 있지?'라는 생각을 하면서 마음속을 되짚어보았다.

그는 잠시 동안 곤혹감을 표하며 말했다.

"아니, 제가 입원하고 나서 한 번도 얼굴을 보여주지 않아서요."

"도자이는 병동 주임이라 아주 바쁠 겁니다. 시간 되면 얼굴 정도는 비치라고 말을 전해둘게요."

"아니…… 아니요. 괜찮습니다." 망설이면서 그는 손을 저었다. "만난다고 해도 비참한 지금 모습을 보여주는 것밖에는 해줄 것이 없으니까."

"비참할 것까지 없어요. 천식을 가진 사람이면 발작도 합니다. 인생이 힘들 때 누구라도 술을 마시게 되죠. 조금도 창피해할 필요는 없습니다."

조용하게 고한 나의 대답에, 그가 눈을 크게 뜨더니 살짝 미소 지었다.

"좋은 의사 선생님을 만나서 기쁘게 생각하고 있습니다, 구리하라 선생님."

안도의 한숨과 함께 그런 대답이 들려왔다.

"좋은 사람이잖아. 사카키바라 씨."

해 질 무렵의 병동에서 도자이와 만난 나의 첫마디였다.

"뭐예요, 갑자기?"

"갑자기가 아니야. 사카키바라 씨는 도자이가 와주지 않아서 외로워하고 있었어. 어떤 관계인지는 모르겠지만 오랜만에 재회한 거라면 인사 정도는 하러 가도 좋잖아."

재까닥 대답했더니 도자이는 오히려 수상하다는 듯한 표정을 했다.

"대단히 대답이 빠르네요. 그 사람이 선생님 보고 뭐라고 치켜세워주기라도 했어요? 좋은 의사 선생님이라고 했다던가……."

여전히 머리 회전이 빠른 주임이었다. 되받아칠 말이 없었다.

"근데 사카키바라 씨는 정말로 좋은 사람이에요."

옆에서 조심스럽게 끼어든 사람은 링거 체크를 하고 있던 간호사 미카게 씨였다.

"주삿바늘을 꽂다가 실패해도 전혀 싫은 내색도 안 하시고요. 복도에서 마주치면 늘 웃는 얼굴로 인사해주시고, 언제나 조용하게 책을 읽거나 하셔서…… 뭔가 신사 같은 느낌이 딱 들어요."

미카게 씨는 무언가 꿈꾸고 있는 듯한 큰 눈으로, 한껏 행복한 표정을 지으며 말했다.

"그래도 꽤 무책임한 부분이 있어, 그 사람."

이번에는 대기실에 돌아온 미즈나시 씨가 입을 열었다.

"어젯밤 소등 시간 이후에 병실에서 없어졌었어요."

처음 듣는 말이었다.

미즈나시 씨가 한숨을 섞으며 말을 이었다.

"선생님한테 연락을 드려야 하나 고민하고 있는데 마침 병실에 돌아와서 다행이었지만요. 밤에 잠이 잘 안 와서 병원 안에서 산책 좀 하다가 왔다더라고요. 간호사들한테는 아무 말도 안 하고 나가서 얼마나 놀랐는지 몰라요."

그런 그의 행동은 틀림없이 실례되는 행동이었다.

옆에서 컴퓨터에 온도판을 기록하고 있던 도자이가 톡하고 말을 던졌다.

"옛날부터 그랬어. 신뢰감 있게 보여도 꽤 얼빠진 사람이야."

예상하지 못한 그녀의 의미심장한 발언에 나와 미즈나시 씨가 동시에 도자이를 쳐다보았다. 시선이 집중된 도자이는 신경 쓰지 않는 듯 담담하게 기록을 작성해나갔다.

아직까지도 뭐가 뭔지 잘 모르는 것 같은 미카게 씨는 변함없이 눈을 반짝반짝하며 말했다.

"그런 게 또 좋단 말이에요. 침대 위에서 큰 책을 읽고 있는 모습하고 왠지 다른 갭이 있다는 게…… 지켜주고 싶은 그런 느낌 들지 않아요?"

자기 좋을 대로 해석해서 말하고 있다.

그녀가 말하는 큰 책이란 『장 크리스토프』를 말하는 것일 터이다. 머릿속으로 호사스럽게 포장된 한 권의 책이 떠올랐다.

"그냥 술꾼이라고 생각했는데 의외로 문학인 같더라."

"그건 맞아요. 그 남자, 고등학교 선생님이었으니까요."

또 한 번 던진 폭탄에 이번에는 미카게 씨도 포함해서

세 명이 동시에 반응했다.

도자이는 태연하게 말했다.

"그 남자, 원래는 음악 선생님이었어. 예전에는 작곡도 했는데 지금은 그냥 저 모양이잖아."

도자이는 당황해하는 우리 셋을 향해 드디어 얼굴을 들었다.

"그렇게 놀라지 않아도 되지 않아요?"

"이렇게 놀라게 하지 않아도 되잖아."

나는 간신히 이 정도로 되받아쳤다.

쭈뼛거리며 미즈나시 씨가 입을 열었다.

"사카키바라 씨 지금은 경비원 일을 하고 있다고……."

"지금은 그렇지. 훨씬 옛날에 그만뒀어. 내가 고등학생 때 음악 선생님이었고, 3학년 때는 우리 반 담임도 했어."

그녀는 톡톡 하고 서류들을 모아서 옆에 쌓아 올리며 목소리도 못 내고 멍하니 쳐다보는 나에게 눈을 돌렸다.

"한 번 더 말하겠는데 그렇게 놀라지 않아도 되잖아요?"

"사카키바라 씨가 음악 선생님이었던 게 놀라운 게 아니야. 도자이한테도 여고생이라고 칭하던 시절이 있었다는 것에 놀란 거야."

"화냅니다."

나는 농담이라며 대충 둘러대고 나서 덧붙였다.

"그런데 담임선생님을 신 짱이라고 불러?"

"그때는 신 짱이 아직 20대의 호감형 선생이었어요. 다들 그렇게 부르기도 했고."

일반적으로 원래 다들 그러는 건지 어떤지는 별개로 해두고, 갑자기 나의 머릿속을 차지한 것은 고교생인 도자이와 20대인 사카키바라 씨의 모습이었다. 전날의 그 의미심장했던 상황들을 보고 나서 어떠한 의심이나 억측을 하지 않는다면 아마 사람이 아닐 것이다.

나와 같은 상상을 하고 있는 듯한 미카게 씨가 어느새 귀까지 빨개져서는 작은 목소리로 물었다.

"주, 주임님……! 호, 혹시 선생님이었던 사카키바라 씨랑…… 뭔가 있었던 거예요?"

나와 미즈나시 씨가 피하고 있었던 질문을 미카게 씨가 간단하게 물어봐주었다.

"단도직입적으로 묻네?"

담담하게 말은 해도 조금은 놀란 듯한 그녀는 팔짱을 끼고 잠시 생각에 잠겼다. 그리고 고개를 갸웃하더니 한 번 호흡을 하고 입을 열었다.

"뭐 아무것도 없었다고 하면 거짓말이려나?"

"어어?" 하며 등 뒤에서 작은 목소리가 들려 돌아보니 어느 틈에 병동의 간호사들 전체가 하던 일을 멈추고 흥미

진진한 눈으로 우리 쪽을 쳐다보고 있었다.

도자이는 이마에 손을 대고 한숨을 쉬었다.

"농담인 게 당연하잖아. 다들 일이나 제대로……."

다음 순간이었다. 갑자기 병동의 날카로운 응급 알람이 도자이의 목소리를 지워버렸다.

돌아서 모니터를 보니 맥박 이상 때 울리는 알람이었다. 동시에 모니터로 다가온 간호사가 비명에 가까운 소리를 질렀다.

"13호실! VF(심실세동)예요!"

그 목소리가 끝나기도 전에 나와 도자이는 대기실을 뛰쳐나갔다.

심야 1시.

원래라면 불이 꺼져 있어야 할 의국이 그날은 밝은 빛을 비추고 있었다.

쭉 늘어서 있는 전자 카르테 단말기들의 한가운데에서 피곤에 찌든 얼굴을 한 채로 모니터를 바라보고 있는 것은 다쓰야였다.

"덕분에 살았다, 구리하라."

소파에 누운 내 귀에 옛 친구의 목소리가 들려왔다.

"덕분에 산 사람은 네가 아니야. 너의 환자야."

"그래, 어쨌든 살았다. 고맙다."

저녁 시각, 갑자기 VF를 일으키며 급격하게 몸의 변화가 온 것은 다쓰야가 담당하고 있는 환자였다. 악성림프종으로 입원해 있던 40대 남성이다.

"최근 화학요법이 잘 듣지도 않고 급속하게 병세가 악화되어서 입원시켰는데, 설마 VF를 일으킬 줄은 예상 못하고 있었어."

"누구도 예상할 수 없던 돌발 사고였잖아. 환자 옆에 하루 종일 붙어 있을 수도 없는 일이고 말이야. 내가 거기에 있던 것도 오로지 운이 좋았던 것뿐이지 뭐."

심실세동은 죽음에 이르는 부정맥 중 하나이다. 다행히도 즉각적으로 심장 제세동기를 사용해 맥을 돌려놓고 혈압을 성공적으로 안정시켰지만, 몇 분만 처치가 늦어졌다면 사망했을 가능성도 있었다.

"흉강 내에 급속히 부푼 림프절이 심장을 압박해서 부정맥이 온 것 같다고 생각되긴 하는데, 생각보다 훨씬 위험한 상황이었어."

그 순간 나의 뇌리에 떠오른 것은 응급 처치 중에 하얗게 질린 얼굴로 복도에 서 있던 아내로 보이는 여자와 초등학생 정도 되어 보이는 소년의 모습이었다. 여자는 혈압이 안정된 지금도 침대 옆에서 기도하듯 손을 계속 모으고 있었다.

"심한 증상이네."

"심하긴 하지만 부정맥만 컨트롤되면 서드라인 케모(화학요법)를 해보고 싶어. 아직 포기는 안 했어."

올곧은 눈으로 모니터를 바라보고 있는 다쓰야의 옆모습은 '의학부의 양심'이란 별명에 딱 들어맞는 현명함과 진지함을 두루 갖추고 있었다. 나는 침묵한 채 작게 고개를 끄덕이기만 했다.

"구리하라, 너야말로 이런 시간에 여기 있어도 괜찮은 거야? 하루나 씨도 걱정하고 있을 것 같은데."

"하루는 어제부터 다시 도쿄에 가 있어. 출판사에서 새로운 사진집을 내자는 얘기가 있어서 왔다 갔다 하느라 요즘 바빠."

"축하할 일이네. 좋은 얘기잖아."

다쓰야는 마치 자신의 일처럼 기뻐하는 얼굴이었다.

"좋은 얘기이기는 하지만 덕분에 온타케소가 줄이 끊긴 기타같이 되어버렸어. 쉽게 말하자면 집에 돌아갈 이유가 없다는 뜻이야." 나는 소파에서 일어나 옆 단말기로 향하면서 덧붙였다. "게다가 전에 말했던 천식 환자의 간 기능 상태가 계속 좋지 않은 것도 마음에 걸리고."

사카키바라 씨의 이야기이다.

도자이의 폭탄 발언도 그렇지만 지속적으로 간 수치와 췌장 수치가 오르고 있고 마땅히 해결도 되지 않아 계속 신경이 쓰였다. 모든 치료약을 중지하고 경과를 보고는 있지만 수치는 계속 서서히 오르는 경향이었고, 황달도 점점 악화되고 있다.

"CT상에도 이상은 없었으니까 한번 오바타 선생님한테 EUS를 부탁드려볼까 생각 중이야."

"내 이름이 나오니까 왠지 기쁜데?"

시원시원한 목소리가 들려 뒤돌아보니 마침 오바타 선생이 의국에 들어와 있었다.

"이런 시간에 어쩐 일이세요?"

오바타 선생이 다쓰야의 물음에 가볍게 어깨를 움츠리며 답했다.

"오늘은 응급실 당직이야. 대체 이 병원은 어디에서 이렇게 많은 환자가 들어와 있는 거야? 놀랄 만큼 일이 끝도 없이 이어지네."

그녀는 매끈하게 대답하고는 오른손에 들고 있던 비닐봉지에서 사과를 하나 꺼내 탕비실에서 물로 씻고 주저 없이 베어 먹었다. 아무리 봐도 적응이 되지 않는 모습이다. 사과 수확 시기가 끝날 때까지 그녀의 기행은 계속될 것 같다.

"정말이지 이타가키 선생님도 이렇게 힘든 병원이었으면 처음부터 그렇다고 귀띔이라도 해주셨으면 좋았을 텐데. 여전히 둘러대기 좋은 말밖에 안 한다니까⋯⋯."

"혼조가 바쁜 병원이라는 거 못 들으셨어요?"

"다양한 증례가 관찰되니까 공부에 도움이 되는 병원이라고만 들었지. 거기에다가 내가 마음대로 실력을 발산할 수 있는 장소라고도 하셨고."

뭐 거짓말이라고는 할 수 없다.

"그래도 설마 그 '다양한 증례'의 반 이상이 폐렴과 신부전증일 줄은 몰랐네. 다른 지역에 있는 병원이었다면 대충 예상은 하고 있었겠지만 말이야."

어이없다는 얼굴을 하면서도 입으로 뱉고 있는 말만큼의 불만이 있는 얼굴은 아니었다. 이런 역경 속에서도 강함을 드러내는 건 역시 왕너구리 선생님에게 전수받은 비법일 것이다.

투덜거리면서 오바타 선생은 비닐봉지에 다시 손을 넣어 사과 두 개를 꺼내 우리 앞에 하나씩 놓았다. 침묵과 함께 사과를 받은 다쓰야는 두 개를 전부 집어서 탕비실에 가지고 가더니 물로 씻기 시작했다. 그런 다쓰야의 등을 응시하던 오바타 선생은 한숨을 쉬며 투덜거렸다.

"정말이지 이렇게 바쁘면 논문도 전혀 쓸 수가 없잖아.

이번 달 안으로 수정본을 보내지 않으면 안 되는데……."

"굉장하네요. 또 쓰고 계신 거예요? 지난주에도 하나 완성했다고 말씀하셨잖아요."

"별로 칭찬받을 만한 일도 아니야. 최신 의료 기술이라는 것은 점점 진화하고 있고, 미리 해놓지 않으면 뒤처지기만 할 뿐이니까."

뜨끔한 이야기였다.

나 같은 인간은 그저 일상 업무에 쫓겨 하루하루 살아가기도 바쁘다. 오히려 더없이 바쁜 이 병원에서 치료와 연구를 병행하고 있는 그녀의 정신력이야말로 보통이 아닌 것이다.

나는 다쓰야에게 사과를 받아 말없이 베어 먹었다. 선명하리만큼 달달한 사과의 맛을 느끼며 나는 조금 무리하게 화제를 돌렸다.

"올해 아키바에는 확실히 맛이 좋네요."

나의 말에 오히려 오바타 선생이 어이없다는 표정을 짓고 있었다.

"이거 '시나노스위트'인데?"

어떻게 해서든 잘 보이려고 했는데 반대로 지뢰를 밟은 것 같다.

"구리하라 군은 책을 많이 읽은 것치고는 교양이 좀 떨어지네."

교양의 정의는 그렇다 치더라도 그녀의 배려 없는 목소리가 날아 들어와 가슴에 꽂혔다.

나는 그 이후로 지뢰밭을 걷는 걸 포기하고 다시 사카키바라 씨의 검사 이야기로 화제를 돌렸다. 카르테를 보여주며 경과를 설명하자, 오바타 선생은 두세 번 고개를 끄덕였다.

"아아, 그 도자이 주임의 남자친구라는 사람 맞지?"

아무래도 병원 안에서는 마음대로 그렇게 되어버린 것 같다.

"도자이는 아무 말도 안 했어요. 거기다 나이도 여덟 살이나 많고."

"여덟 살이 뭐 어때서. 나는 열 살 이상이랑도 사귀어봤는데."

나와 다쓰야는 엉겁결에 서로의 얼굴을 마주 보았다.

오바타 선생은 그런 반응 따위는 신경도 안 쓰고 말을 이어갔다.

"뭐, 검사를 하는 건 나쁘지 않은데……."

이야기의 주제가 가로로 세로로 건너뛰니 맞추기가 힘들다. 하지만 오바타 선생은 원래가 그런 성격이라 우리가 지금 느끼는 당혹감 따위는 크게 개의치 않았다.

"근데 그 사람 아마 안 해도 될 거야."

갑자기 뜻밖의 결론이 날아들었다.

"선생님은 간 기능 이상의 원인에 대해 짐작 가는 부분이라도 있는 거예요?"

"글쎄, 그런 걸까? 그래도 뭐…… 일단은 경과를 지켜보는 게 좋을 것 같네."

근거가 있는 것인지 아닌 것인지는 모르겠지만 그냥 매끈한 대답이었다.

오바타 선생은 다 먹은 시나노스위트의 심지를 탕비실 쓰레기통에 던져 넣고 이번에는 컵을 꺼내서 바스락거리며 커피 분말을 넣기 시작했다.

'어디선가 본 적이 있는 광경인데?'

혼자 짐작하고 있을 때 그보다 빠르게 이번에는 차례차례 대량의 설탕을 탈탈 털어 넣었다.

"선생님, 지금 뭘……."

"뭘이라니? 커피잖아. 저번에 스나야마 선생님이 맛있는 커피 만드는 방법을 알려주었어. 사과를 먹고 난 다음에 마시는 이 한 잔이 정말이지 멈출 수가 없는 맛이야."

까맣고 하얀 가루를 대량으로 차례차례 넣은 컵에 평온히 뜨거운 물을 붓기 시작했다.

"스나야마 선생님은 덜렁이 같은 이미지이긴 한데 의외

로 입맛은 예민한 편이더라? 역시 사람은 겉모습만으로는 판단이 안 된다고들 하잖아. 진짜 그 전형 같아. 동급생인데 몰랐어?"

가치관의 다양성이라는 것을 느낄 수밖에 없었다. 적어도 극약 스나야마 블렌드를 이렇게 평가해주는 인물이 나오게 될 줄은 예상도 못 하고 있었다. 또다시 다쓰야와 얼굴을 마주 보고 있을 때 오바타 선생의 PHS가 울렸다.

"네네, 오바타입니다. 새 환자? 40초 안으로 갈 테니까 기다려."

방금 만든 극약을 한입 마시고는 "또 봐" 하며 한 손을 올리고 그대로 의국을 나가버렸다.

남은 것은 정적뿐이었다. 태풍이 지나간 것만 같은 느낌이었다.

병원을 나선 것은 새벽 2시가 넘어서였다.

오늘 밤은 구름이 많은 듯 달이 별로 보이지 않는다. 대신 제방 길을 따라 늘어선 가로등이 묘하게 환하게 보여 실눈을 떠보았다. 가로등 밑의 강가 일대를 점령한 억새풀들은 희미한 우유 빛깔로 물들어가고 있었다. 강가에는 소리 없는 바람의 움직임으로 인해 돌을 던진 수면처럼 잔물결이 퍼지고 있었다.

신슈의 가을은 저물어가는 해와 함께 급격히 추워지고 있었다. 붉은 태양이 북알프스의 산등성이에 걸려 있을 때면 세상은 온전히 밤의 영역이 되고, 일몰과 함께 기온은 점점 떨어진다.

　하지만 1년 내내 에어컨 설비가 완벽하게 갖추어진 병원 안에서만 일하는 나에게는, 오히려 이렇게 쓸쓸함마저 느껴지는 바깥 공기가 더 기분을 좋게 만든다. 멍해졌던 뇌도, 안정되지 않은 심장도 함께 식혀주기 때문이다.

　자판기에서 산 캔 커피를 들고 돌아가는 길에 나는 강가 쪽에서 은은하게 올라오는 보랏빛 담배 연기를 보고 발길을 멈추었다. 제방에서 강가로 내려간 곳에 놓인 벤치에 앉아 유유하게 담배를 태우고 있는 응급실 간호부장의 등이 보여서였다.

　"한창 야간 근무 시간인데 이렇게 빠져나와 있어도 괜찮습니까, 도무라 씨?"

　나의 목소리에 필립모리스를 입에 문 도무라 씨가 뒤돌아보았다. 그녀는 작은 행동 하나에도 세련된 아름다움이 있다.

　"마침 휴식 시간이에요. 이 시간에 집에 가는 거예요? 수고했어요."

　후 하고 연기를 뿜는 그 얼굴에 오늘따라 피로한 기색이 어렴풋했다. 나는 아무 생각 없이 이끌리듯 돌계단을 밟고 내려가 벤치의 옆까지 왔다.

"그러는 도무라 씨도 오늘은 좀 피곤해 보이네요?"

"선생님한테 피곤함을 간파당할 정도면 나도 이제 나이가 들었다는 건가?"

그녀는 쓴웃음을 지으며 덧붙였다.

"계절이 변하는 때라는 건, 폐렴 환자들도 늘어난다는 의미인 거잖아요. 바쁘기도 바쁘고 스태프들 중에도 걱정거리를 안고 있는 사람이 많아지는 시기죠."

"신입들이 업무에 투입된 지 이제 거의 반년 정도 되어가니까요."

쓴웃음을 띠며 망가진 벤치에 그녀와 나란히 앉았다.

"그런데 선생님도 그렇게 여유만 부리고 있어도 되는 거예요? 도자이 쪽은 괜찮아요?"

나는 캔 커피를 따자마자 움직임을 멈추었다.

"괜찮……냐고요?"

도무라 씨는 마음속 깊이 어이없다는 얼굴을 했다.

"아무것도 못 들은 거예요?"

"아무것도까지는 아닌데 본인이 안 알려준다고 하기에 저도 그냥 아무 말 안 했어요."

"바보네, 바보."

"그러니까 말이에요. 바보같이 혼자서 걱정하고 있는 거면 저한테라도 말해주면……."

당당하고 망설임 없는 말과 함께 얼굴을 들어보니 도무라 씨가 보란 듯이 한숨을 쉬었다. 다 피운 필립모리스를 휴대용 재떨이에 쑤셔 넣고 두 번째 담배를 꺼내 불을 붙인다.

"여자가 비밀인 척하면서 말을 안 해주면 억지로라도 들으려고 하는 노력을 보여주는 것이 바로 남자가 할 일이에요."

"모순으로 꽉 들어찬 요구 같습니다만……."

내가 얼굴을 찡그리자 탄식과 함께 큰 연기가 뿜어져 나왔다.

"선생님은 그렇게 소설을 읽고도 여자 마음을 아예 모르네요."

이상하게 요즘 꽤나 많이 듣는 말이다.

적어도 나쓰메 소세키 소설을 통달하고 있다고 해서, 여자의 마음까지 통달하게 된다는 이야기는 들어본 적도 없다. 기껏 여자라는 생명체가 지극히 난해한 생명체라는 것만 알게 되었을 뿐.

"뭐 걔는 괜찮을 것 같긴 한데 그래도 의외로 걱정을 많이 하고 있는 것 같아 보여요. 생각 있으면 술이라도 한잔

같이 해줘요."

"그런 역할이라면 도무라 씨야말로 적임자라고 생각하는데요."

"선생님은 바보야. 이런 섬세한 문제야말로 어려운 선배가 들어주기보다는 지금 이 근방에서 제일 둔감한 동료가 상담해주는 게 더 편한 거예요. 이렇다 저렇다 말해도 그 녀석은 나를 어려워하고 있으니까."

자꾸 바보바보 하더니, 뒤에는 지독한 평가까지 추가되었다. 도무라 씨는 담배를 문 채 일어났다.

"어쨌든 슬슬 돌아가야겠다. 오늘 밤은 분위기가 안 좋으니까."

"그렇다고들 하네요."

나의 뇌리를 스치는 건 태풍같이 뛰어나가던 오바타 선생의 뒷모습이었다. 안정적인 저녁이라고는 할 수 없었다.

"근데 오바타 선생님이랑 같이 일하면 일도 잘하고 쾌활한 사람이라 간호사들도 일하기 편하지 않아요?"

제방 위쪽까지 같이 올라가는 김에 생각 없는 잡담처럼 던진 나의 말은 의외의 반응을 끌어냈다. 먼저 도로까지 올라가 있던 도무라 씨가 어깨 너머로 신기하다는 듯 나를 내려다보았다.

그녀는 한순간 침묵하더니 천천히 연기를 내뿜으면서

대답했다.

"선생님은 의외로 사람 볼 줄 모르네요."

혹평이 추가되었다. 입을 열려는 나의 기선을 제압하듯 도무라 씨는 한 손을 들고 등을 돌렸다.

"뭐, 별로 중요한 문제는 아니니까. 수고했어요."

정신을 차렸을 때는 이미 필립모리스의 냄새만이 남아 있었다. 석연치 않았지만 일부러 불러 세우는 짓은 하지 않았다. 그대로 도무라 씨를 보낸 시선의 저편에서 또 다른 사람을 보았다.

정확하게 병원 뒷문 쪽으로 키가 큰 남자가 들어가는 것이 보였다. 카디건을 걸쳐 입은 그 사람은 입원 중이었던 사카키바라 씨였다.

다음 날 저녁 7시.

내시경 업무가 끝난 시간이었다.

늙은 여우 선생님이 떠나버린 그날부터 밤 9시, 10시까지 내시경 업무를 하는 것이 당연시되어 있었으니 지금 이 시간에 끝난 것만으로 상당히 빠른 시간이기는 하다. 오바타 선생이 와준 덕분에 일이 마무리되는 시간이 조금은 빨라졌다. 나는 그 길로 바로 남쪽 3병동으로 향했다.

벌써 밤 근무가 시작될 시간이고, 여느 때와 같이 도자이는 대기실 안에서 바쁘게 움직이고 있었다. 그녀는 대체 언제 쉬는지가 궁금할 정도이다.

"수고, 드디어 검사가 끝났네요. 회진은요?"

"이제부터야. 근데 그 전에 할 일이 있어."

그녀가 언짢은 표정으로 대답하는 나의 목소리 깊은 곳에서 평소와는 다른 공기를 민감하게 느낀 듯했다. 도자이는 가늘게 찢어진 긴 눈을 찡그리며 나를 돌아보았다.

"개인 병실 중에 어디 빈 곳 없어?"

내 말에 도자이는 이유도 묻지 않고 모니터에 눈을 돌리고 바로 대답했다.

"302호라면 지금은 공실이에요."

"그럼 거기로 환자를 이동하기로 하자."

그녀는 한 번 숨을 고르더니 조용하면서 확실한 어조로 대답했다.

"……사카키바라 씨?"

나는 미세하게 고개를 끄덕였다.

망설이지 않은 것은 아니었다. 하지만 그대로 방치해두는 것은 용서할 수 없었다. 나는 도자이를 데리고 대기실을 나와 병실로 발을 옮겼다.

사카키바라 씨의 병실은 2인실이다.

다른 침대에는 거의 종일 누워만 있는 폐렴 환자가 있기 때문에 밤 8시가 넘긴 시간에 갑자기 방으로 들어간다 해도 불만을 터뜨릴 일은 없었다.

사카키바라 씨는 늦은 시간에도 언제나 그렇듯 베개에 기댄 채 책에서 눈을 떼지 않고 독서에 열중하고 있었다.

갑작스러운 나와 도자이의 방문에 그는 꽤나 놀란 것처럼 보였다.

"안녕하세요, 구리하라 선생님? 늦은 시간까지 수고가 많으시네요."

그는 놀랐음에도 곧바로 평소처럼 온화한 미소를 보냈다. 사카키바라 씨의 시선이 곧바로 내 뒤에 서 있던 도자이의 존재를 눈치챘고, 조금은 망설이는 듯했으나 그녀에게 직접 말을 걸거나 하지는 않았다.

"사카키바라 씨야말로 이런 시간까지 책을 읽다니 정말 열심이네요."

"이 정도밖에 할 일이 없으니까요."

읽고 있던 것은 역시 『장 크리스토프』였다. 책 표지에 입혀진 금색 자수가 전등 빛을 받아 반짝거렸다.

"몸 상태는 좀 어때요?"

"음…… 뭐 특별하게는……. 오늘 혈액 검사는 어떻게 나왔나요?"

"악화되고 있습니다."

최대한 감정을 자제한 나의 목소리에 그도 조금은 침통한 듯 보였다.

"그렇습니까? 아무래도 조금은 걱정되기 시작하네요."

"그러게 말입니다. 그러니까 이제부터는 조금 강력한 방법을 쓸 수밖에 없을 것 같습니다."

"강력한?"

그는 궁금한 표정을 지었다.

"환자분께서 어느 정도는 협조해주셔야 하는데 괜찮으시죠?"

"그야 물론이죠. 환자로서 제가 해야 할 일이 있으면 언제든 알려주세요."

그의 대답은 너무나 침착했고 공손해 보였다. 거짓말을 하고 있는 사람처럼 보이진 않았다. 그런 그의 모습이 오히려 무서울 정도이다.

조금 후 나는 입을 열었다.

"그럼, 병실을 옮겨도 괜찮은 거죠?"

그는 내 질문의 의미를 정확하게 이해하지 못한 듯 고개를 갸웃거리면서 옆에 서 있는 도자이를 흘끗 보았지만, 그녀라고 해서 지금 이 상황을 알 리는 없었다.

"병실을 이동한다고요?"

"네."

"옮기는 건 상관없는데 지금 당장 옮기는 건 곤란할 것 같은데요. 짐도 정리해야 하고…….'

"짐은 간호사가 옮길 거니까 몸만 이동하시면 됩니다."

그의 말이 미처 끝나기도 전에 내가 재빨리 대꾸해버리자, 사카키바라 씨의 표정이 심각하게 굳어졌다.

"아뇨, 짐 정도는 제가 옮길 수 있어요. 그렇게 많지도 않고요."

"많이 없어도 저희 쪽에서 옮기겠습니다."

"하지만 그런 일로 폐를 끼쳐서는…….'

"지금 당신이 하고 있는 행동이 바로 민폐야!"

나도 모르게 화를 내고 말았다.

바로 등 뒤에 있던 도자이는 지금 벌어지는 상황을 이해하지 못한 채 놀란 표정으로 입을 다물고 서 있었다. 그는 무언가 대답하려 했지만 나는 무시하고 계속 말을 이어갔다.

"당신은 옆 개인 병실로 지금 바로 몸만 옮겨요. 물론 그 침대 밑에 숨겨놓은 술병은 그대로 두고. 알겠어요?"

차가운 나의 말투에 사카키바라 씨의 얼굴색이 순식간에 바뀌었다. 등 뒤의 도자이가 놀라서 희미하게 숨죽이는 모습이 전해져온다.

잠시 동안 정적이 흘렀고 내가 조용히 입을 열었다.

"정 걱정된다면 귀중하게 여기는 그 책 정도는 가지고 가세요."

말을 마친 후 나는 바로 몸을 돌렸다.

그때 침대용 접이식 탁자 위에 놓인 'Christophe'라는 금빛 글자가 번쩍하며 차갑게 빛났다.

침대 밑에서는 예상한 대로 작은 위스키 병들이 나왔다. 거의 다 근처 편의점에서 샀을 법한 것들이었다. 이것들이 결국 그의 산책이 겨냥했던 목표였다.

"간 기능이 전혀 좋아지지 않았던 건 숨어서 계속 술을 마셔왔기 때문이었어."

그날 밤, 의국에서 지로의 탄식이 들렸다.

"깜짝 놀랐네. 그런 남자로 전혀 안 보였는데……."

다쓰야가 중얼거리듯 말했다.

"사람은 겉모습만으로는 알 수가 없다는 거지. 다 알고 있다고 생각해도 그렇게 뒤통수를 맞는단 말이야."

겨우 일이 끝났는데 마치 지금부터 당직을 서야 할 것 같은 무거운 기분이 들었다.

내가 할 수 있는 일이라고는 그저 담담하게 조금 전 일을 카르테에 기록하는 것이 다였다.

"그래서 어떻게 할 작정인 거야, 구리하라?"

"천식이 있는 알코올성 간경화야. 그렇게 방치해둘 수도 없잖아. 정신과가 있는 병원으로 옮길 건지, 아니면 우리 병원에서 치료를 계속할 건지를 결정해야 해."

"가족은 없는 거야?"

"환자 본인은 독신이고 부모는 돌아가신 지 오래야."

지로와 다쓰야가 한숨을 동시에 내뱉었다.

지로는 그대로 일어서서 탕비실로 들어가서는 조금 후 접시에 커피 세 잔을 갖고 나왔다.

"자, 한 잔씩들 해."

지로가 내온 극약을 나도 오늘만큼은 아무 말 없이 받아 들었다.

'독으로 독을 제어한다'는 말이 있지 않은가. 이런 날은 스나야마 블렌드도 괜찮을지 모른다.

컵을 입가에 갖다 대려는 순간 의국 내에 요란한 전화 소리가 울려 퍼졌다. 거의 무의식 상태에서 착신 버튼을 누른 순간 귀로 들려온 것은 도자이의 목소리가 아니었다.

"저 미즈나시인데요!" 긴박한 목소리였다. "구리하라 선생님, 지금 바로 좀 와주세요. 도자이 주임님이……."

나는 극약이 들어 있던 컵을 탁자 위에 놓고 일어섰다.

"대체 뭐 하고 있는 거야?"

날카로운 목소리가 병실 바깥까지 들려왔다.

사카키바라 씨가 이동한 개인 병실 앞이었다.

미즈나시 씨를 포함한 간호사들이 출입문 주변에 모여 있었지만 병실 내에서 흘러나오는 이상한 공기에 압도당해 들어가기를 주저하고 있는 상태이다.

나는 병실 안을 슬쩍 들여다본 후에야 그 상황을 이해할 수 있었다.

침대 위에는 사카키바라 씨가 앉아 있고, 그 앞에 도자이가 마주 서 있었다. 그 모습은 전에 본 적 없었던 긴장감 그 자체였다. 가느다란 양팔로 팔짱을 끼고 눈앞에 우두커니 앉아 있는 남자를 내려다보는 모습은 차마 말을 걸 수도 없을 만큼 차가운 분위기로 위엄마저 느껴졌다.

"대체 지금 뭘 하고 있는 건지 묻고 있잖아요?"

"밤중에 맘대로 밖에 나가서 술을 사 왔고, 의사 몰래 마셨어." 담담한 목소리와 함께 사카키바라 씨가 자학적인 미소를 띠며 얼굴을 들었다. "이렇게 솔직하게 말하면 이해해주는 거야, 나오미?"

도자이는 미동조차 하지 않았다. 눈썹 하나 움직이지 않고 침묵한 채 그 남자를 내려다보고 있었다.

나는 병실 안으로 살짝 발을 들인 후 미즈나시 씨에게

문을 닫으라고 눈짓했다. 다른 간호사들은 일단 부서로 돌아가라는 지시도 함께.

"……여태껏 계속 이렇게 살아온 거야?"

한참 후 겨우 들린 소리는 도자이가 낸 목소리였다.

"응, 계속 그랬어. 학교 그만두고 나서."

"작곡은 어떻게 된 거야? 세계 최고의 교향곡을 쓰겠다고 말하더니. 그건 어떻게 된 건데?"

"엉뚱한 말 하지 마." 작게 새어나온 그의 한숨은 애처롭다고밖에 할 수 없는 건조한 웃음을 품고 있었다. "그런식으로 학교를 그만둔 내 음악을 누가 들어나 줄 것 같아? 난 갈 곳도 없고 일할 장소도 없어. 게다가 조금만 피곤하면 바로 천식 발작을 일으키지. 이딴 몸으로 곡을 만든다는 건 헛된 꿈일 뿐이라고."

그의 왼손에 연결된 링거 병이 형광등 빛을 받으며, 지금 이 분위기와는 어울리지도 않게 반짝거리는 것이 보였다. 사카키바라 씨는 체념을 품은 무기력한 웃음과 함께 도자이를 다시 쳐다보았다.

"나오미, 이건 내가 선택한 인생이야. 너랑 만났던 게 원인이 아니야. 그러니까 네가 책임을 느낄 일도 아니라고."

"……책임 같은 거 안 느끼고 있어."

조용한 목소리였다.

사카키바라 씨는 오히려 멈칫하며 어깨를 움직였다.

"나는 말이야……. 그냥 한심해서 어이가 없는 것뿐이야. 어쩌다가 이렇게까지 되었을까 하고."

그녀의 목소리에서 살짝 흔들림이 느껴졌다. 사카키바라 씨는 잠시 도자이를 쳐다보고 있었지만 곧바로 피곤하다는 듯이 한숨을 쉬었다.

"왜일까……. 지금에 와서는 나도 잘 모르겠어."

작은 기침과 함께 목소리가 끊어졌고 링거 주사 병이 조금 흔들렸다.

"언젠가 보니 이렇게 되어 있었어. 네 말대로 꽤나 한심한 이야기지. 그래도 어느 쪽이든 너라도 이렇게 훌륭한 간호사가 되어서 열심히 일하고 있잖아. 나는 보이는 것처럼 술에 젖어 살고 있지만. 두 번 다시 만날 일 없는 인생이니 뭐 이제 와서……."

"어떤 방향으로 바람이 불어도 무조건 앞으로 나아간다…… 아니었어?"

떨리면서도 맑은 울림을 잃지 않은 도자이의 목소리가 그의 말을 가로막았다.

"예술가라는 건 어떤 태풍 속에서도 항상 '북쪽'을 향해 가리키는 나침반이다, 그렇게 말한 건 신 짱 아니었어?"

사카키바라 씨는 입을 다물었다.

"당신의 마음이 어디를 향하고 있는지 지금의 나로서는 전혀 알 수 없지만, 나는 지난 10년간 단 한 번도 북쪽으로 향한 시선을 돌린 적이 없었어. 어떤 거친 바닷속에서도 단 한 번도 내가 나아가야 할 방향을 잃어본 적이 없었어. 왜인지 알아?" 한순간 침묵한 도자이는 이를 꽉 깨물며 다시 입을 열었다. "당신이 그렇게 알려주었으니까. 그런데 당신은⋯⋯."

말이 끊어졌다.

다시 이어진 침묵은 이전보다 더 길었고 더욱 깊게 병실을 감쌌다.

정적 속에서 복도를 지나가는 사람의 발소리가 희미하게 들려왔다. 발소리가 가까워졌고 머지않아 다시 멀어져 갈 즈음 도자이는 계속 하얀 손을 내밀고 있었다. 그녀가 뻗은 손이 사카키바라 씨의 왼손에 이어진 링거 주사의 선을 잡고 있었다.

"정말 한심한 인간이다."

내가 "뭐 하는 거야!"라며 의심의 목소리를 내기 무섭게 도자이는 잡고 있던 그 선을 힘 있게 잡아당겨 링거를 뽑아버렸다. 미처 제지의 목소리를 낼 틈조차 없었다.

빠져버린 링거의 튜브가 화려하게 원을 그리고선 병실 바닥에 툭 떨어지며 튀어 올랐다. 주사액은 반짝거리며 공중에서 춤추듯 날아 떨어졌다.

한순간의 침묵 뒤에 가볍게 머리카락을 잡아 맨 도자이의 늠름하고 맑은 목소리가 울렸다.

"여기는 병원입니다. 많은 사람들이 병마와 싸우는 장소예요. 치료하고 싶은 마음이 없으시다면 지금 당장 여기서 나가주세요."

또다시 찾아온 침묵의 저편에서 희미하게 물소리가 들려왔다. 밖에는 어느새 비가 오고 있었다.

비는 촉촉하게 계속 내렸고 그 한 방울 한 방울마다 밤은 깊어지고 있었다.

"북쪽을 향하는 나침반이……."

희미하게 중얼거린 것은 사카키바라 씨였다.

도자이가 병실을 나가버리고 벌써 30분이 넘는 시간이 흘렀지만 사카키바라 씨는 침대에 앉은 채로 조금의 움직임도 없이 자신의 발 주변만 보고 있었다.

바로 옆에서 미즈나시 씨가 바닥에 흘러버린 링거액을 닦고 새로운 주사를 준비하고 있었다.

"크리스토프가 한 말이죠."

나의 목소리에 사카키바라 씨가 겨우 얼굴을 들었다.

"예술가라는 건 어떤 풍랑 속에서도 항상 북쪽을 가리

키고 있는 나침반이다."

역경이 계속되는 상황에도 굴하지 않고, 계속해서 자신이 앞으로 나아가야 할 길을 소리 높여 노래했던 크리스토프 본인이 한 말이었다.

"잘 알고 계시네요, 구리하라 선생님은." 사카키바라 씨의 볼에 슬픈 웃음이 떠올랐다. "제가 가장 좋아하는 말이었습니다. 나오미가 아직까지 기억해주고 있었다니 놀랍네요."

"요즘 『장 크리스토프』를 읽는 사람도 있구나 하고 생각했는데 당신이 작곡가였다는 걸 듣고 이해했습니다. 다른 누구보다도 당신에게는 더더욱 가슴을 울리는 소중한 이야기였겠지요."

그는 희미하게 고개를 끄덕거렸다.

별안간 창문이 흔들린 건 바람이 일었기 때문일 것이다. 계속해서 내리는 가랑비가 바람을 타고 유리창을 적시기 시작했다.

"방금 전 이야기에 관해서 말입니다만……." 나는 가슴속의 주저함을 천천히 밀어내고 입을 열었다. "듣자하니 도자이 때문에 당신이 학교를 그만둔 것 같던데."

"아니에요."

"아닌지 맞는지 그런 당신의 판단이 듣고 싶은 게 아닙니다. 무슨 일이 있었는지를 좀 들어야겠습니다. 어쨌든 그녀는 저에게 소중한 친구니까요."

나의 목소리에 그는 조금 눈치를 살피는 듯했고 얼마 있다가 조그맣게 고개를 끄덕였다.

"반은 사실이고 반은 거짓말이라고 하면 될까요······." 한 호흡을 두고 그가 다시 말을 이었다. "저는 나오미가 고등학교 3학년 때 담임이었어요. 그녀는 나를 잘 따랐고 그러다가 그냥 존경하는 교사 이상의 감정을 가진 것 같아요."

그의 볼에 어렴풋하게 부끄러워하는 미소가 담겨 있었다. 그게 정말 이 사람의 표정인 것같이 보였다.

"하지만 저는 어디까지나 교사였고, 거기다가 그녀는 고등학생이었습니다. 생각 없이 너무 친하게 지내서는 안 되었고, 저도 충분히 신경을 쓰고 있었죠. 하지만 딱 한 번······ 딱 한 번 둘이서 식사할 기회가 있었습니다."

링거 주사의 준비를 끝낸 미즈나시 씨는 조용히 서서 인사한 후 아무 말도 없이 병실을 나갔다. 아마도 나름의 방식으로 우리 둘을 신경 써주고 있는 것 같았다.

"제가 드디어 꼬박 3년을 들여 만들어낸 교향곡이 완성되던 날이었어요. 어떤 음악 잡지에도 당선되었기 때문에 발표의 기회를 얻는 것도 마냥 헛된 꿈만은 아니겠구나······라고 생각하게 된 날이었죠. 나오미가 어떻게든 꼭 축하해주고 싶다고 해서 밤늦게 시내에 있던 레스토랑에 가게 되었어요. 거기서……." 사카키바라 씨는 아주 살짝 눈썹을 일그러뜨렸다. "다른 학생의 어머니가 봐버렸어요."

"식사만 한 거잖아요. 변명은 얼마든지……."

"엄격한 학교였어요. 담임교사가 학생의 보호자한테 아무 말도 하지 않고 여학생을 데리고 식사를 했다는 것만으로 말로 설명할 수 없을 만큼 큰 파문을 불러왔죠."

교사 생활은 끝났고 동시에 작곡가의 길도 닫혀버렸습니다. 그는 거의 혼잣말처럼 다시 덧붙였다.

"그래도 후회하고 있는 건 아니에요, 선생님. 저는 나오미의 탓이라고 단 한 번도 생각한 적이 없었습니다."

사카키바라 씨는 언제나 짓던 그 온화한 미소를 보였다.

"그날 밤은 저한테는 확실히 특별한 밤이었어요. 나오미가 진심으로 기뻐해주었고, 곡이 완성된 직후였음에도 벌써 그다음 새로운 선율이 들려오고. 그런 기분이었어요. 그저……." 갑자기 그가 눈가를 가리듯 이마에 손을 올렸다. "한번 넘어지고 나니 제대로 다시 일어설 수 없었던 것뿐이에요……."

인생이라는 건 그런 게 아닐까요, 선생님…… 끝에 흘러나온 조용한 목소리는 완전히 허례허식을 벗어던진 말투였다.

창밖의 비는 조금씩 기세를 늘려갔고, 때때로 유리창을 거칠게 때리는 강한 바람도 불고 있었다.

시계는 벌써 밤 9시를 넘어가고 있었다.

나는 대답할 말이 있을 리 없었다. 선이다 혹은 악이다 라고 나누기에는 너무도 많은 과제를 품고 있었다.

"절친인 올리비아가 절망해서 삶을 포기하려고 했을 때 크리스토프가 이런 말을 했어요." 나는 도자이가 나간 병실 문 쪽으로 시선을 옮기고 말을 이었다. "충실한 친구가 너와 함께 울어주는 한, 이번 너의 인생은 괴로워해도 될 가치가 있다."

사카키바라 씨가 이마에 얹었던 손바닥을 움직이며 살짝 나를 올려다보았다.

"충실한 친구, 라는 표현이 맞는 것인지 아닌지는 모르겠지만……" 나는 일단 말을 끊고 조용히 숨을 뱉었다. "도자이는 확실히 울고 있었어요."

한 번 더 큰 바람이 불어왔고 유리창에 작은 빗방울이 부딪히는 소리가 들렸다.

바람이 침착해지기 시작한 것은 밤 11시가 지나서였다.

가을비는 조금씩, 조금씩…… 기세를 잃어가는 듯하다가도 멈추지 않고 다시 소리도 없이 길 위를 적시고 있었다. 바람이 조용해진 어둠 속의 하늘부터 땅 끝까지, 곱디고운 실크 커튼이 춤을 추듯 가랑비는 계속해서 흩날리고 있었다.

결국 병실을 나간 도자이는 그 후 어디로 가버렸는지 모습이 보이지 않았다. 일단 사카키바라 씨의 링거 주사를 다시 달았으니 그녀에게 특별히 다른 할 일이 있는 것도 아니었다. 그저 피곤을 느끼며 병원을 나서 집으로 돌아갔으리라.

비 내리는 거리를 빠져나와 북쪽으로 걷다 보면 머지않아 가로등의 불빛을 받고 있는 아련한 후카시 신사 입구의 기둥이 보인다.

이런 복잡한 일이 있는 날에는 일단 이 길의 신에게 참배하는 것이 나의 오랜 습관이다. 문제가 생길 때마다 참배를 받아야 하는 신도 꽤나 곤혹스러울 테지만, 나는 그저 무력한 한 명의 인간일 뿐이니 다른 방도가 없었다. 그것이 사람과 신과의 세력 범위인 것이다.

젖어 있는 기둥을 지나 자갈이 깔려 쌓인 신사 안의 본당 가까이까지 걸었다. 그때 갑자기 짝짝 하고 어울리지 않는 명료한 가시와데(신을 배례할 때 양손을 마주쳐 내는 소리-옮긴이)가 울려 퍼졌고 나는 걸음을 멈추었다.

안쪽을 바라보니 희미한 빛이 도는 배례전 앞에 누군가

열심히 기도를 드리고 있었다. 비 내리는 심야의 후카시 신사에 먼저 와 있는 손님이 있는 경우는 지금까지 한 번도 없었다. 참배자는 꽤나 긴 시간 동안 기도를 올리고 있었고, 내가 배례전 앞에 왔을 때 마침 몸을 돌려 돌계단으로 내려왔다.

그곳에서 상대방이 갑자기 발을 멈추었다. '응?' 하며 우산을 올린 그때 나와 상대의 눈이 마주쳤다.

도자이였다.

그녀는 비 오는 날 우산도 들지 않고 여기까지 걸어온 것이다. 윤기 있는 검정 머리가 완전히 젖어 이마에 달라붙어 있었다. 망설이듯 나를 보는 그 눈이 울어서 부었음을 확실히 알 수 있게 붉게 충혈되어 있었다.

어디에서인지 모를 무언가의 예감이 있었나 보다. 나 자신도 의외라고 느낄 정도로 지금 펼쳐진 이 광경에 놀라지 않았다.

고요한 숲 속의 신사 안에는 오직 빗소리만이 울리고 있었다. 다시 얼마간의 침묵이 있은 후 나는 천천히 우산을 내밀었다.

"비 와."

"알고 있어요……."

그녀는 중얼거리듯 말하고는 일어났다.

나는 반강제로 그녀의 손을 잡아 우산을 쥐어주었다. 그 손이 물처럼 차가웠다.

"들어."

"필요 없어요. 선생님이 비 맞잖아요."

"어쩔 수 없어. 사람은 둘인데, 우산은 하나밖에 없으니까. 거기다가 당분간 이 비는 멈출 것 같지도 않고."

나의 말에 도자이는 어색하게 미소 지었다. 미소를 머금은 그 눈에 어렴풋이 눈물이 고였고, 도자이는 당황해하며 손등으로 닦아냈다.

"미안해요, 선생님."

"알코올 중독자의 링거 주사 선을 무식하게 뽑아버린 건 사과 안 해도 돼. 네가 안 했으면 내가 했을 텐데 뭐."

"위로하는 방식이 이상해요."

도자이는 긴장이 다소 풀린 미소를 한 번 더 띠었다.

"시간이 너무 늦었어. 신한테 부탁할 거 있으면 내가 대신해둘 테니까 도자이는 빨리 돌아가는 게 좋겠다."

"……싫어요."

생각지도 못한 대답에 나는 당황했다.

"택시 부를까?"

"선생님은 그렇게 책을 읽는데도 왜 촌스럽고 눈치도 없을까요."

최근 비슷한 말을 여러 명한테 들었다. 세상의 여자들은 소세키의 저서를 어찌 된 일인지 다르게 오해하고 있는 듯하다.

갑작스레 어둠이 깊어진 기분이 든 것은 멀리 있어야 할 빗발이 좀 더 가까워지면서였다. 별안간 도자이는 크게 심호흡을 해 보이고는 거기서부터 숨김없는 눈으로 나를 보았다.

"선생님, 우리 한잔할래요?"

"지금?"

너무 갑작스러웠다.

"밤 12시에 비를 쫄딱 맞고, 울어서 부은 못생긴 얼굴을 한 여자를 데리고 가도 아무 말 없이 받아줄 것 같은 가게가 어디 있더라……."

"하나 정도는 알고 있을 거 아니에요!"

그녀는 제멋대로 말하고 있는 것일 테지만 사실 짐작 가는 곳이 아예 없는 것은 아니었다.

"같이 안 가주면 내일부터 커피 안 타줄래요."

"그건 안 돼."

나는 눈썹을 찡그리고 이마에 손을 얹었다. 병동에서 도자이의 커피에 안주하지 못하게 되는 건 업무에도 지장이 있을 만큼 중대한 일이다.

나는 천천히 주머니에서 휴대폰을 꺼내 들었다.

"가게가 아직 열려 있으면 가는 거다?"

고개를 끄덕인 도자이는 늘 당당했던 주임 간호사와는 분위기가 너무나도 달라서 왠지 기분이 나빠졌다.

일단은 번호를 확인한 후 발신 버튼을 눌렀다.

가게는 열려 있었다.

선술집 '규베에'는 시가지의 나와테 거리에서 한 블록 위로 들어간 골목 안에 있는 대단히 작은 가게이다.

근육질의 마스터가 묵묵히 일본주를 제공해주는 가게로, 음식도 꽤 맛이 좋기 때문에 일이 있을 때면 이곳을 찾곤 한다. 밤 11시 정도면 문을 닫는 경우가 더 많지만 손님이 늦게까지 있으면 거기에 맞춰 열어두는 날도 있다.

이날이 그랬다.

불빛이 절반 정도 꺼져 있는 가게 안으로 발을 들여놓으니 손님은 카운터 구석에 앉아 있는 작은 체구의 여자 한 명뿐이었다. 매번 혼자 와서 일본주를 즐기는 이 여자는 전에도 몇 번 얼굴을 마주친 적이 있는 이 가게의 단골손님이다.

나를 따라서 들어온 도자이를 보고 그 여자는 조금 이상하다는 얼굴을 했지만 금방 아무 일도 없다는 듯 술을 마시기 시작했다.

마스터는 눈썹 한 번 움직이지 않고 조용히 가게 구석에서 수건을 한 장 가지고 와서 "여기요" 하며 도자이에게 건네주었다. 그녀가 수건으로 머리를 말리고 있을 때 꺼져 있던 스토브에 불을 켜고는 우리의 겉옷을 재빨리 말려주기 시작했다. 솜씨는 좋으며 쓸데없는 말은 구태여 하지 않는 사람이다.

"마실 거예요, 드실 거예요?"

분명히 주방 쪽의 불은 꺼져 있는데 이렇게 물어봐준다.

"마실게요."

대답한 건 내가 아닌 도자이였다.

도자이의 이야기는 끝이 없었다.

한 잔을 마시고 두 잔을 마시다 보니 어느새 밤은 이슥해져 있었고, 마지막 손님이 돌아갔음에도 술잔을 기울이는 속도는 변하지 않았다.

이 정도로 술이 셀 것이라고는 전혀 예상하지 못했다.

나는 오로지 그녀의 말을 들어주기만 했다.

많은 말들은 오로지 후회와 자기혐오, 그리고 그 외의 셀 수도 없을 만큼 복잡한 감정이었다. 그 감정들은 파도를 타고 천천히 흘러가고 있었다.

시간이 어느 정도 지났는지도 알 수 없었다.

"괜찮습니까?"

낮은 목소리가 들려 얼굴을 들자 마스터의 온화한 얼굴이 눈앞에 있었다. 근육질의 커다란 팔로 컵에 찰랑찰랑 물을 따르고 있었다. 그것을 받아 들고 살짝 옆을 보니 카운터 테이블에 엎드린 상태로 조용히 잠든 도자이의 숨소리가 들렸다.

완전히 말라 있는 검은 머리카락이 하얀 이마에 살포시 흘러 내려와 있었다.

"괜찮지는 않아 보이네요."

마스터는 희미하게 쓴웃음을 지었다.

나는 힐끗 도자이의 옆모습에 시선을 떨어뜨린 후 마스터를 올려다보았다.

"하루한테는 비밀로 해주세요."

내 말을 들은 마스터는 조금 의외라는 얼굴을 하고는 다시 미소를 지었다.

"구리하라 씨, 여기는 규베에입니다."

이 대답뿐이었다.

마스터는 언제나 그랬듯 술잔에 술을 따랐고 나는 그 잔을 받아 들었다.

말하지 않아도 될 말을 굳이 입 밖으로 내뱉은 멋대가리 없는 손님에게, 언제까지나 단정하게 상대해주는 마스터가 "건배"라며 대답해주었다.

오후의 병원 앞 로터리에 하얀 구급차가 미끄러지듯 들어왔다.

나와 그 옆의 휠체어에 앉아 있는 사카키바라 씨는 넓은 외래에서 전면 유리창 너머로 조용히 그 장면을 응시하고 있었다. 많은 간호사들과 케어매니저(전문적으로 환자나 노인의 건강을 돌봐주는 사람 – 옮긴이) 등이 구급차 쪽으로 뛰어 들어와서 안쪽으로 유도하고 있었다. 가을 해가 눈부시게 내리쬐는 정오를 지났을 무렵이었다. 그래서 그런지 몰라도 구급차의 강한 후진 소리마저 어딘가 리드미컬하게 들려온다.

그저 쾌청한 날씨였다.

로터리 옆 버스정류장에는 세 명의 할머니가 앉아 왠지 모를 유쾌한 웃음소리를 내고 있다. 방금 전 들어온 버스를 타지 않는 걸 보니 버스를 기다리고 있는 것도 아니다. 빨래터에서 만난 아주머니들처럼 수다의 꽃을 피우는 것이 그들의 목적일 터이다.

"정말로 괜찮아요?"

나의 물음에 사카키바라 씨는 평온하게 고개를 끄덕여

보인다.

"괜찮아요. 어쨌든 이대로 퇴원해도 술독에 빠지는 것뿐이겠죠. 그렇다고 해서 나오미가 있는 병동에 계속 앉아있을 배짱은 없네요."

"또 주사 선을 뽑아버리면 그것도 곤란하긴 하죠."

나의 목소리에 그는 살짝 어깨를 흔들며 웃었다.

사카키바라 씨는 마쓰모토 시내에 있는 정신과 병원으로 옮기기로 했다. 그냥 이대로 내과에서 관리를 이어갈지 정신과 병원으로 옮길지 충분히 이야기를 나눈 결과, 본인이 내린 결정이었다.

고개를 돌리며 그가 나를 올려다보았다.

"그렇다고 해도 휠체어라니 너무 오버인 거 같아요, 선생님. 저 충분히 걸을 수 있어요."

"그렇게 누런 얼굴로 말해봤자 설득력이 전혀 없습니다. 그런 변명은 얼굴이 누렇게 뜨지 않게 되면 그때 들어드릴게요."

완벽한 개인 병실의 관리 덕분인지 술이 끊어지자 간 기능은 더 이상 악화되지 않았다. 하지만 아직까지 개선되었다고 말하기는 어려운 상태이다. 밤중에는 금단 증상이라고 생각되는 불면증과, 가끔씩 온전하지 못한 증상도 나타났기 때문이었다.

"옮기는 병원은 정신과 병원이기는 하지만 비상근인 내과 의사도 있어요. 걱정은 안 하셔도 됩니다."

"한 가지 문제는 제가 술을 끊을 수 있는지 없는지, 그것뿐이네요."

나는 침묵한 채 끄덕였다.

이런 이야기를 하고 있으니 숨어서 병실에서 술을 마시던 그때의 인물이라고는 생각할 수 없었다. 그것이 알코올 의존증의 가장 무서운 점이기도 하다.

잠깐 기분 좋게 내리쬐는 햇살을 받아들이는 듯이 햇빛 아래에 몸을 맡기고 침묵하고 있던 사카키바라 씨가 얼마 있다 살짝 입을 열었다.

"선생님, 나오미는 오늘······?"

"쉬고 있어요. 병동에서도 못 봤어요."

"그래요······."

특별히 낙담한 모습은 아니었다.

"대신 전해드릴 물건이 있어요."

나의 목소리에 사카키바라 씨는 고개를 들었다.

겨드랑이에 끼고 있던 쇼핑백을 아무 말 없이 내밀자 그도 묵묵히 그것을 받아 들었다. 바스락거리며 쇼핑백을 여는 소리에 이어 순간 희미하게 숨을 멈추는 그의 모습이 전해져왔다.

사카키바라 씨의 손안에서 흔들리는 것은 한 권의 두꺼운 책이었다.

"이건……."

"당신이 전에 잃어버렸다고 말했던 그것 같네요."

천으로 싼 표지의 금색 자수 글자가 선명한 태양빛을 받으며 부드럽게 빛나고 있었다.

『장 크리스토프』, 그가 잃어버렸던 '상권'이었다.

"나오미는 계속 이걸……."

"당신의 소중한 책을 빌려놓고 계속 가지고 있으면서, 늘 걱정하고 있었다고 합니다."

사카키바라의 노란 손이 상권이라고 쓰인 금색 글자 부분을 가만히 문지르고 있었다. 몇 번이고 다시 읽었을 하권과 비교해보니 상권은 어지간히도 소중히 보관되어 있었나 보다. 주름은 물론이고 흠집 하나 보이지 않았다.

나는 흰 가운 주머니에서 캔 커피를 꺼내 뚜껑을 땄다.

"도자이가 '당신이랑 만난 걸 감사해하고 있어요'라고 전해달라던데요."

"나오미가? 저는 그녀에게 무엇 하나……."

"간호사가 되려고 생각한 건 당신과 만났기 때문이라고 합니다."

사카키바라 씨는 조금 놀란 듯했다.

"천식으로 힘들어하면서도 열심히 오선지와 눈싸움을 하고 있는 당신을 보고 결심했다고요."

비가 왔던 그날 밤, 도자이가 한 말이었다.

이렇다 할 장래의 꿈도 없이 한 명의 음악가를 짝사랑하고 있던 그녀에게 간호사라는 구체적인 목표를 갖게 해준 것은 사카키바라 씨의 존재였다.

도자이의 마음속에 있는 나침반이 흔들리지 않고 '북쪽'을 향해 나아갈 수 있었던 것은 단 한 사람, 이 음악가의 모습이 항상 마음속에 있었기 때문인 것은 틀림없다. 언제나 바르고 단정하게 꾸민, 흔들리지 않는 도자이의 태도 밑바탕에는 10년 전의 그 추억이 숨 쉬고 있다.

사카키바라 씨는 나의 말에 아무 대답도 하지 않았다. 왼손을 올리고 가만히 양쪽 눈 주변을 누르고만 있었다.

찾아온 정적 속에서 나는 조용히 캔 커피를 들이켰다.

"나도 한 가지 듣고 싶은 게 있어요."

나의 질문에 사카키바라 씨는 아무 대답도 않고 침묵으로 말을 유도했다.

"당신은 10년 전 도자이의 일로 학교를 그만두게 되었을 때, 변명할 여지가 전혀 없었다고 했죠."

그가 눈을 희미하게 뜨더니 고개를 끄덕거렸다.

"그런데 웬일인지 도자이의 얘기랑은 어딘가 다른 게

있습니다."

"다른?"

"그래요. 당신은 도자이와 같이 있는 장면을 누군가 보았다지만, 즉각 변명의 여지가 없을 정도로 궁지에 몰린 것이 아니었어요. 오히려 변명해야 할 때임에도 입을 닫고 교장과 목격한 사람에게 모든 사정을 말해버리는 책무를 행했죠. 그 결과 사태는 더 심각하게 변했고, 학교 측도 더 이상 당신을 감싸줄 수가 없어서 면직이 되었습니다. 내 말이 틀립니까?"

유리 너머의 저편에 한 소년이 혼자 공을 쫓아 달리고 있었다. 소년의 엄마가 불러 세우는 목소리가 유리를 넘어 희미하게 들려왔다. 등 뒤에서는 "몸조리 잘하세요"라며 사무원이 오가는 환자들에게 밝은 목소리로 말을 건네고 있었다.

따뜻한 일상의 풍경 속에 사카키바라 씨는 가늘게 뜬 눈 그대로 꼼짝 않고 나를 올려다보고 있었다.

"왜 변명을······?"

"나 자신에게만큼은 거짓말하고 싶지 않았어요."

조용한 목소리로 그가 응했다.

한 호흡을 두고 사카키바라 씨는 바로 말을 이었다.

"저의 변명으로 모든 사람을 다 속일 수 있다고 해도, 나한테까지는 거짓말을 하고 싶지 않았습니다."

가슴 안쪽까지 울리는 깊이 있는 목소리였다.

사카키바라 씨는 유유히 창밖으로 시선을 돌리고 눈부신 가을 태양을 올려다보았다.

"나오미와 만나게 되어서 나는 정말로 행복했어요."

"선생님!" 하고 부르는 소리는 구급차 준비를 나갔던 간호사였다. 입구의 자동문을 빠져나오며 이쪽으로 달려오는 것이 보였다. 그럭저럭 준비가 갖추어졌다고 했다.

"출발 시간이네요."

사카키바라 씨는 천천히 휠체어를 움직이기 시작했다.

그의 등에 햇빛이 내려앉아서 왠지 사카키바라 씨의 등이 빛나는 것처럼 보였다.

달려온 간호사와 두세 마디 정도 무언가 밝게 얘기하고는 바로 이송 차 쪽으로 움직이기 시작했다.

나는 그의 등에 대고 밝은 목소리로 외쳤다.

"오, 나의 친구여. 당신은 나무가 자라고 있는데 비보다도 주전자가 필요하다고 말할 작정인가. 땅보다도 화분이 필요하다고 말할 작정인가!"

나의 목소리에 사카키바라 씨는 휠체어를 움직이던 양손을 딱 멈추었다. 잠시 후 넉넉하게 어깨 너머로 뒤돌아보고는 맑고 또랑또랑한 목소리로 답했다.

"눈을 떠보게. 광대한 대지가 펼쳐져 있소."

사카키바라 씨는 환하게 웃었다.

그 커다란 손이 마치 이제부터 오케스트라의 지휘를 시작하듯 크게 치켜 올라갔다.

"또 만날 날을…… 구리하라 선생님."

자동문이 열리고 밖에 있던 떠들썩한 소리와 차가운 공기가 흘러들어왔다. 나는 눈을 감고 잠시 흘러들어온 일상의 선율에 몸을 맡겼다.

"병원을 옮기는 중요한 날에 배웅도 안 하고 휴식을 취하는 건 좋지 않은 행동이네, 주임."

유리 넘어 달려 나가는 이송 차를 눈으로 배웅하며, 나는 한숨을 섞어 말했다.

"쉬지 않으면 편안하게 보내주지 못하잖아요."

담담한 대답에 나는 가만히 등 뒤로 돌아보았다.

어느새 도자이가 서 있었다.

블랙 진에 남색 스웨터. 수수한 사복 차림으로 주머니에 양손을 쑤셔 넣은 채 서 있었다.

접수처의 사무원이 이상하게 쳐다보는 것은 도자이의 사복 차림이 상당히 희귀한 것이기 때문이리라.

"잘 전해줬죠?"

"크리스토프라면 걱정 마. 그런데 도자이가 그런 장편소설을 일부러 빌려서 읽을 거라고는 생각도 못 했네."

"읽을 리 없잖아요."

어안이 벙벙해지는 도자이의 대답에 나도 모르게 눈썹이 올라갔다. 도자이는 가볍게 어깨를 으쓱하더니 당연하다는 듯이 말했다.

"책이란 건 빌린 이상 또 돌려주러 가지 않으면 안 되는 거잖아요. 그냥 신 짱이랑 만날 구실을 만들려고 빌린 거예요. 그런 백과사전 같은 책을 내가 읽을 수 있을 리 없잖아요."

"그렇게 당당하게 말할 얘기는 아닌 것 같은데. 어쩐지 10년도 넘은 책치고는 흠집 하나도 없는 게, 꼭 새 책 같다고 생각은 했지만……"

"뭐야, 그렇게 질린 표정을 하고. 그건 내가 상처가 나지 않도록 소중하게 보관했으니까 그런 거예요. 한 장도 안 읽은 건 아니니까."

변명이 아닌 것처럼 당당했는데 왠지 변명 같다.

이송 차가 로터리를 지나가고 더 이상 보이지 않는 걸 확인한 후 나는 다시 등을 돌렸다. 도자이는 아직 도로 쪽을 보고 서 있었다.

"모처럼 휴식이다. 언제까지 병원에 있을 거야? 이제 쉬러 나가."

내 목소리에 도자이는 길게 찢어진 눈으로 나를 보고는 씩 미소 지었다.

"그럴게요. 오늘은 쉬고 내일부터 또 열심히 일해야지."

"괜찮은 거야?"

"괜찮지 않아……라고 이제 두 번 다시 말 안 해요."

생각보다 활력 있는 목소리였다.

돌아보니 그녀는 은은하게 미소를 띠며 덧붙였다.

"그리고 책 좋아하는 괴짜한테 이제부터 돌아보게 할 일도 없을 테니까."

"의미심장하게 들리는 대답이다."

"의미심장하게 들리라고 한 말 아니에요."

여느 때처럼 까칠한 주임이 있었다.

오른손에 든 캔 커피를 다 마시고 나서 나는 조용히 내 시경실로 발을 돌렸다. 그 순간 뒤에서 익숙한 목소리에 익숙하지 않은 말이 뛰어들었다.

"고마워요, 선생님."

생각지도 못한 말에 뒤돌아보니, 도자이가 숨김없는 눈길로 바라보고 있었다. 그녀의 눈가에 말로는 할 수 없는 많은 감정이 엿보였다. 해줄 말도 없었지만, 몇 초 간격을 두고 나는 일단 잘난 듯이 말해보았다.

"고마움을 전하고 싶다면 크리스토프에게 말해주길."

"싫어요. 구리하라 이치토한테 말했으니까요."

또다시 솜씨 좋은 대답이 들리고 나는 쓰게 웃었다. 머리 회전 속도로는 어떻게 해도 내가 이길 가능성이 없는 것 같다.

안녕, 이란 인사를 던지고 도자이는 몸을 돌렸다. 그대로 로비를 나가서 햇살 좋은 곳으로 걸어 나갔다. 나는 그저 걸어가는 그녀를 바라보며 눈으로 배웅하고 있다.

가을의 태양에 녹아 들어가는 도자이의 발걸음은 눈부심과 다정함, 율동감도 품고 있었다. 그녀가 가진 그녀다운 빛을 조금도 잃지 않고 있었다.

제3장

겨울 은하

아무렇지 않게 올려다본 나무 격자의 창 저편을 무언가가 가볍게 펄럭이며 춤추듯 내려왔다.

한 조각의 벚나무 꽃잎 같은 하얀 형체는 얼마 되지 않아 두 조각 세 조각 떨어지고 깜깜한 밤을 하얗게 물들여 갔다. 목욕통에 몸을 담근 채 창을 올려다보다가 그게 눈이라는 것을 눈치채고, 나도 모르게 탄성을 내질렀다.

첫눈이었다.

올해는 따뜻한 겨울이라고는 하지만 12월 초순에 첫눈이라니, 눈 내리는 타이밍은 예년보다 조금 빠른 것 같다. 신슈에서 태어난 사람들은 따뜻한 날에 오히려 눈이 내린다고 하니, 이것도 어느 정도는 이치에 맞는 말일지도 모르겠다.

나는 창 너머로 눈 내리는 밤의 정취를 취한 듯이 쳐다보다가 욕실 안으로 시선을 돌렸다.

뿌옇게 된 욕실은 몸을 씻을 수 있는 자리 다섯 개가 나란히 이어져 있는 아담한 곳으로, 지금은 까만 괴물 한 명이 시끄럽게 노래를 부르며 머리를 감고 있을 뿐이다. 편백 욕조 통도 결코 크지 않다.

욕조에는 조금 당황스러울 정도로 많은 양의 뜨거운 물이 콸콸콸 흘러들어온다. 아무리 봐도 욕조 안에는 배수구가 따로 없었고 그냥 그대로 흘려보내는 것 같다. 옆에 붙어 있는 수도꼭지는 온도 조절용으로 꼭지를 비틀면 그냥 차가운 물만 나오는 지극히 단순한 시스템이다.

즉 대체로 간소하면서 담백한 풍경이라고 할 수 있다.

"어? 어느새 눈이……."

갑자기 내려온 큰 목소리의 주인공은 방금 머리를 감고 나온 지로이다. 그가 천천히 욕조 안에 있는 물을 끼얹으며 말했다.

"진짜 좋은 물인 것 같아. 그치, 이치토?"

큰 목소리가 욕실 안에 우왕우왕거리며 울려 퍼졌다.

나는 입을 다문 채 눈을 감고 편백 욕조에 슬쩍 기대앉았다.

순간 따가운 시선을 느껴 눈을 떠보니 까만 괴물이 이상한 눈으로 나를 쳐다보고 있었다.

"뭔데?"

"평상시라면 목소리를 조그맣게 하라고 하거나 다른 걸로 괜히 화내거나 했잖아. 왜 오늘은 아무 말도 안 해?"

묘한 곳에서 자각을 한다.

"오늘 밤은 짜증나는 두통이 없어." 다시 눈을 감고 말했다. "거기에 그 겹 떨어지는 큰 목소리도 다음 달부터는 못 듣게 된다고 생각하니까 오히려 묘하게 느껴지네."

대답이 없었다.

한쪽 눈을 뜨고 엿보니 괴물이 오히려 묘한 얼굴을 하고 있었다. 금방이라도 울 것 같은 슬픈 얼굴을 하고 서 있었고, 눈가에는 어렴풋이 눈물까지 어려 있었다.

"야, 하지 마! 기분 나빠."

"외로운 거구나, 이치토!"

지로가 큰 목소리로 탄식했다.

"아무리 그래도 1월부터 갑자기 이동하라고 하는 건 심하지 않아? 다음 달이잖아."

"의국의 인사는 뭐 어쩔 수 없는 일인 거지."

태연한 듯 말해보았지만 이곳의 의국 인사 쪽과 가장 사이가 좋지 않고 먼 위치에 있는 게 나라는 인간이다. 하지만 의국 사람들에게 의국 인사를 무시하고 행동한다는 것 자체가, 작가 소세키 선생님이 지병이었던 위통을 방치하고 술을 마시는 것과 똑같은 짓이다. 즉 대단히 위험한 행위이다. 그 즉시 소심한 보복을 당할 수도 있을 것이다.

지로는 12월 말까지만 일한 후 혼조병원을 떠난다.

"지로."

나는 다시 한 번 나무틀로 된 창밖을 쳐다보며 괴물의 이름을 불렀다.

"오늘 밤은 유난히 아름답게 눈이 내리는 날이야. 내일 일은 내버려두고 일단 아사마산의 뜨거운 물에 몸을 맡겨버리자."

갑자기 대답이 없다.

돌아보니 이 거한이 어울리지도 않게 눈 오는 밤하늘을 조용히 올려다보며 몇 번이고 계속 고개를 끄덕거리고 있었다.

"새해부터 시나노대학에 돌아가기로 되었어."

지로가 불쑥 그런 말을 꺼낸 것은 약 2주 전의 일이었다.

한밤중의 의국에서 나랑 다쓰야가 장기 대국을 펼치고 있을 때였다. 놀라는 우리에게 지로가 스나야마 블렌드를 만들며 덧붙였다.

"대학병원 외과에 있는 여의사 한 명이 올해 말까지만 일하고 결혼 퇴직을 한다더라. 사람이 부족하니까 1월부터 들어오래."

"여름부터 이상한 소문이 돌았던 것도 배후에 그런 문제가 있어서였네."

다쓰야의 말에 지로는 평소답지 않게 기운 없는 얼굴로 끄덕거렸다.

"갑작스러운 얘기네."

"갑작스러운 얘기긴 한데 늘 있는 얘기이기도 하지."

"의국의 인사라는 게 그런 거야……."

한숨과 함께 지로가 대답했다.

그때가 11월이었다.

이동까지 아직 한 달하고 며칠 정도가 남은 상태였다.

이렇게나 성급한 이야기를 듣고도 조촐한 송별회를 열자고 제안한 사람은 말할 것도 없이 '의학부의 양심'이었다. 송별회라고 해도 이 거한을 배웅하기 위해 북적거리며 흥겹게 술자리를 만들려고 하는 것이 아니다. 그럴 만한 용기도 없고 무엇보다 시간이 없었다.

어떻게 할 거냐고 묻는 나에게 다쓰야가 내민 제안은 정말로 소박한 것이었다.

"목욕탕 가자."

의학부에 재학 중이던 학생 시절, 셋이서 온천에 놀러 간 적이 많았다. 놀러 간다고 해봤자 시나노대학에서 그리 멀지 않은 장소에 있는 이곳 아사마 온천이었다.

"스나야마가 혼조를 나가버리면 그런 기회도 이제 없을지 모르니까."

솔직하게 말하는 다쓰야에게 나도 반론을 던질 재료를 찾지 못했다.

마쓰모토다이라의 구석 자리.

아사마 온천을 지칭하는 별명이다.

거슬러 올라가면 야마토 조테이(다이와 조정, 4~7세기 중반까지 일본 열도의 대부분을 통치한 고대 왕권─옮긴이)의 귀족들 별장지로 열린 것이 이 온천의 기원이라고 한다.

오랫동안 온천지로서 부흥해오며 에도 시대에는 역대 왕들의 전용 욕실이 설치되었다고 하니 그 역사가 아주 깊다. 그 깊으면서도 느긋한 걸음을 이어가는 거리에는 에도 시대부터 메이지, 다이쇼, 쇼와 시대까지 각 시대의 조각들이 여기저기에 흩어져 있다. 그 때문에 그리움과 새로움 등 한마디로 표현하기 어려운 여러 가지 풍정(風情)을 채우고 있다.

온갖 사치를 부린 화려한 온천 거리의 분위기는 아니다.

원래가 온천 장소였기 때문에 간소화한 방들이 줄지어 있고, 요즘에는 찾는 손님도 적어 어딘가 평온하고 조용한 느낌이다.

하지만 온천수의 수질만큼은 특별하다.

이곳 신슈 지역은 원래부터 온천지가 많은 지역이기는 하지만, 그 안에서도 이곳 아사마의 온천물은 가히 특별하다고 말해도 좋다. 그냥 매끄러운 것만이 아닌 두께가 있는 부드러움을 품고 있다고 해도 될 정도로, 피부에 닿는 물의 감촉은 '효험 있는 유명한 온천'이라는 표현이 제격이다. 이렇게 평온과 고요 속에서도 항상 손님의 발길이 끊이지 않는 이유는 만병통치로 이야기되는 온천수 때문일 것이다.

그런 아사마 온천 거리의 비탈을 오르면 첫 번째 구석에 있는 것이 '언덕의 온천'이다.

목조로 지은 3층 건물은 정말이지 오래된 정서의 맛과 깊이를 느끼게 해준다. '언덕 판(坂)'이라는 글자가 적힌 노렌(점포나 상점 입구에 걸어놓은 일본식 천 가림막 – 옮긴이)이 밤바람에 흔들린다. 철근 건축물들의 틈에 앉아 있는 그 모습은 요란스럽게 발걸음이 오가는 어느 길가에 조용히 가부좌를 틀고 있는 불상처럼 엄숙한 존재감을 갖고 있다.

'언덕의 온천'에 지각한 친구가 도착한 것은 첫눈이 내리기 시작하고 얼마 후였다.

"늦어서 미안."

드르륵 문을 여는 소리와 함께 욕탕으로 다쓰야의 목소리가 울렸다.

지로와 입구 쪽으로 시선을 돌리니 조금 커 보이는 나무통을 겨드랑이에 끼고 친구가 들어오고 있었다. 피부색이 하얗고 기다란 나의 옛 친구가 뿌연 온천 연기 속으로 모습을 드러내자, 그게 또 묘하게 그림이 되었다. 그것이 신도 다쓰야라는 이 남자가 가진 매력이다.

"평소에는 일도 잘 안 하면서 지로를 내보낼 때가 되니까 갑자기 바쁜 척하면서 열심히 일하네."

욕탕 안에서 내가 비꼬듯 말하자 쓴웃음이 돌아왔다.

"부정맥 환자가 있어서. 조금 시간이 걸렸어."

"얼마 전에 VF를 일으킨 환자지?"

"응. 42세의 젊은 사람인데 림프절 비대로 심장을 누르고 있어서 가끔 이상한 부정맥이 튀어나와. 설마 구리하라보다 병원에서 늦게 나오게 될 거라고는 생각도 못 했는데."

"평상시에 늘 있던 문제잖아. 네가 기사라기를 계속 도쿄에 방치해두니까 그런 나쁜 운명이 된 거야."

"그래서? 구리하라 너는 그렇게 운이 나쁜 친구가 가져온 선물에는 관심도 없다는 거지?"

그가 품고 있던 나무통을 욕조에 띄우며 보여주었다. 나무통 안에는 한 홉짜리 술병 대여섯 병이 사이좋게 줄지어 있었다.

옆에서 목을 쑥 내밀어본 지로가 금세 환호성을 질렀다.

나는 한쪽 눈썹을 올리고 혀를 한 번 찬 후에 항복했다.

"뭐, 그렇게 흠잡을 만큼 운이 나쁘다는 뜻은 아니었어."

나는 조심히 나무통 안의 술을 집었다.

막약법천(莫若法天).

춘추전국시대의 묵자가 그런 말을 했다.

어떤 일을 행할 때, 경쟁하지 않아도 항상 공평하게 지켜봐주는 하늘의 법칙에 잘 따르는 것보다 더 좋은 것은 없다는 의미이다. 원래는 정치하는 인물을 향한 가르침이지만 인생 그 자체에 두루 쓰는 교훈이기도 하다.

'텐포'는 묵자의 '막약법천'에서 이름을 따온 술이다.

치쿠마 강 부근에 있는 작은 곳간의 이름이기도 하다. 한입 마시면 달달한 향기와 함께 위장까지도 촉촉하고 따뜻해진다.

"좋은 술이다. 그런데 텐포는 생산이 종료된 걸로 알고 있었는데 아니었어?"

"역시 구리하라. 잘 아네. 비장의 한 병을 챙겨온 보람을 느끼게 해주는군."

기분 좋게 눈을 감고 탕에 잠겨 있던 다쓰야가 미소 지었다.

"진짜 맛있다, 다쓰!"

그의 옆에서 금세 한 병을 다 비워버린 지로가 큰 소리를 내며 입맛을 다시고 있다.

"그런데 목욕탕에 술 들고 들어와도 괜찮은 거야?"

"오늘은 괜찮아. 주인장한테 친구를 떠나보내야 하는 특별한 밤이라고 얘기해뒀어."

웃고 있는 다쓰야에게 한마디 더 보탰다.

"오늘 밤은 잘 아는 단골손님들밖에 없으니까 걱정 말고 즐겁게 떠들어도 괜찮다고 하셨어."

의아한 얼굴을 하는 지로에게 다쓰야가 대답했다.

"구리하라가 대학생 시절부터 여기 여관 바로 옆에서 하숙하고 있었잖아. '언덕의 온천' 주인이랑은 꽤 친한 사이야."

"아, 그래? 그럼 내가 기숙사에서 이치토랑 만나기 전의 얘기라는 거네."

"맞아."

다쓰야가 웃으며 술병을 들었다.

의학부의 기숙사는 3학년 이상만 들어갈 수 있게 되어 있다. 내가 아사마 온천의 하숙집에 살고 있을 때라는 것은 최소 2학년 때의 일이다.

지로와 만난 것은 기숙사에 들어가서부터였지만 다쓰야는 그전부터 종종 나의 하숙방에 놀러 왔다.

"구리하라는 온천 근처에 사는 인연으로 가끔 이 욕탕에 들여보내줬대. 그 덕분에 나도 몇 번인가 같이 들어갔고 말이야. 그래서 나도 여기 주인이랑 얼굴 정도는 알고 있어."

"그래서 이렇게 구석에 있는 방을 알고 있는 거구나. 위치도 그렇고……. 겉보기에는 평범한데 이렇게 좋은 욕탕이 있을 줄은 몰랐어."

"평범하기는 한데 정취와 멋은 정말 특별하지. 요즘 같은 시대에 이런 목조 3층 건물의 건축 기법은 문화재급이라고 해도 좋을 정도니까."

"정말 그렇네."

다쓰야가 수긍했다.

술병을 올린 나무통은 욕조 안에서 흔들흔들하며 세 명 사이를 왔다 갔다 하고 있었다. 그것을 보고 있자니, 갑자기 멀리에서 누가 먼저라고 할 것도 없는 흥겨운 웃음소리가 울려 퍼졌다.

주인이 말한 단골손님들이 연회라도 연 모양이다. 이 목조 건물은 방음이 거의 안 되는 것이나 마찬가지이다. 하지만 이렇게 잔물결과 같이 흘러서 들려오는 소란스러움은 고요로 둘러싸인 정적보다 왠지 훨씬 좋은 회포를 자아냈다.

"그립다, 구리하라."

빈병이 되어버린 술병들을 들여다보며 다쓰야가 말했다. 온천의 열기 덕분에 생각보다 취기가 빨리 오르는 것 같다.

"이렇게 언덕의 온천에 올 때면 항상 네 하숙집이 생각나더라. 거기 진짜 심한 장소였잖아."

"집세가 2만 엔인 훌륭한 저택이었지. 그러니 불평할 수도 없어."

"2만 엔? 정말이야?"

첨벙대며 얼굴을 씻고 있던 지로가 눈을 동그랗게 떴다.

"건물 자체도 심했지만 네 방은 유독 심했지. 다다미 넉 장 반이라는 2평 정도밖에 안 되는 좁은 방에 천 권 이상의 책을 놔둔 남자는 처음 봤으니까."

나는 침묵한 채 술을 기울였다.

다섯 병 중 세 병이 벌써 빈병이었다.

"벽 네 군데를 책으로 다 쌓아놓은 것도 처음 봤지만 그것마저도 금세 자리가 없어져서 쌓을 곳이 없어졌잖아. 그래서 구리하라가 쓴 방법이 뭐였는지 알아?"

조금 수다스러워진 다쓰야에게 지로가 흥미로운 얼굴로 되물었다.

"어떻게 했어? 복도에라도 쌓아뒀어?"

"전부 자기 방의 바닥에 깔아놨어."

"바닥?"

"어! 2평밖에 안 되는 그 다다미 바닥에 책을 깔아서 몇 층이나 쌓아놓고 있었으니까……. 나중에는 땅에서 30센티미터 정도 떨어진 데서 자고 일어나고 그랬던 거야."

갑자기 "짝!" 하고 지로가 손뼉을 쳤다.

"소문으로 들은 게 있어. '구리하라의 높은 방석'이라는 게 그거구나!"

"그래, 그거야!"

재미있지도 않은 이야기를 주제로 지로와 다쓰야가 목소리를 맞춰가며 웃고 있다. 그 웃음소리가 욕실 내에서 기세 좋게 울려 퍼졌고, 별것 아닌 일도 왠지 호쾌한 기분을 느끼게 해주었다.

나는 담담하게 술병을 기울이며 말했다.

"그리고 그 '높은 방석'에 놀러 온 이 인간은 즐거워서 시끄럽게 놀다가 방 안에 커피를 쏟았고, 내 소중한 책들을 변색시키는 지독한 짓을 했지?"

"형태가 있는 건 언젠가는 망가지게 되어 있어. 그 책의 내용이 전부 머릿속에 들어 있으니 문제 될 것 없다고 말해준 건 너였잖아."

"네가 너무 미안해하니까 위로해준 것뿐이야. 나가이 가후(永井荷風, 일본 자연주의 문학의 기수─옮긴이)의 『넉 장반』은 두 번 다시는 손에 넣을 수도 없는 귀중한 책이었거든."

내가 째려보아도 다쓰야는 그저 유쾌한 표정으로 탕에 몸을 담근 채, 빨갛게 된 얼굴을 들고 웃어댔다. 그 옆에서 한데 커다랗게 섞이던 지로의 웃음소리가 갑자기 점점 낮아지면서 작아졌다.

"무슨 일이야?"

슬쩍 보니 조금 전까지의 쾌활함은 어디 가고 까만 얼굴이 벌겋게 물든 채 왠지 모르게 슬픈 얼굴을 하고 있었다.

"역시 쓸쓸해. 이치토랑 다쓰랑 모처럼 같이 일하게 되었는데……."

"슬퍼할 일도 아니야. 이동이라고 해봤자 혼조병원에서 15분 거리이고, 시나노대학은 가깝잖아."

"가깝다고 해도 한없이 문턱이 높은 대학병원이라는 곳이잖아. 15분의 거리라도 우리한테는 조넨다케의 꼭대기보다 멀다고."

도쿄에서 대학 의국을 경험했던 다쓰야가 나름의 의견을 펼쳤다.

지로의 슬픈 얼굴은 별로 적응되지 않지만, 나도 왠지 마음이 쉽게 진정되지 않았다. 얼마 후 나는 무의식중에 잘난 척하며 말을 이었다.

"무슨 일 있으면 네가 가진 그 큰 목청으로 소리쳐. 네 목소리라면 대학에서 외쳐도 혼조까지는 들릴 거야."

"고맙다."

지로는 곧 울 것 같은 눈으로 대답했다.

거한의 심각한 얼굴을 묵살하고 나는 다시 술병을 들었지만 이미 모두 비어 있었다.

눈은 언제인지 모르지만 그쳐 있었다.

욕조에서 나와 '언덕의 온천' 작은 로비로 나와보니 바깥 골목은 희미하게 눈으로 물들어 있었다. 공중에서 춤을 추던 눈들은 이제 보이지 않았다.

소파에 앉아 밤의 골목을 응시하고 있으니, 어느새 나온 주인이 작은 탁자 위에 따뜻한 차 세 잔을 준비해주었다.

주인이라고는 해도 허리가 굽고 귀도 잘 들리지 않는 할머니이다. 활발하게 손님들을 맞이할 타입은 아니지만, 언제나 빈틈없이 기모노를 입고 쓱 나타나서는 조촐하게 배려해주고 사라진다. 이날도 인사를 드리는 나에게 희미하게 미소만 보낸 채, 다시 쓱 하고 안으로 사라져갔다.

"또 얼굴 비치러 와주세요."

돌아가는 길에 툭 뱉은 한마디는 학생 시절과 변하지 않았고, 신기할 정도로 귀에 남는 고운 목소리였다.

"여기 분위기는 변하지 않았네."

조금 취한 듯한 다쓰야가 온천을 올려다보며 낮은 소리로 중얼거렸다.

"무엇보다 변하지 않은 게 있다면 학생 시절부터 봐온 저 여주인의 모습이야. 똑같아서 놀랐어. 대체 몇 살이신 걸까?"

"그러게 말이야. 마치 이곳만 시간이 멈춰 있는 것처럼. 그렇지?"

다쓰야가 그 말과 동시에 은은하게 웃음을 지은 것은 옆의 소파에 앉아 있던 지로가 어느새 꾸벅거리고 있었기 때문이다.

"스나야마도 역시 피곤했던 거구나."

당연하듯이 말했지만 정말 당연했다.

그렇지 않아도 바쁜 외과 업무를 맡고 있는 지로에게 갑자기 병원 이동 이야기가 나온 덕분에 입원 환자 인수인계

와 외래 환자들에 관한 설명에 쫓겨 틀림없이 분주하게 뛰어다니고 있었으리라.

나도 모르게 쓴웃음을 띠던 그때, 귓가에 또다시 웃음소리가 퍼져왔다.

조금 전 욕탕에서 들었을 때보다 더 망가진 상태의 목소리가 들리고 희미하게 나가우타(샤미센, 피리, 북이 어우러진 전통 음악 – 옮긴이)도 들려온다. 요즘 같은 시대에 연회에서 나가우타가 들리다니 꽤나 운치 있는 광경이었다. 그 운치가 위장에 스며든 지 얼마 안 된 '텐포'의 향기와 만나 또다시 취한 기분으로 돌아왔다.

자가장 하고 울리기 시작한 샤미센(세 줄로 된 전통 현악기 – 옮긴이)의 선율 사이로 갑자기 다쓰야가 입을 열었다.

"그러고 보니 구리하라." 말투가 바뀌어 있었다. "오바타 선생님의 일로 좀 신경이 쓰이는 소문을 들었는데……."

바로 시선을 돌리니 다쓰야에게 방금까지 있던 취기는 빠지고 어느새 이미 '진지함'이라는 세 글자만 떠 있었다.

"모처럼 취한 기분이었는데 맛대가리 없는 안주를 갖고 들어오네."

"이런 장소니까 꺼낼 수 있는 안주도 있는 거야." 다쓰야가 확실하게 쓴웃음을 짓더니 바로 웃음기를 거두고 말했다. "오바타 선생님이 응급실에 있는 환자를 검사도 하지 않고 하룻밤 동안 그대로 방치했다는 소문을 들었어."

"귀가 밝네."

나의 그 대답은 곧 긍정이었다. 나는 탁자에 놓인, 아직 뜨거운 차를 들어 입에 가져다 댔다.

오바타 선생님이 응급실에서 진찰 받은 환자를 제대로 치료도 하지 않고 아침까지 방치했다는 이야기는 그저 소문이 아니었다. 그렇게 확답할 수 있는 것은 방치 환자가 바로 요코타 씨였기 때문이다.

"여름에 한 번 입원했던 알코올성 간경화 환자 말하는 거지? 병동에서 탈출했던……."

"맞아. 그 후에 한시적으로 술을 끊었는데 결국 또 마시기 시작했다고 하더라고. 확실하게 간성뇌증이 재발해서 다시 이송되어 왔어. 그때 당직이 오바타 선생님이었고."

새벽 2시에 응급 이송되어 온 요코타 씨는 중증의 뇌증에 빠져 있었지만, 오바타 선생은 아무 약효도 없는 링거 주사를 한 병 지시하기만 한 채 이렇다 할 치료도 하지 않았다.

이른 아침 도무라 씨가 나에게 연락해왔고, 당황해서 응급실에 뛰어가보니 요코타 씨는 의식도 회복하지 못한 채 외래 병동의 침대에 누워 있었다.

확실히 이건 좀 아니다 싶었던 나는 오바타 선생에게 물

어보기 위해 며칠 전 밤중에 그녀를 찾아갔다. 늘 그래왔
듯이 야밤의 내시경실 안에서 사과를 한 손에 쥔 채 영어
문헌을 읽고 있었다. 그녀는 조금 창피한 듯이 씁쓸한 미
소를 띠더니 고개를 끄덕였다.

"선생님한테 민폐를 끼쳐버렸네. 반복되는 간성뇌증이
라면 링거 한 병 맞으면 좋아질 거라고 생각했어. 내 생각
이 틀렸나 봐." 오바타 선생은 먹고 있던 사과를 탁자 위
접시에 올려놓고 덧붙였다. "구리하라 선생의 환자인 걸
알았으면 조금 더 신경을 썼을 텐데."

"그런 문제가 아니라고 생각합니다."

"그렇지. 그런 문제가 아니지."

조심할게, 라며 웃고 있는 오바타 선생의 눈에서 묘하
게 차가운 빛을 보았다 싶었고, 그 눈빛이 왠지 마음에 걸
렸다.

"그래서 환자는 괜찮아졌어?"

"아무래도 알코올성 간경화니까 술을 끊지 않으면 달라
지는 건 없지. 일단은 수액으로 의식만 회복시키고 퇴원시
켰어. 또 올지도 모르겠지만."

나는 무언가 마음에 걸리는 것이 있었지만, 그냥 계속
고개를 끄덕거렸다.

"뭐 신경 쓰이는 거 있어?"

눈치 좋은 다쓰야가 내가 든 찻잔 너머에서 말을 던졌다. 나는 대답 대신 조용하게 차를 마시고는 고개를 가로저었다.

"……아니, 별로 대단한 건 아니야."

"오바타 선생님도 혼조에 온 지 얼마 안 되셨고 생각보다 바쁘고 피곤해서 그랬던 것일지도 모르겠네."

"흠 「간진초」(전통 연극 가부키에 나오는 음악 중 하나-옮긴이)라……."

천장을 올려다보며 대수롭지 않게 중얼거리는 나를 따라 하듯 다쓰야도 시선을 위로 올렸다. 들려오는 나가우타는 한층 더 깊은 울림을 만들어내며 클라이맥스에 접어들고 있었다.

"구리하라, 역시 대단하다. 그런 지식도 있는 거야?"

"그냥 말만 해본 거야. 나가우타 같은 거 사실 들어본 적도 없어."

가볍게 눈을 부릅뜬 다쓰야가 웃었다.

"넌 변하지가 않네."

그런 질린 목소리를 뒤로하고 시선을 돌려보니 오늘 밤의 주역이어야 할 지로는 언제나 그렇듯이 기분 좋아 보이는 숨소리를 내며 자고 있다. 그 방향에 있던 유리문으로 또다시 팔랑팔랑 춤추기 시작한 눈이 보였다. 눈은 가로등의 아련한 빛을 부드럽게 반사시키며 내려오고 있었고, 그 덕분에 밤이 되었지만 골목 전체가 밝게 빛나고 있었다.

겨울이라는 계절은 내과 의사한테는 정말로 힘든 계절이다.

그중에서도 12월은 추위가 심해지면서 인플루엔자나 폐렴과 같은 호흡기질환에 관련된 환자가 급증해 낮이고 밤이고 외래는 만원사례를 일으킨다. 그 여파는 당연하게 야간 응급 외래에도 영향을 끼쳐서, 날이 바뀌어도 쌓여 있던 카르테의 산은 조금도 줄어들 기미가 보이지 않는다.

"구리하라 선생님, 진통제 갖다줄까요?"

진찰실에서 머리를 누르고 있는 나의 귓가에 도무라 부장의 목소리가 들렸다.

오후 5시부터 쉬지 않고 일하면서 무엇이든 척척 해내는 그녀의 동작을 보니 조금도 피곤한 기색이 느껴지지 않았다. 자칫하면 주의력이 저하될 수도 있는 지금 같은 시간에, 아직까지도 스태프들이 일사불란하게 응급 환자를 맡을 수 있는 것은 이 부장이 있기 때문일 것이다.

"두 시간 전에 먹었어요. 그것보다 구급차 쪽은 어떤 상황입니까?"

"갑자기 가슴 통증을 일으켰고, 의식 레벨이 별로 좋지 않아요. 무전으로 고토 대장이 하는 얘기를 들었는데 AMI 가 의심된대요."

탄식할 수밖에 없다.

"AMI를 태운 구급차가 한 시간 후에 도착하면 뭐 어떻게 해도 안 되겠네요."

"이케다 거리에서 오는 거래요. 그런 것까지는 선생님이 걱정 안 하셔도 돼요."

도무라 부장의 아무렇지도 않은 목소리가 나에게 위안을 주었다.

이케다 거리는 마쓰모토 시내의 북서쪽에 있는 허브 산지로 유명한 지역이다. 경치 좋고 아름다운 지방이기는 하지만 구급차가 다녀오기에는 조금 멀다. 바로 처치하면 살릴 가능성이 있는 환자를 한 시간이나 걸려 아즈미노까지 실어 온다는 것 자체의 불합리함을 말로 표현할 길이 없다. 하지만 내가 시끄럽게 불평을 토해낸다고 해서 순환기내과 의사가 아즈미노 지역에 뿌려지는 것도 아니다. 실상은 우리 병원조차도 자약 선생님의 힘으로 겨우 자립하고 있는 상태이기 때문이다.

"그것보다 구급차가 오기 전에 조금 도움이 필요해요." 돌아보는 나에게 도무라 씨가 한숨을 섞어 말했다. "아까부터 환자가 돌아가야겠다면서 말을 안 들어요."

나는 확실히 두통이 악화될 조짐을 예감하며 자리에서 일어섰다.

시마우치 고조라는 이름의 환자이다.

밤이 되고 몇 번이나 갑작스럽게 구토해, 진찰 받으러 온 82세의 노인이다. 부인은 이미 타계했고 아들 부부도 죽었기 때문에 손자의 손에 이끌려 왔다고 한다.

"할아버지, 떼는 그만 쓰시고 입원하시는 편이 좋아요. 저도 걱정이니까."

처치실 밖에서 들려온 것은 손자인 시마우치 겐지라는 청년의 목소리였다.

안을 들여다보니 링거를 매단 고조 노인이 침대 위에서 정좌하고 있었다. 가느다란 백발과 온화하게 웃는 얼굴로 앉아 있는 모습이 산신령 같은 느낌이 들었다. 하지만 한눈에 봐도 전신은 황달기가 있었고, 혈액 검사에서도 고도의 간 기능 장애가 확인되었으니 입원해서 조사를 더 해봐야 한다고 방금 설명한 후였다.

처치실에 들어와 있던 나를 보고, 바로 손자가 목소리를 높였다.

"선생님, 뭐라고 말 좀 해주세요. 할아버지가 계속 집에 돌아가겠다고……. 말을 듣지 않아요."

손자는 아무리 봐도 기가 약해 보이는 마른 청년이었다. 황달이 있어도 세상 편하게 유유히 앉아 있는 할아버지에 비하면 너무나도 믿음직스럽지 못한 인상이었다. 연령은 대략 20대인 듯 보였지만 하얀 볼이 어딘지 모르게 아직 10대 소년의 분위기였다.

침대 위의 고조 노인은 조금 곤란하다는 듯이 쓴웃음을 띠며 말했다.

"선생님, 저는 괜찮습니다. 토할 것 같은 기분도 사라졌고요. 오늘 밤은 돌아가게 해주세요. 매일 아침 불단에 향도 붙여야 하고……."

불단에는 병으로 죽은 아내뿐 아니라 교통사고로 빨리 세상을 떠난 자식 부부도 있을 것이다. 고조 노인에게는 제일 중요한 하루 일과일지도 모른다…….

"불단 정도는 내가 해드릴 테니까 할아버지는 입원하시는 게 좋다고."

"겐지, 너도 바쁘잖아. 네게 할머니 불단까지 맡길 수는 없다."

"지금 이런 상태로 집에 있는 게 더 걱정시키는 거야. 입원하면 술도 끊을 수 있는 좋은 기회잖아."

또 술이다. 어찌 된 것인지 이곳에는 술과 관련된 사람이 많아서 괜히 침울해진다.

"손자분, 옆에서 뵙기에 할아버지가 술을 많이 드시는 편이죠?"

"옛날에 비하면 많이 안 드시는 편이긴 한데……."

곤혹스러워하는 청년을 향해서 계속 위압적으로 묻는 것도 기가 빠질 것 같아서 나는 한숨을 가슴에 숨겨두고 다시 한 번 고조 노인을 침대에 눕히고 복부를 진찰했다.

가슴 쪽은 말라 있는 데 비해 배는 전체적으로 조금 부어올라 있었다. 간장도 비슷한 상태였으므로 음주가 악영향을 끼치고 있다는 것은 확실했다. 조금 옆으로 돌려 등쪽을 진찰하려던 순간 생각지도 못하게 흠칫 놀라고 말았다. 눈을 뜨고 있는 거대한 용과 마주쳤기 때문이었다.

"할아버지가 옛날에 좀 그런…… 일을 했다……고 해야 할까……."

나의 등 뒤에서 주저함이 묻어 있는 손주의 목소리가 들려왔다. 눈으로 그에게 물어보자, 곤란한 얼굴을 한 청년이 다시 말을 이었다.

"그…… 대를 이었다고 하면 되려나……. 그런 느낌의…… 그런 거예요……. 아! 물론 지금은 아니에요. 저도 얘기로밖에 못 들었지만."

역시, 라고만 대답한 후 나는 입을 다문 채 고개를 끄덕일 수밖에 없었다. 사람은 누구라도 겉보기와는 다른 것이다.

"역시 외래에서 힘쓰는 것보다 입원해서 확실히 검사하는 편이 좋겠네요."

"그래요? 의외로 난 건강한 것 같은데……." 노인은 갸웃거렸다. "거기에다 요즘에는 그렇게 마시지도 않았어요."

"지금 간장의 기능으로 봤을 땐 그렇게 마시지 않으셔도 위험하다고밖에는 말씀드릴 수 없습니다."

"그렇습니까?"

노인은 한 번 더 가볍게 갸웃거렸다.

온화한 풍채와 어딘가 가벼운 행동이 '대를 이었다'는 인물로는 전혀 보이지 않았지만 등판의 용만큼은 내가 잘못 본 것이 아니었으니 사실이 맞나 보다.

누렇게 뜬 피부 위에서도 그 파란 용만큼은 확실하게 양쪽 눈을 반짝거리며 빛을 내고 있었다.

"어쨌든 CT 촬영이 끝나면 오늘은 그대로 입원합시다. 문제가 없으면 최대한 빠르게 퇴원하시면 되니까요."

나의 권유에 노인은 다시 한 번 곤란한 얼굴로 고개를 갸웃거렸지만 조금은 앙칼지게 변해버린 손자의 목소리를 듣고 나서 겨우 "그럴까" 하며 포기한 듯 끄덕거렸다.

"입원할 것 같네요. 시마우치 씨."

진찰실로 돌아온 나에게 조금은 안도하는 도무라 씨의 목소리가 들렸다. 그와 동시에 탁자 위에 캔 커피를 올려주었다.

"한잔해요. 3분 쉬고 나면 진찰 시작이에요."

그녀의 이런 마음 씀씀이가 정말로 고맙게 느껴진다.

간호사는 의사와는 근무 체계가 다르기 때문에 기본적으로 밤에도 당직이 아닌 야간 근무로 인정된다. 야간 근무는 밤에만 일하면 된다. 당직은 아침부터 일하고 저녁에도 그대로 일해야만 한다. 뿐만 아니라 당직 제도의 비인간적인 또 다른 점은 겨우 아침 해를 맞아도 그대로 그날 저녁까지 일해야 한다는 점이다. 즉 철야하고 아침부터 위내시경을 해야 하는 것이 당직 제도이다. 물론 밤을 꼴딱 새우고 나서 다시 검사하다가 환자의 몸속에서 일어난 작은 변화를 감지하지 못하면 그 책임은 의료 제도의 책임이 아닌 그 의사 개인에게 돌아간다.

요약하자면 "선생님, 선생님" 하고 말로만 치켜세워주면서 등 뒤에서는 주먹을 쥐고 언제 패서 넘어뜨릴까 하고 들여다보는 것이 지금의 의료 현장이다.

도무라 간호부장의 이런 행동은 이와 같은 주변의 사정을 충분히 이해하고 있기 때문이며, 그래서 더없이 귀중한 배려이다.

나는 캔 커피를 따면서 방금 도착한 시마우치 노인의 CT 화상에 시선을 고정시켰다가 갑자기 얼굴을 찡그렸다.

"왜 그래요?"

"췌장암일지도 모르겠는데요."

내 대답에 확실히 도무라 씨가 말을 멈추었다.

나는 다시 한 번 더 CT를 확인하고 한숨을 쉬었다. 췌장의 일부분이 뚜렷하게 증대되었고 주위 장기를 누르고 있는 형태였다. 옆에서 모니터 화면을 들여다보는 도무라 씨에게 나는 즉각 그의 몸에 생긴 변화를 보여주었다.

"췌장의 두부(頭部) 쪽에 혹이 있어요. 이 혹이 쓸개관을 누르면서 폐쇄성 황달을 일으키고 있었던 거네요."

"적어도 술을 많이 마신 것이 직접적인 원인은 아니었다는 말이네……."

도무라 씨의 작은 중얼거림에 나는 조용히 끄덕였다.

췌장암은 더없이 경과가 나쁜 질병이다. 다른 것보다 82세의 노인이 췌장암이라는 것을 알고 나니, 더욱 기분이 무거워질 수밖에 없었다.

격려해주듯 도무라 씨가 입을 열었다.

"그래도 제대로 진단이 되어서 다행이에요. 3일 전에는 채혈도 안 하고 돌아갔다고요."

"3일 전?"

곧바로 시선을 돌렸다.

"3일 전 밤에도 손주가 모시고 왔어요. 또 구토를 했다면서……."

그녀의 말과 함께 이끌리듯 전자 카르테를 검색해본 나는 가볍게 눈살을 찌푸렸다.

도무라 씨가 말한 대로 3일 전 밤에 시마우치 씨가 진단을 받은 내용이 있었다. 그때의 진단은 '급성위장염'. 정장제(장 기능을 개선하는 약제-옮긴이)를 처방 받은 후 돌아갔다고 쓰여 있었다.

진찰 담당 의사란에 기재되어 있던 이름은 '오바타 나미'였다.

"구리하라 군, 수고했어."

내시경실 스태프 방에 오바타 선생의 시원시원한 목소리가 울렸다.

당직 직후의 오후였다. 마침 총담관결석증 환자의 ERCP가 끝난 직후였다. 환자는 28세의 여성이었다. 젊은 여성의 ERCP에서는 비교적 높은 빈도로 합병증인 'ERCP 후의 췌장염'이 발생한다. 따라서 내시경 의사로서는 별로 가까이하고 싶지 않은 증례이지만, 오바타 선생은 긴장한 모습도 없이 솜씨 좋게 결석 제거를 끝내고 나왔다.

"수고 많았어, 구리하라 군. 그리고 적절한 충고도 도움이 되었고."

검은 머리를 묶고 있던 고무줄을 풀면서 오바타 선생은 생글거리며 말했다.

"저는 시키시는 대로 투시를 한 것밖에 없는데요."

"에이, 아니지. 확실히 이타가키 선생님한테 배운 것만으로 하나하나 정확히 읽어냈으니까 내가 안심하고 처치할 수 있었어."

칭찬을 받아서 나쁜 기분은 아니었지만, 방금 전 티끌 하나 없는 완벽한 처치를 보여준 그녀의 말은 그저 겉치레로만 들렸다. 나는 "감사합니다" 하고 마음에도 없는 대답을 하고는 화제를 돌렸다.

"……시마우치 고조?"

"네, 4일 전에 응급 외래로 와서 진찰한 환자인데 기억하세요?"

"4일 전에……."

오바타 선생은 중얼거리면서 늘 그렇듯 사과가 들어 있는 탁자의 서랍에 손을 가져갔다. 그 순간 잠시 멈칫했는데, 서랍에서 나온 것이 항상 나오던 빨간 사과가 아니었기 때문이다. 노란색 과일이었다.

"뭐야? 그 이상한 얼굴은?"

"사과 끊으셨어요?"

"안 끊었어." 오바타 선생은 노란색 과일을 한 번 쳐다보고는 바로 어이없는 얼굴을 했다. "진짜 구리하라 군은 상식이 없구나. '시나노골드'야. 이것도 사과."

밝은 노란색의 그것을 세면대에서 가볍게 씻어 아무렇지 않게 베어 먹었다.

"사과는 종류에 따라서 조금씩 철이 달라. 계속 아키바에만 먹는 게 아니야."

오바타 선생이 늘 요구하는 그 상식이라는 것은 정말로 따라잡기가 어렵지만 지금은 사과 논쟁을 벌일 때가 아니었다.

"그래서 누구라고?"

묻는 선생에게 나는 짧게 대답했다.

"시마우치 고조 씨입니다."

"하루에 진찰하는 환자만 해도 몇 십 명이나 되는데 한 명 한 명을 기억하기는 힘들지."

그녀는 무신경하게 전자 카르테의 전원을 켜고 소견을 입력하면서 대답했다.

"구토 증세로 진찰한 할아버지인데 손자가 입원시키길 원한다면서 모시고 왔던 분입니다. 어젯밤 입원이 결정되었는데 CT에서 췌장암 진단이 내려졌고요."

오바타 선생이 움직이던 손을 멈추고 내 쪽으로 돌아보았다. 오늘 아침 올라왔던 CT 보고에서 '췌장암에 의한 폐쇄성 황달이 의심된다'는 기록이 있었던 것이다. 예측한 대로의 결과였다.

"혈액 검사에서는 종양 기록의 상승도 보였고, 화상 소견과 일치하는 결과입니다."

간신히 얇은 눈썹을 움직인 오바타 선생이 조금 뒤 난처하다는 표정으로 어깨를 움츠렸다.

"또 실수를 저질러버렸네. 못 보고 놓쳤나 봐."

왼손의 노란색 사과를 탁자 위의 접시에 돌려놓고 그녀가 한숨을 쉬었다. 접시 옆에 있는 머그잔은 여느 때와 마찬가지로 극약 '스나야마 블렌드'였는데, 지금은 그것을 지적하고 싶지는 않다.

"맞아, 췌장암이었어."

검은 머리카락을 묶어 올리며 탄식했다.

마침 "오바타 선생님!" 하며 맑은 목소리와 함께 안쪽을 들여다본 사람은 미즈나시 씨였다.

"환자분이 혈압이 떨어지고 있는데 병동으로 와주실 수 있어요?"

"응, 갈게. 별문제 없을 거라 생각하지만 췌장염 위험이 높은 사람이니까 두 시간 후에 채혈 좀 부탁해."

네, 하고 야무진 대답과 함께 나가는 미즈나시 씨를 바라보고는 오바타 선생의 시선이 나에게 돌아왔다.

"그래서 같은 신의 손의 제자로서 봤을 때 얼마 전 간성뇌증 환자에 이어 또 실수한 선배의 꼬락서니를 보고 조언해주고 싶어졌어?"

"그럴 마음은 털끝만큼도 없는데요. 원래부터 응급 외래는 응급 환자를 진단하는 장소입니다. 구토를 보고 모두 암을 의심한다면 응급실 간판은 다 반납해야겠죠."

"어머, 감싸주니 기쁘네. 그렇다면 이 선배는 일단 안심이야."

그녀가 장난스러운 모습으로 웃고 있다. 그 품위 있는 얼굴의 한편에는 실적과 자신감에 싸인 흔들리지 않는 무언가가 확실히 있었다.

"그런데……" 나는 일단 말을 끊고 머릿속으로 정리했다. "어젯밤 진찰 때 환자의 빌리루빈(담즙에 함유된 색소로 적혈구가 파괴될 때 헤모글로빈이 분해되어 생기며, 이것이 혈액 속에서 증가하면 황달을 일으킨다 - 옮긴이) 수치가 15였어요. 결국 황달 증상은 하루 이틀 만에 생긴 게 아닙니다."

"……그렇다는 건 내가 진찰했을 때 벌써 황달이 꽤 진행되어 있었다는 말이네?"

한숨 섞인 말을 하고는 갑자기 무언가가 생각났다는 듯,

나를 원망하는 눈으로 쳐다보았다.

"뭐야? 결국 구리하라는 나를 돌팔이 의사라고 놀리려고 온 거잖아?"

"그런 게 아닙니다. 오히려 다른 생각을 제 마음대로 억측하고 있습니다만."

오바타 선생은 입가에만 웃음을 띤 채로 엿보듯 나를 쳐다보았다. 나는 소름 끼치는 것을 느꼈고, 어디까지나 초연한 표정으로 무너지지 않으려고 계속 마음을 다잡았다.

"조금 더 알기 쉬운 말로 해주지 않겠어?"

"요코타 씨의 일은 선생님도 몸이 힘들고 피곤한 상태라 그러셨을 거라고 생각했습니다. 그런데 이번에 시마우치 씨 일도 이어졌습니다. 더더욱 마음에 짚이는 건 그전까지 입원해 있던 사카키바라 씨의 건입니다. 췌장 효소의 이상인데도 EUS는 필요 없다고 말씀하신 건, 사카키바라 씨가 숨어서 술을 마시는 사실을 선생님은 이미 알고 있었기 때문이 아닙니까?"

잠깐 동안의 침묵 시간에도 오바타 선생은 표정을 바꾸지 않았다. 흐트러진 검은 머리카락을 쓱 정리하면서 반문했다.

"그래서?"

"선생님이 술과 관련 있는 환자들의 치료를 의도적으로

피하고 있는 것처럼 보인다는 뜻입니다."

다시 침묵이 내려앉았다.

옆의 내시경실에서는 간호사들이 다음 검사를 시작하기 위해 분주하게 움직이는 소리가 들려왔다. 벽 하나를 사이에 두고 이런 아슬아슬한 대화가 오가고 있다는 것을 눈치챈 사람은 없었다.

어디까지나 무표정으로 일관하고 있는 나에게 오바타 선생은 탁자 위의 사과만 응시하고 있을 뿐이다.

"실례되는 말이지만 선생님 정도의 실력을 가지신 분이 시마우치 씨의 황달을 급성위장염이라고 진단 내린 건 아무리 생각해도 부자연스럽습니다."

사과를 바라보고 있던 오바타 선생은 아직도 입을 열지 않고 있다. 이 정도의 말을 들었는데도 입을 열지 않는다는 건 분명 문제가 있다.

"이해할 만한 설명을 부탁드려도 되겠습니까?"

나의 목소리가 실내를 강하게 울려 분위기가 묘해졌다.

오바타 선생은 천천히 의자를 회전시켜 내 쪽으로 돌려앉았다.

잠시 후 나를 보고 희미한 한숨과 함께 빨간 입술을 움직이려던 그때 철컥 하고 문이 열리며 경박한 목소리가 들려왔다.

"뭐야? 무슨 일이야? 끝났어, 28세 ERCP?"

실내의 긴박한 공기를 한순간에 깬 것은 당연하게도 왕너구리 선생님이었다. 그 순간 오바타 선생은 마치 아무 일도 없었다는 듯이 먹고 있던 '시나노골드'를 다시 손에 들었다. 그러고는 겨우 무언가 말하려고 했던 그 입가에 사과를 베어 물고 사각사각 경쾌한 소리를 냈다.

"별문제 없었어요. 마침 구리하라 군하고 한숨 돌리고 있던 중이었어요."

오바타 선생이 빙긋 웃으며 대답했다.

"그래? 수고 많았네."

"이타가키 선생님이야말로 무슨 일이세요? 급한 일이 있는 것도 아닌데 내시경실에 얼굴을 다 비치시고."

"담도(膽道) 관련해서 학회가 있는데 오바타한테 강연 의뢰를 부탁하는 서류가 와 있더라고. 부장실에 올려놓았는데 알려주려고 한번 와봤어."

"감사합니다."

그녀는 미소를 짓고 일어나더니 눈 깜짝할 사이에 내시경실을 나가버렸다. 불러 세울 틈도 없을 정도로 빨랐다. 졸지에 황량한 사막에 내버려진 듯한 기분으로 멈춰 서 있는 나에게 왕너구리 선생님이 이상하다는 얼굴로 쳐다보았다.

"무슨 일 있었어, 구리 짱?"

나는 태연하게 놀리는 지도 의사의 얼굴을 힐끗 보고 대답했다.

"선생님, 일부러 그런 거죠?"

"뭔 소리야?"

왕너구리 부장 선생님은 그 말과 함께 늘 그래왔듯이 너구리 얼굴로 배를 한 번 팡 두드리기만 했다.

밤중에 겨우 집으로 돌아간 내가 온타케소 벚꽃방 앞에 발을 멈춘 건 복도 한편에서 익숙하지 않은 작은 그림자를 보았기 때문이다.

공처럼 둥근 그림자의 작은 움직임이 눈에 들어왔다.

오늘 오바타 선생과의 아슬아슬했던 대화 덕분에 죽을 만큼 피곤해 있어서 피로에 의한 환각이라고 생각했지만 그게 아니었다. 두세 번 눈을 깜빡여보았지만 눈앞의 장면은 그대로였다.

고양이였다.

문틀에 붙어 있던 종이 사이에서 새어 나오는 빛을 절반 정도 받은 고양이가 식빵 자세로 웅크리고 있었다.

생각할 틈도 없이 '앗' 하는 사이에 문이 몽땅 열리며 잠옷 차림 위에 한텐(일본의 짧은 누비 덧옷 – 옮긴이)을 걸친 아내가 얼굴을 내밀었다.

"이제 오세요?"

다녀왔다고 내가 대답하기도 전에 먼저 고양이가 천천
히 상반신을 일으키고는 야옹 소리를 냈다. 그것을 눈치챈
아내가 발 쪽을 보며 웃는 얼굴을 했다.

"브로니카도 어서 와."

내가 모르는 사이 온타케소의 주민이 늘어 있었다.

스토브 위에서 끓고 있는 주전자는 마치 평화로운 가정
을 대표한다는 듯이 온기를 내뿜고 있다.

아내는 가느다란 손으로 그 주전자를 들고 천천히 사기
주전자에 기울였다. 보글보글 부드러운 소리를 내는 그 옆
에는 완전히 느슨한 상태인 삼색의 브로니카가 아내가 내
준 마른 멸치를 양발로 붙잡고 사투를 벌이고 있다.

"의사가 일부 환자들만 치료하지 '않는다'는 얘기 들어
본 적 있어?"

아내가 사기 주전자를 천천히 돌리면서 의아한 표정을
보였다.

"실제로 오바타 선생이 환자를 선택해서 치료했는지 아
닌지는 아직 몰라. 근데 그 빈틈없는 선생이 뇌증 상태를
잘못 본다거나 황달을 모르고 넘어간다거나 하는 실수를

잇따라 저질렀다고는 생각할 수가 없어."

"그래서 환자들을 선택해서 보고 있는 것이 아닌지 의심된다고 하신 거구나."

"물론 오바타 선생은 진찰 그 자체를 부정하고 있지는 않아. 최소한의 진료는 하고 있으니까 의사의 의무에 반하는 것은 아니지만……."

"그래도 '최소한'은 조금 곤란할 텐데요."

나는 조용히 고개를 끄덕이면서 아내가 놓아준 따뜻한 찻잔을 손에 들었다. 한입 마셔보니 달달한 맛이 감돌면서 풍성한 향기가 퍼졌다.

말차의 향이었다.

사기 주전자에서 나온 차가 말차라는 것이 조금 이상하지만, 추운 겨울밤에 차가워진 몸을 덥히기에는 이런 따뜻한 차가 제격이다.

"그래도 오바타 선생님이 간호사들한테도 그렇고 평판도 좋은 사람이랬죠?"

"응. 의사로서 경험도 풍부하고 의료진과의 사이도 경시하지 않는 사람이야. 게다가 학회 활동에도 손을 놓지 않고, 항상 최신 지식과 정보를 유지하고 있어. 거의 흠잡을 데가 없는 사람이라고 전에도 말했지?"

"네, 그래서 더 신경이 쓰이겠네요. 그런 완벽한 선생님이 환자를 선택해서 본다는 게…….'"

"결점이라고 하면 너무 사과에 대한 고집이 있는 것, 뭐 그 정도니까."

나의 말에 아내가 조금 의아한 얼굴을 했지만 크게 신경 쓰는 것 같지는 않았다.

아기 고양이 브로니카가 드디어 멸치를 평정하고는 크게 기지개를 켰다. 그리고 바로 앉은 아내의 무릎에 올라가서 당연한 듯이 웅크렸다.

"나도 모르게 동거인이 늘어 있어서 놀랐는데, 심지어 꽤나 낯짝이 두꺼운 녀석이네."

"야쿠스기 씨가 바로 며칠 전에 주워 왔어요. 대학교 안에 있는 학생식당 근처의 풀숲에서 떨고 있었대요. 올해는 평소보다 급격하게 기온이 내려갔으니 잘 곳을 미리 찾아보지 못했던 걸지도 모르겠네요."

아내가 갑자기 생각났다는 듯이 내 얼굴을 쳐다보았다.

"이치 씨, 고양이 안 좋아했었나요?"

"안 좋아하는 건 아니야. 근데 벌써 하루랑 친해져 있는 게 석연치 않은 것뿐이야."

냉담하게 말하자 아내는 조금 놀란 듯하다가 다시 이상하다는 듯이 웃었다.

"그러고 보니 오늘 밤은 방마다 불이 다 꺼져 있는 것 같은데 야쿠스기 군도 남작도 집에 없는 거야?"

"야쿠스기 씨는 대학 연구실에 아주 틀어박혀 있는 모양이에요. 다음번에는 도쿄의 직물학 센터로 공부하러 가게 될지도 모른다고 말하더라고요."

야쿠스기는 자신의 길을 확실한 발걸음으로 걸어가기 시작한 모양이다.

"남작은?"

아내는 나의 찻잔에 새로 한 잔을 더 부어주며 말했다.

"개인전을 연다고 말하던데요."

이것은 나도 놀라웠다.

아내가 생글거리며 말을 이었다.

"아직 확실하게 정해진 기획은 아니라고 하지만 그동안 그려둔 그림이 이제야 빛을 보는 날이 왔다고 하더라고요. 기대되네요, 그렇죠?"

아내가 마치 본인의 일처럼 기뻐하며 말했다.

그렇다. 사람은 움직이지 않는 듯 보여도 조금씩 앞으로 나아간다.

야쿠섬으로 떠났던 야쿠스기 군은 바로 그때부터, 그리고 1년 내내 방랑객이었던 남작도 확실하게 전진하고 있다. 하나 더 보태면 대학 의국에 다시 불려가는 지로도 새로운 의사 인생을 쌓아가는 셈이 될 것이다.

이렇게 가지각색인 각각의 인생이 따로따로 회전하고 있다. 회전하기도 전에 무엇을 목표로 하고 있는가를 묻는 것은 촌스럽다.

"하고 싶은 것을 찾지 못했으니 아무것도 하지 '않는다'라는 말은 그저 원숭이들이나 하는 말이다."

예전에 낮부터 취해 있던 야쿠스기 군을 향해 남작이 했던 말이다.

"길이 나쁘다고, 가는 곳이 보이지 않는다고 입으로 변명만 늘어놓고는 구르지도, 넘어지지도 않는 사람보다 좋지 않은 길이라도, 위험하더라도, 오른쪽이든 왼쪽이든 어쨌든 한번 굴러보는 것이 좋다고."

한때 그런 말을 들었던 야쿠스기 군은 이제 우리의 예상 범위를 훨씬 뛰어넘어 시원하게 굴러가고 있다. 예상보다 순조롭게 잘 굴러가서, 그렇게 말해주었던 남작이 오히려 당황하고 있을지도 모르겠다.

그런 것들을 생각하고 나서 문득 나 자신을 뒤돌아보았다. 끝도 없이 혼조병원에서 뛰어다니는 나만 한곳에 멀뚱히 멈춰 서 있는 기분이 들었다.

나는 찻잔 속을 들여다본 채로 거의 무의식 상태에서 중얼거리고 있었다.

"나는 이대로 괜찮은 걸까?"

귀를 기울인 아내가 조금 의아한 표정을 했다.

"혼조에 온 지 벌써 6년차야. 오바타 선생같이 훌륭한 내시경 기술을 가지고 있고 첨단 지식을 유지하려 노력하는 모습을 보면, 나 자신이 더더욱 한심하게 느껴져. 불안해지는 것이 사실이고."

내가 뱉은 말을 떠내어주듯이 아내가 대답했다.

"저는 의사 선생님들이 걸어갈 방향 같은 건 잘 모르겠어요. 그래도⋯⋯." 아내는 잠시 생각하는 눈치더니 곧 부드럽게 다시 이어나갔다. "안달하면 안 돼요. 그저 소처럼 묵묵하게 앞으로 나아가는 것이 중요합니다."

이미 알고 있던 그 명언이 아내의 맑은 목소리를 타고 들려왔다.

"그렇죠, 이치 씨?"

씽긋 미소 짓는 그녀의 얼굴에 나는 씁쓸하게 웃으며 끄덕거렸다.

"하루는 대단해."

"대단하지 않아요. 그냥 우리 두 명이 함께 있으면 무서운 것 따위 없잖아요. 그렇죠?"

주먹을 꼭 쥐고 전하는 아내의 말에 내 목소리까지 밝아지는 느낌이었다.

"바로 그거야, 하루."

나는 가만히 찻잔을 기울였다.

그 순간 깜짝 놀란 것은 입속에 퍼지는 맛이 어느새 말차에서 우려낸 녹차로 변해 있었기 때문이다. 아내는 주전자를 바꾼 적이 없었는데 차의 맛만 변해 있었다.

그런 나의 모습을 보고 아내는 바로 이해했다는 듯 활짝 웃었다.

"말차가 들어간 녹차예요. 어제 덴류쿄로 촬영을 다녀오면서 사 왔어요. 맛있으면서 신기하고 왠지 건강해지는 느낌도 들죠?"

그렇게 말하고는 갑자기 생각난 듯 탁 하고 무릎을 두드렸다. 브로니카가 조금 놀랐는지 귀를 파닥하고 움직였다.

"그러고 보니 오늘 낮에 이치 씨 앞으로 온 물건이 있었어요."

아내는 바로 옆의 책장 밑에 놓여 있던 작은 종이 상자를 꺼내서 탁자 위에 올렸다. 30센티미터 정도의 정사각형 상자였다. 나는 보자마자 그 물건의 정체를 한눈에 알 수 있었다.

"벌써 왔구나. 빠르네."

"뭘 주문하신 거예요?"

아내의 물음에 의젓하게 고개를 끄덕이며 열어봐도 좋다고 말했다. 아내는 옆에서 커터 칼을 가지고 와서 깨끗하게 테이프를 자르고 상자를 열었다. 그녀가 상자 안을 들여다본 순간, 놀란 상태로 숨을 멈추고 있는 것이 느껴졌다.

얼마 후 그녀는 얼굴을 내 쪽으로 돌렸다.

"큰일 났어요, 이치 씨!"

그녀의 큰 목소리에 브로니카가 놀라 무릎에서 뛰어내렸다. 나의 예상대로였다. 흐뭇한 미소를 짓는 나에게 브로니카는 눈을 반쯤 감고 째려보다가 곧바로 재미없다는 듯 옆의 방석 위로 올라가 동그랗게 몸을 말았다.

아내는 아기 고양이의 동작 따위는 이미 잊은 듯이 당황한 목소리를 내고 있다.

"이, 이거 어떻게 된 거예요?"

"어떻게 되긴, 그냥 내가 주문한 거야."

아내는 상자를 가슴 앞으로 끌어안은 모습으로 그 안을 계속 응시하고 있었다.

"마음에 들어?"

"맘에 들고 안 들고가 아니라 이거 라이카 M9P예요!"

아내의 들뜬 목소리가 벚꽃방에 울려 퍼졌다.

그녀는 크게 뜬 눈으로 나와 상자를 번갈아 쳐다보았다. 그 당황한 모습에 나도 모르게 미소가 번졌다.

"크리스마스 선물……이라고 생각했는데, 항상 재고가

남아 있는 물건이 아니라고 들어서 말이야. 물건이 들어오는 대로 보내달라고 부탁해놨더니 이런 타이밍에 주게 되었네."

"저한테 주는 선물이에요?"

"당연하지. 남작한테 라이카를 줄 이유가 없잖아."

"그래도 이거, 엄청 고가의 카메라라고요!"

"곧 사진집이 완성된다고 했잖아. 그 축하의 의미도 겸해서 선물하는 거야."

나의 말에 아내는 몇 번이고 놀란 얼굴을 했다. 커다란 눈동자가 한층 더 커져 있었다.

"하루가 이번에 중요한 일도 일단락되었다고 말했잖아. 필름 카메라는 하루가 몇 대나 갖고 있는 데다 나는 잘 몰라서 고를 수도 없었지만, 디지털카메라는 한 대도 안 가지고 있는 것 같아서 이거라면 틀림없겠다고 생각했어."

카메라라고 말하면 위내시경 카메라의 세계밖에 모르는 나도 이 한 대가 심상치 않은 물건이라는 것 정도는 알고 있다. M9P는 카메라치고 상당한 고가의 물건이다. 하지만 아내의 이런 웃는 얼굴을 볼 수만 있다면 몇 대라도 사서 모을 수 있을 것 같다.

아내는 소중하게 라이카의 상자를 탁자에 올려두고 갑자기 내 옆으로 오더니 나의 팔 쪽으로 달라붙었다.

앗 하고 당황해서 몸을 움직이려고 하는데 그 틈조차 주지 않는 그녀 덕분에 그대로 얼굴을 맞대고 있었다. 잠시 후 고개를 들고는, 꽃이 핀 것처럼 활짝 웃는 얼굴을 나에게 보였다.

"이번에 이치 씨에게 최고의 요리를 만들어줄게요."

아직까지도 흥분이 가라앉지 않은 그녀의 빨간 얼굴에 최고의 미소가 떠올라 있었다. 담담한 태도를 유지하는 데 실패한 나는 자신도 모르게 미소를 흘렸다.

경쾌한 기분인 채로 옆의 아기 고양이의 머리를 만져주자 브로니카가 한순간 수상하다는 눈으로 올려다보았지만 곧바로 가르릉 소리로 대답해주었다.

"그동안 감사했습니다."

밝은 목소리에 홀려 얼굴을 드니 병동 스태프 대기실 앞에 휠체어에 탄 마른 남자와 그 남자를 끌어주는 여자, 그리고 발 주변을 뛰어다니는 소년의 모습이 보였다. 세 명의 가족을 둘러싸듯이 서 있던 병동의 간호사들은 자그맣게 웃음소리를 퍼뜨리고 있었다.

퇴원하는 환자와 그의 가족일 것이다.

초겨울 오후의 햇살이 대기실 앞 바닥을 비추었고, 밝은 웃음소리와 겹쳐 묘하게 눈부셔 보였다. 때마침 창밖에는 요 며칠간 내린 눈으로 온통 설탕을 발라놓은 듯 여리고 하얀 것들이 반짝거리며, 병원을 떠나는 한 가족을 축복해 주고 있었다.

사망자가 별로 없는 내과 병동에서 느낄 수 있는, 마음이 안정되는 한 장면이라고 해도 좋을 것 같다.

"신도 선생님의 환자예요."

배웅하는 나의 귓가에 도자이의 목소리가 들어왔다.

"저번 밤에 VF를 일으켰을 때 한 번 선생님도 가서 봤으니 기억하고 있죠?"

맞다. 그제야 이해했다.

3개월여 전, 밤중에 돌연 부정맥을 일으켜 생사의 경계선을 넘나들었던 환자였다.

"퇴원하는 거야?"

"설마…… 옮기는 거예요, 시나노대학으로."

도자이는 복도를 지나가는 가족에게 웃는 얼굴로 머리를 숙이고 나서 말했다.

"여기에서는 치료하기 어렵다고 하더라고요. VF를 일으켰을 때 그 대단한 신도 선생님도 치료를 그만둬야 하나 생각했을 정도였대요. 마침 고통스러운 증상도 조금 안정되어서 지금 병원을 옮기기로 한 거예요."

"다쓰야도 주저하게 되는 치료인 거야?"

"뭔가 새로운 약이 있다고 하는데 그걸 사용하려면 지금은 대학병원뿐이라고 말하더라고요. 아직 단정하기엔 이르지만 치료법이 있다는 건 좋은 방향인 것 같아요."

도자이의 말 그대로 환자와 그 가족의 분위기에서 왠지 밝은 무언가가 느껴졌다. 길고 외로운 투병 생활이 기다린다고는 해도 희망이 있다는 것은, 저렇게나 큰 힘이 되는 것일지도 모른다.

"다쓰야도 꽤나 힘쓴 것 같네."

"맞아요. 아직도 밤중에 전화를 걸면 가끔 연결이 안 되기는 하지만…… . 뭐, 진짜로 급할 때 내리는 지시는 너무 심하다 싶을 정도로 꼼꼼하고 뒤탈 없이 잘해주니까 어떻게든 잘 돌아가기는 했어요."

"기본적으로 허술함이 없는 남자잖아."

"참고로 전화가 연결이 안 될 때의 최후 지시는 '구리하라 닥터, 콜'로 되어 있어요."

생각지 못한 말에 도자이의 눈을 보았다.

"못 들었어요? 젊은 간호사들 사이에선 두 선생님 관계가 너무 좋으니까 '구리하라 신도 호모 의혹'까지 퍼져 있는데?"

"다쓰 이 자식! 점점 나를 곤란하게 하고 있어."

마음속에 떠오른 것은 전에 이 사건이 화제에 올랐을 때 다쓰야가 했던 말이었다.

'혼조병원 제일의 괴짜 내과 의사가 그런 소문을 신경 쓰는 남자인지는 몰랐다.'

빈틈없는 얼굴로 그렇게 말했지만, 별일도 아니라는 듯 대하던 다쓰야 본인이 그 소문의 씨앗을 뿌리고 있었던 것이다.

"그래도 모처럼 신도 선생님도 혼조병원에 완전히 녹아 들어가고 있는 이 시점에 이번에는 스나야마 선생님이 없어진다는 건 좀 쓸쓸한 이야기네요."

"쓸쓸해? 신난다는 걸 잘못 말한 거야?"

"또 그렇게 말하기는……."

"지로가 빠져서 다른 의국에서 젊은 외과 의사가 온다고 하더라. 내과는 내과대로, 오바타 선생님까지 합해져서 의기양양이야."

"오바타 선생님……."

별반 의미도 없이 내뱉은 말에 도자이는 의외로 이상한 반응이었다.

"뭐야? 이 오묘한 중얼중얼은? 저번에는 그렇게 칭찬하더니……."

"별로 오묘한 건 없는데. 오바타 선생님 덕분에 병동의 분위기가 꽤 좋아진 것도 사실이고."

"잘되었네."

도자이는 복도의 간호사와 가족들을 쳐다보며, 별안간 작은 목소리를 덧붙였다.

"그래도 가끔씩 이상한 느낌이 들어요."

"이상한 느낌?"

"뭐라고 하면 좋을까……. 얼굴은 웃고 있는데 눈만 웃고 있지 않은 느낌? 다정하고 싹싹하기는 한데 어느 한순간 갑자기 다가가기 힘들어지는 느낌……." 하얀 손가락을 턱에 대고는 살짝 갸웃하면서 덧붙였다. "뭐, 의사 선생님들이란 사람의 목숨을 짊어지고 있으니까 그 정도는 당연한 것일지 모르겠지만 말예요."

나는 복도를 응시하고 있는 도자이의 하얀 턱을 쳐다보며 조용히 생각했다. 도자이의 평가와 내가 느꼈던 오바타 선생의 인상이 일치했다.

기본적으로 사람을 대하는 태도가 좋은 오바타 선생이지만, 때때로 그녀의 눈에 딱딱한 빛이 담길 때가 있다. 그 묘한 분위기 자체를 알지 못한다면, 누구나가 다 눈치챌 수 있을 정도의 분명한 빛도 아니다. 하지만 확실히 차가운 빛이 스쳐 지나갈 때가 있다. 얼마 전 내시경실 안에서 이야기했을 때도 그 빛은 확연하게 보였다.

가슴속으로 탄식을 뱉자 예전에 도무라 씨가 해준 말이

생각났다.

오바타 선생을 다정하고 좋은 사람이라고 말했던 나에게 응급실 부장은 조용하게 말했다.

'선생님은 의외로 사람 볼 줄 모르네요.'

그 말이 서서히 무겁게 불어나고 있는 듯했다.

잠시 생각에 잠겨 있는 동안 갑자기 무언가 눈앞에 놓였다. 풍부한 커피 향과 함께 나를 현실로 끌어내준 건, 늘 듣던 도자이의 목소리였다.

"인생이라는 모험에서 용맹하게 싸우기보다는 희미하고 어두운 사색의 늪에 잠기는 편이 가치가 있다고 말할 작정인가."

나는 망설이며 도자이의 얼굴을 올려다보았고, 그녀는 자랑스러운 듯이 웃는 얼굴로 내려다보고 있었다.

"그렇게 골똘히 생각만 하고 있는 거 선생님한테는 드문 일이잖아요."

"읽고 있는 거야?『장 크리스토프』?"

"어울리지 않게 책을 읽는 것도 가끔은 좋더라고요."

"독서가 가끔 좋은 게 아니라『장 크리스토프』가 좋은 거겠지."

"네네네. 독서에 관한 잔소리는 적당히 해줘요. 끊을 줄을 몰라."

도자이는 미소를 띠면서 탁자 위의 서류를 솜씨 좋게 정리해나갔다. 그 모습을 쳐다보면서 오른손이 나도 모르게 가운 주머니에 있던 애장서 『풀베개』를 꺼내 들었다.

우연히 생각난 것은 최근에 책 한 권을 제대로 읽을 시간조차 없었다는 사실이다. 이 상태라면 그렇지 않아도 우울한 매일이 한층 더 핍색(逼塞)하게 변할 것 같았다.

"오랜만에 명문을 좀 읽어볼까나⋯⋯."

나의 혼잣말에 도자이가 옆에서 질린 얼굴을 하고 들여다보았다.

"그 책⋯⋯ 너무 심하다. 완전 너덜너덜하잖아."

"너덜너덜해도 읽는 데는 지장 없어. 아무리 모서리가 닳아 없어졌다 해도 소세키의 명문이 닳아 없어질 리는 없으니까."

"나한테는 소세키가 닳아 없어지는 건 신경 안 쓰이는데, 선생님이 닳아 없어질 것 같아서 걱정이네요. '인생이라는 모험'을 적당히 좀 했으면 좋겠는데."

도자이의 밝은 목소리에 나는 한 번 더 쓴웃음을 베어 물었다.

세상에서 두 번째로 맛있는 커피를 마시며 『풀베개』를 응시하고 있으니 내 몸의 활력도 겨우 찾아 돌아와준다.

잠깐의 휴식이 끝나고 나는 회진을 하러 나섰다.

췌장암이 의심된다, 그렇게 고한 나에게 심하게 놀라며 응답한 것은 고조 씨 본인이 아닌 손자인 겐지 청년 쪽이었다.

"암이에요, 선생님?"

고조 씨의 개인 병실에 청년의 날카로운 목소리가 울려 퍼졌다.

"확실하지는 않습니다만, 현재 CT상에서는 그렇게 보입니다."

"역시 술 때문인가요?"

"음주만이 췌장암의 원인이 되는 것은 아닙니다. 어쨌든 내일 내시경 검사를 통해서 췌장의 병변부에 있는 세포를 채취할 겁니다. 확정 진단이 나온 시점에서 앞으로의 방침에 대해 또 이야기하도록 합시다."

"검사하는 건 좋지만…… 할아버지는 괜찮은 거예요? 췌장암이라니 굉장히 나쁜 병이잖아요."

별안간 평정심을 잃어버린 손자에 비해서 고조 노인은 침대에 똑바로 앉은 채 어디까지나 평온한 모습 그 자체였다.

"선생님." 뼈만 앙상한 볼을 만지며 노인이 태평하게 입을 열었다. "이 나이 되어서 암이라고 하면 수술하는 것 자체가 꽤 큰일이겠지요?"

"만약에 암이라고 하더라도 바로 전이되거나 하지는 않습니다. 수술은 선택에 따라 다르다고 생각합니다."

"이 늙은이한테 배를 열라고 말씀하시는 겁니까? 이건 중대사인데."

마른 어깨를 흔들며 노인이 웃었다.

"할아버지, 웃을 일이 아니야. 췌장 수술이 큰일이라는 말이야. 원래부터 그렇게 튼튼하지도 않은 몸이라 무리하게 수술을 요구할 수도 없어."

어조는 냉정하지 않았지만 말하는 내용은 꽤나 이치에 닿았다.

"뭐, 슬슬 할망구를 만나러 가도 괜찮으니까요. 선생님 하고 싶은 대로 해주세요."

싱글거리며 기분 좋지 않은 말을 하는 노인의 눈가에는 비통함도 없었다. 나는 그저 숙연하게 고개를 끄덕이기만 했다.

완만한 저녁 해의 햇살을 등진 채로 머리를 숙인 노인은 병자라고 하기보다는 산신령 같은 오묘한 분위기가 감돌고 있었다.

병실을 나서 하얀 복도를 걷기 시작한 나를, 쫓아 나오듯이 병실에서 뛰쳐나온 겐지 청년이 바로 불러 세웠다.

"선생님, 잠깐 시간 내줄 수 있으세요?"

그가 조금 목소리를 낮춘 채로 내 옆에 다가왔다.

"무슨……?"

청년의 눈을 바라보자 그가 꺼내기 어려운 듯한 얼굴로 말했다.

"혹시 암이라고 해도 할아버지에게는 비밀로 해주실 수 있으신가요?"

침묵한 채로 앞으로 가려는 나에게 손자는 결사적으로 말을 계속 이어갔다.

"할아버지가 여든두 살치고는 확실히 건강해 보이기는 하지만 그렇게 건강한 몸이 아니에요. 옛날에는 꽤나 험악한 짓도 해왔던 사람이고……."

등 뒤에 있던 용을 말하고 있는 것일 터이다. 원래부터 모범적인 시민 생활을 보내왔을 거라고는 나도 생각하지 않았다.

"거기다가 할머니가 떠나버리고 나서는 기력도 많이 약해졌어요. 성공하든 못하든, 큰 수술을 앞두고 있는 거라면 처음부터 암이라고 말하지 않고 그냥 지켜봐드리는 게 안심이 될지도 몰라요."

"손자분의 기분은 이해합니다만, 아직 확정 진단도 나오지 않은 단계에서 이런 이야기를 진행하는 건 성급하다고 말씀드려야겠네요."

"그렇죠……." 고개를 끄덕인 손자는 조금 시선을 떨어뜨리고 다시 말했다. "저는 그저…… 지금까지는 할아버지가 여러 가지로 다른 사람한테 피해를 주고 살았던 사람일지는 몰라도 저한테는 소중한 분이라는 말을 하고 싶었어요. 만약 암이라면 고통스러운 생각만큼은 안 하게 해드리고 싶어요. 잘 부탁드립니다."

손자는 머리를 숙여 보이고 다시 병실로 돌아갔다.

고조 노인의 아들 부부는 교통사고로 빨리 세상을 떠났다는 이야기를 들었다. 그것은 곧, 저 청년이 부모를 일찍 잃고 조부모의 손에서 자라왔다는 이야기이다. 저렇게 말을 망설일 정도로 할아버지를 아끼며 돌보고 있다는 것은 그럴 만한 복잡한 배경이 있는 것일지도 모른다.

어쨌든…….

나는 가볍게 한숨을 쉬었다. 내가 생각한 것 이상으로 신경 써야 할 필요가 있다고 느꼈다. 한숨을 쉬며 대기실에 돌아왔더니 왠지 곤란한 얼굴로 생각에 잠겨 있는 미즈나시 씨의 모습이 보였다.

요즘 들어 나의 타이밍이 꽤나 나쁜 것이, 정말로 '환자를 끌어당기는 구리하라'만의 능력인지도 모르겠다. 하지만 그녀를 보고도 못 본 척 지나갈 수도 없는 노릇이었다.

"무슨 일이야?"

미즈나시 씨는 다시 한숨을 쉬며 입을 열었다.

"죄송해요, 선생님. 진찰을 좀 해주셨으면 하는 분이 있어서……."

약간은 다급한 모습이었다.

그녀가 안내해주는 대로 따라간 곳은 대기실 근처의 개인 병실이었다. 침대에 누워 있는 사람은 의식이 혼탁하고 황달기가 심한 남자였다. 배가 크게 부풀어 있는 것은 복수(腹水)에 의한 것으로 보였다. 산소 호흡기와 심전도 모니터도 달려 있었다.

"알코올성 간경화 환자예요. 오늘 아침까지 얘기도 하고 그러셨는데 점심때부터 갑작스레 반응이 나빠지셔서……."

그녀가 내민 간호 기록을 대강 훑어보며 내가 물었다.

"주치의는 오바타 선생님인가?"

"네……."

"연락은?"

"오늘은 내시경 연구회가 있어서 오후에는 나가 계세요. 밤에는 돌아온다고 하셨는데 아까 전화를 걸었더니 안 받으셨어요." 망설이는 얼굴을 하고선 미즈나시 씨가 말을 이었다. "강연 중에는 전화를 받으실 수 없으니까 환자 상태가 갑자기 나빠지거나 할 때는 일단은 구리하라 선생님과 얘기해보라고 하셔서…….”

한순간 몸의 기운이 다 빠져나가는 기분이었다.

아무래도 내 친구 다쓰야도 그렇고, 선배인 오바타 선생
도 그렇고 나라는 인간을 그저 심부름센터 같은 무언가로
착각하고 있는 것 같다. 그렇지만 지금 이 현실에 딱 들어
맞는 타이밍에 내가 병동에 있었으니 두 명의 수작은 어느
쪽이든 적합했다고 할 수도 있겠다.

“기록 좀 보여줘.”

나의 목소리에 미즈나시 씨는 곧바로 기록을 내밀었다.
쫙 훑어보니 오바타 선생은 세세한 곳까지 정밀하게 지시
를 내려놓았다.

“오바타 선생님의 지시는 완벽해. 특별하게 내가 끼어들
건 전혀 없어.”

기록을 미즈나시 씨에게 돌려주고 모니터상의 혈압과
맥박을 확인했다.

“이대로 지켜보는 방침이 좋겠군. 가족에게 연락해서 곁
에서 돌봐달라고 부탁해놓고, 오바타 선생님이 돌아올 때
까지는 맥박이 떨어질 것 같으면 나를 불러. 그럼 그때 내
가 맡을게.”

“네.”

나의 말에 미즈나시 씨는 짧게 대답하고 뛰어갔다.

환자가 사망한 것은 그 두 시간 후의 일이었다.

담담하게 사망 선고를 알리고 환자와 그의 가족을 보낸 후, 미즈나시 씨가 조그맣게 한숨을 섞어 내뱉는 목소리가 들렸다.

"환자가 사망할 수도 있는데 연구회로 외출하는 오바타 선생님이 조금 매몰차다고 생각하지 않으세요?"

그 단순하기 그지없는 감정의 토로에 나는 바로 고개를 끄덕일 수만은 없었다. 배경이 어떻다고 해도 오바타 선생은 트러블 없이 문제를 해결한 것이 확실했다. 하지만 쉽게 해결할 수 없는 트러블이 발생한 건 그날 밤에 일어난 일이었다.

전화가 온 것은 막 퇴근하려고 했던 밤 10시의 일이었다. 의국의 데스크에서 나가려고 하는 찰나에 병동 내의 응급 호출이 높은 소리로 울려 퍼진 것이었다.

못 들은 척하며 집에 가버릴까도 생각해봤지만, 그런 잔꾀는 문제를 그냥 뒤로 미루는 것일 뿐 오히려 더 귀찮아질 수 있다는 것을 알기에 어쩔 수 없이 전화를 받았다.

"이치토, 지금 괜찮아?"

들려온 것은 거한의 외과 의사 지로였다. 약간은 절박한 목소리였다.

"괜찮은지 안 괜찮은지는 용건을 들어보고, 뭔데?"

"응급으로 피 토하는 사람이 왔는데…….."

전화기를 든 채로 벽에 붙어 있는 당직 근무표를 보니 오늘 밤 응급실 당직은 지로였다.

그리고 내시경 당직은 내가 아니다. 그 한순간의 침묵에서 무언가를 느낀 것인지, 신중히 그림을 그려본 괴물이 평소와는 다르게 정확하게 간파하고 짚어냈다.

"오늘 내시경 당직이 네가 아닌 건 나도 알고 있어."

"알고 있으면 오바타 선생님한테 연락하면 되잖아. 오후에 연구회에 갔다고 하기는 했는데 아마 지금쯤이면 돌아와 있을 거야. 전화해봐. 대학병원으로 옮기기 전에 조금이라도 나를 괴롭혀보고 싶은 계략이 아니라면."

"전화는 했다고."

"그럼 됐잖아. 병원 안에 있었지?"

"있었어. 응급실에도 얼굴은 비치긴 했는데 일단 아침까지 수혈하면서 상태를 보면 된다고만 말했어."

"……괜찮은지 어떤지는 모르겠지만 담당 의사가 그렇게 말했다면 그걸로 되겠지."

"환자는 이송된 직후부터 계속 혈압이 90 전후고 아직도 피를 토하고 있어."

이번만큼은 대답할 수가 없었다. 더군다나 지로의 어조

에는 평소에 없던 긴박한 무언가가 느껴졌다. 어찌 된 일인지 잠시 생각한 지로가 말을 이었다.

"하나 더 덧붙이자면, 환자의 이름이 요코타 씨라는데 평소에는 네가 외래에서……."

"지금 응급실로 갈게. 기다려."

나는 한숨 섞인 대답을 하고 방금 벗었던 하얀 가운을 손에 들고 뛰었다.

"선생님, 혈압 95예요!"

"100을 유지할 때까지 락텍을 계속 주사해줘."

"채혈은 어떻게 해요?"

"확보해. 두 팩씩 아침까지."

"아직 다른 두 팩이 있는데요."

"많이 확보해놔."

내시경실 안은 긴장감이 서린 간호사들의 목소리와 지친 나의 목소리가 왔다 갔다 하고 있었다. 나는 모니터를 향해 내시경 소견을 입력하며 등 뒤 간호사들의 목소리에 맞춰 지시를 내리고 있었다.

내시경에 의한 지혈 처치가 끝난 시점에도, 밤중에 호출당한 내시경실의 스태프들과 응급 외래의 간호사들이 어수선하게 등 뒤를 뛰어다니고 있었다.

"미안해요, 선생님. 고맙습니다."

마취가 남아 있었던 탓일까, 절반은 몽롱한 상태의 요코타 씨는 들것에 실려 온 이후 이제 겨우 눈을 뜰 수 있게 되었다.

"아직 선생님한테 감사 인사를 하기는 일러요. 식도 정맥류 파열은 피가 멈추지 않아서 죽는 사람도 있으니까."

노골적으로 말하고 있는 사람은 응급실 부장인 도무라 씨였다.

"나는 이제 괜찮아요, 간호사 양반."

"안타깝지만 괜찮은지 안 괜찮은지 정하는 건 요코타 씨가 아니고 요코타 씨의 혈압입니다."

나는 의자를 회전시켜 침대 쪽으로 돌아보았다.

"내년에도 금붕어 잡기를 하고 싶으시다면 며칠간은 절대 안정을 취하고, 이 시간 이후부터는 두 번 다시 술을 마시지 않아야 합니다."

"그건 큰일이네!"

힘이 없는 요코타 씨의 쓴웃음이 돌아왔다.

"또 엄청난 일이 벌어져 있네?"

등 뒤에서 귀에 익은 목소리가 들려왔다.

돌아보니 내시경실 입구에는 도자이가 어이없는 표정으로 서 있었다.

"주임이 직접 환자를 데리러 왔다는 건 여전히 위에는 전쟁터라는 거네."

"선생님 주변에 비하면 평온함 그 자체예요."

담백하게 대답하고는 도무라 씨에게 가볍게 인사한다. 그녀에게 도무라 씨가 그럴싸하게 웃음을 띠었다.

"생각보다 잘 지내는 것 같네, 도자이."

"저는 언제나 잘 지내요, 도무라 부장님."

"그렇다면 다행이네. 남자 운이 없는 주임을 모두가 걱정하고 있으니까."

"선배님, 틀린 말은 하지 말아주세요. 저는 남자 운이 없는 게 아니라 세상에 이상한 남자밖에 없는 것뿐이니까."

"아, 그건 그러네."

긴박했던 이곳이 졸지에 두 여성의 독신 동맹이 성립되는 현장으로 변했다.

나는 나쁜 짓을 하지 않았는데도 묘하게 이 자리에 있는 것이 불편해졌다. 갑자기 생각난 건데 이 소란스러운 내시경실 안에 남자라고는 나와 요코타 씨 둘뿐이었고, 다른 이들은 모두 여자였다. 심지어 요코타 씨 쪽은 피투성이인 채로 마취에서 깨어난 직후라 도와줄 리 없었고, 이 고금무쌍의 여성 군단에게 대항할 병력은 성실한 내과 의사 단 한 사람뿐이었다.

"이길 수가 없는 전쟁이네⋯⋯."

"뭐요? 뭐라고 했어요?"

"아무것도 아니야. 요코타 씨의 혈압이 내려가기 전에 빨리 병동으로 올려주면 고맙겠어."

약간은 될 대로 되라는 식으로 화제를 바꾸자 도자이는 "네네" 하고 두 번이나 대답하고 이동 침대를 잡아당겼다.

"근데 왜 선생님이 긴급 내시경을 했어요? 오늘 밤 당직은 오바타 선생님일 텐데요?"

하나하나 뾰족하게 찔러댄다.

"구리하라 선생님은 오히려 말리던 쪽이야."

쓴웃음을 보태며 도와준 사람은 도무라 씨였다.

도자이가 궁금한 얼굴로 무언가 말하려고 했을 때 그녀 뒤쪽으로 문이 열렸고, 거구의 까만 괴물이 모습을 드러냈다.

"미안하다. 이치토. 덕분에 살아났어. 역시 출혈이 있었던 거야?"

"정맥류의 파열이었어. 아침까지 수혈만 하고 경과를 보고만 있기에는 확실히 위험한 상황이었어. 너의 판단이 정확했던 거야. 그것보다 응급실은 괜찮은 거야?"

"지금 마침 환자가 끊겨서. 금방 또 구급차가 올 예정이긴 하지만, 어쨌든 덕분에 살았어."

괴물이 머리를 긁적이면서 이송 침대에 실려 나오는 요

코타 씨의 눈을 쳐다보며 솔직하고 진심 어린 태도로 말했다. 이런 점은 지로가 가진 아주 적은 장점 중 하나이다.

하지만 지로는 곧바로 녹초가 된 듯 한숨을 쉬었다.

"근데 진짜 너무하네. 내시경 당직이면서 오바타 선생의 그 태도……."

"드문 일이긴 하지만 너의 마음이 이해되기는 한다. 내일 내가 이유를 확인해볼 테니까 일단은 시끄러워지게 하지 마."

"시끄러워지게 하지 말라고 해도……."

지로가 갑자기 말을 자른 건 내시경실 구석의 스태프 방으로 통하는 문이 거칠게 열렸기 때문이었다. 뿐만 아니라 그 열린 문 쪽에서 오바타 선생이 유유히 사과를 베어 먹으며 서 있었다.

"뭐야, 구리하라 군? 내시경하고 있었어?"

지금 장소와 상황에 어울리지 않게 긴장감 하나 없는 목소리가 들렸다.

늘 그랬듯, 방 한구석에 처박혀서 논문에 착수하고 있었던 것이다. 이쪽 아수라장에서 일어난 상황들은 전혀 눈치도 채지 못했던 것 같았다.

어느 쪽이든 그녀가 밖으로 나온 타이밍은 최악이었다.

지로가 보기 드물게 험상궂은 얼굴을 하고 있었다.

나는 침묵하고 이마에 손을 가져다 댔다.

그런 나와 지로를 한 번씩 보면서, 오바타 선생도 조금
은 상황을 읽은 것 같았다.

그녀는 침착한 얼굴로 입을 열었다.

"일단은…… 스태프 방에서 얘기할까?"

긴 손가락이 구석을 가리켰다.

탁자에는 사과가 다섯 개나 놓여 있다.

모두가 색이 노란 '시나노골드'였다.

나는 소파에 앉은 채 눈부신 그 과실만을 응시하고 있었
다. 방 한구석에는 의자에 앉은 오바타 선생이 조금은 지
친 얼굴로 천장을 올려다보고 있다. 오른손에 든 사과에
한 번 베어 문 자국이 있었고, 그 뒤로는 방치되고 있는 상
태였다.

책상 위에는 산처럼 문헌이 쌓여 있었으며, 모니터에는
필사적으로 써 내려간 영어 논문의 커서가 깜빡거리고 있
었다. 이미 실내에 지로의 모습은 없었다.

침묵 중에 오바타 선생의 가벼운 한숨 소리가 들렸고,
나는 입을 열었다.

"그러니까 전에 그렇게 말씀드렸던 것과 같은 맥락이긴
한데요. 어떻게 하시려는 건지 이해가 될 만한 설명을 좀

부탁드린다고."

"구리하라 군, 의외로 가차 없는 말투를 쓰네."

"선생님이 가차 없는 건 아닐까요?"

나의 대꾸에 그녀는 그다지 곤란한 기색도 보이지 않고 초연하게 대답했다.

"설마 나 대신 구리하라 군한테 내시경을 해달라고 얘기가 갈 줄은 몰랐지."

"그런 문제가 아니라는 것도 전에 말씀드렸습니다."

"맞다. 그랬지?"

오바타 선생은 가볍게 어깨를 움츠려 보였다.

"저는 선생님이 지금 뭘 생각하고 계시는지 도통 모르겠습니다."

지로가 큰 목소리를 낸 것은 조금 전의 일이었다.

"언제, 어떤 환자가 온다 한들 항상 쾌활하게 잘 대해주셨으면서, 선생님은 가끔씩 마치 환자를 버리는 건가 싶을 정도의 짓을 하곤 합니다. 지금 저는 선생님이 뭘 생각하고 있는지 전혀 알 수 없습니다!"

"오늘 일은 미안했어. 채혈하면서 아침까지 기다리면 된다고 생각했거든."

"오늘만의 일이라면 저도 이렇게 잘난 듯이 말 못 합니다. '술 마시는 사람은 진찰을 안 한다'라니 그런 애들 같은 말을 하고 있을 장소가 아니란 말입니다!"

늘 밝고 쾌활한 지로가 이 정도까지 명확하게 화를 표출한 것은 정말로 드문 일이었다. 알고 보니 오바타 선생은 요코타 씨나 시마우치 씨 일 외에도 몇 번이나 비슷한 일을 저지르고 있었다고 한다.

하지만 지로에게 던진 오바타 선생의 답변은 사태를 수습하기는커녕 오히려 악화시키는 꼴이 되어버렸다.

"말해봤자 알지도 못하면서."

평온한 듯 던진 말이었다.

확실하게 나도 당황했지만 좀 더 놀란 쪽은 지로였다.

요즘 좀처럼 볼 수 없던 격렬한 언쟁의 현장이었지만, 곧바로 지로의 응급 PHS가 울렸고 지로는 불려나갔다. 응급실의 당직이었으니 당연한 전개이기는 했다.

덕분에 뒤에 남은 나와 오바타 선생의 사이에는 묘한 벽 같은 게 생겼고, 분위기가 몹시도 좋지 않았다. 지금쯤 지로도 불완전연소 상태로 응급 외래를 뛰어다니고 있을 테지만, 큰 소리를 낼 타이밍이 맞지 않았던 건 그 남자의 인생에선 늘 있는 일이라 특별히 그에게 동정을 느끼거나 하지는 않았다.

"그래서 구리하라 군도 스나야마 군과 같은 생각?"

오바타 선생이 입을 열었다.

다시 보니 그녀는 나의 반응을 즐기고 있는 것 같은 낌 새였다. 어찌 보면 이 선생은 내가 본 첫인상과는 반대로, 상대를 잡아먹을 수도 있는 사람인 것 같다. 지금에 와서 도무라 씨의 사람 보는 눈에 절로 존경을 표하게 된다.

나는 한 번 생각하고 나서 애써 평온하게 대답했다.

"오늘 저녁까지는 지로와 같은 생각이었는데, 마음이 바뀌었네요."

"재미있는 말을 하네. 술 마시는 환자의 진료를 거부하는 나를 두둔해주겠다?"

"선생님이 그렇게 단순한 기준으로 일하고 계시지는 않다는 것을 알게 되었어요. 그걸 알게 된 이상, 저도 방법을 바꾸지 않으면 안 되겠네요."

오바타 선생은 다시 사과를 베어 먹으려다가 동작을 멈추고 눈을 가늘게 떴다. 그 눈 안쪽으로 예리한 빛이 빛나고 있었다.

"무슨 말을 하는 건지 모르겠네? 재미있는데, 그 얘기."

"오늘 저녁에 선생님의 환자를 보게 되었습니다. 알코올성 간경화 환자였습니다. 링거의 지시 내용부터, 가족들한테 내린 설명까지 제가 굳이 개입할 필요가 없었고 나무랄 데가 없는 처치였습니다. 요코타 씨나 시마우치 씨에게 한 처치와 비교해보면 천지 차이였습니다. 그 말은……."

일단 말을 멈추고, 표정을 감춘 오바타 선생의 그 눈을 다시 바라보았다.

"술을 마시는 사람인지 아닌지는 선생님이 환자를 고르는 그 기준과는 상관이 없었다는 것입니다."

그녀의 대답은 침묵이었다. 그 의식적인 침묵을 깨고 나는 전에 했던 말을 되풀이했다.

"어떻게 된 일인지 이해가 될 만한 설명을 해주실 수 있겠습니까?"

오바타 선생의 오른손은 한입만 베어 먹은 시나노골드를 쥔 채로 움직이지 않고 있었다.

희미하게 어디선가 사이렌 소리가 들려온다. 오늘 밤도 응급실은 성황일지 모르겠다.

"……구리하라는 말이야." 갑자기 오바타 선생이 입을 열었다. "역시 재미있는 사람이야."

"대답이 되지 않은 것 같습니다."

"칭찬하고 있는 거야. 왕녀구리 선생님 밑에서 단련된 것이 느껴지네. 관찰력도 있고, 무엇보다 그 오지랖!"

"사람은 자신이 존경하는 인물이 이해되지 않는 행동을 할 때, 그 배경에 있는 철학을 알고 싶어 하는 것 아니겠습니까?"

천천히 사각 하고 사과를 베어 먹는 소리가 들렸다.

"존경이라니 영광스러운 얘기네."

"그래도." 그녀는 덧붙였다. "구리하라 군이나 스나야마 군한테는 어려운 이야기야."

또 이 말이 나왔다. 처음부터 설명을 포기하고 위에서 마구 던져버리는 그녀의 논리에 이해가 될 리 없었다.

"저나 지로는 설명을 해줘도 모른다?"

"뭐 그런 얘기지."

팔꿈치를 괸 채로 조용하게 나를 내려다보는 오바타 선생의 눈에는 전에도 본 적 있던 그 차가운 빛이 확실하게 빛나고 있었다.

그것은 그녀가 평소에 사람들을 대하는 쾌활한 태도와는 동떨어져 있었고, 오히려 상대를 잘라버릴 듯한 자비 없이 차가운 냉정함과 날카로움을 갖고 있었다.

잠시 말이 끊기자, 오바타 선생은 평온하게 사과를 씹기 시작했다. 나는 할 말을 찾지 못한 채, 그저 그녀를 쳐다보고만 있었다.

반 이상 베어 먹은 사과를 쳐다보며 그녀는 서서히 입을 열었다.

"오늘 구리하라 군이 봐준 환자 말인데, 간호사가 뭐라고 안 했어?" 갑자기 화제가 앞으로 돌아왔다. "상태가 안 좋은 환자를 두고 연구회에 가다니 미친 의사네, 라고 했다든지."

그 순간 머리에 떠오르는 것은 미즈나시 씨가 했던 말이었다. 거의 같은 맥락의 탄식을 내뱉었던 것이다.

대답하지 못하는 나의 얼굴을 보고 오바타 선생은 다 알았다는 듯이 쓴웃음을 짓고 있었다.

"너랑 스나야마는 분명히, 죽을 것 같은 환자가 있으면 연구회나 논문 같은 건 팽개치고 환자 옆에 붙어서 돌봐주는 의사들인 거지? 그러니까 저런 병동의 공기를 지금까지 만들어온 거고?"

"칭찬하는 것 같지가 않네요."

"당연하지."

나의 말을 자르고 그녀가 바로 말을 이었다.

"멍청하다고 생각하고 있어."

말투는 온화했지만 격렬한 말이었다.

"너네 말이야, 의사라는 직업을 얕보고 있는 거 아니야? 요즘의 의료라는 건 말이야, 한 달 단위로 점점 진화해나가는 긴장되는 현장이야. 한순간이라도 그 긴장을 푸는 순간, 금세 자신의 의료는 시대에 뒤처지게 되는 거야. 결국 환자에게 최선의 의료를 베풀 수 없다는 말이 되는 거지. 그렇게 각박한 세계에 살고 있으면서, 죽어가는 환자 옆에서 걱정이나 해주고 그것에 자기만족을 느끼며 귀중한 시간과 기력, 체력을 낭비하는 의사 따위…… 그들은 내가 봤을 땐 믿을 수도 없는 그냥 위선자일 뿐이야."

다시 한 번 어디에선가 새로운 사이렌 소리가 가까워오는 것이 들렸다.

'이 사람이 이렇게 독설을 내뿜는 사람이었던가.'

순간 이 상황에 맞지 않는 감탄이 내 가슴속을 스치고 있었다.

"우리한테는 말이야, 항상 최신, 최고의 의료를 제공할 의무가 있어. 그런 기본을 너네는 잊어버리고 있는 거 아니야?"

"저의 지식이 최신이라고 생각하지는 않습니다. 그렇게 자만하고 있지도 않고요. 그렇다고 배움에 관해서 손을 빼려는 생각을 한 적도……."

"IPMN(췌관 내 유두점액성 종양)의 연간 암 발생률은 몇 퍼센트지?"

차가운 목소리가 울렸다. 한순간 입을 다문 나에게 즉각적으로 공격이 이어졌다.

"간 우엽 절제술과 확대 우엽 절제술의 차이는? 만성췌장염 환자에서 흡연이 미치는 암 발생률은 몇 배가 돼?"

연달아 쏟아내는 질문에 나는 전혀 당해낼 수 없었다.

"그 실력으로 ERCP를 잘도 했네?"

공격적인 말이었다.

단지 강렬함만이 아닌 한심하다는 듯한 경멸을 포함한 비웃음도 섞여 있었기 때문에 마음속에서는 한층 더 공격적으로 느껴졌다. 다음에 그녀가 한 말은 먼저 했던 말보다 더 증가되고 가열된 말이었다.

"나, 구리하라 군한테 실망했어."

말 한마디도 내뱉지 못한 채 올려다본 곳에 그녀의 웃는 얼굴이 변함없이 온화했고, 눈 주변에 서린 빛은 변함없이 차가웠다.

"이타가키 선생님 밑에서 배우고 그 선생님이 인정했다고 하셨으니까 어떤 사람인가 기대했는데 손발이 좀 빠르고 내시경을 조금 잘하는 것 말고는 어딜 가나 있을 법한 위선자 타입의 의사였잖아?"

그녀는 새로운 사과를 집었고, 솜씨도 좋게 그것을 검지 위에 올려서 뱅글뱅글 돌렸다.

"뭐, 걱정하지 않아도 구리하라 군 같은 의사는 세계 어디를 가도 넘치도록 있어. 매일매일 진료에 쫓겨 점점 최신 정보에서 멀어져가는 의사. 그것보다 더 악질인 건, 그런데도 자신은 '할 수 있다!'라면서 합리화해버리는 패거리들 아닐까? CT에 의존해서 초음파 검사도 제대로 할 줄 모르는 의사, 총담관결석증 정도를 찾아낸 것뿐인데 ERCP

를 할 줄 안다고 자부해버리는 의사……. 그런 B급, C급들이 당연한 듯이 일하고 있잖아? 매일 살얼음판을 밟고 있으면서도 자각하기는커녕 평온하게 그 얼음 위를 뛰어가고 있지. 언젠가는 얼음이 깨져서 차갑고 깊은 저 얼음물 속으로 빨려 들어가게 된다는 것도 모르는 채……. 오히려 그걸 보고 있는 내 쪽이 조마조마할 정도라니까! 소름 끼칠 정도로 질릴 뿐이야."

그녀는 깊은 한숨을 한 번 쉬고 말을 이었다.

"의사라는 직업은 말이야, 무지한 사람이 나쁜 거야. 나는 그런 각오로 의사를 하고 있고."

숨이 멈추는 기분이었다. 지금까지 이 정도로 의사라는 직책을 엄격하게 규정해놓은 말을 들어본 적이 없었다.

나의 긴장을 비웃기라도 하듯이 오바타 선생은 유유히 사과를 한입 베어 물었다.

"……그러니까…… 그래서 선생님은 환자를 선택할 자격이 있다?"

"선택할 작정은 없어. 살아가기를 포기한 사람한테 굳이 시간을 할애할 작정이 없는 것뿐. 술을 좋아하면 좋아하는 만큼 마시면 돼. 그건 그들의 자유."

"하지만 오늘 사망한 알코올성 간경화의 환자한테는 끝까지 극진하게 치료를 하셨죠. 요코타 씨나 시마우치 씨하고는 뭔가……."

"그 환자는 나랑 만나고 나서 한 방울도 안 마셨으니까 그렇지."

나는 입을 다물었다. 그 침묵을 오바타 선생의 감정 없는 목소리가 채웠다.

"그 환자는 내 외래에 와서 완전히 술을 끊었어. 그 시점이 안타깝게도 너무 늦기는 했지만, 그래도 남은 시간 동안 살기 위해서 진지하게 노력하고 있었어. 그렇다면 나도 의사로서 전력을 다해야지. 당연한 거 아니야?"

나무랄 데가 없는 철학의 제시였다.

하지만 설령 그렇다고 하더라도 현실에서의 의료는 이렇게 명료하게 나누어지지 않는다.

"그럼…… 요코타 씨나 시마우치 씨 같은 사람들은 어떻게 하라는 거죠?"

"그런 걸 진찰하는 게 너네들 일이잖아?" 망설임 없는 대답이었다. "구리하라 군 같은 의사는 거기에 바로 존재의 의의가 있다고 생각해."

내가 돌아본 곳에 있던 것은 불쌍하다는 표정과 비웃음이었다.

"알잖아. 구리하라 군과 나는 목적으로 삼은 세계가 달라. 그런 사람한테 내 방식을 이해시키려고 하면 안 되는 거지."

나는 대답할 수가 없었다.

가슴속에 있던 감정은 희로애락 중 그 어느 것도 없었다. 단순한 놀라움뿐이었다.

눈앞에 있는 한 의사의 강렬한 철학 때문에 놀란 것만은 아니었다. 의사라는 직책의 무거움을 나는 어디서부터인가 잊어버린 채로 살고 있었던 것은 아닐까 하는 놀라움도 포함되어 있었다.

형용하기 힘든 침묵이 춤을 추었다.

그 침묵에서 나를 구해준 것은 항상 불쾌하게만 느꼈던 전자음이었다. 나의 PHS가 아니었다. 오바타 선생의 것이었다.

"알겠어. 바로 갈게." 그녀는 대답과 함께 전화를 끊었다. "미안. 병동에 급한 환자가 있대."

오바타 선생은 말하자마자 반 이상이 남은 사과를 쓰레기통에 던지고 일어났다.

"사과 좋아하면 먹어도 돼."

그녀가 일어서서 사라지는 그때, 여느 때와 다르지 않은 명랑한 목소리가 내려왔다.

물론 먹을 생각 따위는 들지도 않았지만 말이다.

"하얀 쪽이 카스토르, 그 옆의 오렌지색으로 빛나고 있는 쪽이 폴룩스……."

한밤중 집으로 돌아온 나의 귓가에 심야에는 어울리지 않는 밝은 목소리가 들렸다.

풀과 나무도 잠들어 있을 새벽 2시. 평소에는 불도 꺼져 있어야 할 온타케소의 정원이 묘하게 밝았다.

나는 피곤에 찌든 몸을 끌고 현관 앞에서 정원 쪽으로 발을 내디뎠다.

온타케소의 1층 복도는 좁고 긴 툇마루와 이어져 있고, 거기에서 바로 소나무가 빽빽하게 들어선 뜰로 나갈 수 있다. 그 작은 정원에 두 개의 그림자가 있었다.

"거봐, 쌍둥이자리잖습까."

그렇게 말하며 하늘을 가리키고 있는 이는 야쿠스기 군이었다. 최근에는 볼 때마다 활력이 늘어나고 있는 이 청년은 고등학교 시절부터 '천문학'이라는 상상도 하지 못할 취미를 갖고 있다.

옆에 있는 아내는 설치된 천체 망원경을 들여다보며 야쿠스기 군의 이야기에 감탄의 목소리를 내고 있었다.

나도 발을 멈추고 밤하늘을 올려다보았다.

밤공기는 좋았다. 공기가 맑아졌고, 여름 하늘보다 몇 배나 투명감이 있었다. 거기에 오늘 밤은 구름이 없고 달도 없다. 별이 총총한 훌륭한 밤하늘이다.

병원에서 걸어서 돌아왔지만 이렇게 별이 가득한 밤하늘을 올려다볼 수 없었던 것은, 나의 시선뿐만 아니라 마음속까지 완전하게 고개를 숙이고 있었기 때문이었다.

고개 숙인 내 시선의 앞쪽에는 오바타 선생이 던진 갖가지 과격했던 말들이 떠다니고 있었다. 붕붕 떠다니는 말을 쫓아가다 보니 어느새 온타케소의 앞이었다.

"카스토르랑 폴룩스는 정말 사이좋은 형제였슴다." 야쿠스기 군의 야무진 목소리가 울렸다. "어느 날 어떤 일로 카스토르 쪽이 죽어버렸는데 남은 폴룩스가 넘나 슬퍼하는 걸 보고, 제우스가 두 명을 한꺼번에 하늘로 보내서 별자리로 만든 검다."

머리카락이 조금 자랐고 마구 자란 수염도 흩날리기 시작한 야쿠스기 군이었지만, 그 인상은 예전과 조금 달라져 있었다. 아마도 눈빛이 다른 것일 터이다. 인간의 용모라는 것은 결국 그 눈에 담긴 빛에 의해 어떻게도 변할 수 있다는 증거일 것이다.

갑자기 앙칼진 금속음이 들려왔다. 주방 쪽에서 불에 올려놓은 주전자가 내는 소리였다.

아내가 당황하며 실내로 뛰어 들어간다. 그 뒷모습을 쳐다보면서 정원 안으로 발을 내디디니 눈치챈 야쿠스기 군이 낭랑한 미소로 맞아주었다.

"오셨슴까, 닥터? 매일매일 늦게까지 대단하심다."

"하루한테 별자리 강의를 해주고 있었구나."

"강의라고 할 것도 없슴다. 오히려 보답이라고 하면 되겠슴다."

"보답?"

야쿠스기 군은 조금 자란 머리카락을 만지면서 부끄럽게 웃었다.

"저, 여러분과 만났기 땜에 지금 이렇게 있을 수 있는 검다. 공주님이랑 남작, 그리고 닥터와 만나지 않았음, 아마 지금도 고타쓰에 앉아 술만 마시고 있었을 것임다."

그는 혼자서 무언가를 깊이 생각하고 있었다.

"뭐라 말해야 좋을지 모르겠지만, 내가 갖고 있는 것이라면 조금이라도 보답하고 싶다고 생각했슴. 와하하하!"

웃는 그의 눈가에 걱정이 전혀 없었다.

오늘 밤의 나는 완전하게 패기를 잃어버렸으니 반년 전과 비교해보면, 나와 야쿠스기 군의 입장이 철저히 역전된 기분이었다.

"하루도 야쿠스기 군의 이야기를 꽤나 즐겁게 기다리고 있는 것 같아. 또 시간을 내서 강의 좀 해줘."

"그렇게 하고 싶은데 봄이 되면 여기를 나가야 함다."

"온타케소를 나가는 거야?"

"저, 농학부잖습까. 시나노대학 농학부는 2학년부터 이나(伊那)로 옮김다. 마쓰모토에는 3월까지만 있습다."

"그렇구나."

시나노대학은 지금은 잘 볼 수 없는 '문어발식 대학교'이다. 1학년 때는 모두가 마쓰모토 캠퍼스에 있지만 농학부를 시작으로 공학부, 교육학부, 섬유학부 등 몇 개의 학부는 2학년 이후부터 각자 다른 곳에 있는 캠퍼스로 옮기게 된다.

"그럼 앞으로 3개월 남은 건가?"

"그렇습다……."

하늘을 올려다본 야쿠스기 군을 따라 나도 하늘을 올려다보았다.

시내이기는 해도 아름다운 별이 보였다.

한층 더 밤이 깊어져 2시를 넘긴 시각. 눈도 달도 없는 밤하늘이었다. 어떤 것이 카스토르이며 어느 것이 폴룩스인지 알 수 없었지만, 이 무수한 별들에게도 각자의 이야기가 있을 것이다. 많은 의사가 각자의 철학을 품고 있는 것과 부합되면서, 다시 오바타 선생의 극렬한 말들이 머릿속을 스쳐 지나간다.

나는 숨 막힘을 느끼고 그대로 눈을 감아버렸다.

"닥터, 무슨 일 있었습까?"

갑작스러운 질문에 오히려 내가 당황해서 눈을 떴다.

"무슨 일이라니?"

"뭔가…… 약해진 것 같습다."

갑자기 대답할 말을 찾지 못했다.

"기분 탓임까……?"

망설이면서도 나를 신경 써주는 그의 목소리에 쓴웃음을 짓는 것 말고는 별다른 방법이 없었다.

"3일만 만나지 않아도 새롭게 보인다는 말, 확실히 너를 위해 있는 말이다. 야쿠스기 군의 말대로 오늘 밤의 나는 굉장히 약해져 있어."

나는 가방을 툇마루에 던지고 그 옆에 앉았다.

"뭔가 실수라도 하셨습까?"

"실수가 아니야."

대답은 했지만 쉽게 설명할 수 있는 내용이 아니었다.

말로 할 수가 없다는 것은 떨떠름한 무언가가 가슴속에 복잡하게 얽혀 있다는 의미일지도 모른다.

나는 중얼거리듯 말을 이어나갔다.

"그런 건가……. 말을 하자면 천동설을 전제로 열심히 과학을 탐구하고 있는 중에 돌연 갈릴레이의 지동설이 튀어나온 기분이랄까."

"그건…… 큰일임다."

"내가 든 예지만 좋지 않다. 못 들은 걸로 해줘."

내가 쓴웃음을 짓고 말하자, 야쿠스기 군은 의외로 심각한 얼굴이 되었다. 그가 잠깐 벅벅 머리를 긁더니 갑자기 말했다.

"닥터, 허블이라고 아심까?"

"망원경으로 유명한 그 허블?"

"맞슴다."

씩 웃으며 야쿠스기 군이 끄덕였다.

허블 우주 망원경은 지구의 위성 궤도상을 돌고 있는, 말하자면 우주의 천문대이다.

"망원경 그거 말고 그 이름의 유래가 된 허블 박사 쪽 얘기인데 말임다." 야쿠스기는 한 단어 한 단어를 또박또박 말하며 이야기를 이어갔다. "에드윈 허블이라는 사람은 20세기의 갈릴레이임다. 갈릴레이가 우주의 중심이 지구가 아니라는 것을 발견한 것처럼, 허블은 '우리 은하(Milkyway Galaxy)'가 유일한 은하가 아니라는 것을 증명했슴다."

하늘을 바라보며 야쿠스기 군이 계속 말했다.

무슨 말을 하려는 것인지 몰라도 나를 격려하려는 마음만은 전해져왔다.

"그때까지만 해도 지구에 있는 우리 은하는 우주에서 유일한 은하계라고 되어 있었슴다. 은하계 밖으로 희미한 성운이 보이는 것은 알고 있었어도 그저 수십 개의 별이 모인 집단 정도로 생각했고, 60억 개의 별이 모인 그 은하계라는 것이 우주 안에는 그저 한 개밖에 없다고 생각하고 있었슴다. 그리고 지구는 그 한 개의 은하 속 특별한 별이라고 판단했지 말임. 그런데 허블은 망원경을 사용해서 계속 우주를 관찰했고, 희미하게 보이는 성운과 아득히 먼 별들의 무리 하나하나가 우리 은하급의 또 다른 거대한 외부 은하라는 것을 결국 증명한 검다."

목소리가 끊어지고 정적이 찾아왔다.

야쿠스기 군의 설명에 밤하늘의 별들까지 귀를 기울이고 있는 듯했다.

"충격적이지 않슴까? 우리 은하가 하나가 아니라고 해도, 아니 그뿐 아니라 태양계에서조차 밖으로 벗어나지 못하는 한 명의 이름 모를 인간이 은하계 저편에 또 다른 은하계가 있다는 말을 했으니, 모두들 어이없어 했겠지 말임다? 아마 허블도 처음에는 갈릴레이처럼 모두에게 따돌림을 받았을 것임. 그래도……."

야쿠스기 군이 나의 얼굴을 다시 보았다.

"사실은 모두가 꽤나 기뻐하고 있지 않았을까 하는 생

각을 했습다."

소년과 같은 반짝거리는 눈으로 의외의 말을 던졌다.

"기뻐했다?"

"잘 생각해보십쇼. 아직도 세계는 넓다는 겁다. 아무리 알아봐도 아무리 풀어봐도 그 저편에는 더욱더 큰 세계가 펼쳐져 있습다. 아무리 필사적으로 알아봐도 세계는 그 정도로는 감당이 안 된다는 것을 허블이 증명한 겁다. 그건 최고로 익사이팅한 일이잖습까?"

익사이팅이라니……. 아무리 들어도 귀에 들어오지 않는 단어이지만 신기하게도 자연스럽게 스며들었다.

"저, 야쿠섬에 가서 거대한 삼나무를 보고 그 나무 하나가 가지고 있는 터무니없는 크기와 압력에 괜히 압도당해서, 왠지 망연자실해 있었습다. 그런데 점점 그 어이없던 마음이 기쁨으로 변하면서 이렇게 어찌할 수 없는 대자연이 있는데, 그깟 공부 정도는 한번 진심으로 해보고 싶다는 기분이 들었습다."

야쿠스기 군은 밤하늘을 올려다본 채로 이야기를 이어갔다. 그의 평범한 말 한마디 한마디가 스무 살 청년의 활력을 받아 빛나면서 하늘에 떠오른다.

그가 기운 있게 나를 돌아보며 말했다.

"그니까 닥터, 지동설이 튀어나왔다고 풀 죽어 있으면

안 됩다. 익사이팅하게 되어야 함다. '이런 재미있는 이야기가 어디에 있겠어?' 하면서 말임다."

갑자기 야쿠스기 군은 정신을 차린 듯 "앗" 하고 나의 등 뒤로 눈을 돌렸다. 그 시선의 끝을 쫓아가보니 어느새 커피가 올라간 둥근 접시를 든 아내가 와 있었다.

"왔어요, 이치 씨?"

"다녀왔어."

쟁반을 바라보니 정확하게 세 개의 커피 잔이 올라가 있었다. 아내가 가만히 들어 올린 컵을 나는 거의 무의식중에 받아 들었다.

열변을 토하다가 정신을 차린 야쿠스기 군은 다소 부끄러운 듯 목소리를 낮추었다.

"죄송함다. 왠지 너무 잘난 척을…… 했슴다."

"야쿠스기 군." 나는 은은한 커피 향을 즐기며 말을 이었다. "인사를 해야겠네. 고마워."

나의 인사에 야쿠스기 군은 오히려 당혹스러워하며 말했다.

"뭡니까, 닥터? 갑자기."

"좋잖아. 아무리 이렇게 인사해도 돈 한 푼도 되지 않지만 그래도 내 기분만큼은 특별하다는 것, 조용히 받아둬."

신기한 것이었다.

수개월 전에 내가 독려해주던 상대방에게 이렇게 큰 위안을 받다니, 이런 기묘한 전개를 전혀 예상하지 못했다. 거기에다가 상대방은 스무 살의 학생이다. 서른 살의 사회인으로서는 꽤나 한심한 전개라고 말할 수 있다.

자연스레 희미한 쓴웃음이 퍼졌다. 그와 동시에 가슴속에 뜨거운 무언가가 느껴졌다.

바로 몇 시간 전에 오바타 선생이 패대기친 강렬했던 그 말들을, 오히려 지금은 나의 마음속에 있는 작은 불꽃으로 태워버리고 있다. 뾰족한 칼날과 얼음같이 차갑던 그 말들이 열을 받아 차분히 녹아 없어지고 있었다.

"네가 말한 대로 이것은 꽤나 익사이팅한 이야기일지도 모르겠네."

입에 익지 않은 단어를 뱉어보자 아내는 말없이 온화하게 웃어주었다. 컵을 입에 가져다 대보니 기분 좋은 쓴 향과 맛이 퍼져왔다.

오바타 선생의 철학이 무엇인지 아직까지 종잡을 수 없었지만 그것을 잡으러 가는 즐거움이라는 것이 생겼다.

"괜찮아요?"

아내의 목소리에 나는 그저 크게 끄덕일 뿐이었다.

"걱정 끼쳐서 미안하네."

"걱정을 끼치지 않는 이치 씨가 더 걱정이에요."

아내의 얇은 손이 갑자기 나의 왼손을 잡고 자기의 이마에 가져다 댔다.

"하루……."

놀라는 내 목소리를 막듯이 아내의 맑은 목소리가 귀를 간질인다.

"기도예요. 이치 씨가 가진 걱정의 반 정도는 내가 떠안을 수 있기를……."

"그건 안 돼. 하루한테까지 걱정을 줘버리면 내가 너무 미안해지잖아."

"괜찮아요. 나 의외로 외유내강이니까."

아내는 나의 손등을 이마에 가지고 간 채로 기도하는 듯이 움직이지 않았다. 손등에서 아내의 체온이 은은하게 전해져온다.

다시 한 번 실감했다. 나는 이 하늘 아래에서 제일가는 행운아라는 사실을.

"어, 뭐야? 청소년인 야쿠스기 군을 앞에 두고 꽤나 발칙한 러브신을 찍고 있잖아?"

별안간의 큰 목소리는 말할 것도 없이 남작이다.

구석의 도라지방에서 문이 열리고 파이프를 문 화가가 얼굴을 내밀고 있다. 평소에는 말쑥한 차림의 남작이 오늘 밤은 물감이 덕지덕지한 작업복 차림으로 팔레트와 붓을 들고 있었다. 개인전을 연다는 말이 아무래도 거짓말은 아닌 것 같다.

"요즘 어쩐지 온타케소의 풍기가 문란하다고 생각했는데 역시 자네들 두 명이었구먼. 온타케소 치안 유지부의 대대장으로서……."

"남작, 그 희대의 걸작품이라는 거 어느 정도 완성되었으면 한잔 마시자. 오늘 밤은 비장의 한 병을 개봉해도 좋을 것 같은 기분이야."

"기특한 마음 씀씀이군. 그 마음을 인정하여 오늘 밤만은 무죄로 방면 처리하겠네!"

남작이 힐끗 웃으며 파이프를 한입 빨아들였다.

"엇?"

갑자기 정원 쪽에서 무언가가 나와 시선을 사로잡았다.

얼마 전부터 벚꽃방을 마치 제 집처럼 드나드는 삼색 털 고양이였다. 야옹 하고 태평한 목소리를 내더니 울타리 구멍에서 얼굴을 내밀었다.

"터너 군도 집에 왔구나. 같이 한잔 즐겨보지 않겠나?"

"터너 군?"

"털 관리하는 모습이 아름다운 내 친구의 이름이다."

'브로니카가 아니었어?' 하고 묻기도 전에 먼저 야쿠스기 군이 이의를 제기했다.

"이 녀석의 이름은 카펠라임다, 남작."

또 새로운 이름이다.

"내가 주워 온 밤에 마침 하늘에 빛나던 게 일등성의 카펠라였슴다."

"그런 것을 말하는 거라면…… 요녀석이 도라지방을 방문한 그날 밤에 마침 터너의 걸작 그림이 완성되었어. 그렇지, 터너 군?"

"뭔가 억지 아님까?"

"남자라면 강인한 억지 정도 가지고 있어야지."

'터너 파'와 '카펠라 파'가 아무런 의미도 없는 언쟁을 하고 있었다. 그 옆에서 가만히 서 있던 아내가 삼색 털을 안아 올리며 미소 지었다.

"어서 와, 브로니카."

남작과 야쿠스기 군이 제3의 이름에 크게 당황했다.

두 명이 큰 소리로 항의하기도 전에 아내가 브로니카를 내 무릎 위에 올리고 일어섰다.

"술 준비해 올게요, 남작님."

"그렇게 말하면 이의를 제기할 수가 없는데. 오늘 밤은 브로니카로 통일할까?"

"그 정도로 그렇게 쉽게 바꿔도 됨까? 저는 역시 카펠라가 좋다고 생각함다!"

"그럼 야쿠스기는 수돗물 마셔. 나는 하루나 공주님이 따라주는 닥터의 고급술을 받아야지."

"아…… 왠지 이 녀석을 주워 왔던 날엔 구름이 많이 껴서 별 같은 건 안 보였던 것 같슴다."

"융통성이 있네. 지금 보니 어른이야."

두 사람이 갑자기 유쾌하게 웃었다.

그 모습을 곁눈질로 보면서 술잔을 가지런하게 갖추고 있는 아내는 평소와 변하지 않는 아름다운 모습이었다. 단 한마디의 말로 '브로니카'라는 이름을 통과시킨 강한 여자로는 보이지 않았다.

나는 툇마루에 앉은 채 무릎 위의 아기 고양이를 내려다보았다. 방금 집에 돌아온 이 삼색 털 고양이의 등에는 살짝 눈이 내려 있었다. 그것을 가볍게 손으로 쓰다듬어주니 기분 좋은 듯 눈을 가늘게 떴다.

아기 고양이는 잠깐 줄어든 눈을 희미하게 뜨고, 나를 올려다보며 물었다.

'너는 나에게 어떤 이름을 붙일 거야?'

마치 그렇게 묻고 있는 것 같았다.

브로니카도, 터너도, 카펠라도, 나에게는 별반 문제될 것은 없다. 뿐만 아니라 이름을 붙이지 않는다는 선택지도 있었다.

'이름은 아직 없어.'

내가 존경하는 대문호가 기르던 고양이도 확실히 그런 말을 했다.

아기 고양이는 그런 내 마음속의 농담을 꿰뚫어보듯이 얇은 눈꺼풀 사이로 흘끗 한 번 쳐다보았다. 얼마 안 있어 그 눈도 닫혔고, 꼬리를 둘둘 말더니 둥글게 변해버렸다.

등 뒤에는 남작과 야쿠스기 군의 즐거운 웃음소리가 들렸다.

안쪽 거실에서는 아내가 마구 쌓여 있던 의학서들 안에서 맛있는 술을 넣어놓은 『도다 신(新)세균학』 상자를 정확하게 꺼내고 있었다.

밤하늘을 올려다보니 마침 카펠라를 빛나게 했던 마차부자리의 행렬이 하늘 꼭대기를 건너가려는 참이었다.

제4장

시간의 풍경

신슈의 산속에는 사슴이 알려준 온천이 있다.

어느 옛날, 사슴을 쫓다가 산에서 길을 잃은 사냥꾼이 깊은 산속에서 부글부글 끓고 있는 온천을 발견했다고 전해진다.

사냥꾼을 온천으로 이끌었던 사슴은 사실 문수보살의 화신이었다. 독실한 신앙심을 가진 사냥꾼에게 효능이 신통한 온천 장소를 알려주기 위해 일부러 찾아왔던 것이다. 후반부의 구절은 다소 작위적이라 흥이 깨지기는 하지만 전승은 전승이기 때문에 내가 군이 흠잡을 것까진 없다.

어쨌든 '가케유 온천'의 이름은 그 설화와 연관이 있다.

마쓰모토와 마루코의 경계에 해당하는 미사야마 산속에

그 낡은 온천장이 있다. 전철은 물론 없다. 없는 것만이 아니라 근처 역에 가려고만 해도 마루코 쪽이든 마쓰모토 쪽이든 빠져나가려면 차로 한 시간 가까이 걸린다.

신앙심이 깊었던 사냥꾼도 그 깊숙한 산속까지 걸어갔다고 하니 감탄할 일이지만, 그런 산속의 불편도 감수하고 재활 치료 전문 병원까지 세워진 것을 보면, 이 온천의 효능은 확실한 것임에 틀림없다.

그런 가케유의 온천지에는 온천에 들어가는 것 말고도 한 번은 볼 만한 가치가 있는 훌륭한 경치가 존재한다.

매년 12월 말부터 1월까지 눈이 내려 쌓인 이 온천장 주변으로 수많은 등불이 환상적으로 채색되는 야간 행사가 열린다. 가케유 온천의 '얼음 등 축제'이다.

얼음 등 축제.

크기 30센티미터 정도인 원통형 얼음을 파내어 그 안쪽에 촛불을 켜놓은 것뿐인, 말 그대로 '얼음의 등'인 것이다.

가케유 온천 거리에서부터 유바타 거리를 지나 고타이 다리를 건너고, 다시 돌계단 위에 있는 문수당(文殊堂)까지……. 이 얼음 등들이 양옆에 즐비하게 늘어서 있는 모습은 가케유의 절경 중 하나이다.

등불 위에 덮개는 없다. 따라서 눈이 내리면 그 즉시 불은 꺼지고 만다. 비는 물론이며 바람이 부는 날도 그렇다. 어떻게든 불은 꺼지게 마련이다.

가만히 쳐다보고 있으면 바람과 함께 어렴풋이 흘러가는 밤중의 달은 남다른 감회에 잠기게 한다. 물론 그런 날에는 그냥도 추운 이 산간이 더욱더 극한의 추위를 느끼게 한다. 하지만 이곳의 절경은 그 추위를 견뎌서라도 한 번은 볼 만한 가치가 있다.

희미한 바람에도 등불은 갈대처럼 흔들린다. 흔들리는 밝은 빛이 얼음 그릇 안에서 다채로운 색으로 빛을 낸다.

나무들 사이를 가로지르는 목조의 고타이 다리를 걷기 시작했다. 바람이 한 번 불 때마다 일제히 등 안의 불들이 출렁거려서, 마치 눈으로 쌓인 바다를 건너는 한 척의 나무배에 올라탄 기분이었다.

"이치 씨, 괜찮은 거예요?"

희미하게 들려오는 목소리에 정신이 들었다. 뒤에서부터 다리를 건너온 건 작은 어깨에 큰 삼각대를 짊어진 아내였다.

"마치 꿈이라도 꾸고 있는 사람같이 멍한 표정이에요."

옆에 서 있는 아내의 입가에서 말과 함께 새하얀 입김이 피어올랐다.

"여기 경치에 흠뻑 빠져 있었어. 사진 잘 나왔어?"

"물론이죠. 이치 씨랑 함께 M9P를 가지고 얼음 등불을 찍으러 왔는데. 뭘 찍어도 전부 좋은 사진이 나와서 곤란할 정도예요."

그녀가 빙긋 웃으며 끄덕거린다.

꽤나 기쁜 모양이다. 냉기에 볼이 빨갛게 된 아내의 목소리에 평소에는 없는 화려한 느낌이 있었다.

아이처럼 신나 보이는 아내를 보는 것도 오랜만이었다.

"이렇게 얼음 등을 보는 게 2년 만이네요."

무심한 듯 내뱉는 아내의 중얼거림이 품고 있는 감정은 아마 나와도 같은 종류일 것이다.

나와 아내가 처음으로 가케유의 얼음 등을 본 것은 지금으로부터 2년 전. 즉 결혼한 해의 일이었다. 식을 올리고 3개월째였지만, 신혼이라고 해서 환자들 수가 줄어드는 것도 아니었고 바쁜 생활은 변하지 않았다. 변변하게 이야기를 나눌 시간조차 없었으나, 이러면 안 될 것 같다는 마음에 아내를 데리고 나왔다.

"이치 씨가 이런 장소를 알고 있어서 그때 사실 많이 놀랐어요."

일의 성격상 가케유 병원의 스태프와도 인연이 되어 그 지인으로부터 이 얼음 등의 이야기를 들었고, 기실 반신반의로 나와본 것이었다. 그렇게 반신반의였던 나는 이 눈

속에 있는 골짜기의 웅장함과, 아름다운 경치에 눈이 홀려 버렸다.

"작년에는 응급 환자가 계속 이어져서 못 왔잖아."

"올해는 괜찮은 거예요?"

"다쓰가 있잖아."

"또 신도 씨를." 후훗 하고 아내가 웃는다. "나쓰나도 있으니까 너무 억지로 떠맡기고 그러지는 마세요."

"다쓰는 힘이 들수록 강해지기로는 세계 최고야. 조금 떠맡았다고 쓰러질 친구도 아니고."

아내는 한 번 더 작게 웃고는 그대로 문수당 쪽으로 총총 뛰어갔다.

아내의 뒷모습을 쳐다보고 무심코 방금 건넜던 고타이 다리를 돌아보았다.

양쪽에 늘어선 얼음 등불들 사이에 어린 커플 한 쌍만이 서 있었다. 원래가 사람이 많이 다니는 장소는 아니지만 오늘 저녁은 영하 5도를 밑도는 맹추위여서 그런지 한층 더 왕래가 끊긴 것 같았다. 이렇게 멈춰 서 있다 보면 아플 정도의 추위가 발끝에서부터 차츰차츰 다가온다.

그렇다고는 해도 이 가혹한 추위도 저 어린 커플에게는 문제되지 않는가 보다. 행복하게 웃는 얼굴로 서로에게 도취한 듯 달라붙어서 무슨 이야기를 하는지, 짧은 말을 주고받을 때마다 두 사람 사이에 하얀색 입김이 피어올랐다.

갑자기 밝은 목소리가 들려온 것은 다리 저편의 돌계단 쪽에서 한 부부가 아이를 데리고 내려왔기 때문이었다. 새빨간 스키복을 입은 아이를 가운데에 두고 젊은 부부가 천천히 나무다리 곁으로 오고 있었다. 순간 발 주위에 있던 아이가 튕기듯이 이쪽을 향해 뛰어왔다. 마지막 계단을 내려와 고타이 다리의 얼음 등 사이를 총총거리며 뛰어와서는 나의 바로 앞쪽까지 다가왔다. 발 한 걸음마다 사랑스럽게 땋아 늘어뜨린 머리가 신나게 흔들렸다. 지그시 보고 있었더니 소녀는 어느새 눈앞까지 와서 걸음을 멈추고 나를 올려다보았다.

"구리하라 아저씨!"

적잖이 놀라고 말았다.

"나쓰나잖아!"

"구리하라 아저씨!"

한 번 더 발랄하게 외친 소녀는 그대로 뱅그르르 돌아서 다리 저편으로 손을 흔든다.

고타이 다리 옆에서 가볍게 손을 드는 남자가 있다.

아빠인 신도 다쓰야였다.

내가 이 정도로 깜짝 놀란 것은 병동을 맡기고 온 나의 옛 친구가 얼음 등 사이에 서 있었기 때문이 아니었다. 그 사실은 접어두더라도 훨씬 더 놀랄 광경이 그곳에 있었다.

다쓰야의 옆에 가녀린 여성이 조금 당혹스러운 얼굴로 서 있었기 때문이었다. 어디선가 본 적 있는 여자였다.

예전부터 햇빛에 탄 건강한 살빛을 갖고 있었는데 지금은 태양빛 아래에서 라켓을 흔들 기회도 없었던 것인지 완전히 하얀 피부로 돌아와 있었다. 넘치던 에너지는 사라지고 조용하게 변해 있어서 어쩐지 믿음직스럽지 못한 모습이긴 했지만, 틀림없는 나의 장기부 후배였다.

"기사라기……."

기사라기 치나쓰는 5년 전에 다쓰야와 결혼하고 신도 치나쓰로 성이 바뀌었다. 성이 바뀌었다고 하더라도 그녀의 알맹이가 변한 것은 아니니 나에게는 변함없이 기사라기였다.

도쿄의 병원에서 너무 혹사를 당해서였을까, 늘 활동적이던 그녀의 분위기는 다소곳하게 변해 있었지만 그래도 한눈에 알아볼 수 있었다.

나의 당황스러움을 무시하듯 옆에 있는 다쓰야는 생글생글 웃고 있었다. 갑자기 나쓰나가 몸을 돌려서 다시 엄마 아빠를 향해 뛰어갔다. 그 찰나에 얼음 조각을 밟았는지 나쓰나의 작은 몸이 쭉 하고 앞으로 회전했다.

앗 소리와 함께 내가 손과 발을 앞으로 내민 그 순간, 갑자기 엄청난 진동과 함께 목조 다리가 크게 기울었다. 그와 동시에 흉하게 구른 나는 그대로 깜깜한 밤의 골짜기로 몸이 팽개쳐지는 것을 실감했다.

"아아아악!"

뜻이 없는 큰 목소리를 내면서 그대로 가케유의 골짜기 저 밑바닥까지 소리도 없이 떨어져갔다.

"좀 조용히 해줄래, 구리하라?"

익숙한 목소리에 눈을 떠보니 눈앞에는 고타이 다리 저편에서 생글거리며 웃고 있던 옛 친구의 얼굴이 보였다. 방금 전의 웃는 얼굴은 어디 가고 지금은 굉장히 불쾌한 기색을 드러내고 있다. 나는 몸을 움직이지도 않고 눈알만 굴리며 주위를 계속 살폈다.

다쓰야의 얼굴 저 위쪽으로 천장이 보인다. 오른쪽으로 돌리니 나의 오른손이 낡은 소파의 한쪽 끝을 힘 있게 잡고 있었다. 왼쪽에는 낡은 나무 베개가 놓여 있었고, 나는 그 베개에서 모든 장면을 올려다보고 있었다.

등 뒤에 느껴지는 얇은 융단의 감촉을 확인하고서야 나는 내가 의국의 바닥에 떨어져 있다는 것을 알게 되었다.

"……무사한 거지, 다쓰?"

나의 목소리에 옛 친구는 차갑게 한 번 쳐다보고는 전자 카르테의 단말기로 다시 눈을 돌려버렸다.

"네 덕분에 난 무사하지. 새벽 3시에 의국 바닥에서 비명을 지르는 친구가 걱정이 되어서 그렇지."

"……너무 걱정 말게. 난 아무래도 무사한 것 같으니."

일단 잘난 듯 대답하고 몸을 일으켰다. 때마침 벽에 걸려 있던 시계가 이제야 생각났다는 듯 녹슨 종을 세 번 울렸다.

소파로 몸을 끌어올리는 순간 탁자에 놓인 신문 속 작은 기사가 눈에 들어왔다.

가케유의 얼음 등 축제. 2주 후인 12월 30일 개시!

그 타이틀이 작년의 사진과 함께 기재되어 있었다.

"그랬구나."

여러 가지를 종합적으로 이해했다.

심야 12시에 심장 기능 상실 환자가 갑자기 부정맥을 일으켰다. 링거를 추가하고 가족들에게 설명하고 나서 의국으로 돌아온 시간이 새벽 2시. 그 후 소파에서 신문을 집어 올린 것까지는 기억이 있는데 거기서부터가 모호했다.

어느새인가 꿈속의 세계에서 산책하고 있었다. 내가 꿈속에서 심하게 흔들린 끝에 바닥까지 떨어지며 비명을 질러낸 것일 테니, 꽤나 재미있는 콩트가 완성되었다고 볼 수 있다. 그 콩트를 지로나 왕너구리 선생님이 보지 않았다는 것이 유일한 위안이었다.

언뜻 옛 친구의 등으로 눈을 돌려보니 한 명뿐인 그 방청객은 고개를 숙이고 따닥거리며 카르테를 입력하고 있었다. 내 시선을 느낀 것인지 다쓰야가 돌아보지도 않고 말했다.

"얼음 등 보러 가고 싶으면 나한테 말해. 하루 정도는 대신 병동 봐줄 테니까."

"눈치 빠른 친구가 있어서 진심으로 감사하네."

"하지만⋯⋯." 다쓰야가 덧붙였다. "그 눈치 빠른 친구의 와이프 이름을 잠꼬대로 중얼거리는 건 하지 않는 게 좋을 거야."

윽⋯⋯. 대답에 쪼들린 나는 오히려 즉각 반론을 했다.

"네가 계속 기사라기를 도쿄에 방치하니까 그게 나쁜 거지. 갑작스럽게 가케유에서 딱 만나니까 고타이 다리도 놀라서 무너진 거잖아."

확실한 말투로 조금 장난쳐봤는데 다쓰야의 차가운 시선이 느껴졌다. 일단은 내 억지 주장도 이 냉정한 혈액내과 의사한테는 통하지 않는 것 같다.

다쓰야는 조그맣게 한숨을 쉬었다.

"알았어. 치나쓰한테 구리하라의 꿈속에 또 나타나기 전에, 될 수 있으면 빨리 내가 있는 쪽으로 돌아오라고 말해볼게."

오늘 밤의 다쓰야는 뭔가 기운이 없다. 원래부터 지로처럼 에너지를 계속 회전시키는 타입은 아니지만 오늘은 유독 더 기운이 없었다. 당직이라서? 그런 단순한 이유일 리는 없다. 사태는 약간 복잡하게 얽혀 있었다.

"응급실은 아직도 허둥지둥대고 있어?"

"'환자를 끌어당기는 구리하라' 전설과는 다르게 병원에 온 환자는 많지 않아. 근데……."

카르테를 입력하던 손이 멈추고 또 한숨을 쉬었다.

"엄청나게 허둥거리고 있어."

바쁘지도 않은 응급실에서 허둥거린다…….

이유가 있었다. 응급실의 도무라 부장이 며칠 전에 휴가를 냈고 지금 자리에 없는 것이다. 표면적으로는 '병가'인데 그렇게 명확하지가 않다.

정확히 일주일 정도 전에 오바타 선생과 도무라 부장이 진료에 관해서 정면 돌파를 했던 것이다.

일주일 전쯤부터 위 상태가 별로 좋지 않다는 이유로 새벽 3시에 진찰 받으러 찾아온 남자를 오바타 선생이 아무 진찰도 하지 않은 채 돌려보낸 것이 충돌의 발단이었다.

"중증 환자도 아닌데 날 지나고 밝을 때 진료하면 되지 않겠어?"

오바타 선생이 내세운 이유였지만 '24시간, 365일 진료'라는 간판을 앞에 걸어둔 혼조병원 응급실의 간호부장이 보기에는 그렇게 간단한 문제가 아니었다.

"환자를 돌려보냈다고 해서 화를 낸 건 아니었다고요."

다음 날 아침 아직도 화가 가라앉지 않은 도무라 부장이 평소보다 더 깊게 필립모리스를 빨아들이며 했던 말이었다.

"돌려보낼 때 돌려보내더라도 한번 진찰은 해보고 돌려보내야 되는 것 아니냐 이 말이에요. 일단 진찰해보고 밤중에 이렇게 올 정도의 상태가 아니라는 확인 정도만 해주고 나서, 지 맘대로 호통을 치든지 고함을 치든지 했으면 되었잖아."

지 맘대로 호통을 치든지 고함을 치든지 했으면 되었잖아, 는 일단 차치해두더라도 도무라 씨가 하는 말은 정확하게 이치에 맞는 말이었다.

"선생님들 당직 설 때 힘든 건 충분히 알고 있어요. 그래도 응급실에 온 경상의 환자 열 명 중에 혹시라도, 아니 단 한 사람이라도 진짜 중환자가 있으면 어떻게 할 거예요……. 절대로 놓쳐서는 안 되는 일 아니에요? 응급실은 그런 긴장감 속에서 매일매일 일하고 있다고요. 그런데 진찰도 하지 않고 그냥 돌려보냈다니……. 더 이상 얘기할 가치도 없어요."

탄식과 함께 뱉어낸 담배 연기가 강가 위를 춤추며 올라간다.

"하물며 저런 식으로 말하면 뭐……."

도무라 부장의 노여움을 산 그 한마디는 오바타 선생이 마지막에 한 대답이었다. 참을성 많고 이치를 따지는 도무라 씨에게 대고 오바타 선생은 강한 말투로 응했던 것이다.

"간호사는 의사가 하는 판단에는 좀 끼어들지 말아주실래요?"

응급실 안의 공기가 얼어버린 건 말할 것도 없다.

의료라는 것을 인간에 비유하자면, 의사는 확실히 두뇌의 역할을 담당하고 있다. 하지만 두뇌만 몇 개가 모여 있다고 끝나는 것이 아니다. 악수하려면 손이 있어야 하고, 보행하려면 다리가 필요하다. 오른쪽 다리를 가지고 왼쪽 다리를 차버리면 넘어져서 머리를 부딪히기나 할 것이다.

오바타 선생의 발언은 딱 그 꼴이었다.

"모두가 필사적으로 뛰어다니는 현장에서 저런 말을 들으면 나도 뭐 방법이 없는 거잖아요." 그녀는 빈 담뱃갑을 구겨버리고는 아직 어둑어둑한 아침 하늘을 올려다보았다. "진짜…… 지친다."

연기와 함께 춤추며 올라간 그녀의 은은한 한숨이 밝아오는 여명의 안개 속으로 녹아 들어갔다.

도무라 씨가 인플루엔자에 걸린 것은 바로 그다음 날부터였다. 이후 응급실 스태프들이 의사들을 대하는 태도가 험악해지고 이상한 공기를 품게 되었다.

시작은 오바타 선생이 던진 한 개인의 폭언이었지만 그게 의사라는 하나의 집단에게 향한 저항으로 바뀐 것은 부정할 수 없다.

"도무라 씨의 기분도 모르는 건 아닌데, 그래도 의사랑 말다툼 좀 했다고 쉬어버리는 건 간호부장답지 못한 경솔한 행동이네. 일이 진행도 잘 안 되고 큰일이다."

"그냥 말다툼 때문이 아니라 인플루엔자로 쉬고 있는 거잖아."

"그렇지. 오바타 선생이랑 언쟁이 있었던 '그다음 날'부터 걸린 바로 그 인플루엔자로 쉬고 있는 거잖아?"

'의학부의 양심'의 목소리가 전에 없던 험상궂게 변했다.

"응급실 분위기가 그렇게 안 좋은 거야?"

"응, 아주 나빠."

다쓰야가 가슴 쪽 주머니에서 오랫동안 피우지 않았던

금연 담배를 꺼내 물었다.

"그거 피울 거면 차라리 데이토대학교 흡연실 안의 공기를 마시는 게 더 괜찮을 것 같은데?"

옛 친구는 마치 예전에 자주 피우던 세븐스타를 피우고 있는 것처럼 큰 한숨을 천장 쪽으로 뱉어냈다.

"그래서 정의감 넘치는 구리하라 이치토 군은 또다시 나한테 잔소리를 하러 오셨나?"

사과를 베어 먹으며 모니터를 쳐다보고 있던 오바타 선생이 어깨 너머 서 있던 나를 슬쩍 보고 던진 말이었다.

내시경실 구석에 있는 스태프 방이었다.

시간은 밤 1시. 내가 가케유의 고타이 다리에서 떨어진 다음 날이다.

겨우 병동 업무를 끝내고 나서 오바타 선생을 찾아와보니 한밤중인데도 아직 초저녁 같은 집중력으로 난해한 문헌과 싸우고 있었다.

옆에 쌓아 올린 서적들은 이전에 보았을 때보다 한층 더 높이가 올라가 있었고, 여기저기 튀어나온 색색깔의 포스트잇에는 메모가 되어 있는 것도 보였다. 이렇게 바쁜 병원 업무를 쪼개면서 여전히 이 정도의 기력을 유지하고 있는 오바타 선생은 역시 보통 사람이 아니다.

"도무라 부장한테 무슨 얘기라도 듣고 온 거야?"

"아니요. 응급실 공기가 너무 가라앉아 있어서 일하기가 힘들게 된 건 사실이긴 하지만."

내 말에 오바타 선생은 나지막하게 한숨을 내쉬면서 검은 머리카락을 쓸어 올렸다.

겉보기엔 미안한 얼굴을 하고 있지만 사실은 그렇지 않다. 그녀의 눈동자에는 이 상황을 그저 재미있어하는 듯한 빛이 아롱거리고 있었다.

예전에는 눈치채지 못했던 것이지만, 얼마 전 과격한 언사를 수없이 얻어맞은 이후부터는 오히려 이 선생의 특성을 볼 수 있는 능력이 생겼다. 다시 말하자면 결코 허투루 볼 인물이 아니라는 것이다. 요즘 이 병동에서 제일 방심할 수 없는 인물인 것은 맞지만 오늘 밤은 그런 것이 별로 의미 없었다. 나의 방문 이유는 명확하게 의학적 차원의 문제였기 때문이다.

"선생님과 상담하고 싶은 사례가 있습니다."

나는 가져온 CT와 ERCP의 필름을 꺼냈다. 오바타 선생은 재미있어하는 듯한 그 눈빛을 곧바로 숨기고, 진지하고 평범한 의사의 눈으로 돌아왔다.

"82세. 남성. 췌장암이 의심됩니다."

"이분, 저번에 EUS랑 ERCP 했던 환자네. 근데 왜?"

"세포 진찰 결과가 나왔는데요. 암세포가 보이지 않았습니다."

시마우치 고조 씨의 이야기이다.

내시경 검사를 실행하고 췌장에서 세포를 채취해왔지만 결과는 음성이었다. 즉 암세포는 확인되지 않았던 것이다.

"현재 스텐트를 삽입해둔 덕에 황달은 개선되었고 전체적인 상태는 양호합니다. 또한 확실한 전이도 없어서 수술 후 적응도 생각하고 있는 단계인데, 암세포가 확인되지 않는 것이 문제입니다."

"세포 검사라고 해도 다 믿을 수 있는 건 아니야. 암이어도 음성이 나온다든지……. 자주 있는 일이잖아."

필름을 응시한 채로 오바타 선생이 말했다.

맞는 말이었지만, 나는 일단 반론을 시도했다.

"하지만 이 정도 사이즈의 종양이 있는데 세포 검사에서도 그렇고 쓸개관의 조직 검사에서도 음성이라니 조금 신경이 쓰이긴 합니다. 심지어 환자는 82세의 고령자이기도 해서 수술을 하기에는……."

말을 중간에 멈추게 된 것은 오바타 선생이 보란 듯이 크게 한숨을 쉬었기 때문이다. 마치 '그래서 넌 안 된다는 거야'라고 말하듯이 어깨를 한 번 들었다가 내리더니 입을 열었다.

"그래서 구리하라 군의 진단은?"

물어보는 목소리와 시선에 예리한 칼날이 번쩍하는 듯했다. 겁내지 않고 대답했다.

"췌장암입니다."

"전이와 혈관 침투는?"

"어느 쪽도 없습니다."

"환자의 몸 상태는?"

"양호합니다."

조금의 침묵이 이어졌고 선생이 말했다.

"그런 걸로 수술 안 하면, 그거 범죄 아니야?"

정말이지 나무랄 데가 없는 논법이었다. 나열한 정보를 정리해보면 선택의 여지가 없다는 의미였으며, 뛰어나고 명확한 대답이었다.

"그것보다 먼저 할 일은 의학적인 문제가 아니야. 환자하고 가족의 마음에 달린 거지. 오히려 그쪽이 더 구리하라가 잘하는 분야잖아? 나한테 물어볼 게 아니지."

"잘하는 분야?"

"의학이 아닌 철학적인 문제라는 거지."

화가 약간 치밀어 올랐다.

"제 직책은 의사이지 철학자가 아닙니다."

"아하, 그랬지. 미안 미안. 너무 초보적인 걸 물어보려오니까 헷갈려버렸네."

그녀가 왼쪽 뺨에 작은 웃음을 띠며 말했다. 여전히 양보가 없었다. 한데 불쾌하지는 않았다. 가열되어 있었고 비꼬아 말하기도 했지만 이 사람은 도망치지 않았다.

항상 최고와 최선의 의료를 흔들림 없는 지식과 논리 앞에 제시하고 있었다. 즉 한 명의 의사로서 나는 이 사람에게 훨씬 못 미치는 존재이다.

오바타 선생은 조용히 생각하고 있는 나를 재미있게 쳐다보면서 서랍에서 사과를 꺼냈다.

"먹을래?"

"아니요, 시나노스위트보다 아키바에가 더 좋아서요."

"이런…… 사과를 감별하는 진단은 좀 레벨이 올라간 것 같은데?"

"지도교수님의 열의를 띤 교육 덕분입니다."

약간의 빈정거림은 담겨 있었지만 거짓은 없는 감사를 담아 인사했다. 그대로 방을 나가려던 나는 오바타 선생의 의미심장한 시선에 부딪혀 발을 멈추었다.

"뭐…… 할 말 있으세요?"

"도무라 씨 관련한 얘기, 아무것도 없어?"

영리한 눈동자 안에 희미하게 나의 동태를 살피는 낌새가 보였다.

"아무것도 없지는 않아요. 그날과 관련된 얘기에 관해서는 저는 완벽하게 도무라 씨 편입니다."

"그럼에도 지적을 잘하는 구리하라가 아무 말도 안 한다는 거네? 저번에는 그렇게 확실히 말하러 와놓고는 말이야."

의외로 조금은 신경을 쓰고 있는 것일지도 모르겠다.

"선생님은 지금까지 어떤 이유이건 간에 환자의 진료 자체를 거부한 적은 없었습니다. 술에 의존하는 사람에게도 주사를 놓았고 피를 토하면 수혈 지시도 내렸고요. 하지만 이번에는 다릅니다. 위통을 호소하는 환자를 진찰도 하지 않고 그냥 돌려보냈죠. 처음부터 환자를 상대할 의지가 아예 없었습니다."

"새벽 시간에 상대가 아무리 긴급하지 않은 일반 환자라도 전력을 다해라?"

"상대가 응급 환자인지 일반 환자인지는 진찰해보지 않으면 모르는 것입니다."

오바타 선생은 조금 허를 찔린 듯 눈을 부릅떴다.

"진지하게 생명과 마주하려는 환자라면 선생님은 언제라도 전력을 다하겠다고 말씀하셨습니다. 그런데 이번에는 그런 판단을 할 기본적인 것조차도 준비가 안 되어 있는 것처럼 보입니다."

"……."

"선생님이 아무리 뛰어난 지식과 기술을 갖고 계시더라도 진찰을 하지 않으면 그 능력을 발휘할 수는 없겠죠. 진심으로 유감입니다."

오바타 선생은 먹다가 만 사과를 한 손에 든 채로 잠시 생각하는 듯이 눈을 가늘게 뜨고, 곧바로 가볍게 눈 주위를 손으로 만지면서 진정된 목소리로 대답했다.

"이번만큼은 구리하라 군이…… 아니, 도무라 부장이 얘기한 말이 맞네."

의외로 솔직한 대답이 돌아왔다.

"정말이지 피로가 너무 쌓여 있었던 것 같아."

모니터의 전원을 끄고 천천히 의자에 앉으면서 혼잣말처럼 그렇게 말했다. 그 옆모습을 보고 나는 알 수 있었다.

오바타 선생의 눈가에 평소엔 없던 피로감이 떠다니고 있었다. 새삼스럽게 다시 관찰해보니 묶여 있던 머리카락도 몇 가닥 정도가 흐트러져 있었고 볼살도 조금 빠져 있었다.

"잠…… 안 주무시고 계신 거예요?"

"지금…… 논문의 꽤 중요한 부분을 쓰고 있는데 꼭 중요할 때마다 병동도 어수선해진단 말이야. 어느 쪽도 나중으로 미뤄둘 수가 없으니까 밥이랑 잠을 나중으로 미루고 있어."

꽤나 난폭한 논리였다.

"그래도 구리하라 군이 걱정해주고 있는 것 같으니, 전세가 역전되어버렸네. 구리하라 군을 괴롭히기에는 지금 내가 설득력이 없어졌어."

"후배를 괴롭히려는 노력을 기울일 틈이 있으시다면, 먼저 본인의 식사와 수면에 시간을 좀 나눠야 할 것 같습니다. 얼굴색이 이상합니다."

"구리하라 군, 여자한테 그런 말 하는 거 아니야." 어이없다는 얼굴을 하면서도 신경은 쓰이는지 옅은 핏기가 도는 볼을 만지면서 말했다. "뭐, 조금은 신경 쓰도록 할게. 사람들이 좋아해줄 정도까지는 바라지도 않지만 그래도 무능하다고 듣는 건 견딜 수 없으니까."

시원스럽다고 말해도 좋을 만큼 관록이 있는 한마디였다. 나는 그녀를 걱정하는 대신 그저 정중하게 말했다.

"무적처럼 보이던 선생님도 잘 못하는 분야가 있다는 걸 알게 되어서 어느 정도 안심입니다."

"못하는 분야?"

"'양심'이라는 분야입니다."

오바타 선생이 한쪽 눈썹을 움찔거렸다.

"의학도 논리도 선생님과는 멀지 않은 곳에 있지만, 이 분야만큼은 아직 제 쪽이 더 유리한 것 같네요."

"말 잘하는데?"

여유 있는 웃음에 희미한 쓴웃음이 섞여 있었다.

"막 말하는 김에 덧붙이자면 도무라 부장하고는 빨리 화해해두는 편이 좋을 것 같습니다. 응급실에서 일을 효율적으로 수행할 수 있고 나아가서는 논문 집필에 충당되는 시간을 확보하기 위해서, 그것이 제일 논리적이고 효과적인 방법이라고 생각합니다."

"그거 알아, 구리하라 군? 머리 회전이 빠른 후배는 가끔가다 부아를 치밀게 한다는 거."

"제가 겨냥한 대로 결과가 나와서 기쁠 따름입니다."

안타깝다는 표정으로 대답하자, 이번에야말로 오바타 선생이 나지막하게 웃었다. 꾸밈 하나 없는 그냥 자연스러운 웃음소리였다.

췌두 십이지장 절제술.

이것이 시마우치 씨에게 필요한 수술 방식이다.

췌장뿐 아니라 위의 절반과 십이지장, 담관, 담낭을 광범위에 걸쳐 절제한 후 원래의 제 기능을 할 수 있도록 돌려놓지 않으면 안 된다. 소화기외과 수술 중에서도 가장 큰 기술이 필요한 수술 중 하나이다.

"결국 진단은 역시 암이라는 건가요?"

시마우치 노인의 온화한 목소리가 회의실에 울렸다.

나는 CT 촬영 화면에서 노인에게 시선을 돌리고 조용하면서도 확실하게 끄덕였다.

"진단은 췌장암입니다. 그렇지만 현재 상태라면 잘라낼 수 있는 가능성이 있는 암입니다."

"그러니까 이 늙은이에게 수술을 하라는 말씀이시군요."

시마우치 노인은 하얀 눈썹 밑의 눈을 흐리게 뜬 채로 생각에 잠겨 있었다.

그 옆에는 손자인 겐지 청년이 알기 어려운 표정을 한 채, 그저 침묵하고 있다.

만일을 위해 이 이야기를 하기 전에 청년에게는 먼저 할아버지의 병 상태를 알려주었다.

'췌장암'이라고 말한 순간 겐지 청년의 반응은 확실히 애처로워 보였다.

그렇지 않아도 하얗던 얼굴에 핏기가 사라졌고, 그대로 쓰러져버리는 것은 아닐까 걱정될 정도였다. 애써 다부진 태도로 이야기를 듣고 있었지만 수술에 관해 설명했을 때는 떨리는 목소리를 애써 다잡으며 확실한 어조로 물었다.

"그렇게 큰 수술을 할아버지가 버틸 수 있는 겁니까?"

조금은 다급한 어조였지만 진지하게 한마디 한마디를

말하기 시작했다.

"여러 가지로 생각해주시는 선생님의 마음은 너무 기쁘고 감사하지만요. 모 아니면 도일지도 모를 수술이라면 저는 반대할래요. 할아버지가 저렇게라도 살아 있기만 하다면 저는 그게 더 소중하고 귀한 시간이니까요. 제 말이 틀린가요?"

"그렇지는 않습니다. 하지만……."

될 수 있는 한 담담한 어조를 유지하면서 나는 냉정한 말을 제시했다.

"췌장암은 방치하면, 평균 수명은 길어야 6개월입니다."

"반년……."

손자의 말문이 막힌 듯했다.

"저도 정확한 답을 알고 있지는 않습니다. 수술을 해야 하는 것인지 아닌지, 정말 어려운 판단입니다. 하지만 그렇기 때문에 본인에게 충분히 모든 것을 설명하고 함께 생각할 시간을 드려야 한다고 생각합니다."

당사자에게는 아무것도 말하지 않고 지켜봐준다는 청년의 선택지를 부정하는 것은 아니다. 실제로 고심 끝에 그렇게 하는 사례도 있다. 하지만 이번 경우는 그래서는 안 된다.

나는 해야 할 말의 단어들을 고르면서 신중히 말을 이어나갔다.

"적어도 이 중대한 결단의 책임을 당신 혼자서 짊어질 필요는 없다고 생각합니다."

겐지 청년은 당혹스러운 표정으로 쳐다보았다.

"힘든 책임이야말로 할아버지와 둘이서 짊어져야 하지 않겠습니까?"

기분 탓인지 청년의 볼에 있던 긴장이 조금은 풀어진 것처럼 보였다.

얼마 동안 청년은 고개를 조용히 끄덕이고 있었다.

"수술은 하지 말고 약으로 치료하면 안 되는 건가요, 선생님?"

노인은 조금도 평정심을 잃지 않은 목소리로 물었다.

역시 산전수전을 겪어보았던 인물이라서일까? 시마우치 노인은 겉으로 보기에는 암이라는 이 무서운 한 글자에 대해서 조금의 동요도 보여주지 않았다.

"췌장암에 관한 화학적인 치료법의 유효율은 높지가 않습니다. 항암제를 투여하는 사이에 수술조차 되지 않을 정도로 병세가 심각하게 진행될 가능성이 있습니다."

"결국 수술한다고 하면 지금밖에는 기회가 없다는 얘기입니까?"

나는 조용히 끄덕였다.

옆에 있던 겐지 청년은 무언가를 참고 있는 듯이 창백한 얼굴로 할아버지의 옆얼굴만 집중해서 쳐다보고 있었다.

"수술을 하지 않으면 얼마 못 산다……. 수술을 한다고 해도 수술 나름이라 더 위험해질지도 모른다……." 노인은 가볍게 눈을 감은 채 불경을 외듯 중얼중얼 말했다. "이거 어지간하게 어려운 문제네요, 선생님."

잠시 침묵이 흐른 후 눈을 뜬 노인은 어렴풋이 웃으며 말했다.

"조금만 생각할 시간을 주실 수 있을까요?"

부드러운 목소리였고 나는 끄덕이기만 했다.

정답은 없다.

그것이 의료의 어려운 점이기도 하다.

82세의 노인에게 대수술을 진행하는 것이 과연 좋은 결과로 이어질 것인가, 아무도 그 정답은 모른다.

결단을 내리는 것은 인간이다. 그 뒷일은 신의 영역일 뿐이다. 하지만 신에게 맡기기 전에 할 수 있는 것을 다 해두어야 하는 것이 의사의 영역일 것이다.

나는 정리되지 않은 이 생각들로 한숨을 쉬면서 자판기 버튼을 눌렀다. 우당탕탕 하고 생각지도 못한 시끄러운 소리에 깜짝 놀라 괜히 주위를 둘러보니 심야의 병원 복도에는 아무도 없었다. 설사 누가 있다 하더라도 내가 뭐 나쁜 짓을 한 것도 아니었다. 그저 나의 온 신경이 지치고 예민해져 있는 것뿐이다.

나는 한 번 더 한숨을 쉬고 나서 캔 커피를 집은 후 옆에 있던 의자에 앉았다.

시마우치 노인에게 병세를 설명한 뒤 끝이 없는 병동 회진과 카르테의 기록을 끝내고 보니, 어느덧 이런 시간이 되었다. 슬슬 내일이 올 무렵이었다. 더없이 조용한 복도에는 창문에서 찔러 넣은 창백한 달빛이 규칙적인 기하학 무늬를 새기며 추상화 같은 세계를 그려내고 있다.

'이지(理智)에 치우치면 모가 난다. 감정에 말려들면 낙오하게 된다……'

가슴속에 이유 없이 한 문장이 떠올랐다.

밤에 쌓인 피로와 공허함을 달래주는 것은 맛있지도 않은 이 캔 커피가 아니라 『풀베개』의 유명한 한 구절이었다.

이치를 따져도 보고 정에 치우쳐도 보고 나의 의지를 끝까지 주장해보아도 '아무튼 인간 세상은 살기 어렵다'.

그렇게 적은 소세키 선생님도 결국 이 살기 힘든 인간의 세상을 묵묵히 걸어간 나그네 중 한 사람이었다. 메이지 시대의 대문호조차 착실한 노력을 아끼지 않았으니 신슈에 있는 일개 내과 의사가 우는소리나 늘어놓고 있을 수만은 없었다.

나는 있는지 없는지도 알 수 없는 기력을 북돋으며 남은 캔 커피를 다 비우고 일어섰다.

달빛이 그린 기하학 문양을 밟으며 돌다리를 건너가듯 복도를 빠져나가면 불이 꺼진 외래 홀이 나온다. 거기서부터 의국으로 향하는 계단으로 올라가려다 갑자기 발을 멈추었다. 등 뒤로 희미하게 인기척을 느꼈기 때문이다.

돌아보니 낮 동안의 시끌벅적함이 거짓말처럼 고요함으로 돌아간 외래 홀이 펼쳐져 있었다. 통유리로 된 뻥 뚫린 천장에서 달빛이 쏟아져, 홀 전체가 맑은 수조같이 파란빛으로 가득 차 있었다.

나는 눈을 가늘게 떠보았다.

가지런하게 늘어선 외래 소파의 한편에 지팡이에 턱을 받친 채 조금도 움직이지 않고 창밖의 밤하늘을 올려다보고 있는 작은 그림자가 있었다. 가지런하게 2열로 줄 세워진 소파와 내려오는 달빛, 그리고 한편에 지팡이를 짚은 채 미동도 하지 않는 노인. 그 구도는 꼭 어딘가의 교회 안에서 기도를 올리는 경건한 신도를 떠올리게 할 만큼 엄숙함이 있었다.

조용히 한 걸음을 내디딘 순간, 생각지도 못하게 큰 구두굽 소리가 홀에 울렸다.

노인이 저쪽에서 천천히 고개를 움직여 돌아본다.

"아, 선생님이셨어요?"

깊이가 있는 목소리와 함께 미소를 지은 사람은 예상한 대로 시마우치 노인이었다.

"이 늦은 시간까지 수고가 많으시네요."

부드러운 음성이 가상의 교회에 울려 퍼졌다.

"잠이 잘 안 오시나요?"

"아니, 그냥 어울리지도 않게 달밤에 이끌려서 나와본 것뿐입니다." 노인이 천천히 유리 저편에 있는 밤하늘로 시선을 되돌린다. "유별나게 목숨이 아까워서 잠들지 못하는 것은 아닙니다. 솔직하게 말씀드리면 이 나이가 되니 조금이라도 더 살고자 하는 마음도 별로 안 생기는군요."

노인이 조심스럽게 옆에 앉는 나에게 어렴풋이 미소를 띠며 말을 이어나갔다.

"더군다나 조직폭력배의 인생을 걸어오며 타인에게도 민폐만 끼쳐온 몸입니다. 지금은 그저 주변 사람들을 위한 제일 좋은 선택은 무엇일까를 생각하고 있었습니다."

"제일 좋은 선택요?"

"조금 더 사는 걸로 삶이 원만해진다면 그걸로도 좋고, 빨리 죽는 편이 민폐를 끼치지 않는 것이라면 그것도 또 좋고. 뭐 그렇다는 말입니다."

노인은 시원스레 그런 말을 건넸다.

나의 가슴속으로 들어온 것은 당혹감이란 감정이었다. 놀라움이라고 해도 좋겠다.

시마우치 노인은 걱정하고 있었다.

하지만 살아가기 위해서 어떻게 할 것인가가 아닌, 살아야 할지 죽어야 할지를 고민하고 있었던 것이다. 수술하는 편이 살릴 수 있는 것인지, 하지 않는 편이 살릴 수 있는 것인지를 고민하고 있던 나의 생각 속에서 노인은 처음부터 울타리 밖에 있었던 것이다.

"단지 마음에 걸리는 건 손주뿐입니다."

나의 당혹스러운 감정을 알아차린 모습도 없었고, 노인은 쓴웃음과 탄식을 섞어 내뱉었다.

"좀처럼 할배랑 떨어져 있질 못하는 손주였어요. 선생님한테도 꽤나 민폐를 끼치고 있죠?"

불의의 기습이었다. 약간은 허둥대는 모습을 어딘가 재미있어하며 보고 있는 노인에게 나는 당황하며 대답했다.

"민폐 될 일 없었습니다. 오히려 요즘 좀처럼 볼 수 없는 애정이 가득한 손주분의 마음 씀씀이가 의료만 앞세웠던 저를 크게 반성하게 하고 있습니다."

"걘 착한 아이예요." 노인이 미소 지으며 말했다. "부모가 빨리 죽어버려서……. 당시에는 나도 험악한 생활을 하고 있었지만 그 아이를 키우려고 한 번에 모든 것을 털어버리고 손을 씻었죠. 덕분에 지금은 이렇게 쓸데도 없는 노인을 부모 이상의 부모로서 소중히 대해주고 있습니다. 그런 사랑스러운 손주를 위해서라도 당분간은 더 살고 싶다고 생각을 하면서도……. 그 녀석도 벌써 스무 살을 넘겼으니 할배가 떠나주지 않으면 안 되는 건가 싶기도 하고 말이죠."

뜻밖의 얘기를 하는 노인의 옆모습에 파란빛이 비치고 있다. 세상에는 여러 형태의 가족이 있다.

병원에 고령자를 맡기고 제대로 문병조차 오지 않는 가족도 있다. 그렇게라도 얼굴을 가끔 비치는 쪽은 아직 나은 편이고 퇴원 이야기를 하려고 하면 연락조차 되지 않는 일도 드물지 않다.

그런 사람들에 비하면 시마우치 가족의 할아버지와 손자의 관계는 약간은 묘한 느낌은 있지만 서로 사랑할 수밖에 없는 사이라고 해도 좋을 것 같다.

"살아갈 노력을 해보셔도 좋은 것 아닌가요?"

거의 무의식중에 흘러나온 나의 말에 시마우치 노인이 돌아보았다.

"손자분을 생각하신다면 살아가기 위한 길을 선택하셔

야죠. 그 여정이 험난하더라도 아니, 험난하면 험난할수록 환자분이 그 길을 선택했다는 사실이 언젠가는 손자분에게 큰 자극이 되지 않을까 생각합니다."

노인은 작은 눈을 크게 뜨고 나를 쳐다보았다.

머지않아 찾아온 침묵 속에서 뼈가 앙상한 볼에 손을 가져다 대고 무언가 깊이 생각을 한다.

"선생님은 남들과는 좀 다른 분이시군요."

노인의 말에 돌아보니, 눈가에는 다정한 미소가 떠올라 있었다.

"신경질적인 얼굴을 하고선 늘 심각한 표정만 짓고 있는 사람이라고 생각했는데 이런 뭣도 아닌 쓸데없는 노인에게 가족처럼 다가와주기도 하고."

"저에게 중요한 것은 시마우치 씨가 어떤 노인이냐가 아니라 시마우치 씨의 병세가 나을 수 있을까의 여부입니다. 당연한 것이겠지만요." 나는 잠깐 말을 끊고 나서 다시 입을 열었다. "등 뒤에 용이 있든 없든, 췌장암의 치료 방법은 바뀌지 않습니다."

일단 내뱉은 나의 한마디는 머리를 굴려본 것치곤 너무나 진부한 말이었다.

여전히 나는 이렇게…… 가장 중요하고 필요할 때, 센스 있는 말이 나와주지 않는다. 속으로 실망하며 한숨을 쉬던

순간, 갑자기 옆에 있던 노인의 마른 어깨가 찔끔찔끔 위아래로 흔들렸다. '뭐지?' 하고 생각했을 때 이미 시마우치 노인이 참다못한 것처럼 웃음을 내뿜었다.

"너는…… 아! 미안합니다. 선생님은 정말로 유쾌한 분이네."

"불쾌하다고 듣는 것보다는 유쾌한 쪽이 더 좋긴 합니다만, 그렇다고 해도……."

"아니, 오해하지 말고…… 재미있어하고 있는 건 아니니까. 참을 수 없이 기뻤던 겁니다."

"기뻐요?"

"그래요, 기쁩니다."

조금 더 창백함이 늘어난 달빛 아래에서 노인은 묘할 만큼 유쾌하게 웃고 있었다.

"등 뒤에 용이 있어도 치료는 바뀌지 않습니까? 그렇군. 이건 정말로……."

말을 끊고 "와하하하" 하고 웃음소리를 내지르고 있다. 그 목소리가 사라져간 후에는 어느새 눈앞에 학처럼 얇은 손이 내밀어져 있었다.

"수술을 부탁드려도 될까요, 선생님?" 힘이 있는 목소리였다. "조금 더 힘내볼까 하는 마음이 들었습니다. 노인의 제멋대로인 이런 부탁에 힘을 좀 빌려주시겠습니까, 구리하라 선생님?"

투명한 눈이 나를 바라보고 있었다.

노인의 눈이라고 하기보다는 소년의 눈동자였다. 적어도 여기 병원에서 인생의 무대를 끝내고 퇴장하려는 병자의 눈은 아니었다. 그의 마른 손을 잡자 맞잡은 그 손에 다시 강한 힘이 들어갔다.

"내일 외과에 소개하겠습니다."

나도 또 한 번 힘을 넣어 대답했다.

지로가 너무나 바쁘다.

원래가 바쁜 남자인 데다가 급하게 이동이 정해지고 나서 한층 더 바빠졌다. 입원 환자의 수속은 물론이며 외래의 통원 환자들에게까지 순차 설명을 해야 하기 때문이다. 해가 지나고 4월 이후에는 그를 대신해서 의사가 파견된다고는 하나, 1월부터 3월까지는 외래 담당 의사가 한 명 줄어든 상태로 유지된다. 내과에 비하면 풍부한 인재가 갖추어진 외과이긴 하지만, 몸집과 체력과 일의 양이 다른 사람보다 훨씬 뛰어난 지로가 떠나고 난 후의 영향력은 아마 무시할 수 없을 것이다.

"82세의 췌장암 환자 있잖아, 이치토."

밤이 된 의국에서 여느 때처럼 두통을 일으킬 만한 큰

목소리가 울려왔다.

혀를 쯧 차면서 전자 카르테에서 얼굴을 들고 쳐다보니, 그의 목소리가 조금은 약해졌다. 양손으로 큰 박스를 안고 있는 사복 차림의 지로가 구석에서 나타난 것이다.

"이사 채비하는 중이야. 4년 치 짐을 정리해야 해."

낑낑거리며 발밑으로 상자를 내리고는 이마의 땀을 닦았다.

통로 한구석에는 이미 옮겨놓은 대여섯 개의 박스가 아무렇게나 막 쌓여 있었다. 그 옆에서 목에 건 수건으로 땀을 닦고 있는 모습은 젊은 대장 목수의 느낌이 나기도 하면서 묘하게 그림 같았다. 적어도 하얀 가운을 입고 병원 안을 돌아다니고 있는 것보다는 이쪽이 훨씬 자연스러운 그림이다.

"학회지라든지 서류가 산처럼 쌓여 있어서 말이야. 옮기는 것만으로도 큰일이야."

"외과 정보는 정말 빠르네. 시마우치 씨를 외래에 소개한 게 오늘 일인데."

"PD(췌두 십이지장 절제술) 자체가 원래부터 그렇게 건수가 많은 건 아니니까. 그 정도로 큰 수술이면 수술 자체가 병원 외과 의사들의 실력을 검증할 수 있는 하나의 지표도 되지. 말하자면 뭐 외과의 간판 의사가 된다거나?"

그는 방금 내린 박스를 다시 안아서 옆의 상자 더미에 쌓아 올렸다.

"수술실도 미리 잡아놓아야 해. 거기도 나름대로 준비가 필요하니까. 더군다나 환자는 82세라면서?"

"고령이긴 한데 아직도 정정한 사람이야."

"그렇다고 하더라. 등 뒤에 용 문신이 있다고 들었는데 위험한 사람이야?"

"다 옛날얘기래. 만나면 알겠지만 오히려 산신령 같은 분위기가 나는 사람이야."

"으응?"

웃으며 소파에 앉은 지로는 이상하게 불안해 보이는 모습이었다.

"뭐야, 미즈나시 씨한테 차이기라도 했어?"

별반 의미도 없이 던진 농담인데 지로의 반응이 평소와는 조금 다르다. 잠깐 생각을 하는 듯하더니 심각한 얼굴을 하며 대답했다.

"시마우치 씨 PD를 내가 집도하게 되었어……."

나는 카르테를 입력하던 손을 멈추었다.

머릿속으로 방금 들은 그 말을 두 번 되풀이하고 나서 다시 거한을 쳐다보았다.

"혼조를 나가기 위한 졸업 시험이래. 아까 아마리 선생님한테 연락이 왔어. 혼조병원에서 소화기외과 의사로서 그동안 해왔던 것들을 성과로 보여주라고."

아마리 선생님은 외과 부장 선생님의 이름이다.

지로와 막상막하일 정도로 검게 탄 피부에 딴딴한 체격을 가진 선생님이다. 말수는 별로 없다. 가끔 병원 뒤편에서 담배를 피우고 있는 모습을 볼 때가 있는데, 관록이 있는 묵직하며 당당한 모습은 전쟁터에 나가기 전의 용사 같은 느낌도 있다.

능글거리면서 유유하게 요술을 부리는 왕너구리 선생님과는 대조적이기도 하다. 하지만 의료에 관한 흔들림 없는 행동은 두 분 다 동질의 무언가가 있다.

"……네가 PD를 하는 거야?"

"그런 불안한 표정 하지 마. 이번 수술은 나도 엄청 긴장하고 있단 말이야."

그랬다. 그러고 보니 지로의 행동이 평소와 달리 어색했다.

경박함을 단세포로 감싸서 오븐에 넣고 구운 다음 딸랑이 출랑이 시럽을 뿌려 극강의 단맛을 내는 디저트 같은 이 남자가 진심으로 쓰디쓴 긴장감을 표출하고 있었다.

"82세는 확실히 고령이긴 하지만 심장 기능도 그렇고 폐 기능도 양호해. 술은 좀 마시긴 했던 것 같은데 지금은 확실하게 금주도 하고 있고. 마른 체형이기도 하니, 일단은 해보라면서."

평소보다는 어느 정도 빨라진 말투로 줄줄 말하던 지로가 벌떡 일어서더니 바로 뒤의 탕비실에서 커피를 만들기 시작했다.

컵에 넣고 있는 건 대량의 커피 분말과 설탕. 결국 항상 만들던 것과 변함 없는 스나야마 블렌드이다. 그런데 보통은 거절해도 내 몫까지 만들던 남자가 오늘은 한 잔만 가지고 돌아왔다.

"복부외과 의사한테는 등용문이나 마찬가지니까. 언젠가는 이날이 올 거라고 생각하고 있긴 했는데 이렇게 빨리하게 될 줄은 몰랐어. 크리스마스이브가 수술 날이야."

"미즈나시 씨랑 데이트는 물 건너갔네."

나는 이 한마디만 던지고 아무 말도 하지 않았다.

친구에게 이 일은 하나의 시련인 것이다.

내과 의사인 나에게는 상상이 되질 않지만 지로의 누렇게 뜬 얼굴을 보면 확실했다. 시끄럽게 책상 정리를 하고 있었던 건 의외로 기분을 달래기 위한 몸짓이었을지도 모른다.

조용히 바라보는 내 시선을 느꼈는지 지로가 곤란하다는 표정으로 말했다.

"그렇게 걱정스러운 얼굴로 쳐다보지 말라고."

"걱정 같은 거 안 하는데?"

내가 망설임 없이 대답하자 지로가 오히려 당황스러운 얼굴을 했다.

"아마리 선생님이 너한테 맡기겠다고 말했으면 그냥 맡으면 되는 거야. 코딱지만큼도 불안하거나 그러지 않아. 너는 확실하게 암을 잘라내고 100세까지 살 수 있도록 해 주면 되는 거야."

"응!"

지로는 고개를 크게 끄덕거렸다.

나는 전자 카르테로 시선을 돌리면서 등 뒤의 움직임이 묘하게 희박해지는 걸 느꼈다. 조심스럽게 뒤를 돌아보았다.

지로는 소파에 앉은 채로 눈앞에 있는 책상에 시선을 고정한 채, 가만히 생각에 잠겨 있었다. 머릿속으로 이미 췌두 십이지장 절제술을 시작하고 있는 것일지도 모르겠다.

'잘 부탁드립니다.'

이 한마디를 건넨 후, 메스를 들고 복부 정중앙을 연다. 칼을 대자 이번에는 전기메스로 바꾸어 피하지방, 근육, 복막의 순서로 움직이자 복강이 보인다. 물론 진짜는 거기서부터이다.

지로는 컵을 한 손에 든 채로 침묵하고 있었고 머릿속에 그려진 수술 순서를 하나씩 진행시키고 있었다. 나는 옛 친구의 머릿속에서 펼쳐지고 있는 수술을 중단시키지 않기 위해 슬쩍 일어났다.

지로는 눈의 깜빡거림도 잊은 듯이 미동조차 하지 않고 있었다.

최고 온도가 영하로 떨어지는 날이 계속되고 있다.

한밤중에는 혹독할 만큼 기온이 뚝 떨어지지만 낮에는 비교적 기온이 올라가는 마쓰모토에서 이렇게까지 추운 날이 계속되는 건 자주 있는 일이 아니다.

한낮에 해가 쨍쨍 비추고 있는데도 기온은 영하 2도, 3도 정도이다. 거리에 쌓인 눈은 햇볕이 내리쬐는데도 반짝반짝 빛나기만 할 뿐, 녹을 생각이 전혀 없어 보인다. 밟혀서 딱딱해진 눈은 그대로 얼음이 되고 그 반복에 의해 두꺼워진다. 그 얼음이 태양을 반사시키며 한층 더 눈부심을 더해갈 뿐이다.

그럼에도 영하 10도를 밑도는 이른 아침이나 한밤중에 비하면 한낮의 영하 2도 정도는 고마울 정도이다. 적어도 그때는 '추위'라고 말할 수 있는 감각이 존재한다. 마이너스의 숫자가 두 자릿수로 가면 감각은 추위가 아닌 '아픔'

으로 바뀌니, 춥다고 생각할 수 있는 것은 고마운 일이다.

그런 극강의 추위 속에서 혼조병원 앞에 서 있는 택시를 타고 마쓰모토시의 서쪽 교외에 있는 '이누이 진료소'로 향했다.

한 달에 한 번이나 두 번 정도 위내시경을 도와주기 위해 외출하는 것도 나의 업무 중 하나이다. 혼조병원에서 겪는 살벌하게 바쁜 업무를 생각해보면, 무엇보다 편안한 공기가 떠다니는 이곳 진료소에서의 검사는 가끔 기분 전환을 시켜주는 통로가 되기도 한다.

"오오! 오랜만이야, 구리 짱."

예약한 위내시경을 끝내고 지켜보고 있었을 때 그런 큰 목소리로 마중을 나와준 사람은 원장인 이누이 선생님이다. 송충이같이 두꺼운 눈썹에 담배를 문 강렬한 외모를 가진 분이다.

원래 혼조병원의 외과 부장이었던 선생님으로, 내과 부장인 왕너구리 선생님과 이인삼각으로 아수라장인 혼조병원을 지탱해주시던 영향력 있는 분이다. 왕너구리 선생님의 면전에 대고 '내과의 왕너구리'라고 부를 수 있는 유일한 인물이며, 그 왕너구리 선생님한테는 '외과의 하마 영감'이라는 별명으로 불리고 있다.

부원장 자리까지 올라갔지만 갑자기 외과 부장 자리를

후배인 아마리 선생님에게 양보하고 이 진료소로 자리를 옮긴 건, 겨우 2년 전의 일이다.

"어때, 커피라도 좀 마실래?"

두꺼운 팔로 손짓하며 구석 원장실로 부르고 있었다.

"오늘 스나야마가 PD 하는 날이지?"

하마 선생님은 먼저 일어나 걸어가면서 큰 목소리로 말했다.

"소문이 참 빠르네요."

"얼마 전에 아마리 영감이랑 통화하면서 들었어. 스나짱이 대학으로 돌아가기 전에 큰일을 하나 맡겼다고. 근데 6년차에 PD를 하는 건 너무 빠르지 않느냐고 묻더라고."

아마리 선생님은 용사 같은 멋이 느껴지기는 하지만 절대로 저돌적인 인물은 아니다. 오히려 신중에 신중을 기하는 사람이다. 고민이 있을 때마다 혼자서 기를 쓰지 않고 바로 하마 선생님과 논의하는 것은 예전부터 변하지 않은 모습이었다.

"그래서 뭐라고 대답하셨어요?"

"몰라."

"예?"

"몰라, 라고 했다고. 우하하하." 하마 선생님은 큰 소리로 웃으면서 말을 이었다. "스나야마가 레지던트 시절일 때 충수염 수술을 하면서 만난 것 말고는 아무것도 못 봤으니까. 지금 솜씨는 본 적도 없는데 당연히 '그런 거 몰라'라고 말해버렸지."

좀 특이한 사람이긴 하다. 그렇긴 해도 목소리에는 따뜻함이 담겨 있다.

그때 하마 선생님이 어깨 너머로 돌아보며 말했다.

"근데 나도 그렇고 너도 그렇고 레지던트였을 때 위 절제술을 했네? 그렇게 말했더니 지 맘대로 뭔가 이해한 모양이더라고."

하마 선생님이나 아마리 선생님의 레지던트 시절은 지금과는 시대가 많이 달랐다. 시대는 달랐지만 그 의지와 기개만큼은 다르지 않았을 것이다. 중요한 것은 지도 의사들 중 누구라도 앞에서는 웃음으로, 뒤에서는 차가운 땀을 흘리면서 후배 양성에 힘쓰고 있다는 점이다.

이렇게 말하는 나조차도 왕너구리 선생님께 무수히도 많은 지도와 가르침을 받았고, 그 가르침의 무게는 말로 형용할 수 없을 정도의 중량을 가지고 있다. 이렇게 무겁다고 말하면서도, 그 실제의 무게는 아마도 세월이 지나보지 않으면 실감할 수 없는 것일 테지만 말이다.

"그런데 구리 짱."

갑자기 하마 선생님의 낮은 목소리가 나를 기억의 샘에

서 끌어당겼다.

"내과도 뭔가 큰일이라고 하던데? 너구리가 얼마 전에 말했는데 말이야. 모처럼 데리고 온 여의사가 꽤나 지랄 맞다던데. 의사라고 하는 것들은 아주 이상한 놈들밖에 없어서 감당이 안 된다고 완전 개탄을 하더라고?"

이상한 놈들의 대표 선수에게 그런 말을 듣고 있으니 어처구니가 없는 이야기이다.

씁쓸하게 웃는 표정으로 대답을 대신하고 원장실로 발을 들인 나는 이미 먼저 온 손님이 있었다는 것을 눈치채고 발을 멈추었다. 생각보다 넓은 방 안의 소파에, 키가 큰 여자가 한가롭게 앉아 있었다.

담배를 물고 있던 상대방은 나를 보고도 놀란 기척도 없이 가볍게 어깨를 좁히기만 했다.

나는 살포시 이마에 손을 갖다 대면서 입을 열었다.

"여기서 뭐 하고 계신 거예요, 도무라 씨?"

후우우욱 연기가 올라감과 동시에 그녀가 입을 열었다.

"담배."

극단적인 대답이 돌아왔다.

그 나긋나긋한 목소리에 겹치듯이, 간호사를 향한 하마 선생님의 외침이 등 뒤를 울리고 있다.

"어이, 구리 짱한테 커피 좀 갖다줘!"

"인플루엔자라는 병이 혼조병원이 아닌 곳에서는 전염이 안 되는 바이러스였나 보죠?"

도무라 씨의 맞은편에 앉으면서 바로 빈정거렸다.

빈정거림을 당한 그녀는 얇은 눈썹 한쪽만 움직이고는 다시 연기를 뱉어냈다. 항상 맡던 냄새와 달랐던 것은 필립모리스가 아닌 하마 선생님의 담배를 빌렸기 때문인 것 같다.

"오늘 마침 열이 내려갔어요."

"열이 마침 내려간 목구멍으로 담배를 피우는 것은 숙련된 간호부장답지 못한 경솔한 처치인 것 같네요."

"한 번 더 목을 아프게 해서 출근을 미루려고요."

"응급실 간호사들은 도무라 씨의 복귀를 마음속 깊이 기다리고 있습니다만."

약간 음성을 낮추고 눈썹을 움직이자 이번에는 그녀가 경박했던 말장난을 수습하기 시작했다.

"농담이에요. 선생님이 그렇게 무서운 얼굴을 하면 안 어울리니까 하지 마요."

"그래. 도무라 말이 맞아, 구리 짱. 그렇게 무서운 얼굴 하지 마."

하마 선생님도 담배에 불을 붙이면서 소파 옆 의자에 털썩 앉았다. 하마 선생님에게 한 소리를 들었으니 축 늘어진 이 무거운 공기도 다시 정리해야만 한다. 하지만 그냥 넘어갈 수만은 없었다.

"왜 도무라 씨가 여기 있습니까?"

"비상 대피." 대답은 하마 선생님이 했다. "도무라와는 아주 옛날부터 혼조에서 같이 근무한 사이잖아. 지쳤거나 피곤할 때는 가끔 이렇게 기분 전환하러 오고 얼굴을 비치고 그러는 거지."

선생님의 말을 듣고 나니 새삼스레 이해가 갔다.

하마 선생님도 도무라 씨도 내가 의대생이 되기 전부터 혼조병원에서 일해온 인물들이다. 지금은 직장이 다 따로따로가 되어버렸지만 함께 일했던 기간은 거의 20년 가까이 된다.

"거기다가 이누이 선생님이 처음 진료소를 열었을 때 내 옛날 동료나 선배들을 다 데리고 나가버려서 나한테는 여기가 더 편안한 장소일 정도예요."

"뭐, 그 덕분에 혼조에 남아 있는 고참 패거리들이 여기를 대피소라고 부르기도 하지."

진료소가 대피소라니 기막힌 조합이다.

"요즘엔 도무라 말고도 이놈 저놈 많이 오고 있어."

"참고로 저는 별로 좋아서 온 것은 아닌데 말이에요."

"그렇게 째려보지 않아도 되잖아. 그러니까 진료소 열

때 너도 같이 오라고 말했잖아. 혼조에서 삥삥이 치는 것보다 일도 편하다고."

"저는 편하자고 간호사가 된 게 아니에요."

도무라 씨가 연기를 뱉으며 짧아진 담배를 재떨이에 비비고 있다. 그 손이 곧바로 옆에 있던 담배 상자를 집어 들었지만 그쪽은 어느새 비어 있었다.

"오! 오늘은 또 줄담배를 피우네? 모처럼이니까 나가서 사다주겠어."

그의 말에 냉담한 도무라 씨도 놀라서 당황했지만 하마 선생님은 쉰 목소리로 갈갈거리고 웃으면서 나가버렸다. 원장실에 남은 것은 담배 연기와 묘한 침묵뿐이었다.

"의외로⋯⋯." 내가 서서히 입을 열었다. "사랑받고 있네요, 도무라 씨."

"의외라니, 불필요한 단어 붙이지 마요."

그녀가 가볍게 한숨을 쉬면서 탁자 위의 머그잔을 손에 들었다.

"혹시나 해서 말해두겠는데, 인플루엔자는 진짜였고 오늘 아침에 열이 내린 것도 진짜예요. 요즘 정말로 바빴잖아요. 그래서 면역력이 떨어졌는지⋯⋯. 내일은 복귀할 겁니다."

"다행이네요. 도무라 부장님이 없는 응급실에서 일하는

건 한쪽 눈을 감고 내시경을 하라고 하는 말이랑 똑같으니까요."

"뭐예요, 그게?"

"하라고 하면 못 하는 것은 아니겠지만 피곤한 나머지 실수를 하기가 쉽죠. 즉 그런 짓은 안 하는 것이 좋다, 뭐 그런 말입니다."

그녀가 어렴풋이 웃고 있다.

"그리고 도무라 씨가 없으면 응급실 분위기가 안 좋아요. 정말로⋯⋯."

"그건 어쩔 수 없죠. 간호부장이랑 당직 의사가 정면으로 충돌한 뒤였는데 뭐. 지금 다시 생각해도 화가 치밀어오르네요."

'간호사는 의사가 하는 판단에는 좀 끼어들지 말아주실래요?'

오바타 선생의 폭언이 떠올랐다.

"오바타 선생님의 발언은 도를 지나쳤어요. 도무라 씨가 화내지 않았으면, 다른 간호사들도 수습이 안 되었을 거예요."

"오바타 선생한테 화난 게 아니에요." 도무라 씨가 잔으로 시선을 떨어뜨렸다. "그 정도의 일 가지고 진심으로 화가 난 나 자신한테 분노했던 거죠."

의외의 대답에 나는 입을 닫고 그녀를 다시 쳐다보았다.

"선생님들은 선생님들 나름의 여러 가지 사정이 있잖아요. 그걸 전부 통틀어서 현장을 도는 게 간호부장의 일이고. 그런 걸 알고 있으면서도 오바타 선생님의 발언에 진심으로 화가 났던 내 자신한테 화가 나요."

그녀가 한 번 더 크게 한숨을 쉬고 말했다.

"결국, 나 자신의 미숙함에 실망했어요."

지나치게 엄격한 자기평가였지만 그렇기에 지금의 도무라 씨가 있는 것이다. 내가 감히 경박한 평가를 덧붙일 계제가 아니었다.

"아아, 내가 의사가 되었더라면 이런 일로 신경 쓸 일도 없었을 텐데……."

아무렇지 않게 던진 투정에 나는 오히려 놀라버렸다.

"도무라 씨, 의사가 되려고 했어요?"

"고등학생 때는 그랬죠. 의대에 들어가기에는 영어랑 수학이랑 국어, 사회 점수가 조금 부족해서 말예요."

"혹시나 해서 여쭙겠는데 부족하지 않았던 과목은 뭔지 알고 싶습니다만."

"자신감."

그녀는 화끈하게 대답하더니 연기가 올라간 천장을 올려다보았다. 능숙하게 잘 얼버무린 것 같아서 더 이상 말은 하지 않았지만 갑자기 마음에 짚이는 것이 하나 생겼다. 도무라 씨와 오바타 선생이 거의 같은 나이대의 여자 동료라는 것이다.

연령, 성별이 거의 같으면서도 의사와 간호사의 입장은 전혀 다르다. 예전부터 도무라 씨가 의사가 되고 싶어 했다면, 도무라 씨의 눈에 비치는 오바타 선생의 모습은 또 다른 의미를 갖고 있을 수도 있다.

"뭐 우물쭈물거리면서 걱정하고 있는 것도 나다운 건 아니니까. 육근청정(六根淸淨, 진리를 깨달아 욕심과 집착이 없어지고 눈, 귀, 코, 혀, 몸, 생각의 여섯 기관이 깨끗해지는 일 - 옮긴이)! 육근청정!"

당당하게 염불 따위를 외치면서 도무라 씨가 커피를 마시고 있다. 그런 모습을 응시하고 있는 내 가슴속에는 다른 생각이 들어 있었다.

도무라 씨가 의사가 되었다면 그 나름대로 임상 현장에 큰 존재감을 나타냈을 것이다. 하지만 도무라 씨가 응급실 부장으로 있기 때문에 지금의 극악무도한 현장 속에서 많은 사람들이 그녀를 따라 움직여주고 있는 것도 사실이다. 무엇보다, 그리고 누구보다 바로 내가 그렇다. 자연스럽게 발생하는 감사와 사과의 마음들은 굳이 말로 꺼내기 어려울 때가 있다.

나는 그저 조용히 감사를 담아 덧붙였다.

"빨리 돌아와주세요. 계속 한쪽 눈으로 내시경을 하는 건 너무 힘들어요."

그녀가 힐끗 한 번 쳐다보고는 어렴풋이 미소를 지었다.

잠시 침묵 끝에 갑자기 끼어든 것은 밖에서 들려오는 하마 선생님의 웃음소리였다. 벽을 넘어서까지 들려오는 웃음소리는 문이 열리면서 더 크게 실내까지 덮쳤다.

"도무라, 손님이 오셨어."

하마 선생님이 방금 사 온 필립모리스를 주머니에서 꺼내며 말했다. 나와 도무라 씨가 얼굴을 돌리자 마침 들어와 있던 사람은 키가 큰 중년 남자였다.

"아!"

내가 작게 외쳤다. 그쪽은 그쪽대로 나를 보고 눈을 크게 뜨며 놀랐다.

"이거 이거, 언제 혼조병원 응급실이 여기로 이동한 겁니까?"

마쓰모토다이라 광역 소방서의 고토 대장이었다.

구급대 제복을 입은 모습만 보였던 고토 대장이 오늘은 화려한 노란색 스웨터로 몸을 감싸고 빙긋 웃는 얼굴로 서 있었다. 하마 선생님이 던진 담뱃갑을 손으로 받은 도무라 씨는 허물없는 말투로 그를 맞이했다.

"수고, 고토 씨. 여기 있는 거 잘도 알고 왔네?"

"어젯밤에 응급실에 이송하러 갔는데 병결이라고 하더라고. 그렇다면 뭐 여기밖에 있을 곳이 없지."

"여러 가지로 반론할 게 많은데……."

"근데 설마 환자 끌어당기기의 달인 구리하라 선생님까지 있을 줄은 생각도 못 했어요. 여기까지 바빠지면 곤란한데. 이 혼란에 휘말리지 않으려면 빨리 집에 가야 할 것 같은 기분이 드는데요?"

"저도 반론을 좀 해도 될까요?"

뜻하지 않게 대화에 끼어든 나에게 고토 대장은 유쾌하다는 듯 웃음을 보냈다.

"선생님은 오늘 알바야. 그리고 구급차는 여기까지는 못 쫓아 들어오니까 걱정 없어, 대장님."

"그렇다면 괜찮지만 선생님 얼굴을 보니 사이렌 소리가 들려서 걱정입니다. 직업병인가?"

"그냥 환청이야. 고토 씨도 이제 나이가 있으니까."

"이번엔 내가 반론을 해야 할 차례인가?"

"미안하지만 인플루엔자로 몸 상태가 안 좋아서 잘 안 들려."

꽤나 가벼운 대화가 오가고 있다.

"어이, 고토 군 커피도 부탁해."

하마 선생님이 복도에 대고 큰 소리로 외쳤다.

어느새 원장실에는 하마 선생, 도무라 간호부장, 고토 대장이라는 지역 의료의 최고참들이 탁자를 둘러싸고 앉아 있는 장관이 펼쳐졌다.

"그래서 어떤데? 내과의 오바타라는 여의사는? 왕너구리의 옛 제자였다고 들었는데 도무라를 화나게 할 정도면 어마어마한 사람인가 보네."

"내가 알기론…… 굉장히 사람이 좋은 선생님이에요. 구급차 대응도 나쁘지 않고……. 게다가 미인입니다."

고토 대장이 말을 했다.

"남자들은 진짜로 여자를 보는 눈이 없구나. 눈앞에 이런 미인이 있는데 이상한 여자 의사한테나 눈이 가 있고."

"나는 항상 도무라 편이야. 언제든지 우리 진료소로 옮기면……."

"편하게 일하고 싶은 게 아니라고 말씀드렸을 텐데요, 이누이 선생님?"

도무라 씨가 한 번 째려보았다. 이어서 고토 대장이 온화하게 덧붙였다.

"이누이 선생님, 그런 권유는 곤란합니다. 도무라 씨가 여기로 옮기면 구급차는 갈 곳이 없어지지 않습니까. 혼조의 응급실은 도무라 씨가 꽉 쥐고 있잖아요."

"어머, 고토 씨도 눈치 있는 말을 할 줄 아네."

"고토의 구급차는 언제라도 도무라 부장 쪽으로 향하게 되어 있으니까요."

넉살 좋게 주고받는 말들 사이에서 그저 쓴웃음만 짓고 있던 내가 그대로 그 웃음을 잠시 보류한 것은, 고토 대장의 말 어딘가에 이상한 뜨거움이 섞여 있다는 느낌이 들어서였다.

시선을 돌려보니 도무라 씨는 보기 드물게 얼굴에 당혹스러움을 드러내고 있었다. 그녀에 비해 고토 대장은 온화하게 웃음을 띤 채로 도무라 씨를 바라보고 있었다.

한순간 복잡하기 그지없는 침묵이 지난 후 필립모리스의 연기가 뿜어져 나왔다.

"고토 대장님, 그런 말을 잘도 하네?"

"경박했다면 유감입니다. 업무 쪽이든 사적으로든 진지하자는 게 제 좌우명입니다."

복잡한 얼굴을 하고 있는 도무라 씨와 생글생글 웃고 있는 고토 대장의 사이에서 눈에 보이지 않는 무언가가 왔다 갔다 하는 듯했다.

'고토 씨는 독신이었구나.'

마음속으로 생각하고 있을 때 하마 선생님이 조용히 귓가에 소곤거렸다.

"있잖아, 대피소는 이것저것 다 볼 수가 있어. 히히힛."

웃으면서 하마 선생님은 바로 아무 일도 없다는 듯 담배를 물었다.

나는 일단 침묵한 채로 컵을 기울였다. 컵 안은 비어 있었다. 아무것도 들어 있지 않은 빈 컵을 기울이며 40대인 대장과 곧 40대가 되는 부장을 응시했다.

서른 살의 나는 역시 40대에게는 못 당하겠다. 이런 매력적인 모습의 선배들이 있기 때문에 착실하게 하루하루를 쌓아 올리며 살아가는 보람도 느낄 수 있는 것이다.

'안달하면 안 돼. 그저 소처럼 묵묵하게 앞으로 나아가는 게 중요해.'

그런 명언을 떠올리며 나는 잠시 빈 컵을 기울인 채로, 생글거리는 대장과 담배를 문 부장을 번갈아 쳐다보았다.

이누이 진료소에서 혼조병원으로 돌아간 것은 해가 저물기 시작한 저녁 무렵이었다.

의국으로 돌아와 가운을 들고 곧바로 수술실로 향했다. 시마우치 씨의 경과를 확인하기 위해서였다.

보통은 발을 들이지도 않는 수술실의 접수처로 가서 간호사에게 물어보니 수술은 아직 진행 중이었다. 오후 4시를 넘긴 시간이었으니, 수술이 시작되고 네 시간이 경과되었다는 소리이다.

예정대로인 것인지, 예정보다 길게 끌고 있는 것인지, 무슨 일이라도 있었는지, 아니면 순조로움 그 자체인 건지, 나의 의문은 멈추지 않고 계속 피어올랐다. 하지만 거기까지 물어보기에는 조금 실례되는 것 같다. 잠깐 생각에 잠겨 있던 나는 탈의실에서 수술복으로 갈아입고 적응이 안 되는 수술실에 발을 들였다. 입구 모니터에서 수술실을 확인한 후, 청정한 공기가 가득한 복도를 빠져나와 목적지인 수술실 앞에 도달했다. 금속제 문의 조그마한 창으로 살짝 안을 들여다보니, 지로를 포함한 외과 의사들이 일사불란하게 처치하는 모습이 보였다.

무슨 목적이 있어서 온 것은 아니었다. 그저 발과 마음이 재촉하는 대로 움직였던 것뿐이다.

이 문 너머로는 외과 영역이다. 메스를 들지 않는 내과 의사에게는 매우 무력한 영역이기도 하다.

외과와 내과. 그것은 마차와 바퀴라고 말할 수 있다. 인간의 양발이라고 칭해도 좋다. 오른쪽 다리가 앞으로 나아갈 때 왼쪽 다리가 버텨주는 것과도 같다. 지로가 나아가려 하고 있다면 나는 조용히 머물러 있으면 되는 것이다.

마음에 걸리는 불안과 기대, 그 외의 많은 감정들을 하얀 가운 주머니에 밀어 넣고 나는 다시금 두터운 금속 문을 등지고 나왔다.

다시 옷을 갈아입고 복도에 나오다가 발을 멈추었다. 수술실 앞 벤치에서 정성껏 기도하듯 양손을 모으고 있는 겐지 청년의 모습이 보였기 때문이었다.

"선생님."

망설이는 목소리와 함께 청년은 일어나서 고개 숙여 인사했다. 피로를 숨기고 있는 정직한 눈이 나를 쳐다보고 있었다.

"선생님…… 할아버지는 살 수 있는 거예요?"

대답하기가 곤란한 질문이었지만 나는 오히려 당당하게 대답했다.

"혼조의 외과 의사들은 최고의 팀입니다."

청년은 아무 말도 하지 않고 한 번 더 깊게 머리를 숙였다. 그것뿐이었다.

저녁 6시.

병동 회진을 끝내고 의국으로 돌아온 나는 의국 안을 훑어보고 희미하게 한숨을 쉬었다. 지로를 포함한 외과 의사들의 모습이 어디에도 없었다.

아직 수술이 끝나지 않았나 보다.

"어? 구리 짱. 고생했네."

굵은 목소리의 주인공은 전자 카르테를 보고 있던 왕너구리 선생님이었다. 보통은 회의나 회동 모임으로 한층 더 바쁠 이 시간에 의국에서 진료 카드를 열어보고 있는 모습은 굉장히 보기 드문 일이었다.

그가 오른손에 쥔 먹다 만 빨간 사과 덕에 보기 드문 그 광경이 한층 더 두드러져 보였다. 오바타 선생 덕분에 사과를 통째로 베어 먹는 기이한 풍습이 병원 내에 유행하고 있는 것 같다. 덧붙이자면 어제는 노란색 시나노골드가 나돌고 있었지만 오늘은 다시 빨간색으로 돌아왔다. 사과 한 개에도 꽤나 많은 종류가 있는 것 같다.

"스나야마의 PD는 어떻게 되었어?"

아무렇지 않은 그의 어조 속에 조금의 염려가 포함되어 있었다.

"네 시간 지났을 때 수술실에 가봤는데 아직 끝날 기미가 없었어요. 그 후의 경과는 아직 모르겠지만 그때는 '수술 중'이라고 불이 켜져 있는 상태였습니다."

"그렇구나."

중얼거리면서 왕너구리 선생님은 검지 한 개만으로 전자 카르테를 입력하고 있었다. 나는 조심히 모니터를 엿보고는 놀라고 말았다.

"ICU에 환자가 있어요?"

ICU는 inetensive care unit, 즉 집중 치료실의 약자이다. 심한 중증 환자를 관리하는 중환자실이며, 그만큼 주치의가 갖는 부담도 크다. ICU에 한 명의 환자가 있는 것만으로 그 외 다른 업무가 멈춰버릴 정도로 힘든 경우가 생기기도 한다. 그런 중환자를 왕너구리 선생님이 맡았다는 이야기는 들어본 적이 없었다.

"내 환자가 아니야."

나의 의문을 짐작한 부장 선생님이 모니터상의 주치의 이름을 클릭했다.

"오바타 선생님이에요?"

"뭐야, 구리 짱. 몰랐어? 얼마 전에 오바타가 맡았던 28세 ERCP 환자. ERCP 후 췌장염으로 계속 중환자실에 있잖아."

또다시 놀랐다. 28세 젊은 여자의 ERCP가 실행되었던 것은 2주도 더 지난 일이다. 처치 자체도 15분 정도였고 특별한 문제 없이 끝났던 환자였다.

"처치에 문제가 없었어도 그런 일이 발생하니까 ERCP 후의 췌장염이라는 게 무서운 거야. 절개를 하든 스텐트를 삽입하든 합병증에 대해서는 속수무책이니까."

"심합니까?"

"안 심하면 중환자실에 안 들어갔지." 선생님은 오른손으로 사과를 한입 베어 먹었다. "지금 모습을 보니 구리 짱한테는 아무 말도 안 한 모양이네. 오바타 이놈."

"전혀 몰랐습니다. 2주 동안…… 계속 혼자서 중환자를 관리한 거예요?"

"두 명이 볼 정도로 여유가 있는 내과는 아니니까."

담담하게 전하는 왕너구리 선생님의 말이 오히려 더 무겁게 들렸다.

결국 오바타 선생은 ICU의 중환자를 관리하면서 외래와 내시경 검사를 소화했고, 야간에는 당직을 서고 심지어 논문까지 쓰고 있었다는 것이 된다.

거의 인간의 영역을 넘어서고 있었다.

"위험한 상태예요?"

"뭐, 췌장염 자체는 안정되고 있어. 소변량도 적당하고 흉수(胸水)도 빠졌어. 남은 건 감염인데 가끔씩 고열이 나서 정신을 바짝 차리고 있어야 해. 이제 한고비 넘기긴 했지만. 그런데……."

왕너구리 선생님이 왼손으로 가운 주머니에서 꺼낸 것은 '오바타'라는 스티커가 붙은 병원 내 PHS였다.

"그 대단한 오바타도 연일 밤으로 중환자실을 관리하니 한계에 달했나 봐. 오늘 하룻밤만 좀 쉬게 해달라고 나한테 거의 울듯이 애원하더라니까."

퍼뜩 머릿속에 떠오른 것은 지난번 시마우치 씨의 일로 상담하러 갔던 날 보았던 오바타 선생의 묘하게 피곤한 모습이었다. 병동이 어수선해졌다던 것이 바로 이 일을 두고 한 말이었다.

왕너구리 부장 선생님이 소파 쪽으로 이동하며 말했다.

"구리 짱도 같이 호출을 받지 않을래? ICU에 있는 중증 췌장염 환자라니……. 나 혼자서는 무섭단 말이야."

"말과 표정이 일치하고 있지 않습니다."

왕너구리 선생님이 씩 웃었다.

"차가워…… 차가운 사람이야, 구리 짱은……."

그러고는 투덜투덜, 중얼중얼거리며 책상 밑에서 장기판을 꺼내 아무렇게나 장기짝을 나열시키기 시작했다.

그것은 '빨리 와서 같이 둬'라는 뜻이다.

나는 6시 반을 가리키고 있는 시계를 한 번 보고 나서, 왕너구리 부장 선생님의 맞은편에 앉았다. 병동 회진이 있기는 하지만 특별히 급한 용건도 아니다. 무엇보다 지금은 지로의 PD가 끝나지 않으면 내 기분도 안정되지 않을 것 같았다.

"오바타가 준 뇌물."

왕너구리 선생님이 장기짝을 늘어놓으며 옆에 쌓여 있는 사과를 가리켰다. 나는 말없이 제일 빨간 사과 한 개를

시간의 풍경 379

집어 들었다.

"제 말 한 개 빼고 시작할까요?"

"뭐야, 지금? 구리 짱, 나 무시한 거야?"

"이렇게 보여도 저 장기부였습니다."

"그럼 한 개 빼."

왕너구리 선생님은 나의 말들 중에서 차(車)를 뽑아갔다. 뿐만 아니라 그것을 용(龍)으로 바꾸고는, 자기편의 왕 자리를 제거하는 장소에 떡 하고 올려놓았다.

왕 대신 용이 있는 꼴이 된다.

"이거 내 왕이야."

"꽤나 강력한 왕이네요."

"장기부 출신의 '구리구리 대왕'에게는 못 미치겠지만 말이야."

노려보는 나를 개의치 않고 왕너구리 선생님은 태연하게 웃으며 말을 움직였다. 나는 가볍게 이마에 손을 대고 일단은 방패를 만들기 위해 병사를 움직였다.

"오바타 선생님은 왜 의국을 그만두고 삿포로의 이나호 병원에 갔던 거예요?"

적진으로 쳐들어오는 왕너구리 부장 선생님의 선방 부대에 신경 쓰지 않고 착실히 방어에 힘쓰면서, 최대한 침착한 목소리로 물어보았다.

그런데도 왕녀구리 선생님은 무슨 의미가 있는 듯한 표정으로 나를 보며 빙긋 웃고 있다.

"왜? 오바타한테 뭐라고 한 소리 들었어?"

"왜요?"

"그 녀석이 부임해 온 지 얼마 안 되었을 때는 아무것도 안 물어봤잖아. 원래부터 그런 일에는 관심도 없던 구리짱이 갑자기 지금에 와서 오바타의 옛날얘기를 듣고 싶어 한다? 뭔가 있구나 생각하는 게 당연하지."

……여전히 예리하다.

"꽤 심하게 들었습니다."

"그래봤자 의사로서 각오가 부족해, 뭐 그런 얘기지? 참 고지식한 녀석이야."

부장 선생님은 웃었다.

그의 손가락이 내 쪽의 말들 앞으로 크게 움직였다. 불리한 수였다. 중요한 수비수를 자기 손으로 무너뜨린 왕녀구리 선생님의 수비 진영은 여기저기 구멍투성이였지만, 왕 자리에 있던 차(車)만큼은 종횡무진 움직여대니 공격하기가 어렵기 짝이 없었다.

"그 녀석이 소화기내과에 들어온 게 내가 대학병원에서 쓸개와 췌장 담당반, 그러니까 ERCP반의 반장이었을 때야. 당시에는 다정하면서 마음까지 바다처럼 넓은 상사인 내 밑에서 훌륭하게 연수를 받던 애였지. 원래가 좀 고지식한 애였지만 지금같이 무뚝뚝한 것도 없었고 귀여운 수련생이었어. 게다가 가슴은 컸고 다리는 예뻤으니까……. 위에 있던 선생님들도 굉장히 마음에 들어 했지."

심각한 이야기의 이곳저곳에 너구리 개그를 집어넣는 것은 항상 있는 일이니 무시하기로 했다. 나는 공격해오는 말(馬)을 계속 잡아가며 물었다.

"그렇듯 맘에 들어 했던 여의사가 3년차에 갑자기 대학 의국을 그만두고 삿포로 이나호 병원에 갔다는 건 꽤나 이상한 일이네요."

"뭐 일반적으로 생각해보면 이상하지?"

"뭔가 있었어요?"

"물론 있었지."

시원하게 대답해주고는 의미심장하게 힐끗 나를 보며 덧붙였다.

"듣고 싶지?"

나는 한순간 주저했다.

"……듣고 싶지 않다면 거짓말이 되기는 하는데……."

"안 알려줄 거지롱!"

왕너구리 선생님이 빙긋 웃고 있다.

"듣고 싶으면 오바타한테 직접 들으면 되겠다. 나 괜스레 개인 정보를 흘렸다가 오바타한테 원한을 사는 건 싫단 말이야!"

얼버무리는 왕너구리 선생님의 말에도 나는 동요하지 않았다. 이 정도로 동요하면 저 선생의 밑에서 6년이라는 세월을 극복할 수 없었을 것이다.

"그럴게요."

나는 그렇게 대답하고 일어나 바로 등 뒤의 탕비실에서 두 명분의 커피를 준비하기 시작했다.

"저한테 중요한 것은 오바타 선생님의 과거가 아닙니다. 오바타 선생님께 들은 쓴소리에 대해서 앞으로 나는 어떻게 해야 할 것인가, 뭐 그런 것들입니다. 의사다운 행동은 무엇인지, 또한 무지한 상태로 계속 멈춰 있는 것은 나쁘다는 것······. 이런 것들이 저를 자각시켰습니다."

"아주 성실해."

"오바타 선생님 말입니까?"

"둘 다."

두 잔의 컵을 들고 돌아온 나를 왕너구리 선생님은 익살맞은 웃음으로 맞아주었다.

조용히 커피를 입에 대보니, 인스턴트의 매끈한 쓴맛이 입속에 퍼졌다. 같은 인스턴트라 하더라도 지로의 것은 한 결같이 맛없고 도자이는 훌륭한 풍미를 만들어낸다. 정말 이상한 일이라며 쓸데없는 혼잣말을 중얼거리고 있던 그 때 왕너구리 선생님이 뻐끔거리듯 조그맣게 읊조렸다.

"구식인 거야, 그 녀석은……."

그의 손은 어느새 장기판 위를 떠나 있었다. 눈은 장기 판 위를 향하고 있기는 했지만 그곳이 아닌 다른 어딘가를 보고 있었다.

"오바타는 실상은 무서울 정도로 구식인 여자야."

"구식……요?"

"의사를 하려면 인생을 바칠 정도의 각오가 필요하다고 진심으로 생각하는 애야. 이른바 '성직자' 같은 거지. 의료 소송이라는 총알이 어지럽게 날아다니는 현장에서 아직도 일본도를 획획 휘두르고 있는 사람인 것이지."

기묘한 예를 들어 이야기했지만 이상하게도 위화감은 느껴지지 않았다. 시대에 뒤처진 그 사무라이에게 왕너구 리 선생님은 확실하게 공감을 나타내고 있었다. 아니, 공 감에 머무르는 것만이 아니었다. 왕너구리 부장 선생님 또 한 한 사람의 사무라이였다. 그것도 자신의 이상을 현실화 하기 위해 지역 병원이라고 하는 최전선에서 끝없이 전쟁 을 치르는 고고한 사무라이였다.

"어쩔 수도 없는 이런 현장이야말로 그런 녀석이 없으

면 안 되는 거야. 그 녀석이 휘두르는 일본도는 상대를 고르거나 하지 않지. 의사로서 구실을 제대로 못 한다는 생각이 든다면, 만약에 그 상대가 나라고 하더라도 가차 없이 잘라버리러 올 거야. 늘 패하기만 하는 전쟁터에 저런 녀석이 있어주면 의외로 마음이 든든해진다니까."

생각 외의 말에 내가 눈을 크게 뜨자, 왕너구리 선생님은 커피가 든 컵을 향해 손을 뻗으면서 슬쩍 눈을 부릅뜨고 덧붙였다.

"내가 이런 말 했다고 오바타한테 이르지 마."

"안 해요. 말했다고 해도 오바타 선생님은 구태여 믿지도 않겠죠."

"역시…… 그건 그래." 웃으면서 또다시 장기판의 용에 손을 댄다. "뭐 바깥에서 날아오는 총알 정도는 내가 막아줄게. 구리 짱도 믿고 있는 그 길로 계속 걸어나가면 돼. 다만 너무 치열하게 살다가 저도 모르게 넘어져서 크게 다치지만 않도록 해."

거의 아무렇지도 않게 던진 그 마지막 한마디가 간신히 가슴에 와 닿았다. 천천히 하늘 위로 올라가서 펑 하고 굉음이 먼저 터지고, 불꽃의 빛이 늦게 도착하는 불꽃놀이처럼…… 깊고, 무겁고, 은은하게 마음속 깊숙이 울려 퍼져갔다.

생각해보면 왕너구리 선생님의 전우였던 늙은 여우 선생님이 떠나고 아직 반년밖에 되지 않았다.

왕너구리 선생님과 늙은 여우 선생님, 이 두 사람의 거인이 현장을 지탱해온 기간은 30년이 넘는다. 결국 내가 태어나기 전부터 싸워왔던 것이다. 그 전쟁터에서 뜻밖에도 왕너구리 선생님은 오른팔, 아니 하반신이라고 할 만한 것을 잃어버렸다.

적어도 외관상으로는 크게 변화를 보여주지는 않았지만, 선생님이 받은 충격의 크기는 헤아릴 수 없는 정도임에 틀림없다.

"총알은 막아줄게. 하지만 저도 모르게 넘어져서 크게 다치지만 않도록 해."

그 사소한 한마디가 품고 있는 중요한 무언가를 나는 직감하고 있었다. 날아오르는 불꽃의 여운은 공기를 흔들며 천천히 멀어지는 듯했다.

잠시 동안의 침묵은 의국 문이 열리는 소리에 중단되었다. 고개를 돌린 나와 선생님이 동시에 당황했던 것은 정말로 희귀한 인물이 서 있었기 때문이다.

"내가 방해한 건가?"

혼조병원 검사과의 마쓰마에 도쿠로 기사장이었다.

이토록 바쁜 병원의 모든 검사를 책임지고 관리하는 중

앙검사실의 우두머리이며 '최연장 근무'를 자랑하는 기사장 어르신이었다. 완전히 벗어진 머리를 오른손으로 문지르며 망설이듯 의국을 바라보고 있는 기사장의 출현에 왕너구리 선생님도 적잖이 놀라는 눈치였다.

"오, 어쩐 일이세요? 기사장님이 이런 곳에 얼굴을 비치시다니……."

"안녕하세요, 부장 선생님? 스나야마 군은 아직 안 돌아왔습니까?"

이 기사장 어르신에게는 괴물 외과 의사도 그냥 '스나야마 군'인가 보다.

"외과의 스나야마를 말씀하시는 거라면 오늘은 대수술이 잡혀 있어서……."

"그 대수술이 잘 끝났는지 걱정되어 얼굴을 비친 걸세."

기사장이 인자하게 웃음을 띠며 서 있다.

뜻하지 않게 내가 입을 열었다.

"지로의 수술이 걱정되셔서 일부러 의국까지?"

"뭐 외과 선생님이라고 말하긴 했지만 4년이나 함께 일해왔던 녀석이니까. 항상 재미도 없는 걸 질문하러 왔던 옛날을 떠올리다 보면 '손주' 같은 느낌도 들고 말이야."

그렇게 말하고 살짝 부끄러운 웃음을 보이는 그 모습이, 언제나 묵묵하게 일을 진행하던 기사장 어르신과는 꽤나 다른 인상이었다. 왕너구리 선생님은 재미있다는 듯 소파를 가리키며 말했다.

"모처럼 와주셨네요, 기사장님. 곧 수술도 끝날 테니 사과라도 드시면서 기다릴래요?"

"이거 꽤나 달아 보이는 '후지'네요."

언제나 초연하게 혼자서 일하며 남과는 별로 상관하지 않던 마쓰마에 기사장이 오늘 밤은 망설이면서도 소파에 와서 앉았다. 그 순간, 방금 닫힌 의국의 문이 다시 열리고 이번에는 순환기내과의 자약 선생님이 들어왔다.

자약 선생님은 마쓰마에 기사장을 보고 조금 놀란 듯했으나 목례를 한 후, 의국을 한 바퀴 훑어보더니 벽에 걸린 시계를 쳐다보고 곧바로 눈살을 찌푸렸다.

"스나야마 선생님의 PD는 아직 안 끝난 것 같네요."

담담하게 묻는 그의 목소리에 우리 세 명은 엉겁결에 얼굴을 마주 보았다.

"순환기의 대표 선생님이 외과 의사를 걱정하고 있는 겁니까?"

"걱정이라고 할 정도는 아닙니다. 그저……." 자약 선생님이 턱에 손가락을 붙이면서 덧붙였다. "스나야마 선생님은 4년을 함께 지내온 '친구'니까요. 아마리 선생님의 졸업 시험을 무사히 극복한 날이니, 축하의 한마디라도 거들고 싶은 마음에 와본 것뿐입니다."

'친구'라는 표현이 자약 선생님다운 시원한 울림을 안고 나의 귀를 파고들었다. 왕너구리 선생님이 또다시 재미있다는 얼굴로 나를 바라본다.

"뭐야, 외과의 큰 덩치가 꽤나 사랑받고 있잖아."

"그런가 봅니다. 의외라고 해야 할지…… 꽤나 유감스러운 전개네요."

자약 선생님은 마쓰마에 기사장의 옆에 앉아 탁자 위 사과에 손을 뻗었다.

"후지입니까?"

마치 들어오기 전에 입을 맞춘 것처럼 묻더니 그 후 한 입 베어 물었다.

묘한 사람들이 모여 있는 모습을 둘러보는 사이에 세 번째 의국의 문이 열렸다. 이번에야말로 지로가 온 건가 하며 전원이 돌아보자 기대와는 다르게 사복 차림의 다쓰야가 있었다.

왕너구리 선생님에다가 자약 선생님, 마쓰마에 기사장과 나. 이색적인 4인조가 일제히 돌아보는 광경에 다쓰야 쪽은 많이 놀란 것 같았다.

"뭐예요?"

"뭐라고 말할 것도 없어."

일단 내가 대답했다. 그리고 그 대답을 이어받듯이 왕녀구리 선생님이 말했다.

"신 짱이야말로 어쩐 일이야? 그 차림이면…… 집에 가자마자 호출 받은 거야?"

"아뇨, 돌아간 건 딸을 씻기고 재우려고 간 거고요. 슬슬 스나야마의 수술이 끝나가나 싶어서 한번 와봤어요."

소파를 둘러싼 우리 네 명은 엉겁결에 얼굴을 마주 보았다. 그 반응에 다쓰야는 점점 더 영문을 모르겠다는 얼굴이 되었다.

"그러는 선생님들이야말로 무슨 일 있으세요?"

다쓰야의 당혹감도 당연하기는 하다.

평상시에는 '다망(多忙)하다'의 대명사와도 같은 사람들이 마치 갈 곳 없는 사람들처럼 의국 탁자 앞에 둘러앉아 사과를 베어 먹고 있다. 다쓰야까지 합해 내과 의사 네 명과 기사장이 모두 모여 다 같이 지로를 기다리는 꼴이었으니, 혼조병원이 문을 연 이래로 이런 진기한 광경은 처음일 것이다.

"그다지 문제없어."

곤혹한 기색이 역력한 다쓰야에게 천천히 응답해준 것은 자약 선생님이었다.

"신도 선생님도 하나 어때요?"

"후지예요? 맛있겠네요."

아무래도 짠 것 같다.

벽에 걸린 시계가 다쓰야의 마지막 말끝에 겹치듯이 일곱 번 종을 울리며 시간을 알렸다.

"그러고 보니 오늘은 크리스마스이브네요."

기사장 어르신이 뜻밖의 말을 중얼거렸다. 그 말을 받아들이듯이 자약 선생님이 다쓰야에게 눈을 맞추었다.

"이런 날에 딸을 놔두고 와도 괜찮은 건가, 신도 선생?"

"괜찮아요. 딸도 이제 사정을 설명하면 이해해주는 나이가 되었고, 저희 어머니도 같이 있으니까요. 그것보다 선생님들이야말로 안 들어가셔도 되는 거예요?"

"문제없어. 친구를 보내는 중요한 날이라고 말하면 거기에 대고 잔소리를 할 센스 없는 가족이 아니다."

"선생님네는 또 교육이 엄격할 것 같기도 하고 말이야."

"그러는 기사장님이야말로 손주분들이 쓸쓸해하고 있는 것 아니에요?"

"조금은 쓸쓸한 마음 좀 가져줬으면 하는데 쓸쓸한 건 이 노인네뿐이라……."

정신이 없어서 취할 것 같은 이야기 속에 침착한 웃음소리도 섞여 흐르고 있었다.

탁자에는 여전히 네다섯 개의 사과가 새빨갛게 빛나고

있다. 나는 인원수대로 커피를 만들어야 해서 다시 자리에서 일어섰다.

지로가 집도하는 췌두 십이지장 절제술이 무사히 끝난 것은 그로부터 약 한 시간 후의 일이었다.

크리스마스는 저녁부터 눈이 내렸다.

맑게 갠 바깥 공기 속에서 가로등 불빛을 받은 작은 눈송이들이 반짝반짝 빛을 내며 훨훨 내려온다.

눈이 내리기 시작한 지 얼마 되지 않았는데 금세 지붕도 거리도 하얗게 물들어갔다. 시간이 흐르면서 마을 전체가 조금씩 밝게 변해갔다. 밤이 깊어질수록 거리가 밝아지는 모습은 눈 내리는 밤거리에서만 느낄 수 있는 특권이리라.

골목에 깔린 하얀 융단을 밟으며 나와 아내가 거리로 나선 것은 밤 10시경. 우리가 찾은 곳은 나와테 거리에서 가까운 선술집 규베였다.

드르륵 문을 열고 따뜻한 가게 안으로 발을 들여놓으니, 열 석 남짓한 카운터도 반은 차 있었다. 손님의 대부분이 젊은 커플인 것은 눈 내리는 크리스마스에 이끌려 밖으로 나왔기 때문일까.

인사하는 우리를 보고 근육질의 마스터는 조금 놀란 듯한 얼굴로 맞아주었다.

"예약했을 텐데요. 놀랄 일이 아니지 않나요?"

"예약대로 와서 놀란 거예요." 마스터는 과묵한 웃음과 함께 한마디를 더 섞었다. "구리하라 씨가 예약하고 오려는 날은 꼭 호출을 받으니까 오늘도 못 오겠다 싶었는데 말이에요."

예리한 지적에는 쓴웃음밖에 지을 수 없다. 카운터에 앉은 나에게 아내가 외투를 벗으며 빙긋 웃고 속삭였다.

"괜찮아요, 이치 씨. 오늘 밤은 호출이 안 올 것 같아요."

"그거 기쁜 소식인데? 무슨 이유라도 있어?"

"이유는 없어요. 그냥 그런 기분이 들어요. 그런 느낌이 든다는 게 중요한 거예요."

후훗 하고 웃는 아내의 얼굴을 보니 역시 어떤 이유로든 절대 불려나가지 않을 것 같은 기분이 들었다. 갑자기 마음속에 근거도 없는 안도감이 피어오르며 유쾌해졌다. 마시기 전부터 이미 위장이 따뜻해온다.

"그런데 구리하라 씨가 손수 예약을 하고 오시다니 드문 일이네요. 뭐 좋은 일이라도 있었어요?"

"좋은 일이라고 할 건 아니지만……." 소맷부리에 앉아 있던 작은 눈송이를 살짝 손끝으로 털어내며 말했다. "어제 까맣고 커다란 머리 나쁜 외과 의사가 대수술을 무사히 성공시켜서 그 축하를 겸한 술자리입니다."

마스터가 두꺼운 눈썹을 조금 움직이고는 나와 아내를 번갈아 쳐다보았다. 당사자 지로의 모습이 보이지 않는 이유를 묻고 있는 눈이었다.

　　나는 조용히 덧붙였다.

　　"그렇다는 것은 그냥 명분이고, 아내와 한잔 마시고 싶어서 온 것뿐입니다."

　　지로는 어제부터 시마우치 노인의 수술 후 관리로 인해 중환자실에 매달려 있다. 82세의 PD였기 때문에 며칠간은 집중 관리가 필요한 상태이고, 더 노골적으로 말하자면 축배를 들기는 아직 이르다.

　　대답을 길게 하지 않는 나에게 마스터는 더 이상 다른 것은 묻지 않았다. 팔짱을 끼고 있던 오른팔로 위쪽의 왼팔을 턱 두드리며 웃는다.

　　"그럼 더욱 맛있는 걸 만들지 않으면 안 되겠네요."

　　울퉁불퉁한 근육 덩어리가 말없이 존재감을 보태고 있었다. 아내는 그런 믿음직스러운 팔을 쳐다보면서 양손을 꼭 쥔 채 밝은 목소리로 말했다.

　　"맛있게 부탁드립니다."

　　지로의 수술은 쉬운 것이 아니었다.

　　기술의 문제가 아니라 수술 사례의 문제였다. 장기 유착

이 두드러져서 하나하나 처치를 하기에 방해가 되는 난해한 수술이었던 것이다.

머릿속에 어제의 광경이 떠올랐다.

크리스마스이브의 밤, 의국은 묘한 침묵으로 가득 차 있었다.

왕너구리 선생님, 마쓰마에 기사장, 자약 선생님, 다쓰야에 나까지……. 공통의 화제를 갖고 있을 리 만무한 멤버들이 모여 있었고 그 불편함이 더할 나위 없었다. 왕너구리 선생님과 나는 장기를 두고 있고, 옆에서 마쓰마에 기사장이 조용히 사과를 먹고 있었다. 자약 선생님은 처음에는 커피를 마시고 있었는데, 중간부터는 눈을 감고 불상처럼 명상에 들어갔다. 그 등 뒤의 다쓰야는 평상시와 다를 바 없는 냉정함으로 전자 카르테를 입력하고 있었다.

그렇게 밤 8시가 넘어갈 무렵, 땀으로 범벅이 된 지로와 외과 부장인 아마리 선생님이 의국에 돌아왔다.

수술은 성공적이었다.

무진장한 체력을 자랑하는 괴물이 거의 방전 상태의 몸이 되어 돌아왔고, 의국에 있던 이상한 조합의 멤버들은 일동 기립해서 거한을 맞이하며 박수갈채를 보내는 사태가 벌어졌다. 희미하게 활기를 띤 의국 안에서 어디에서 가져온 건지도 모르는 맥주 한 박스를 꺼내 온 사람은 다른 사람도 아닌 왕너구리 부장 선생님이었다. 그대로 축하연의 개최를 선언했으니 결국 왕너구리 선생님도 지로의 수술을 걱정하며 기다린 사람 중 하나였다.

건배 후, 기쁘게 캔 맥주를 마시는 나의 옛 친구인 괴물의 옆모습은 꽤나 관록이 묻어나는 외과의의 모습이었다. 그를 지켜보는 나에게 아마리 선생님이 슬쩍 말을 건넸다.

"한 번도 집중력이 끊어진 적이 없었어. 구리하라의 동기는 정말 대단한 놈이야……."

아마리 선생님은 두터운 턱에 손가락을 붙이고 뿌듯한 미소를 띠고 있었다. 나는 인사를 하고 오른손에 들고 있던 맥주를 단숨에 다 비워냈다. 요즘 좀처럼 느낄 수 없던 맛있는 캔 맥주였다.

"스나야마 씨는 무사히 졸업 시험에 합격한 거네요."

아내의 밝은 목소리에 내가 힘차게 끄덕이며 대답했다.

"그래서 1월부터는 자신 있게 대학병원으로 가는 거지."

"그렇네요, 이치 씨. 왠지 기뻐 보여요."

"말할 것도 없지. 시끄러운 괴물이 나간다는데, 이것보다 기쁜 일이 있겠어?"

"그렇네요. 당연히 기쁘시겠죠."

빙긋 웃는 아내는 변함없이 나보다 한 수 위에 있다. 나는 변명을 포기하고 손에 든 시나노쓰루를 입에 가져갔다.

어느 쪽이 되었든 간에 지로가 시험을 끝냈다는 것은, 바꿔 말하자면 시마우치 씨의 치료가 순조롭게 진행되어 가고 있다는 것과 같은 말이다. 그것이 무엇보다 기쁜 소식이다.

"오래 기다리셨습니다."

마스터의 목소리와 함께 놓인 접시를 보고 나는 놀라서 눈이 커지고 말았다. 밝은 색으로 담겨 있던 것은 가다랑어 다타키(재료를 덩어리로 잘라 표면만 구워낸 요리 - 옮긴이)였다.

"조금 시기는 맞지 않지만 좋은 물건이 들어와서요."

"한 가지 말씀드릴 게 있어요."

새삼스레 건넨 말에 마스터가 칼 든 손을 멈추고 나를 쳐다보았다.

"제가 세상에서 제일 좋아하는 음식이 가다랑어 다타키예요."

"그래요?"

끄덕거리는 마스터에게 아내가 끼어들었다.

"이치 씨의 집은 고치(高知)예요. 거기에서 먹는 가다랑어는 깜짝 놀랄 정도로 맛이 좋았어요."

"그렇구나. 그러면 더더욱 먹는 시기가 안 맞아서 제 요리가 기가 죽을 것 같은데요?"

"그럴 리 없습니다. 음식 맛을 정하는 것은 재료만이 아닙니다. 만드는 사람의 마음 씀씀이와 먹는 사람의 마음 상태지요."

나는 대답과 동시에 곧바로 젓가락을 움직였다.

역시나! 최고의 맛이었다. 한입 씹자 얼얼하게 차가운 몸의 윗부분과 희미하고도 구수한 불 맛이 합쳐져 피어올랐다. 일본 술과 음식 궁합이 딱 들어맞는 맛이었다.

"알고 있어, 하루? 진짜 다타키는 그냥 불로 굽는 게 아니라 대량의 짚을 사용해서 구워."

"짚으로요?"

"응. 불은 숯을 사용하고, 거기에 짚을 넣어서 구워주면 독특한 향이 배어서 훈제한 것과 비슷한 향이 나. 그 향이 신선한 가다랑어의 풍미를 더해주는 거야. 양파 슬라이스를 깔고 생선을 올린 곳에 마늘과 생강을 넣어서 어우러지게 하지. 여기에 유자 한 방울을 떨어뜨리고 간장에 찍어 먹는 것이 기본이야."

"이치 씨한테서 요리 얘기를 듣게 되다니 상상도 못 했어요."

"그건 그러네. 가다랑어 지방 때문에 혀가 미끌거려서 얘기해버렸나 봐."

서로의 웃음소리가 더해져 금세 따뜻한 기운이 차고 넘쳤다.

"맛있는 걸 먹으면 기분이 좋아지는 것 같아요."

"정말이야."

고개를 끄덕이던 내 시선을 사로잡은 것은 마스터가 들어 올린 손 위로 하늘하늘 흩날리는 벚꽃 잎이었다.

4홉짜리 술병 라벨에 옅은 다홍색으로 채색된 꽃이 피어 있었다. 고급 청주인 '가타노사쿠라'.

"본 적 없는 술이네요."

"오사카 술이에요. 그렇게 유명한 술은 아니지만 향도 좋고 맛도 꽤나 좋죠. 지금 요리에도 맞을 겁니다."

마스터는 나와 아내의 술잔에 그 술을 따라주었다. 한입 넣자마자 향기로운 향과 함께 잘 여문 단맛이 입안에 퍼져나갔다. 게다가 끝 맛도 아주 좋았다. 은은한 입김을 내며 웃는 아내의 미소가 무엇보다 만족한 기분을 드러내주고 있었다.

"맛있다."

그 말을 입 밖에 낸 순간 이미 마스터는 술잔에 또 다른 청주를 유유히 따르고 있었다.

이렇게 되면 더 이상 말은 필요하지 않다. 자연스레 젓가락이 움직인다. 잔이 움직인다. 흥이 오른다. 탁자에는 벚꽃 잎이 내리고 있다. 겨울의 눈 내리는 밤에 봄이 방문한 기분이 들었다.

"연말에는 또 바빠질 거야."

내가 조용히 알리는 말에 아내는 말없이 끄덕였다.

"마지막 날이 당직이죠?"

늘 그렇듯 올해의 마지막 날과 새해도 병원에서 맞는다.

잠깐 뱉을 뻔했던 원망을 조용히 가타노사쿠라로 내려보냈다. 추석도, 마지막 날도, 새해도……. 매년 몇 천 명의 의사들이 가족을 두고 병원에 묶여 있다. 병원 안을 바삐 돌아다니며 한숨을 쉬고 누군가를 살피고 어느 누군가를 살리기도 한다. 나 같은 의사 한 명이 투덜거리면 일본 전국에 있는 명예로운 당직 의사들에게 면목이 없어지는 것이다.

"1일은 아침 해와 함께 일찍 들어올게."

"올해는 사진 쪽 일도 어느 정도는 일단락되었으니까 온타케소에서 기다릴게요."

그녀의 맑은 목소리에 끄덕이며 천천히 술잔을 비운다.

술잔을 탁자 위에 놓은 순간 병에 채색된 꽃잎이 희미하게 흔들린 듯했다.

신슈의 북동쪽에 우에다라는 지역이 있다.

에도 시대부터 젠코지(善光寺)로 향하는 홋코쿠 거리를 따라 민박이 즐비하게 늘어서 있던 곳으로, 그 옛날 사람들의 삶이 여기저기 뿌리내리고 있는 유서 깊은 마을이다.

많은 온천지와 신사 건축물을 보유하고 있지만 우에다라는 지명이 사람들의 입에 좀 더 오르내리게 된 이유는 역시 '우에다 전투'로 압축될 것이다. 두 차례에 걸쳐 도쿠가와의 대군을 적은 병력으로 대패시킨 것은, 이 지역에서 태어나고 이 지역에서 성을 쌓아온 사나다 일가였다. 천을 갖고 만을 물리친 여섯 푼짜리 엽전(사나다 일가의 문장-옮긴이)의 가치는 지금도 이 땅의 여기저기에서 찾아볼 수 있다.

그런 성 밑 거리의 우에다 지역도 시대의 흐름과 함께 변해가고 있다.

역사도 정서도 쓰러뜨린 신칸센의 개통이 현저한 업적이었다. 이곳의 상징인 우에다성의 정면을 정나미가 떨어지는 콘크리트의 간선이 횡단하고, 역 정면에는 네모난 비즈니스호텔이 건방진 태도로 시야를 가리고 있다.

편리함이라는 포장으로 오랫동안 쌓아왔던 풍경을 갑자기 때려눕힌 것은 어떤 거리도 똑같을 것이라고 짐작하지만, 미래를 생각해보면 걱정되지 않을 수 없다.

편리함이란 시간을 측정하는 움직임이며, 풍경이란 시

간의 측정을 멈추게 하는 움직임이다. 양쪽 모두를 병행하는 것이 되지 않는다면 어느 정도는 균형을 맞춰주었으면 좋겠다. 그런데도 오직 편리함만을 밀어붙이고 있는 것이 바로 요즘 세상이다. 결국 이 세상은 편리함의 척도에만 맞춰 쌓는, 그야말로 네모난 세계로 변하고 있다.

우에다에서 마쓰모토까지 돌아오는 차 안에서 그런 하잘것없는 망상이 머릿속을 왔다 갔다 하고 있었다. 우에다 시내의 병원에서 당직을 끝내고 미사야마 고개를 넘어 혼조병원으로 돌아가던 길이다.

한 해가 끝나는 마지막 날. 저녁 하늘은 눈이 내리고 있었다.

한낮에는 우에다에서 당직 근무가 있고, 끝나는 즉시 혼조병원에 돌아가서 당직이라니……. 올해 들어 최고의 일정이다. 벌써 눈으로 하얗게 포장된 국도로 돌아가는 길이다. 얼음 등이 펼쳐진 한가운데에 있는 가케유 온천을 곁눈질하면서 미사야마 고개를 넘고, 혼조병원에 돌아왔다. 당직 직전의 응급실은 언제나처럼 북적대는 상태였다.

아직 사복 차림인 채로 더없이 소란스러운 응급실 앞에서 멈춰 섰다. 뛰어다니는 간호사들 중에 복귀한 지 얼마 안 된 도무라 씨가 보여서였다.

"인플루엔자가 다 나았다니 다행입니다."

나의 안도 섞인 빈정거림을 아예 무시하고 도무라 씨는 캔 커피 두 개를 건네주었다.

"일단 한 잔 마셔요. 당직까지 아직 50분 남았어요."

"뭐예요? 평소보다 두 배로 더 일하라는 뜻입니까?"

"아니에요."

그녀는 응급실 구석 복도에 아무렇게나 놓인 상자를 가리켰다. 눈을 가늘게 떠서 확인해보니 사과 한 박스였다.

"아까 오바타 선생님이 갖다주고 갔어요. 쾌유를 축하한다면서. 어쨌든 보답의 의미로 대신 하나 전해줘요."

"무슨 바람이 분 거예요?"

"나한테 묻지 마요."

도무라 씨는 가볍게 어깨를 움츠려 보였다. 나는 사과 상자를 응시한 채 조금 어이없다는 말투로 말했다.

"정말로 귀찮은 두 사람이네요. 사과와 커피를 주고받기 이전에 해야 할 순서라는 게 있다고 생각하는데."

"웃는 얼굴로 악수라도 하라는 거예요? 그렇게 대단한 이야기를 할 일도 아니고. 사과는 응급실 모두가 다 같이 먹을 수 있고, 오바타 선생은 조용히 커피를 마시면 그걸로 그냥 되는 거예요."

시원스레 말하는 도무라 씨는 얼마 전 이누이 진료소에서 보았던 것처럼 피곤에 찌든 모습이 아니었다. 언제나처럼 응급실을 마구 휘두르는 명사수 간호부장의 모습이었다.

"일단 오늘 밤도 잘 부탁해요, 환자를 끌어당기는 구리하라 선생님."

마지막에 절도 있는 미소를 남기고 도무라 씨는 대기실 쪽으로 떠났다. 나는 손에 있던 두 개의 캔 커피로 눈을 돌린 채 의국으로 발을 옮겼다.

한 해의 마지막 날, 마쓰모토다이라는 날이 저물면서 눈보라가 몰아쳤다. 원래 그렇게 눈이 많이 내리지 않는 지역이지만, 올해는 평년과 달랐다. 바람을 동반한 함박눈 덩어리는 곧 성 밑의 마을을 하얗게 물들여갔다.

저녁 8시가 되자, 응급 외래의 '24시간, 365일 진료'의 새빨간 간판 버팀목 아래까지 눈이 쌓이기 시작했다. 하지만 철저하게 그 버팀목 아래까지만이었고 24라는 숫자도, 365라는 숫자도 의연하게 머리 위에서 반짝이고 있다. 그 빛나는 간판의 밑은 기대와는 다르게 고요하기만 했다.

영하의 기온에 적응된 사람들도 내린 눈이 무릎 위를 넘기자 당황한 듯하다. 눈 덕분에 심한 응급 치료가 아닌 비교적 일반적인 환자의 진찰은 아예 그림자를 감추었고, 정말로 상태가 나쁜 응급 환자만 진찰하게 되는 기이한 현상이 일어난 것이다.

밤 10시, 즉 새해가 찾아오기 두 시간 전. 조금밖에 없던 환자들의 발길마저 끊긴 혼조병원 응급실은 정말로 드물게도 정적에 싸여 안정되어 있었다.

"환자를 끌어당기는 구리하라 선생님도 이런 대설 특보가 내려진 날은 환자를 억지로 막 끌어들일 수 있는 정도의 힘은 없나 보네요."

도무라 씨의 모호한 논평을 무시하고 나는 응급실을 등졌다.

하얀 가운 주머니에는 고다 로한(幸田露伴, 유교, 무사도적 정신과 불교적 체념을 정신세계로 한 작품을 남긴 일본 근대의 작가−옮긴이)의 『오중탑(五重塔)』 한 권이 들어 있었다.

뜻밖에 내린 눈 덕분에 정적으로 새해를 맞을 수 있게 되었으니 아무도 없는 의국 소파에 누워 오랜만에 독서를 좀 해볼까 하는 계획이었다.

이곳에서는 좀처럼 하기 힘든 유쾌한 구상을 짜보면서 의국의 문을 열었다. 거기에는 먼저 와 있던 손님이 있었고, 나는 발을 멈추었다.

전등이 반쯤 꺼져 있는 의국의 구석 소파에 몸을 맡긴 채 텔레비전을 응시하고 있던 사람은 바로 오바타 선생이었다.

"어머, 여전히 늦게까지 열심이네."

어깨 너머로 돌아보는 오바타 선생을 보고 조금은 당혹스러웠다. 한 손에 캔 맥주를 들고 있었기 때문이다.

"저번에 기쿠모토에서 '저 술은 못 마셔요'라고 하셨던 것 같은데……."

"못 마셔. 그러니까 이거 한 잔으로 이러고 있지."

킥킥거리며 웃는 눈가에 묘하게 요염함이 묻어 있다. 볼은 발갛게 변해 있었고 눈자위도 촉촉하고 붉게 변해 있다. 즉 취해 있었다. 캔 맥주의 출처는 아마도 얼마 전 지로의 축하연이 끝나고 남은 맥주인 것 같다.

"뭐 좋은 일이라도 있었어요?"

"중증 췌장염 환자, 오늘 드디어 중환자실에서 일반 병실로 올라갔어."

평소에 보지 못했던 그녀의 명랑한 말투에 내 기분도 같이 올라갔다.

한 달이나 걸린 ICU 관리가 드디어 끝난 것이다. 그 뜻은 ERCP 후 췌장염에 걸린 환자가 회복하기 시작했음을 의미했다.

"고생 많으셨습니다."

"피곤하다. 피곤하긴 한데……." 그녀는 맥주를 입에 댔다가 말을 이어나갔다. "환자가 건강하게 회복만 해주면 그렇게 피곤했던 것도 다 날아가버리는 거지."

시원스레 혼잣말처럼 말하고는 그대로 천천히 맥주를 기울였다.

신기한 일이었다. 이따금 환자를 선택해 진찰하고, 어떨 때는 진찰조차 거부했던 이 인물이 해가 끝나는 마지막 날까지 병원에 묵으면서 환자의 회복에 기뻐하고 혼자서 축배를 들고 있다. 아무리 철학이 다르다고 해도, 또 아무리 방법론이 일치하지 않는다 하더라도 결국 오바타 선생도, 나도 지향하고 있는 것은 동일했다.

"마실래?"

"당직입니다."

탁자 위에 내놓은 캔 맥주를 정중히 거절하고는 그녀와 마주 앉았다.

"환자를 끌어당기는 구리하라가 당직 중에 어슬렁거리고 있다니 보기 힘든 장면인데?"

"오늘 밤은 동장군이 신나게 날뛰고 있으니까요. 눈이 멈출 때까지는 조용할 것 같네요."

담담하게 대답한 후, 주머니에 들어 있던 캔 커피를 꺼냈다. 한 개는 내 쪽에 두고 다른 한 개는 오바타 선생 앞에 놓았다.

"나?"

"도무라 씨가 사과를 주신 것에 대한 보답이래요."

나의 대답과 동시에 오바타 선생이 묘한 얼굴을 한 것은, 내가 고소한 듯이 웃고 있었기 때문일 터이다.

"뭐야? 빨리 화해하라고 했던 건 구리하라였잖아."

화를 참는 기색이 소녀 같아서 미소를 자아냈다. 나는 비어져나오는 웃음을 참아내고 캔 커피를 따며 말했다.

"아무튼 선생님의 ICU 탈출에 건배합시다."

오바타 선생은 한순간 망설이는 듯했지만 바로 미소를 지으며 맥주를 들었다.

알루미늄과 철이 부딪치며 이루어내는 정서적이지 않은 금속 소리가 묘하게도 화려한 울림을 만들고 있었다.

"뭐? 이타가키 선생님한테 내 레지던트 시절 얘기를 들었다고?"

"들었다고 할 정도는 아니었습니다만……."

갑자기 얼 빠진 목소리가 된 오바타 선생에게 나는 침착하게 대답했다.

옆의 텔레비전에서는 인원이 너무 많은 걸 그룹이 품위 없어 보이는 짧은 치마를 입고 돌아다니며 일본어인지 영어인지 판단도 되지 않는 말을 흥얼거리고 있었다. 「홍백가합전」(매년 12월 31일 밤에 방송되는 가요 프로그램 - 옮긴이)이라는 방송인가 보다.

창밖에는 여전히 함박눈이 내렸고, 시야는 거의 제로에 가까웠다. 창문으로 그 풍경을 보고 있자니, 이중 섀시 덕분에 소리는 거의 들리지 않았지만 마치 고장 난 텔레비전 모니터를 보는 것만 같았다.

"부장 선생님 말씀으론 다정하고 속이 넓은 상사인 본인 밑에서 오바타 선생님이 열심히 연수를 받았다…… 뭐 그런 말이었습니다."

눈을 동그랗게 뜬 오바타 선생은 어안이 벙벙한 표정이었다.

"아닙니까?"

"아닌 정도가 아니야. 그때는 시대가 정말로 심했으니까. 내 레지던트 시절은 말하자면 내 의사 인생의 암흑기였어." 그녀는 얼굴 앞에서 손사래를 치며 중얼댔다. "아아, 생각하고 싶지도 않아."

놀라는 내 얼굴을 보고 오바타 선생은 얇은 눈썹을 움직였다.

"구리하라는 다행인 줄 알아. 그런 다정한 이타가키 선생님 밑에서 배우고 있으니까."

"부장 선생님이 무섭지 않다는 말은 아니지만 예전엔 그렇게 심했어요?"

"말도 못 할 정도로 무서웠어. 아직 연수생이었는데도 내시경 검사에서 조금만 시간이 걸리거나 지체되는 것 같으면 검사 도중에 갑자기 검사실 안으로 들어와서 머리통을 후려치는 거야. 깜짝 놀라서 돌아보면 그때는 '검사 중에 화면에서 눈 떼는 새끼가 어딨어!' 하면서 한 번 더 맞는 거지."

"엉망이었네요."

"악마 이타가키, 라고 하면 다른 과의 선생님들도 알고 있을 정도로 유명한 사람이었다니까."

'옆에 있는 의국은 외국보다 멀다'고 하는 게 대학병원 의국이란 곳이다. 그런 대학병원에서 다른 과까지 명성을 떨쳤다고 하면 역시 보통은 아니었던 것이다.

"그 시절의 쓸개, 췌장 담당반이라는 곳은 반장인 이타가키 선생님하고 막내인 나하고 또 한 명, 부반장인 선생님 이렇게 세 명밖에 없었는데 이 부반장 선생님은 자신만의 세계가 따로 있는 분이어서 내가 아무리 큰 소리로 야단을 맞고 있어도 히죽히죽 웃으면서 지켜보기만 하는 사람이었어. 너무 힘들어서 어떻게 시간이 지나갔는지도 기억이 안 날 만큼 말도 안 되는 2년이었지."

그래도 말이야, 다시 운을 뗀 선생은 다 마신 캔 맥주 안을 들여다보면서 목소리 톤을 낮추었다.

"이타가키 선생님의 내시경은 확실히 귀신같은 솜씨였어. 혼조병원에 있으면 그렇게 실감할 기회가 없을지도 모르겠지만, 대학병원은 나가노현 안에서 어떻게 해도 안 되는 어려운 환자들이 많이 오잖아. 그런 난도 높은 증상의 환자도 이타가키 선생님의 손이 닿으면 불가능이라는 게 없었어. 이 손, 저 손을 다 사용해서 어떻게든 결과를 만들어내셨으니까. 지금 생각해도 닭살이 돋을 정도야."

오바타 선생은 소파에 기대면서 이것저것을 회상하는 듯 살짝 미소를 짓고 있었다.

"암흑기 시절이라고 말은 했지만 수련생이었던 나한테는 황금기였던 걸지도 모르겠다."

악마가 너구리로 변하긴 했어도 신의 손은 결코 변하지 않았다.

요즘은 다소 어려운 증상의 환자도 내가 손을 쓰게 되었지만 가끔 막혀 있을 때 교대해보면 신의 손은 확실하게 신의 손이었다. 대학이라는 첨단 시설에서 그런 신의 손에게 배웠던 기간은 오바타 선생에게는 확실하게 황금기였다고 말해도 좋을지 모른다.

"그런 황금기를 선생님이 도중에 버리고 나간 게 저는 의문이에요."

아무렇지 않게 물어본 말에 오바타 선생은 가만히 실눈

을 뜨고 나를 쳐다보았다. 그녀의 볼에 있던 빨간색 빛이 조금씩 식어가는 듯 보였던 것은 기분 탓이었을까.

"그렇게 다 참견하고 싶어 하는 거라면 얘기 안 할게. 모처럼 축하 받아야 하는 이런 기쁜 자리에서……."

지뢰의 기운을 감지하고 후퇴의 태세를 취한 시점에서, 오바타 선생이 갑자기 박격포를 쏘아버렸다.

"남편이 죽었어."

간결한 한 번의 공격이었다.

간결한 그 한 방의 포격음이 천둥소리처럼 울려 퍼졌다.

나는 오바타 선생의 얼굴을 보았다. 그러고는 들고 있던 캔 커피에 눈을 떨구었다가, 또다시 그녀에게 시선을 돌린 후 겨우 입을 열었다.

"죄송합니다. 다른 얘기를……."

"나 대학생 때 결혼했어. 술자리 모임에서 알게 된 열 살 연상의 회사원이랑."

푸시식. 긴장감 하나 없는 이 소리는 오바타 선생이 두 번째 맥주를 따는 소리이다.

"키도 크고 착하고 머리도 좋고……. 나한텐 어울리지 않을 정도로 완벽한 남자였어. 그런데 내가 레지던트를 하고 있을 때, 그 남자가 갑자기 췌장암으로 죽어버렸지."

갑자기 난방이 잘 돌아가고 있던 의국 안의 기온이 쭉

내려간 기분이 들었다. 나는 더 이상 말을 하지 못하고 그냥 침묵했다.

오바타 선생은 굳은 채 서 있는 나에게 "감출 만한 얘기는 아니야"라며 다시 말을 이었다.

"결혼하고 4년째의 일이었어. 남편이 급격하게 식욕이 떨어지고 식사를 거의 못 하게 되었어. 잠시 상태를 보고 있었는데 점점 나빠지기만 해서 병원에 데리고 갔어. 내시경과 초음파 검사를 한 후에 주치의가 내린 진단은 췌낭포였어."

췌낭포라는 것은 췌장에 생기는 물주머니의 일종이다.

간장에 생기면 간낭포, 신장에 생기면 신낭포라고 한다. 많은 낭포가 거의 문제가 되지 않는 경우가 많지만, 췌장에 관해서는 단순하지가 않다. 희박한 경우이지만 췌낭포 중에는 극소의 암세포가 숨어 있는 경우가 있다.

"주치의의 지시는 '반년 후에 재검사를 하자'였고 그때까지는 별로 특별한 조치도 필요 없다는 것이었는데, 남편의 건강이 점점 나빠지기만 하는 거야. 3개월 정도 지나서 다시 한 번 진찰을 받고 강제로 CT도 찍었더니⋯⋯."

빠지직 하고 구겨지는 소리가 난 것은 오바타 선생이 들고 있던 맥주 캔이 찌그러졌기 때문이었다.

"췌장암이 진행 중이었어."

찌그러진 캔 맥주를 다시 입가에 가지고 가며 말했다.

"서둘러서 대학병원에 입원시키고, 항암 치료를 시작했는데 아무 효과도 없었어. 그러고는 한 달 후에 떠났어."

텔레비전에서 어디선가 들어본 적이 있는 것 같은 옛날 노래가 흘러나오고 있었다. 기모노를 입은 여성의 울림 있는 애절한 목소리가 빈 캔 위를 스쳐 지나간다.

"나는 지금까지도 그때 그 주치의가 용서가 안 돼."

이번 목소리는 뜨거웠다.

오바타 선생의 손이 그나마 원형을 유지하고 있던 빈 캔을 다시 빠지직 하고 크게 찌부러뜨렸다. 그 행위에 자신도 놀란 듯 손을 쳐다보던 선생은 망가진 캔을 탁자 위에 놓고 다시 펴기 시작했다.

"췌낭포 중엔 조심해야 할 병변이 산처럼 있는데도 제대로 된 지식이 없는 상태로, 경과를 보기만 하자고 한 거지. 지식이 없는 의사는 쉽게 살인마가 된다는 그 말⋯⋯의 살아 있는 표본." 앞머리를 가볍게 들고 시선을 허공으로 올리며 말을 이어갔다. "그래서⋯⋯ 나는 무조건 최고의 의사가 되겠다고 마음먹었어. 누구한테도 부끄럽지 않은, 누구한테도 상처 주지 않는 완벽한 최고의 의사가 되겠다고. 그니까 쓸개랑 췌장 영역에서는 일본에서 톱 클래스였던 삿포로의 이나호병원으로 가버린 거고."

그녀가 조금 피곤해진 듯 한숨을 쉬면서 어딘가 먼 곳을 응시하며 눈을 반쯤 감았다.

그러곤 입가에 쓴웃음을 띠웠다. 형용할 수 없는 감정을 꾹꾹 뭉쳐 속으로 밀어 넣기 위한 절박한 웃음이었다.

"의사라는 직업은 말이야, 무지한 사람이 나쁜 거야. 나는 그런 각오로 의사를 하고 있고."

오바타 선생의 그 말이 처음으로 실감되었다.

"뭐 잘난 듯 말하긴 했지만 남편이 죽은 이 동네에서 아무렇지 않게 의사 생활을 계속할 자신이 없었던 것이 내 본심이긴 하지……."

말투가 조금 가벼워졌고, 그 이후에 말한 이야기는 의국을 그만두게 된 배경이었다.

말할 것도 없이 그녀가 대학 의국을 그만둔다는 데는 많은 반대가 따랐다. "2년간 공부하게 해준 은혜도 모르고"라고 말하는 사람도 있었다. 하지만 직접 지도한 의사인 왕너구리 선생님은 오히려 초연한 태도였다고 한다.

"솔직하게 악마 같은 이타가키 선생님의 노여움을 사는 건 아닌지 걱정했는데……."

대학병원의 별반 넓지도 않은 내시경실 한편에서 왕너구리 선생님이 온화하게 말했다고 한다.

'확실히 공부해서 다시 돌아오거라.'

"그 말밖에 안 하셨어요?"

"그 말밖에 안 했어. 안 그래도 의국원들이 부족한데 멋대로 이기적인 말을 하고는 죄송하다는 한마디만 했으니, 엄청나게 한 소리 듣겠다 싶었거든? 그런데 '오바타가 빠진 구멍 정도는 내 코딱지로 메워놓지 뭐'라면서."

왕너구리 선생님다운 말이었다.

"그래서……." 갑자기 오바타 선생의 목소리에 힘이 들어갔다. "나는 돌아온 거야."

과거에서 현재로 이어주는 한마디였다.

"이타가키 선생님의 앞에 서 있어도 부끄럽지 않을 의사가 되어 나는 돌아온 거야. 앞으로도 한심한 진료 같은 건 할 생각이 없어."

언제나 들었던 당당하고 자신감이 넘치는, 힘 있는 그녀의 목소리였다.

갑자기 알 수 없는 초조감이 가슴속에서 머리로 들어왔다. 그런 각오만큼은 나도 뒤처지고 싶지 않고 그럴 작정도 없다. 하지만 각오만으로는 쫓아가지 못하는 것도 있다. 사실 눈앞에 우뚝 솟아 있는 오바타라는 벽은 지금의 나를 아무리 성장시켜도 넘어설 수 없는 존재로 느껴졌다.

'구리하라 군한테 실망했어.'

오바타 선생의 말이 지금도 귓가를 울리고 있다.

나는 손에 든 커피를 가만히 내려다보며 얼마 후 홀린 듯이 입을 열었다.

"저도 한번 혼조병원을 나가야 하는 걸까요?"

나의 발언에 나조차도 당혹감을 감추지 못했다.

뜻밖의 말이기는 했지만 은근히 예전부터 속에서 맺혀 있던 생각이기도 했다. 그것이 오바타 선생이라는 사람과의 만남으로 형태를 갖추어 입 밖으로 튀어나온 것이었다.

소파에 기댄 오바타 선생의 눈이 나를 보고 있었다.

"의사로서 부족한 지식과 기술을 조금이라도 채우고 선생님한테도 신용을 회복하고 싶습니다."

"큰 병원을 갔다고 해서 나를 쫓아올 수 있다고 생각한다면 큰 오산이야."

"설사 쫓아가지 못한다고 하더라도 쫓아가는 것 자체에 의미가 있겠죠. 지식과 기술로 조금이라도 선생님과 가까워진다면 저절로 결과는 바뀌게 될 것입니다. 의사는 종합적인 힘으로 승부를 하니까요."

"종합적인?"

"철학과 양심의 영역에서는 제가 완승입니다."

조금 놀란 얼굴을 한 오바타 선생은 이번에는 밝은 목소리를 내며 웃었다.

세 번째 맥주에 손을 가져가는 것을 보니 의외로 즐거워하는 것 같다. 일시적으로 빨간빛이 사라져 있었던 얼굴이 또다시 붉게 돌아오고 있다.

"그렇게 되면 구리하라 군이 논문을 쓰고 있는 사이에 나는 그 분야를 정복해야겠다. 어느 쪽이든 의사로서 날 쫓아와주고는 있다는 거네. 넌 진짜 재미있어."

마음속에 유쾌함이 우러나오고 있던 오바타 선생과 비교해보면 내 쪽은 그렇게 재미있어할 수만은 없었다. 여전히 머릿속에서 여기저기를 헤매며 생각에 잠겨 있을 때 오바타 선생이 입을 열었다.

"구리하라 군의 질문에 나는 대답할 자격이 없어. 자격이 있는 건 이타가키 선생님뿐인 것 알고 있지? 그래도 군이 간다고 마음을 정한다면 그때 말해줄게." 빨간 입술로 단호하게 웃으며 말을 이어나갔다. "네가 빠진 구멍 정도는 내 코딱지로 메워놓지 뭐, 라고 말이야."

나는 반박하지 않고 그저 천천히 고개를 떨구었다.

한 사람의 의사가 빠진 구멍을 메우는 것은 보통 일이 아니다. 구멍 난 모든 것을 다 이어받아야만 한다. 그 말은 결국 결단의 책임은 누군가에게 맡길 수 없는 자기 혼자만의 몫이라는 것이다. 이 또한 자신에게나 타인에게 배려와 가식이 없는 오바타 선생다운 대답이었다.

"아, 사실 나 있지. 코딱지가 별로 안 나와. 큰일이다."

"선생님, 취하셨어요?"

"말했잖아. 나 술 못 마신다고."

볼이 빨갛게 물든 오바타 선생은 손거울을 꺼내 들고 콧구멍을 들여다보려 했다. 그 움직임이 사랑스럽다고 칭해도 좋을 만큼 순수함을 뿜어내고 있었고, 나는 그 모습을 그저 웃으며 지켜보기만 했다.

정답이라는 것은 없다. 최선의 선택이 되는 것도 없다.

그런 것이 있다면 누구도 인생살이에 고생하지 않을 것이다. 최고의 의사라고 해도 살아가는 방식은 제각각이다.

언제라도 환자를 위해 분주하게 일하는 의사이거나, 첨단 의료를 제공하는 의사이거나, 가족과는 다른 곳에서 의료를 이어가고 있는 의사이거나…… 보는 관점에 따라, 각자 나름의 최선의 선택이라는 것은 변하게 마련이다. 그 변화를 아는 것이 첫걸음이다.

갑자기 문이 열리는 소리가 들렸다.

왠지 망설이며 들어오는 인기척에 뒤돌아보자 별것도 아닌 검은 괴물의 친구였다.

"뭐 하는 거야?"

"뭐를 하고 있진 않은데……."

거한이 오히려 놀란 표정을 하고 있다.

"그만둔 지도 얼마 안 된 외과 의사가 심야의 병원을 방황하고 있다는 건 온전치 않은 것 같은데. 4년간 혹사당한 원한을 풀기 위해 불이라도 지르러 온 건가?"

"무식한 소리 하지 마. 일단 오늘이 마지막 날이니까 온 거야. 아마리 선생님한테 인사하러 온 김에 병원을 돌아보고 있었어."

멋대가리 없는 거한의 남자가 오늘은 어쩐 일인지 감성적인 말을 내뱉고 있다.

"그것보다 왜 이치토랑 오바타 선생님이 같이 술을 마시고 있는 거야?"

"조그만 송년회야. 스나야마 군도 같이 할래?"

"그래도 돼요?"

"당연히 되지. 모처럼인데 스나야마 군의 마지막 혼조의 날을 위해 건배하자."

턱 하니 캔 맥주가 나오자 지로가 기쁘게 받아들었다.

언젠가 심야의 내시경실에서 오바타 선생을 향해 격양된 목소리를 냈던 일은 벌써 잊어버린 듯했다. 아니, 오히려 그 사소한 문제를 신슈 제일의 단세포가 기억해주길 바라는 내가 이상한 것일지도 모르겠다.

"역시 병원을 옮기는 건 쓸쓸한 일이네요."

"그거야 그렇지. 4년이나 일했지? 그러고 보니 스나야마가 없어진다는 건 이제 원조 '스나야마 블렌드'를 마실 수 없게 된다는 의미이네. 나한테는 너무 아픈 타격이다."

"그럼 나중에 만들어드릴게요, 선생님."

"정말? 그거 최곤데?"

뭐가 최고라는 것인지 전혀 의미를 알 수가 없다.

이 부분만큼은 아무리 오바타 선생의 말씀이라고 해도 눈곱만큼도 수긍할 수 없다.

"뭐야, 이치토? 왜 이렇게 기운이 없어? 나랑 너 사이에 뭘 그래. 당직이 힘들면 내가 아침까지 같이 있어줄게."

"어차피 미즈나시 씨가 야근하니까 시간이 남아서 때우려는 거 다 알거든."

"왜 알고 있는 거지? 이치토 역시 대단해."

"진짜 그런 거였어……?"

힘이 풀린 나를 보고 오바타 선생이 즐거운 듯 손뼉을 쳤다.

"진짜로 너네들 사이좋구나."

"이의 있습니다. 오해와 오류를 범하고 계십니다."

"어머? 그러면 신도 군과의 호모 의혹은? 간호사들 사이에서는 꽤 유명하던데?"

"뭐야? 이치토, 너 게이였어?"

"네가 왜 놀라고 있어? 옆에서 아니라고 말해줘야 할 것 아냐!"

나는 품격에도 맞지 않게 큰 소리를 질러버렸다.

지로 한 명이 들어오면 이렇게까지 공기가 한 번에 변해버린다. 이 남자가 혼조를 떠나면 그로 인해 상당한 타격을 입을 수 있지만 여기서는 구태여 말하지 않았다. 그렇지 않아도 덩치가 큰 놈이 우쭐해할 것이 눈에 뻔히 보여서였다.

떨떠름한 표정을 하고 있는 내 옆에서 오바타 선생이 갑자기 말했다.

"어떡해! 이제 슬슬 나오겠다."

소리를 치며 텔레비전의 리모컨을 집어 들고는 볼륨을 높였다.

요즘 같은 때 「홍백가합전」에 나온다는 것이 그렇게 대단한 일도 아닌 것 같지만 오바타 선생은 자못 심각했다. 화면상에서는 때마침 5인조 남자 그룹이 유쾌한 음악에 맞춰 춤을 추기 시작했다.

"아라시야. 아라시 나왔어!"

나는 조금 당황스러웠다. 오바타 선생은 나의 그 당혹감을 눈치챈 듯 곧바로 물었다.

"설마…… 아라시도 모르는 거야?"

완벽하게 어이가 없다는 듯한 시선을 보내더니 바로 화면으로 그 시선을 돌린다.

물론 내가 놀란 것은 아라시 때문이 아니었다. 오바타 선생이 아라시의 팬이라는 이유 때문이었다. 역시 사람은 겉모습만으로는 알 수 없다.

"역시 멋있지 않아?"

"요코도 완전 팬이에요."

지로가 갑자기 또 엉뚱한 곳에서 맞장구를 치고 있었다.

"그치? 맞아 맞아. 근데 미즈나시 씨는 누구 팬이야?"

오바타 선생은 정말 기뻐 보였다.

눈을 반짝거리는 오바타 선생과 밝은 얼굴의 지로가 졸지에 대화의 꽃을 피우기 시작했다.

이런 안방극장과도 같은 풍경에 어울리지 않게, 괴물과 여의사 사이에서 경박한 분위기가 피어오르고 있다. 소세키를 좋아하는 고고하고 품격 있는 내과 의사가 끼어들기에는 부적합하다.

눈앞에 펼쳐진 광경이 신기하기만 했다. 하지만 당혹감과 고민도 흘려보내고 머지않아 미소가 퍼졌다.

시간은 곧 자정, 조금 후면 새해가 밝아 새로운 1년이 시작된다.

나는 가만히 소파에서 일어나 탕비실로 발을 옮겨 컵을 세 개 올리고 인스턴트커피를 꺼냈다.

등 뒤로 들려오는 화려한 목소리를 들으며 분말 한 스푼을 컵에 쏟아 넣었을 때 퍼뜩 생각이 났다. 잠깐 고개를 갸우뚱하고 뒤를 돌아보니 캔 맥주를 든 내과 의사와 커다란 외과 의사가 기분 좋게 노래를 따라 부르고 있었다.

나는 한 번 더 생각하고 일단 내려놓았던 스푼을 다시 손으로 집어 분말을 쏴아아 하고 가득 컵에 넣었다. 그리고 옆의 찬장에서 설탕을 꺼내 그것 또한 대량으로 집어넣었다. 하얗고 까만 분말을 컵 중간까지 넣고 뜨거운 물을 부었을 때 등 뒤로 들리던 음악은 후렴구로 들어가면서 흥분이 최고조로 달했다. 컵을 들어서 한입 마셨다.

"……미친 맛이네."

말과 함께 쓴웃음이 넘쳐흘렀다.

살짝 창밖을 보니 좀처럼 볼 수 없는 큰 함박눈이 내린다. 덕분에 PHS는 기적이라고 해도 될 정도로 침묵을 지키고 있다. 평소에도 골탕만 먹이는 당직 귀신도 옛 친구와 함께 보내는 마지막 밤 정도는 나름대로 신경을 써주고 계시나 보다.

나는 접시를 들고 조용히 뒤꿈치를 돌렸다.

이 함박눈에 제야의 종소리는 들릴 기미가 없었다.

제5장

새로운 시작

작은 신사는 울창하게 우거진 숲의 한가운데에 그저 조용하게 멈춰 서 있다.

입구의 기둥 사이를 빠져나와 한낮에도 어두운 신사 안쪽으로 발을 디디면, 둘레가 5미터는 될 것 같은 거대한 삼나무 두 그루가 참배객들을 제일 먼저 맞이해준다.

올려다보면 풍성한 가지와 이파리가 하늘을 덮고 있고, 바람에 흔들릴 때마다 그 사이에서 반짝반짝 햇살이 내려온다. 눈 내리는 신사에 내려오는 햇빛은 참배객들을 이끄는 푯말도 같다.

신사 안의 모든 것을 손바닥에 품은 신당의 숲은 삼나무, 노송나무, 졸참나무, 소나무 등 당당한 거목들로 형성되어, 오랜 옛날부터 그윽하고 조용한 그 모습을 지금까지 유지하고 있다. 그 천연덕스러운 모습은 아무리 봐도 신의 영역이라고 해야 할 것 같다.

그 고목들이 우거진 숲의 한가운데로 발길을 돌리면, 이 끼가 낀 오래된 돌계단 앞에 초연하게 자리를 차지하고 있는 신메이즈쿠리(박공식 지붕에 중앙 계단이 있고 땅을 파서 기둥을 세운 신사의 건축 양식 중 하나 - 옮긴이)의 본당과 대면하게 된다. 그곳을 찾은 사람들은 인기척 없는 산속에서 별안간 낮잠을 즐기던 산신령이라도 만난 듯이 신선한 감동을 느낄 것이다.

국보, '니시나신메이구'.

이 검소한 신전의 이름이다.

오마치의 시가지에서 차로 15분 정도 남쪽으로 내려온 산기슭에 있는 마을이다.

창건 연대는 명확하지 않지만 적어도 서기 1300년대에 남겨진 기록에서 그 흔적을 찾아볼 수 있다고 한다. 현재의 신전은 간에이(1624~1643) 시대에 세워졌을 것이라고 보는데, 그렇다고 하면 400년이라는 아득하게 먼 세월이 지금 이 신전의 기둥과 대들보 하나하나에 새겨진 셈이다.

니시나신메이구가 국보로 지정된 이유이기도 하다.

큰 가로수들의 숲에 묻혀 세워진 이 조그만 신사는 국보인데도 신기할 정도로 찾아오는 사람이 적다. 정적은 어디까지나 정적인 채로, 시간이 흘러가는 것을 잊은 채 모든 흔적 하나하나가 시간의 저편에 멈춰 있는 분위기이다.

"이곳은 언제 와도 조용하네요."

아내의 맑은 목소리에 나는 고개를 천천히 끄덕였다.

새하얀 다운점퍼로 몸을 감싼 아내는 내 옆에서 새하얀 입김을 뿜더니 합장했다. 나도 아내를 따라 손을 모았다.

1월 3일, 정오가 조금 지난 시간이었다.

시내에 있는 신사였다면 정월의 첫 참배를 드리러 오는 참배객들로 활기를 띠고 있을 시간이지만, 이곳 신사 안은 아무 소리도 없이 고요할 뿐이다. 돌계단을 올라왔을 때 어느 노부부가 스쳐 지나간 것을 빼면, 참배전 앞에서 빗자루질을 하고 있던 젊은 남자를 본 게 전부였다. 그 남자는 참배하고 있는 나와 아내에게 정중하게 머리를 숙이고 나서 그대로 신사의 사무소 쪽으로 올라갔다.

참배가 끝난 후 본당의 옆쪽으로 발길을 돌렸다.

그곳에는 예전부터 니시나 숲의 나무들을 모조리 압도할 만큼 우뚝 솟은 거대한 신보쿠(神木, 신사 안에 자라고 있는 신사와 연고가 깊은 나무 – 옮긴이)의 흔적을 모시고 있다.

나무는 이미 말라 죽어 현재는 잘린 그루터기만 남아 있지만 그 크기만 해도 심상치 않다. 금줄을 두르고 있는 이

거목의 뿌리를 향해 한 번 더 참배를 드리는 것이 나와 아내의 습관이다.

돌아오는 길, 돌계단의 중간쯤에서 아내는 그 나무의 흔적을 아쉬운 듯 한 번 더 돌아보았다. 니시나신메이구는 아내가 좋아하는 장소 중 하나이지만 이렇게 두 사람이 함께 올 기회는 좀처럼 없었다. 숲의 한가운데에서 신전이 우리를 기다리며 하얗게 빛나고 있었다.

"아름다운 곳이네. 400년 전에도 있던 곳이라고는 상상이 안 돼."

"이렇게 풍성한 숲이 우거져 있었기 때문일 거예요."

아내가 머리 위로 무성한 나무들을 올려다보며 말했다.

"침엽수들이 본당으로 쏟아지는 강한 직사광선이나 비바람으로부터 지켜주었고, 그래서 원래대로라면 빛이 바랬어야 할 목재들도 바로 요전에 만든 것처럼 깨끗한 모습을 계속 유지할 수 있었던 거죠."

"역시 하루는 박식하구나."

"아까 그 신사의 직원분께 여쭤봐서 저도 막 알게 된 사실이에요."

아내가 씽긋 웃었다.

내가 눈짓으로 되물어보니 아내는 돌계단 밑의 신사 사무소 쪽으로 눈길을 돌려 알려주었다. 방금 전 참배전 앞에서 빗자루질을 하고 있던 남자가 지금은 신사 사무소 앞의 돌바닥을 쓸면서 우리에게 가볍게 눈인사를 건넨다.

"전혀 몰랐어."

"그럴 것 같았어요. 이치 씨는 어쩐지 심각한 얼굴로 계속 기도를 하고 있었으니까요."

"그랬었나……"

"그랬어요. 제가 젊은 남자하고 얼마나 친밀하게 얘기를 나누고 있었는데…… 그것도 눈치 못 채고 있었으니까요."

"그거야말로 심각한 이야긴데?"

이마에 손을 가져다 댄 나에게 아내는 이상하다는 듯 웃어주었다.

입구의 기둥 사이로 빠져나와 신사 밖으로 나오니, 금세 오후의 태양이 또렷하게 쏟아져 내리고 있었다. 그 빛을 쌓인 눈이 반사시키며 만들어내는 경치에 눈이 부셨다.

눈앞에 펼쳐진 참배 길은 반듯하게 언덕 아래까지 이어져 작은 마을 속에 녹아들어 있었다. 그 앞에는 하얗게 응결된 듯한 눈의 아즈미노가 펼쳐져 있고 그 일대를 따라 널따란 들판이 펼쳐진 곳이 조넨다케산이다.

"걱정거리가 많아요?"

"그런 건 아니야. 몇 년째 의사를 하고 있지만 사람의 손만으로는 할 수 없는 것이 너무나 많다는 것을 느끼게 돼.

그래서 나도 모르게 신을 의지하는 일이 많아져."

"사람의 목숨은 신의 영역이에요. 늘 말하고 있지만요."

"그렇지? 사람이 가진 영역 안의 이야기라면 내 고민은 그저 단순해지겠지. 나는 하루가 옆에 있어만 준다면 그걸로 충분해."

"뭐……." 살짝 목소리를 뱉은 아내는 희미하게 볼이 빨개졌다. "이치 씨는 농담과 진담이 똑같아서 잘 모르겠어요."

"나는 언제나 진담을 말하는데, 사람들이 자기들 마음대로 농담이라고 단정 짓고 착각하는 것뿐이야."

나는 살짝 웃었다.

"진심이라는 건 실행하는 것이라고 소세키도 말했지. 그 의미로는 내 진심도 아직 부족한 점이 많은 것 같아."

"진심이 아니어도 괜찮아요. 소세키가 아니어도 괜찮아요. 이치 씨는 이치 씨로 있어주기만 하면 저는 그걸로 행복해요."

망설임 없는 아내의 말은 겨울의 맑은 햇빛과 함께 가슴에 스며 들어왔다.

"어찌 된 건지 니시나에 있는 하느님보다 하루가 영험이 뚜렷한 것 같아."

"그런 말을 이렇게 하느님 앞에서 말하면 벌 받아요."

아내의 미소가 니시나의 숲에 흡수되어갔다.

둘이 꼭 붙어 주차장까지 도착한 순간 주머니 속의 휴대폰이 울렸다. 꺼내보고 나니, 나도 모르게 한숨이 나온다.

"호출이에요?"

"그런 것 같아."

대답을 하자 아내는 곧바로 차 쪽으로 뛰어갔다.

그녀의 뒷모습을 지켜보면서 전화를 받았다. 들려온 목소리에 나는 엉겁결에 눈썹을 움직였다.

"뭐야, 지로잖아."

"뭐야라니. 너무해, 이치토."

혼조병원을 그만둔 지 얼마 안 된 외과 의사가 어이없는 목소리를 들려주었다.

"지금 좀 괜찮아?"

"괜찮았는데 네 목소리를 들은 순간에 괜찮지 않아졌어. 아내랑 새해 첫 참배를 와 있던 중이야. 바쁜 거 아니면 다음에 해."

"바쁜 건 아니야."

"그럼 다음에……."

"근데 중요한 얘긴데……."

내가 침묵하게 된 건, 지로의 목소리에 평소답지 않은 무거운 울림이 있었기 때문이었다. 천하제일의 낙천가에게는 어울리지 않는 목소리였다.

"시마우치 고조 씨 얘기야……."

"상태가 안 좋아?"

"수술 경과는 순조로워."

"별것 아닌 일로 끔 들이면서 나랑 아내의 귀중한 시간을 방해하는 게 네 목적이라면 가만 안 둘 거야."

"수술 병리 결과가 오늘 아침에 나왔어."

지로가 한 단계 더 목소리를 깔았다.

나는 확실히 입을 닫고 다음 말을 기다렸다. 기다린 결과, 지로의 입에서 나온 내용은 쉽게 이해가 되지 않는 내용이었다.

"암이 아니었어?"

지로가 방금 한 말을 그대로 내가 말했다. 지로는 이를 꽉 깨물고 있는 듯이 바로 목소리를 내지 않았다.

"……무슨 뜻이야?"

"말 그대로야. 암은 어디에도 없었어. 절제했던 검사 재료 안에는 췌장암도 담관암도…… 아무것도 없었어." 한순간의 침묵 후 지로가 덧붙였다. "시마우치 씨는 처음부터 암이 아니었던 거야."

충격은 바로 오지 않았다.

나는 시동을 걸고 바로 출발할 수 있도록 준비하고 있는 아내를 응시했다.

길 위의 눈, 넓디넓은 주차장에 외로이 서 있는 자동차, 그 바로 맞은편을 덮고 있는 웅장한 신당의 숲. 아까와는 다르지 않은 풍경이 내 앞을 조용히 가로막고 있었다.

"이치토, 괜찮아?"

지로의 목소리에 내가 무슨 대답을 했는지조차 기억에 없다.

올려다본 겨울 하늘은 구름 한 점 없었고, 가로질러 날아가는 새의 그림자조차 보이지 않았다. 그저 조용하고 태평한 푸른색 하나만이 채색되어 있었다.

바람조차도 멈춰 있는 것 같았다.

종양 형성성 췌장염.

그런 병명이 있다.

문자 그대로 종양을 형성하는 췌장염으로 종기는 있지만 악성은 아니다. 즉 암이 아니다. 예전부터 더없이 특수한 췌장염이라고밖에 설명되지 않는 병이었지만, 현재에는 그 대부분이 '자가면역성 췌장염(AP)' 증상이었다는 것이 확실시되고 있다.

자가면역성 같은 어려운 이름이 붙어 있지만 병의 상태는 아직까지 불명확한 점이 많다. 한 가지 확실한 것을 말하자면, 이 병을 앓고 있는 대부분이 스테로이드라는 약을 통해 극적으로 개선된다는 점이다.

말하자면 약으로 좋아질 수 있는 병이라는 것이다.

"그럼 약으로 좋아질 수 있는 환자의 배를 갈라 췌장부터 위, 십이지장까지 잘라냈다는 말이네."

널따란 회의실 안에 왕너구리 선생님의 낮은 목소리가 울렸다.

병원에 인접한 사무국 건물 3층이었다. 커다란 타원의 떡갈나무 책상을 향해 검은 가죽 소파가 20개 정도 둘러싼 압도적인 분위기를 풍기는 방이다.

곤란한 표정으로 방금 전 그 말을 뱉은 왕너구리 선생님은 상석 가까이의 소파 중 하나에 몸을 기대고 있다. 아랫자리의 소파에서 몸이 굳어진 채 간신히 앉아 있는 나를 보고 왕너구리 선생님은 갑자기 "팡!" 하고 배를 두드리며 웃었다.

"……라고 한 건, 사무장이 뱉은 말이었어."

신정 연휴가 끝난 1월 초순의 아침이었다.

회의실에는 내과 부장인 왕너구리 선생님과 외과 부장 아마리 선생님이 마주 보고 앉아 있다. 혼조 원장으로부터 비공식적으로 불려 왔으며 "회의 주제는 소집 후에 전달한다"고는 했다고 하지만, 시마우치 씨의 일이라는 것은 누구나 다 알고 있다.

소집자인 원장의 자리는 제일 안쪽의 거대한 통유리를 등진 상석이지만 그의 모습은 아직 보이지 않았다. 원장의 오른팔인 재무성도 아직 도착 전이다.

나는 그저 입을 다물고 앉아 있을 뿐이었다. 소파는 분명 고급이었는데 나는 안락함을 느낄 수 있는 기분이 아니었다.

통유리의 바깥은 희미하게 날이 밝아오고 있었고, 저쪽 우쓰쿠시가하라의 산등성이 쪽은 아직 명백하게 드러나지 않고 있었다. 나의 심정을 대변해주듯, 정말로 어중간하게 멀고도 어렴풋한 풍경이었다.

"환자의 경과는 어떤가, 아마리 선생?"

"순조롭습니다."

외과 부장의 대답은 분명하면서 간결했다.

가라앉은 이곳의 분위기를 띄우려는 왕너구리 선생님의 의도와는 다르게 너무나 분명하고 간결한 대답이었다.

"구리하라 군, 이번 일은 자네 개인의 문제가 아니야. 수술에 들어가기 전에 외과는 외과대로 검사와 진단을 진행했잖아."

목소리는 낮았고, 눈 주변은 날카로웠으며, 말 속에는 배려가 있었다.

한 사람의 의사로서 그 마음 씀씀이에 나는 마음속 깊이 감사함을 느꼈다.

곧 문이 열리는 소리가 들렸고 무의식적으로 자세를 바르게 고쳐 앉았지만 문은 상석 쪽이 아닌 나의 등 뒤쪽의 문이었다. 모습을 보인 것은 오바타 선생이었다.

"엇? 오바타도 불려 온 거야?"

"부르시진 않았는데 이번 일은 저와도 관련이 있으니까요. 동석할 의무가 있다고 생각합니다."

오바타 선생은 얌전한 어투와는 정반대로, 늘 그래왔듯이 느긋한 태도였다.

가운을 휘날리며 걸어오는 그녀의 오른손은 주머니에, 왼손은 먹다 만 사과를 쥐고 있었다. 긴장감이 없는 태도는 왕너구리 선생님과 박빙이었다. 소파에 앉기 전에 반 정도 먹은 사과의 심지를 구석의 쓰레기통에 던지자 보기 좋게 포물선을 그리며 골인되었다. 아직도 음식물의 분리수거 정신과는 무관한 선생이지만 지금은 환경 문제에 대해서 논할 여유가 나에게는 없었다.

때마침 곧바로 상석 쪽의 문이 무게감 있게 열렸다.

처음에 들어온 사람은 재무성이었다. 다음으로 흰 수염을 기른 산타클로스가 얼굴을 보였다.

"다들 모이셨습니까?"

재무성의 감정도 없는 목소리가 오늘만큼은 섬뜩하게

배 안쪽을 어루만지는 기분이 들었다.

이 회의는 원래 부정이나 과오를 조사하고 처분하는 임시위원회가 아니었다.

"스테로이드 치료로 개선되는 환자에게 췌장암이라는 진단으로 대수술을 실행한 건에 대해 병원 간부로서 정보를 공유하려고 합니다. 그것이 목적입니다." 재무성이 직접 회의의 서두를 입으로 옮겼다. "먼저 현재의 정황을 파악해두는 의미로, 환자의 경과에 대해 말씀해주시죠."

외과 부장인 아마리 선생님이 입을 열었다.

"집도의인 스나야마 지로는 퇴직한 상태이기 때문에 저부터……."

아마리 선생님은 두꺼운 팔뚝으로 팔짱을 낀 채 말을 한 번 끊었다가 경과에는 문제가 없다는 것, 식사 섭취를 시작한 것, 현재는 보행 훈련 등의 재활 치료가 진행되고 있는 점 등을 순차적으로 설명했다.

"의학적으로는 지극히 순조롭다는 보고를 받았음."

"의학적으로는, 이라는 한정적인 표현을 쓰는 이유는 무엇입니까?"

재무성다운 예리한 지적이었다. 간신히 아마리 선생님이 흐리게 뜬 눈을 움직였다.

"의학적이지 않은 부분에서는 순조롭지 않았다……라는 의미로 받아들이면 되겠습니까?"

"환자의 손자분으로부터 수술 전의 진단과 병리 결과의 상이점에 대해 적잖은 의견이 나왔고, 그 부분 외에는 순조로웠음."

"아마리 선생님, 그 부분을 구체적으로 설명해주시겠습니까?"

틈도 주지 않고 마구 공격해 들어오는 재무성을 한 번 쳐다보고는 아마리 선생님이 확실하게 전달했다.

"환자의 손자분이 오진으로 수술한 것이냐……라며 분노했음."

낮은 목소리는 오히려 담담한 어조로 울렸다. 목소리와는 대조적으로 무겁고 엄숙한 내용이 흘러나와 오히려 더 두드러지게 느껴졌다.

갑자기 들어온 핵심에도 재무성은 역시 눈썹 하나 까딱하지 않는다. 핏기가 옅은 얼굴로 조용히 고개를 끄덕거리기만 했다.

하지만 나는 머릿속에서 울려대는 웅성거림을 억누를 수 없었다. 머리 뒤편에 떠오르는 것은 당초부터 수술을 내켜 하지 않았던 겐지 청년의 얼굴이다.

'저한테는 소중한 분이라는 말을 하고 싶었어요. 만약

암이라고 한다면 고통스러운 생각만큼은 안 하시게 해드리고 싶어요.'

그 목소리가 지금에 와서 무겁게 배 속 어딘가를 덮쳐오고 있었다. 재무성이 가슴 쪽에서 검은 수첩을 꺼내 들었다.

"제가 있는 곳에도 손자분으로부터 이번 진단의 상이점에 대한 항의의 목소리가 있었다는 보고가 들어와 있습니다."

"사무장, 의사들을 너무 괴롭히면 안 됩니다요."

갑자기 왕너구리 부장 선생님이 경박한 목소리로 가로막았다. 과장되게 어깨를 움츠린 선생님은 오른손으로 벅벅 머리를 긁으면서 말했다.

"AP라는 건 그렇게 자주 맞닥뜨릴 만한 증환이 아닙니다. 제대로 진단을 했고 암이 아니었으니 그걸로 된 것 아닙니까?"

"그렇게 감성적인 설명을 가지고는 가족들을 이해시킬 수 없습니다."

"구체적인 설명이 필요하다면 내가 하죠."

아마리 선생님이 다시 팔짱을 끼면서 말했다.

"AP는 특수한 췌장 질환으로 아직까지 진단 자체가 일정하지가 않습니다. 이번 병리 결과가 이렇게 빨리 나오게 된 것은, 원래부터 AP에 대해서 시나노대학이 제출한 연구 결과를 저희가 가지고 있었다는 특수한 배경 때문입니다. 이 지역 밖의 일반 병원이었다면 수술 후 진단 단계에서조차 혼란스러워하고 있을 것입니다."

재무성은 또다시 조용히 끄덕이기만 했다.

예전에 내과와 외과의 부장을 좌우에 두고 술을 마시던 산타클로스는 하얀 수염조차 미동도 하지 않은 채, 마치 명상하듯이 눈을 감고 침묵만 지키고 있다. 오바타 선생으로 말할 것 같으면 '뭘 지금에 와서?'라는 듯한 태도로 소파에 한쪽 팔꿈치를 대고 하품을 물어 죽일 듯이 하고 있다. 그 모습을 보고 있는 내가 소름이 끼칠 정도로 긴장감이 제로에 가까웠다.

"내과의 의견도 들어보고 싶군요."

갑자기 재무성이 공격의 화살을 돌렸다. 내과라고 말했지만 화살이 겨냥한 곳은 내 쪽이었다.

"진단을 하고 외과에 수술을 의뢰한 것은 구리하라 선생님이죠? 췌장암이라고 진단을 내린 근거와, 오진에 관한 선생님의 의견을 들려주시기 바랍니다."

오진…… 오진…… 하는 말을 들을 때마다 쇠방망이로 정수리를 얻어맞은 듯한 충격을 받지만, 여기에서 당하고만 있으면 임상 전문 의사로서 일할 수 없다. 언제까지나

호랑이, 아니 너구리의 위엄을 빌려서 앉아 있을 수만은 없었다. 나는 겉모습만은 철저하게 침착함으로 꾸민 후에 대답했다.

췌두부에 위치한 혹, 꼬리 측 췌관의 확장, 종양 표시의 상승. 각 검사의 결과를 순서대로 진술하고 마지막으로 총괄적으로 말했다.

"이상, 종합적으로 췌장암을 의심하게 된 경위를 말씀드렸습니다."

"하지만 제일 중요한 세포 검사에서는 암세포가 확인되지 않았죠?"

기획재정부 출신의 재무성이 꽤나 공부를 열심히 한 모양이다.

"세포 진단의 양성 반응 수치는 결코 높지 않았습니다. 확실한 췌장암이라도 음성이 나오는 것은 드문 일이 아니며, 이것을 결정적인 방법으로 삼아 최종 진단을 진행하기에는 무리가 있습니다."

"그 말은 암세포가 확인되지 않았음에도 82세의 고령자에게 대수술을 집도한 결과, 암이 아니었다는 겁니까?"

"……그렇게 이론만으로는 치료할 수가 없습니다."

"이론이 아닌 양심에 의해 환자의 배를 가른 것입니까?"

쩍 하고 무언가가 쪼개지는 소리가 들린 것 같았다. 그

소리는 시마우치 씨의 배를 가르는 소리였을까…… 아니면 나의 긍지가 쪼개지는 소리였을까……. 어느 쪽이든 그 조용한 공격에 나도 모르게 목소리를 잃어버렸다.

아마리 선생님이 두꺼운 눈썹을 움직였고 왕너구리 선생님은 평소와는 다르게 얼굴에서 웃음을 감추었다.

가득 차 있던 것은 전에 없던 긴박한 공기뿐이었다.

구조적으로 보았을 때 임상과 사무의 대립이었다.

원래부터 환자의 목숨을 위해 가끔은 경영을 도외시하여 고액의 의료비를 쏟아붓는 '임상'과, 건전한 병원 경영을 위해 힘을 쏟는 '사무'라는 영역은 대립의 요소를 내포하고 있다. 그 안에서 재무성은 명확하게 임상에 대한 자신의 영향력을 넓히기 위해 상체를 앞으로 내밀고 있었다.

아슬아슬한 침묵이 퍼져나갔다.

말은 없었지만 말 이상의 격렬한 무언가가 실내를 왔다 갔다 하고 있었다. 숨 막힐 것 같은 교착상태는 이렇다 할 시간도 두지 않고 바로 해제되었다.

"조금 시시한 논쟁이군."

그때까지 한마디도 끼어들지 않았던 혼조병원의 원장이 던진 말은, 실망과 실소와 체념 등 많은 것이 포함되어 있었다. 옆에 있던 재무성은 자신이 내뱉은 발언을 자각한 듯이 한걸음 후퇴한 뒤 머리를 숙였다.

"이론이든 양심이든 좋아. 내가 알고 싶은 것은, '이 수술이 올바른 것이었는지, 아니었는지'라는 것이네."

산타클로스는 의외로 색이 하얀 손가락으로 풍성한 수염을 문질렀다.

'이 수술은 올바른 것이었는가?'

어떻게도 해석이 되는 기준점이 없는 질문이었다. 진단이 틀린 이상 수술이 올바르다고 말하는 것은 도저히 있을 수 없다. 그렇지만 그 질문에는 산타클로스의 참뜻이 있었다.

"수술의 옳고 그름에 관해서라면 따로 논쟁할 여지가 없습니다."

대답한 쪽은 의외로 왕너구리 선생님도, 아마리 선생님도 아니었다. 일관되게 방관자의 모습을 하고 있던 오바타 선생이었다.

재무성의 감정 없는 눈과 산타클로스의 가느다란 눈이 동시에 아랫자리의 침입자에게 향했다. 왕너구리 선생님이 '무슨 말을 하려는 건가?'라는 듯 눈썹을 움직였지만, 오바타 선생은 조금도 개의치 않고 말했다.

"이 증례의 경우는 수술이 가장 안전하고 확실한 선택지였다고 판단합니다."

오해의 여지가 조금도 없는 명료한 대답이었지만 재무

성은 감정이 없는 태도를 조금도 무너뜨리지 않고 있었다.

 "설명을 부탁드리오, 오바타 선생."

 "아까도 구리하라 선생님이 말한 것이긴 한데요." 오바타 선생은 시원스레 머리카락을 쓸어 올리며 덧붙였다. "세포 검사의 양성 확률은 약 60퍼센트. 그 말은 40퍼센트는 암이어도 음성 반응이 나온다는 것입니다. 그러므로 완전히 불확실하다고 볼 수 있습니다. 덧붙이자면 화상 검사에서는 확연하게 종기가 형성된 것이 관찰되었으며 종양 표시 상승도 인정되었습니다. 한편 AP에서 상승이 되었다고 보인 혈액 검사의 IgG4(면역 백신 치료를 통해 형성되는 차단 항체―옮긴이)는 정상 범위 안이었으며 심지어 이런 증상은 일반적인 AP와는 다른 특수한 형태를 나타냅니다. 췌장암이라고 진단을 내리고 치료를 진행하는 것이 가장 합당한 판단이었다고 말할 수밖에 없습니다."

 "자가면역성 췌장염은 스테로이드에도 치료가 가능한 증환입니다. 한 번이라도 스테로이드 치료를 실행해보았어야 하는 선택지는……."

 "정말이지 쉽고, 무책임한 선택이네요."

 싹둑 하고 잘라버리듯 오바타 선생이 말을 던졌다.

 꿈쩍 않던 바로 그 재무성이 핏기 없는 볼을 움찔하고 움직였다.

"현재로는 그런 쉬운 치료 덕분에 시기가 늦어져 췌장 암이 되어버린 보고도 있습니다."

"그렇지만 오바타 선생." 재무성의 열띤 목소리가 이어 졌다. "환자는 82세의 고령자입니다. 암의 증거가 없었고 또한 자가면역성 췌장염의 가능성도 있는데 그렇게 큰 수 술에 들어가기 전에……."

"작은 수술이면 해도 됩니까?"

오바타 선생의 눈가에 영리한 빛이 반짝하고 빛났다.

그녀의 목소리 안쪽으로 뼛속까지 차가운 무언가가 더 해진 것을 나는 놓치지 않았다.

"췌장염이 20퍼센트 정도 의심된다면 80퍼센트 정도의 수술을 해놓으면 되는 겁니까? 60퍼센트 정도의 암이 의 심된다면 췌장도 60퍼센트 정도로만 절개해두면 되는 겁 니까?"

"그렇게 말꼬리를 잡고 늘어져서야……."

"치료는 자기가 가진 자격으로 재산과 돈 관리를 하는 자격 신탁과는 다릅니다, 사무장님."

끈질긴 그녀의 한마디였다.

이른 아침의 회의실에 신슈의 겨울 공기보다 차가운 공 기가 북적거리고 있었다.

어느새 긴 다리를 꼬고 있던 오바타 선생은 그 눈가에

차가운 빛을 띠고 있었다. 보통의 명랑한 행동거지와는 너무나 동떨어진 냉정한 태도였다.

구리하라 군한테 실망했어, 그렇게 말했을 당시의 그 눈, 칼날처럼 차가운 그 눈동자였다.

제삼자의 위치에 서보고서야 나는 처음으로 이해했다.

오바타 선생이 이런 차가운 눈을 향하는 대상은 생명을 경시하는 모든 인간에게로 향해 있었다. 상대의 입장 따위는 상관없다. 의사이든 환자이든 설령 그 사람이 사무장이라 할지라도 생명에 대한 진지함을 잃었거나, 또는 얕보는 사람에 대해서는 근원적인 혐오와 반발을 갖고 있었다.

음주를 되풀이하며 자신의 몸을 혹사시키는 환자도, 바쁜 이유로 최신의 의료 기술을 유지하지 못하는 의사도, 특수한 췌장염의 증례를 이유로 췌장암의 무서움을 경시하는 사무장도, 모두가 의사 입장인 그녀에게는 동일한 것이었다.

"저희의 일은 0이거나 100, 둘 중에 하나입니다." 오바타 선생의 침착한 목소리가 이어졌다. "암이 80퍼센트의 확률이라고 하여 80퍼센트만큼의 치료 따위는 없습니다. 열 명의 환자들 중 아홉 명을 구하더라도 아무도 칭찬해주지 않습니다. '열 명 중에'가 아닌, '열 명 모두' 확실하게, 완전하게, 절대적으로…… 생명을 구할 수 없다면 의사로서는 실격입니다."

재무성은 침묵한 채였다. 산타클로스도 왕너구리 선생님도, 아마리 선생님도, 각자의 태도로 침묵을 취하고 있었다. 그 압도적인 침묵 속에서조차 오바타 선생의 어조는 조금도 흔들림이 없었다.

"만약에 1퍼센트라도 환자의 생명을 위협하는 증상이 의심된다면 저희는 거기에 100퍼센트의 힘을 쏟아붓는 것입니다. 그리고 모든 책임을 지고 있고요."

"시마우치 씨의 수술은 가장 합당한 선택지였다는 건가요?"

재무성의 목소리가 기분 탓인지 처음의 기세보다 줄어든 기색이 보였다. 철퇴한 적군을 향해 오바타 선생의 숨통을 끊는 일격이 투입되었다.

"같은 환자가 100명이 온다고 해도, 100명 모두 다 수술입니다."

갑자기 회의실 안이 밝아진 것은 우쓰쿠시가하라의 능선에서 아침 해가 모습을 드러내서였다. 원만한 각도로 내리쬐고 있던 빛이 느슨하게 들어온 것만으로 회의실 구석까지 투명한 햇빛으로 물들어가고 있었다.

"오케이."

잠시 동안의 침묵은 그 거리낌 없는 한마디에 의해 정리되었다. 산타 원장이었다.

"어찌 됐든 내가 끼어들 필요는 없는 것 같네, 이타가키 선생."

"걱정 없다고 말했잖아요, 원장님."

왕너구리 선생님은 소파에 몸을 기댄 채로 늘 짓는 경박한 웃음을 띠고 있었다.

"예의에 관해서는 조금 교육이 부족하긴 합니다만, 의사로서 하고 있는 일에 참견을 받을 정도로 혼조의 내과는 한심하지 않습니다요."

"내과에만 해당하는 것은 아닙니다."

아마리 선생님이었다.

"이 녀석은 무시!"

왕너구리 선생님이 웃음으로 답했다.

"하지만……." 산타클로스가 하얀 수염을 움직이며 말했다. "여러분 자신의 철학과 환자의 심리를 동일시해서는 안 된다오."

슬쩍 옆의 재무성을 보았다. 재무성은 기계적인 손동작으로 아까의 그 수첩을 차르르 넘겼다.

"환자의 손자에 해당하는 시마우치 겐지 씨로부터 이번 일에 대해 설명을 듣고 싶다는 취지의 연락이 들어와 있소. 오늘 오후 6시로 생각하고 있네만."

산타클로스가 편안하게 시선을 돌려 나를 보았다.

"구리하라 선생, 가능하면 처음에 진단을 내린 자네의 설명을 원하고 있다네."

하얀 눈썹 밑에 있던 두 개의 빛이 똑바로 나를 쳐다보고 있었다.

나는 사람에게 별명을 붙이는 것이 특기이다. 하지만 속이 보이지 않는 이 인물에게 꿈과 희망의 상징인 산타클로스라고 이름 붙인 것이 약간 실패였다는, 지금 장소와 상관도 없는 감정이 마음속에 똬리를 틀고 있었다.

"책임지고 처리하겠습니다."

일어나서 고개를 숙인 나에게 산타클로스는 희미하게 고개를 끄덕이기만 했다.

"괜찮은 거예요?"

걱정스러운 목소리가 나를 현실에서 끌어당겨주었다. 하얀 팔이 다가오더니 눈앞에 커피가 든 잔이 놓였다.

풍부한 쓴 향이 비강을 간지럽히자 산만했던 사고와 시야가 천천히 돌아왔다. 시야에 들어온 것은 부드러운 저녁 무렵의 빛이 내리쬐기 시작한 내과의 병동이었다.

주간 업무를 서둘러 끝내고 병동으로 오자 어느새 생각의 늪에 빠져버린 것이다. 제정신이 돌아오면서 마음속 깊숙이 침전되어 있던 묵직한 피로감을 자각하게 되었다.

"괜찮은 거예요?"

다시 한 번 아까의 말을 되풀이하는 도자이는 그대로 팔짱을 낀 채 스태프 대기실의 센터 데스크에 기대어 서 있었다.

나는 가볍게 손가락으로 눈 주위를 누르면서 말했다.

"시마우치 씨의 일이라면 이제부터 병실을 방문하기로 되어 있어. 진단이 달랐던 것뿐이지 방침이 틀렸던 것은 아니니 걱정 없어."

"내가 지금 환자를 걱정하고 있는 게 아니잖아요."

"사무장이라면 전부터 찍혀 있었으니까 지금 와서 또 찍힌다고 하더라도 무섭지 않아."

"내가 걱정이 되는 건 환자도 사무장도 아니에요. 지금 내 눈앞에서 완전히 의기소침하게 찌그러져 있는 내과 의사지."

질린 얼굴의 어딘가에 진심으로 걱정하는 기색이 엿보였다. 나는 입을 다물었다가 바로 잘난 듯 커피를 들었다.

"의기양양을 잘못 말한 거 아냐?"

"선생님은 틀린 게 아니야."

힘이 있는 목소리가 돌아왔다.

생각지 못하게 손을 멈추고 올려다보니 도자이의 맑게

갠 눈이 뒤돌아보고 있었다.

"누가 뭐라고 말하든, 나는 항상 큰 소리로 외칠게요. 선생님은 틀리지 않다고. 틀렸다고 해도 틀리지 않았으니까 그런 일로 이상하게 쭈구리처럼 있지 마요."

"이론상 약간 억지 같은데?"

"이론 같은 거 개나 주라고 해요."

꽤나 품격이 떨어지는 말이 날아왔다.

돌아다니던 간호사 중 한 명이 조금 놀란 얼굴을 했지만, 사정을 알고 있는 듯 그대로 아무 말도 하지 않고 지나쳤다.

"다들 의사를 무슨 편리한 일회용품 같은 걸로 착각하고 있잖아요. 밤이고 낮이고 일을 시키면서 토요일도 일요일도 호출당하고. 뭐든 다 의지만 하려고 하면서 실수가 있었다고 하는 순간 손바닥 뒤집듯이 해치워버리려고 하네. 그렇게 하면 의사들부터 망가져버리겠다."

엄마처럼 걱정해주며 화내는 그녀의 모습이 따뜻하게 가슴에 스며들었다. 이런 유능한 주임의 목소리에 나는 대체 얼마나 도움을 받고 있는 건지…….

"고마운 말을 해주네, 도자이."

솔직하게 말했는데 오히려 도자이는 기분 나쁜 표정을 짓는다.

"그런 기분 나쁜 말을 입으로 내뱉는다는 것 자체가 쭈구리처럼 되었다는 증거예요."

적절한 지적의 말을 끝으로 이 젊은 간호사를 부르는 목소리가 겹쳤다.

"바로 갈게." 도자이가 늘씬한 몸을 책상에서 일으켰다. "한 번 더 말하는데 진짜로 틀렸다고 한들 선생님은 틀리지 않았어요. 그런 자신감을 가져도 될 정도로 선생님은 누구보다 제대로 일하고 있으니까."

그 말을 남기고 몸을 돌려 대기실에서 나가버렸다.

날이 저물고 조금씩 어둠이 늘어나는 창밖과는 대조적으로 눈이 부신 그녀의 뒷모습을 소리 없이 바라보았다.

"따뜻한 사람이야, 도자이 씨는."

뒤에서 들려온 목소리에 고개를 돌리자 어느새 등 뒤에 다쓰야가 서 있었다.

"서서 엿듣는 건 아무리 봐도 다쓰답지 못한 저렴한 행동 같은데."

"나도 같은 생각이야, 구리하라." 다쓰야가 쓴웃음을 띠고는 옆의 의자에 앉았다. "나도 도자이 씨와 같은 생각이야. 결과적으로 예외적인 부분이 있었다고는 해도 너의 선택은 틀리지 않았어. 괴로워할 것 없어."

"암도 아닌 환자의 배를 갈라서 췌장을 떼어내는 판단

을 했는데, 괴로워하지 말라니 의학부의 양심에게는 있을 수 없는 너무 쉬운 말 아니야?"

"100명의 같은 환자가 있어도 100명 모두 다 수술인 거 맞잖아."

다쓰야가 전자 카르테를 입력하며 말했다.

생각 외로 정보가 빠르다. 이번 사건은 병원에 있는 모두가 주목하고 있다는 뜻이다.

"나도 오바타 선생님하고 같은 의견이야. 그 정보를 종합해보면 스테로이드 치료가 환자에게는 편할지 몰라도 오히려 목숨을 빼앗을 가능성이 있어. 수술은 합당한 판단이었어."

"지금 문제는 그런 결론이 아니야."

나는 고심한 끝에 목소리를 냈다.

의아한 얼굴을 하는 다쓰야를 돌아보고 그때부터 시선을 바닥으로 떨구었다.

"나는 AP를 판별조차 못 한 채로 수술을 판단했어. 가능성을 고려해서 수술을 선택하는 것과 마구잡이로 돌진하는 건 전혀 다르니까."

다쓰야가 눈을 크게 만들면서 눈썹을 움직였다.

"하지만 혈액 검사의 IgG4는 측정했잖아. AP를 의심했으니까……."

"내가 측정한 게 아니야. 나도 모르는 사이에 오바타 선생이 확인해두었던 거야."

이번에는 다쓰야도 당혹스러워 보였다.

나는 턱에 가볍게 손을 올리고 한숨을 쉬었다.

"그게 나와 오바타 선생의 차이야."

바닥을 향한 한숨과 동시에 그대로 질질 끌어당기는 듯한 묵직한 무게가 양쪽 어깨에 느껴졌다.

"어떻게 해도 채울 수 없는 큰 차이인 거야."

"한 대 얻어맞았네."

아침 일찍 회의실을 나온 직후의 오바타 선생이 했던 말이 떠올랐다.

"솔직히 AP라고는 생각 못 했어. 가능성은 생각했는데 종합적으로는 나도 암이라고 진단했어."

검은 머리 밑의 이마에 짙은 주름을 만들며 입술을 깨물고 있었다. 재무성 앞에서는 그렇게 태연하게 행동했는데 사실은 지금 모습이 오바타 선생의 솔직한 심정이었던 것이다.

하지만 나의 충격은 이 이전의 문제이다.

AP를 판별한 이후 어느새인가 검사를 진행하고 있던 오바타 선생에 비해 나는 판별조차 하지 못한 채 수술만 진행하고 있었던 것이다.

말하자면 내 입장과 오바타 선생의 남편을 진찰했던 주치의가 똑같은 것이었다. 무지하고 천박한 판단이었다고밖에 말할 수 없었다. 내가 자각도 못 한 채로 걸어가던 살얼음판을 오바타 선생이 깨지지 않도록 얼음 안쪽에서 받쳐주고 있었던 것뿐이었다.

'의사는 종합적인 힘으로 승부를 하니까요.'

그렇게 말했던 나 자신의 경박함은 우스꽝스럽고 미련함 그 자체였다. 그럭저럭 하루하루를 뛰어다니기만 하는 한 내과 의사와 매일 밤 온갖 문헌들을 둘러보고 학회에 다니며 귀와 눈을 갈고닦는 의사와의 큰 차이를 나는 완벽하게 실감했다.

갑자기 울린 시계의 종소리가 나를 생각의 진흙탕에서 현실로 끌어올렸다.

오후 5시 반의 종소리였다.

"얼굴색이 안 좋아, 구리하라."

시계를 올려다보고 있는 나의 귀에 옛 친구의 목소리가 들렸다. 시선을 돌리니 다쓰야가 걱정하는 눈으로 나를 보고 있었다.

"괜찮은 거야?"

"그런 묘한 질문 하지 마." 나는 다시 소리쳤다. "내가 괜찮은지 어떤지는 지금 생각할 일이 아니야."

거만하게 말했지만 꽤나 힘이 없었다.

나는 천천히 도자이의 커피를 비우고는 일어섰다.

세상에서 두 번째로 맛있어야 할 커피가 향도 없이, 맛도 없이 목구멍을 지나쳐버렸다.

시마우치 고조 노인의 병실을 방문한 나를 처음으로 맞이한 것은 창문 쪽에 퍼져가고 있던 선명한 석양이었다.

병실 창문에서는 삐뚤빼뚤하게 이어진 기와지붕이 널찍이 내려다보고 있다. 석양이 저물고 있는 붉은 햇빛을 받은 마쓰모토의 시가지는 겨울 특유의 투명한 공기가 산기슭의 저편까지 퍼져 있었다.

"정말 예쁜 풍경이죠, 선생님?"

온화한 목소리는 침대 위 시마우치 노인의 것이었다.

가볍게 목례한 나에게 노인은 싱글싱글 웃으며 끄덕거린다.

수술 후 투병 생활로 인한 체력 소모는 확실히 숨길 수 없었다. 볼살이 빠지고 목 근육도 말라 있었다. 그럼에도 노인의 변하지 않는 부드러운 목소리에 나도 모르게 안도의 한숨을 삼켰다.

"죄송합니다. 내과의 남쪽 병동에서 보이는 풍경과는 꽤나 달라서 조금 놀랐습니다."

"스나야마 선생님한테 듣기로는 북쪽 4병동이 제일 경치가 예쁘게 보이는 방이라고 하더라고요."

단세포의 외과 의사치고는 꽤나 배려심 깊은 말이었다.

"몸 상태는 어떠십니까?"

"아주 좋아요."

노인은 어디까지나 온화하기만 하다.

얼마 후, 링거를 교환하러 온 간호사가 퇴실하자 남은 건 침대 위의 온화한 노인과 그 옆을 서성거리는 온화하지 않은 청년이었다.

청년은 할 말을 찾고 있는 것인지 심각한 표정을 지은 채 당분간은 입을 열지 않았다. 곧 시마우치 노인이 마치 잡담이라도 하듯이 입을 열었다.

"아마리 선생님께서 꽤나 정중하게 설명을 잘해주셨습니다. 일부러 구리하라 선생님까지 오시지 않아도 된다고 생각했는데, 손주 녀석이 어떻게든 직접 이야기를 듣고 싶다고 양보를 안 해서 말이에요. 죄송합니다." 노인은 몸을 살짝 움직이는 손자를 신경도 쓰지 않고 말을 덧붙였다. "뭐, 저로서는 암이 아니라는 말을 들어서 다행이라고 생각합니다. 그 이상도 그 이하도 아닙니다."

따뜻한 목소리에 나는 그저 쓸데없이 크게 고개를 끄덕이기만 했다.

잠시 동안의 온화함과 고요함을 깬 것은 당연하게도 손자의 목소리였다.

"선생님, 저는 이해 같은 거 아직 안 했는데요."

쏘아보는 시선과 함께 절박함마저 느껴지는 목소리가 돌아왔다. 고개를 돌려보니 피부가 하얀 청년이 이마까지 상기된 무서운 눈으로 쳐다보고 있었다.

"암이 아니었다고 하는 것은 어떤 말이죠?"

"자가면역성 췌장염이라고 하는 병이었습니다."

"결국은 오진이었다는 거네요."

시마우치 노인이 청년에게 무언가 제지의 말을 하려 했지만 별로 믿음직스럽지 못했다. 그것이 한층 더 손자의 불안함을 자극한 듯했다.

"자가면역성 췌장염이라는 게 약으로도 나을 수 있는 병이라고 하지 않습니까? 그런데 왜 수술을 한 거죠? 저는 선생님을 믿었고 그래서 부탁드린 겁니다."

나는 눈도 깜빡거리지 않고 따지는 그 청년을 그저 바라만 보았다. 더 이상 세게 쥘 수도 없을 만큼 힘이 들어간 그의 오른손 주먹에서 눈을 뗄 수 없었다.

청년의 그 말을 예측하지 못했던 것은 아니었다. 다만 예측하고 있었던 것 이상의 충격을 받은 것뿐이었다.

나는 파도가 일렁거리고 있는 마음을 누르며, 조용하게

이론을 설명하기 시작했다. 진단이 달랐다고 하더라도 수술은 제일 확실한 수단이라는 사실을 계속 명시했지만 이 난처한 결과를 이해시킬 수는 없을 것이다.

"췌두 십이지장 절제술이라는 수술이 그렇게 자주 있는 수술이 아니었죠?"

한층 더 온도가 내려간 청년의 목소리가 갑작스레 나의 목소리를 제지했다.

끄덕거리는 나에게 성급한 목소리가 날아들었다.

"저도 여러 가지로 알아봤는데요. 병원의 업적을 올리기 위해서 무리하게 할아버지를 수술대까지 오르게 한 건 아닙니까?"

확실하게 놀랄 만한 발상의 비약이었다.

"말도 안 되는 일입니다. 외과에서도 설명은 드렸다고 생각됩니다만 현재 시점에서 다시 돌아간다고 하더라도 수술이 제일 합당한 선택지인 것은 변하지 않습니다."

"그 말을 어디까지 믿을 수 있는지 모르겠네요. 할아버지를 집도했다는 그 스나야마라는 선생님도 구리하라 선생님과 같은 나이 아닙니까? 진단이 진단이었다면 수술도 수술이었겠죠?"

갑자기 온몸이 얼어붙는 발언이 날아들어왔다.

확실히 나는 목소리를 잃었다.

진단은 틀렸다. 하지만 집도의였던 지로의 얼굴에 먹칠하는 것은 어긋난 이야기이다. 어려운 수술을 성공시킨 지로의 손기술을 칭찬하기는커녕, 이런 식으로 끄집어 올려 난폭하게 자르고 조각내도 될 일이 아니었다.

말이 막힌 나에게 청년이 다시 무언가 따지려고 하는 그 순간, 험악한 목소리가 그 장소를 압도했다.

"이놈! 그만두지 못해?"

큰 목소리가 아니었다. 하지만 등 근육이 차가워질 듯한 차가운 한마디였다. 겐지 청년은 입을 닫은 상태로 무언가에 묶인 듯 움직임을 멈추었다.

'누구지?' 하며 놀란 마음에 실내를 둘러보았지만 처음부터 병실에는 세 명밖에 없었다. 나와 청년과 시마우치 노인이었다. 그 세 번째 사람이 천천히 야윈 볼을 움직였다.

"겐지, 배를 연 건 네가 아니야. 나야."

거의 처절하다고 해도 좋을 만큼, 무거우면서 두꺼운 목소리가 울렸다. 믿을 수 없는 일이었지만 그것이 시마우치 노인의 목소리였다. 그리고 틀림없이 예전부터 위험한 조직에 몸을 담았다가 그 조직을 끊고 살아온 두목의 목소리였다.

지켜보던 나의 등에 식은땀이 흐를 정도였으니, 손자의

놀라움은 상상을 초월하는 것이었으리라.

"죄송합니다, 선생님."

정적이 흐르는 가운데 노인이 천천히 고개를 돌렸다.

마른 몸을 침대에 기대고 있는 그의 눈썹 밑으로 날카롭게 두 눈이 빛났다.

"귀여운 손주이지만 아무래도 너무 오냐오냐했던 것 같군요. 예의가 없어서 안 되겠어."

낄낄낄 하고 작은 웃음소리가 들렸다.

물론 나에게 웃을 여유가 있을 리 없었다. 옆에 있던 손자까지도 망연한 듯 한마디도 내뱉지 못한 채, 할아버지의 옆모습을 쳐다보고 있었다.

"이런 보잘것없는 노인의 가는 길을 진심으로 생각해주는 건 아무것도 모르는 저 손자 녀석밖에 없겠지요. 그래도 세상은 예외라는 게 있고 또 특이한 사람도 있는 거잖습니까. 그렇죠, 선생님?"

즐거운 듯 말하는 노인이 빛나는 양쪽 눈을 희미하게 뜨고 나를 쳐다보았다.

"등 뒤에 용이 있어도 치료는 바뀌지 않는다……."

당황해하는 나에게 노인은 깊이가 있는 미소를 보냈다.

"솔직하게 요즘같이 먹고살기 힘든 세상에 그렇게 풋내가 풀풀 나는 말을 진심으로 입에 담는 사람을 만날 줄은 몰랐습니다." 노인은 또 두세 번 작게 어깨를 흔들며 웃고 는 조심히 덧붙였다. "그거 좋은 대사였습니다, 선생님."

"시마우치 씨……."

"잊어버렸습니까? 수술은 선생님이 마음대로 밀어붙인 것이 아니잖아요. 나와 선생님과 '두 명이서' 정한 거지."

"그렇죠?"라고 물어보는 노인의 웃는 얼굴은 어느새 자 주 보았던 호호 할아버지로 돌아와 있었다.

"그날 밤 나는 정말로 기뻤습니다."

시마우치 노인은 담담히 고개를 숙였다.

대답할 말이 떠오르지 않았다.

나는 그저 병실 중앙에서 눈꺼풀의 깜빡거림도 잊은 채, 멀뚱히 서 있었다.

정신을 차렸을 때 창밖은 밤이었다.

카펠라를 이끄는 마차부자리의 행렬이 천천히 밤하늘을 걸어가고 있었다.

일몰을 맞이한 시가지는 급격하게 기온이 내려가기 시 작했지만 왕래하는 사람들의 모습이 많아서인지 마을 전 체가 강한 역동감을 담고 있었다.

새해의 공기란 이런 것일까.

불빛은 평상시보다 많았고 화려한 사람들의 목소리도

길목마다 넘쳐흘렀다. 달은 아름답고 길가의 눈 덕분인지 한층 거리가 밝아진 듯했다.

하지만 반짝거리는 마을이 나의 눈에는 급조된 영화 촬영지같이, 실감이 나지 않는 가짜처럼 비쳤다. 풍경의 문제가 아니었다. 바라보는 내 심정의 결함 때문일 것이다. 울적함과 고민과 피로 등이 번갈아가며 시야를 점령하고, 아름다운 신슈의 풍경에서 점점 멀어지게 하고 있었다.

맙소사…….

여기 보란 듯이 한숨을 내뱉어보았지만 그저 하얀색 입김이 시야를 가릴 뿐이었다. 이래서는 안 된다며 이마를 손끝으로 세 번 두드려보았지만 머릿속의 우울함은 나의 뇌를 점령한 주인이라도 된 듯, 묵직하게 책상다리를 틀고 앉아 조금도 나올 기미를 보이지 않았다.

나와테 거리로 향하고 있는 나의 뇌 속으로, 맥락도 없는 무수한 영상이 마치 낡은 영사기를 돌려놓은 듯이 모놀로그로 지나가고 있었다.

차가웠던 재무성의 시선과 분한 듯이 입술을 깨무는 오바타 선생, 초조해하던 겐지 청년의 눈동자, 시마우치 노인의 무시무시한 미소……. 내 안의 다른 누군가가 허락도 받지 않고 영사기를 쉴 새 없이 뱅글뱅글 돌리고 있다.

어디서부터 길을 잘못 든 것일까.

아니, 정말로 잘못 든 것인지조차 지금의 나로서는 판단이 서지 않는다.

아아, 목소리가 아닌 탄식과 함께 겨울 하늘을 올려다보니 거리에 멀뚱히 멈추어 있는 나에게 한마디도 하지 않고 하늘의 마차는 유유히 밤하늘을 건너가고 있었다. 건너가는 마차와 망연하게 올려다보는 나와의 사이가 바로 오바타 선생과 나 사이에 가로막힌 심상치 않은 격차였다.

거의 생각 없이 멍하게 하늘을 쳐다보고 있던 나는 갑자기 비틀거렸다. 내 옆으로 뛰어가던 사람의 어깨에 부딪혔기 때문이다.

죄송합니다, 라는 말과 함께 젊은 남자는 다시금 뛰어갔다. 청년의 등을 쳐다보고 있던 나는 앞쪽에 번쩍번쩍하게 조명을 받고 있는 마쓰모토성을 인지하고 눈을 가늘게 찌푸렸다.

어느새 성의 근처에 서 있었다.

밤중이라면 어둠 속에 잠들어 있어야 할 성의 망루가 이날은 많은 조명에 의해 반짝반짝 빛나고 있었다. 검은 문 앞에 있는 두 개의 둥근 정원은 낮이라고 생각될 정도로, 환한 빛으로 가득 차 있었다. 여러 명의 그림자가 그림자 놀이를 하듯, 조명 앞을 왔다 갔다 하고 있었다.

잠시 눈부심에 적응되기를 기다렸던 나는 곧 사람들 틈으로 무수히 많은 얼음 동상이 서 있는 것을 보게 되었다.

아까 하늘을 달리고 있던 말이 보였다. 지금이라도 곧 뛰어나갈 듯한 백마였다. 느긋하게 돌에 앉아 있는 인어 옆에는 날개를 내리고 쉬고 있는 학의 모습이 보였다. 아직 완성되기 전의 얼음 조각들이 밤의 마쓰모토성을 배경으로 조명을 받으며 빛을 반사시키고 있었다.

누적된 피로감과 더불어 내가 지금 환각을 보는 것은 아닌가 생각했지만 그렇지 않았다. 조각상 사이에는 작품 완성을 향해 몰두하고 있는 많은 작업자의 모습들이 보였다. 방금 전 나와 부딪쳤던 젊은 남자도 조각상의 제작자 중 한 사람이었던 것 같다.

심야에 차례로 펼쳐지는 이상한 광경을 바라보던 나는 조각상들 사이에서 눈에 익은 그림자를 발견하고 흐린 눈으로 계속 그림자를 응시했다.

커다랗고 검은 삼각대에 카메라를 올리고 줄지어 서 있는 얼음 조각을 배경으로 셔터를 누르고 있는 사람은 나의 아내 하루나였다.

광도계로 밝기를 측정하고, 파인더를 들여다보고 셔터를 누른다. 셔터를 누르는 그 순간에는 숨을 참고 있는 것일까. 규칙적으로 나오던 하얀 입김이 그 순간만큼은 딱 멈춰 있다. 그 장면을 보고 있는 나까지도 호흡을 멈추게 될 정도로 왠지 모를 긴장감이 흘렀다.

몇 장인가 촬영하고 나서 발밑의 큰 가방에서 다른 카메라를 집어 들어 삼각대에 고정시키며 촬영을 다시 시작했다. 가끔 갑자기 동작을 멈추고 가만히 눈앞의 풍경을 주시한 채, 미동조차 하지 않을 때도 있었다. 그러다 다시 움직이면 물 흐르듯 검은 삼각대를 축으로 그 행동을 반복하고 있었다.

반복적인 동작은 마치 춤을 추듯 아름답고 의미 있었다. 빛과 떠들썩함의 한복판에서 그 장소만큼은 정적에 싸인 것처럼 아내는 소리도 없이 촬영을 계속해나갔다.

왜일까.

너무나 아름다운 풍경이었다.

"이치 씨!"

갑자기 무언가의 예감으로 나를 눈치챈 아내가 맑은 목소리와 함께 크게 손을 흔들었다. 나는 갑자기 묶여 있던 끈이 풀린 듯이 발을 움직였다.

"언제 온 거예요? 그렇게 조용히 쳐다보고 있었다니, 너무해요."

"그러려고 의도한 건 아니었어. 뭐 축제 같은 게 열린 건가 봐?"

"축제예요. 마쓰모토 얼음 조각 페스티벌을 준비하고 있어요."

듣고 나서 기억이 났다. 매년 1월에 마쓰모토성에서 열리는 이 마을의 풍경 중 하나이다.

"그렇구나. 전야제 준비인가?"

"네. 당일도 좋긴 한데요, 밤에 이렇게 준비하는 풍경이 정말 예쁘죠?"

나는 끄덕거리며 미소를 지으려 했는데 실패했다.

나의 볼이 경련을 일으켰던 이유는 추위 때문이 아니었다. 마음속의 고민과 아내의 미소 등이 입 끝에서 서로 줄다리기라도 하는 것처럼 작게 경련을 일으키고 있었던 것이다.

"이치 씨?" 아내가 갑자기 무언가 눈치챈 듯 나를 쳐다보았다. "우는 거예요?"

아름다운 목소리가 귀를 때렸다.

줄지어 서 있는 얼음 조각을 응시한 채 나는 천천히 눈가에 손을 가져갔다.

넘쳐흐른 것은 슬픔이 아니었다. 그것은 분함이었다.

"여기요, 이치 씨."

수로 근처의 벤치에 앉아 있던 내 눈앞에 따뜻한 캔 커피를 내미는 손이 있었다. 올려다보니 아내가 다정한 눈빛으로 웃고 있었다.

"몸이 좀 녹을 거예요."

천천히 자신의 머플러를 풀더니 나의 목에 감아주었다.

"하루의 머플러를 뺏어버리면 내가 남편으로서 입장이 난처해지잖아."

"힘들게 고생하고 돌아온 이치 씨가 감기에 걸려버리면 부인으로서 입장이 난처해집니다."

후후훗 하고 웃더니 아내는 내 옆에 앉았다.

듣고 나서 알게 된 것은 생각보다 내 옷차림이 가볍다는 사실이었다. 와이셔츠에 스웨터, 코트는 겨울 옷차림으로 비정상적인 복장은 아니다. 하지만 영하 10도의 날씨에 머플러도 장갑도 하지 않은 채 고통도 느끼지 못하고 이곳까지 걸어왔다는 사실이, 바로 마음속 동요를 그대로 드러내고 있었다. 나는 무의식적으로 허세를 버리고 아내의 체온이 남아 있는 머플러로 목을 감쌌다.

아내는 바짝 달라붙어 앉은 채, 조용히 커피를 마시고 있다. 특별하게 신경을 써서 말을 걸어주거나 하지 않았다. 지금의 나에게는 그 침묵이 무엇보다 고마웠다. 나도 같이 침묵한 채 커피를 마시며 성 밑의 축제 준비만 쳐다보고 있었다.

웅장함이 느껴지는 풍경이었다.

빛의 소용돌이, 얼음의 숲, 번쩍거리는 전시회장 안으로 얼음덩어리를 옮기는 남자, 망치를 흔드는 여자, 그것을 지켜보는 사람들과 등 뒤에 우뚝 솟아 있는 새까만 성.

망치가 번쩍 올라갈 때마다 반짝반짝 빛이 반사한다. 얼음덩어리가 움직일 때마다 기세 좋은 목소리가 울려 퍼진다. 매서운 추위 속에서 이루어지는 가혹한 작업일 터인데 신기하게도 비장함은 없었다. 오히려 빛나는 조명 안에서 일종의 열기 같은 것이 자욱하게 끼어 있었다.

작품을 만들어가는 풍경, 그 자체가 이미 하나의 작품이 되어 있는 것 같았다.

"근사한 풍경이네요……."

한마디와 함께 새하얀 입김이 올라왔다.

"저렇게 열심히 조각해도 내일 오후 즈음에는 햇빛을 받아서 녹아 없어질 거예요." 아내가 조용히 말을 이었다. "그런데도 다들 각자의 작품에 전력을 다하고 있어요. 내일모레의 일 같은 건 아무도 생각하고 있지 않아요. 내일만을 위해서……. 아니 어쩌면 지금 이 순간만을 위해서 열심히 끌과 망치를 흔들고 있는 거예요. 이런 아름다운 광경은 제 카메라로는 다 담아낼 수가 없어요."

아내는 말을 마치고 미소를 머금었다.

조각이 아니라 끌로 깎고 다듬고 있는 사람들을 아름답다고 했다. 열심히 일하는 모습에 아름다움이 있다고 말한다. 아내다운 시선이었다.

"따뜻한 사진이네."

언젠가 남작이 아내의 작품을 평가하며 했던 말이다.

"이렇게 가혹한 겨울 산을 촬영해도, 거기에 반드시 살아야겠다는 인간의 숨결을 담아놓았어. 그래서 공주의 작품은 항상 따뜻한 거야."

그때는 '그런가?' 하고 가볍게 흘려보냈지만 지금이라면 충분히 이해할 수 있다. 아내가 파인더에 담으려고 했던 것은 사람들이 만들어내는 찰나의 정경이었던 것이다.

갑자기 내가 쓴웃음을 지었던 것은 남작이 이어서 했던 말이 생각났기 때문이었다.

"그런 공주의 마음속 파인더를 독점하고 있는 것이 닥터야. 그러니 피사체로서 부끄럽지 않은 삶을 살도록!"

쓴웃음 위로 탄식이 더해졌다.

남작이 지금 내 모습을 보았다면 아마도 나는 알맞은 안줏거리가 될 것이다. 안주가 되기 전에 빨리 사람으로 돌아가지 않으면 온타케소로 돌아갈 수 없다. 나는 밤의 찬 공기를 천천히 들이마시고 다시 그 공기를 느릿느릿 마쓰모토의 하늘에 뱉어냈다.

"걱정 끼쳐서 미안해, 하루."

"힘들었죠?"

아내가 가만히 말을 건넸다. 눈은 축제의 빛 쪽에 고정된 상태 그대로였다.

"힘들었어……. 근데 제일 힘들었던 건 내가 아니고 환자겠지."

지금에 와서 나온 이 말이 우는소리 같아서 영 볼품 없었다. 나는 억지로라도 화제를 돌려야 했고, 방치된 아내의 삼각대를 가리켰다.

"일하다가 이렇게 와 있어도 되는 거야? 카메라를 저렇게 내버려둬도 되는 거냐고?"

"카메라보다 더 걱정스러운 게 있어서 못 가요."

"하루랑 만난 덕분에 걱정은 다 정리되었으니까 돌아가도 돼. 머플러를 뺏고 일까지 중단시키면 내 입장이 곤란해."

"괜찮아요. 사실…… 오늘은 일하러 온 게 아니었어요."

"일이 아니야?"

의외의 발언에 아내에게로 시선을 돌렸다.

"왠지 잠이 잘 안 와서 나와본 것뿐이에요. 사실대로 말하자면 얼음 페스티벌에 오게 된 건 우연이었어요."

아내는 장난스러운 얼굴로 그렇게 대답했다.

갑자기 기억이 났다.

니시나신메이구에 다녀온 이후부터 내 머릿속에는 시마우치 씨의 일로 꽉 차 있었다. 그 외의 것은 완전하게 의식 바깥으로 방치하고 있었기 때문에, 누가 보았어도 이상했을 것이다. 그런 내 모습을 보며 아내가 걱정하지 않았을 리 없다. 이렇게 집으로 돌아가는 시간이 늦어지는 날에는 더더욱……. 이것저것을 생각해주는 아내의 마음은 틀림없이 안정되지 않았으리라.

"그래도 밖에 나와서 다행이에요."

입을 열려고 한 나보다 약간 더 빠르게 아내가 중얼거리듯 말했다.

아내는 검은 문 앞의 광장을 바라본 채 말을 이어갔다.

"이런 근사한 풍경과 만나게 되었고 거기에다……." 그녀는 쓱 나를 쳐다보며 덧붙였다. "괴로워하고 있던 당신을 발견했으니까요. 분명히 온타케소에서 기다리고 있었다면 언제나처럼 혼자서 고민하고 있는 이치 씨의 뒷모습밖에 볼 수 없었을 거예요. 아마 저는 놔두고 또 그냥 가버렸겠죠."

"하루……."

"이치 씨의 나쁜 습관이에요. 힘들 때마다 제가 있다는 사실을 잊어버리잖아요."

아내의 눈가에 미소가 있었다. 하지만 나까지 함께 웃을 수는 없었다.

"그럴 의도는 아니었는데……."

"의도가 아니었다면 이제 혼자서 울면 안 돼요."

두 번 정도 눈을 깜빡거린 나의 귀에 아내의 조용한 목소리가 닿았다.

"이치 씨는 외톨이가 아니랍니다."

"하루……."

나는 뭔가를 말하려고 했지만 말을 이어갈 수 없었다. 갑자기 아내가 몸을 앞으로 내밀었기 때문이다.

검은 머리카락이 바람에 춤을 추고 있었다. 그와 동시에 나의 입술에 그녀의 입술이 닿았다.

시야 저편으로 지나가던 젊은 여자가 흠칫하고 발을 멈추는 기색이 느껴졌다. 곧바로 여성이 발 빠르게 지나쳐갔을 때, 내 볼에 있던 냉기는 눈곱만큼도 느낄 수 없을 정도로 뜨거운 열기만이 남아 있었다.

"하루, 이런 곳에서……."

"괜찮아요. 오늘 밤 정도는 마쓰모토성도 못 본 척해줄 거예요."

당황한 나의 눈과 코 바로 앞에 볼을 빨갛게 물들인 아내가 킥 하고 웃는다.

"나라고 매일매일 기다리고만 있는 건 힘드니까요."

나지막하게 속삭이더니 아내는 조금 힘을 내어 벤치에서 일어났다. 축제에 눈을 향한 채 늠름한 목소리로 말했다.

"힘든 일은 있어요. 생각보다 잘되지 않는 날도 있고요. 그래도 우리 둘이라면 어떤 길이라도 분명히 걸어서 갈 수 있어요. 왜냐하면……." 크게 기지개를 켜듯이 양팔을 하늘 위로 뻗은 아내는 밤공기를 향해 낭랑한 목소리로 외쳤다. "멈추지 않는 비는 없으니까요!"

온타케소에서 처음으로 아내와 만났던 날, 폭우가 쏟아지던 밤에 몽땅 젖은 채로 서 있던 아내에게 내가 했던 말이었다. 그 말이 나에게 돌아온 것이다. 거의 허세만으로 뿌린 씨앗이 아내의 손에서 자라나 진실로 아름다운 꽃을 피우고 있었다. 바꿔서 말한다면, 내가 혼자서 살아온 것이 아니라는 증거였다.

"카메라 정리해서 올게요. 조금만 기다려주세요."

그녀는 밝은 목소리와 함께 뛰어갔다.

커다란 삼각대를 순식간에 접어서 케이스에 집어넣었고, 카메라의 렌즈를 떼어 가방 안쪽에 조심스럽게 넣었다. 그사이에 지나가는 조각공 남녀가 그녀에게 말을 거니 생글생글 미소를 보내고 있었다.

생기 있는 그녀의 모습은 아내가 말했던 전력을 다해 사는 사람들의 바로 그 상징이었다. 참 아름다운 풍경이었다.

"난 대체 뭘 하고 있는 놈이냐."

졸지에 튀어나온 난폭한 중얼거림은, 내가 목소리를 내
며 뱉어버린 말이었다.

늘 열심인 아내의 모습과 비교해보니, 나 자신의 궁상맞
은 모습이 더 두드러졌다. 남작의 말을 빌릴 것도 없이 '하
루의 피사체'로서 실격이었다.

정말로 뭘 하고 있는 건가. 다시 한 번 소리를 뱉고 보
니, 마음속에서 나의 잘난 척으로 눌러앉아 있던 우울함과
고민이 드디어 무겁게 허리를 펴고 일어난 듯했다. 움직이
기 시작한 감정들을 정리하고 꾹꾹 눌러서 흘려보내야 한
다. 나는 식어버린 캔 커피를 단숨에 다 마셔버렸다.

살아간다는 것은 참 힘든 여행이다.

처음부터 평탄하기만 한 매일이라는 것은 있을 수 없다.
험한 산골짜기를 건너지 않으면 안 되는 날이 있는가 하
면, 캄캄한 밤에 손을 더듬거리며 앞으로 나아가야 하는
날도 있다. 그런 여행길에 나는 아내라는 밝은 등불을 가
지고 걸어가고 있다. 정말로 축복 받은 여행자였다.

"그렇다면……."

힘을 담아 천천히 일어났다.

혼자가 아니라면 위험한 길도 넘어서 갈 수 있지 않은

가. 달빛이 없는 밤길이라도 내 발 주변을 아내가 비춰주기 때문이다.

아직도 볼에는 아내가 남기고 간 열기가 있었고, 영하의 기온도 오히려 시원하게 느껴지는 기분이었다.

빈 통이 되어버린 캔을 옆 쓰레기통에 던져 넣고는, 확실한 걸음걸이로 발을 내딛기 시작했다. 그리고 힘을 실어서 외쳤다.

"하루! 하나 의논하고 싶은 게 있는데 들어줄래?"

내 외침에 아내가 궁금하다는 표정으로 얼굴을 들었다.

빛을 받은 마쓰모토성은 언제나 변하지 않는 고요함으로 나와 아내를 지켜보고 있었다.

"4월부터 대학병원으로 가서 일하고 싶습니다."

그 취지를 확실히 왕너구리 선생님에게 전한 것은 2월 초순의 어느 날 밤이었다.

한밤중에 내과 부장실을 방문한 나를 부장 선생님은 너구리 특유의 의연한 태도로 맞아주었다.

"흐음, 구리 짱……. 역시 대학으로 가버리는 거야? 쓸쓸한데."

별반 놀라는 모습도 보이지 않고 그런 말을 했다. 1년 정도 전에 늙은 여우 선생님의 소개로 대학병원을 보러 갔을 때와 거의 똑같은 대사였다.

내내 진지한 얼굴로 서 있는 나에게 왕너구리 부장 선생님은 드디어 웃음을 보이며 맞은편에 있는 소파에 앉으라고 손짓했다.

"시마우치 씨는 무사히 퇴원한 거야?"

내가 조용히 끄덕였다.

수술 후 약 2개월. 긴 재활 치료를 극복하고 겨우 시마우치 고조 노인이 퇴원했다. 꽤나 날이 맑은 오후였다.

"뭐 별말은 안 했고?"

"네."

대답하면서도 내 머릿속에는 그날 점심의 풍경이 스쳐 지나갔다.

"정말 신세 많이 졌습니다, 구리하라 선생님."

병원 정면의 플로어에서 휠체어에 앉은 시마우치 노인은 싱글거리는 웃음을 유지하며 말했다.

훤히 트인 홀에는 입춘의 선명한 태양빛이 내리쬐고 있었다. 그 빛을 받은 노인의 볼은 아직 야윈 상태였지만 확실히 회복되어가는 모습이었다.

눈부셔 하며 휠체어 위의 하늘을 올려다보는 모습은 사람 좋은 호호 할아버지 그 자체였고, 예전에 병실에서 보여주었던 박력은 거짓말 같았다.

옆에 있던 겐지 청년으로 말하자면 약간의 어색함이 남기는 했지만, 퇴원 준비를 도와주는 옆모습에서 흘러넘치는 기쁨을 엿볼 수 있었다. 시마우치 노인을 대하는 태도가 조금은 변할 것 같았는데, 지금 이렇게 할아버지를 생각하는 마음이 전해오는 것을 보니 이 청년에게 그 정도의 일은 아무것도 아니었나 보다. 그날 이후 나와 아마리 선생님에게 특별히 직언을 하지도 않았고 매일같이 병실에 들러 할아버지를 극진히 보살펴주었다.

간호사들과 함께 정문 현관까지 나온 나에게 노인은 휠체어에 앉은 채로 가만히 오른손을 내밀었다.

"정말 고마웠습니다."

나는 허리를 구부리고, 뼈가 앙상한 노인의 손을 가만히 잡아주었다. 메마른 손이 나의 오른손을 잡으며 말했다.

"선생님과 만나 정말 다행이라고 생각하고 있어요."

분에 넘치는 감사의 말에 나는 그저 고개만 끄덕일 수밖에 없었다.

그런 나의 손을 노인은 왼손까지 올려서 양손으로 감쌌다. 너무나 과분한 감사라 죄송스럽게 여기고 있던 그 순간, 놀랄 정도로 강한 힘이 내 손을 꽉 쥐며 잡아당겼다. 82세의 노인이라고는 생각지 못할 악력에, 끌려가듯 가까이 가게 된 나의 귀에 굵은 목소리가 들려왔다.

"넌 좋은 의사가 될 거야. 확실해."

마음속까지 울리는 굵직한 목소리였다.

그날 병실에 서 있던 손자를 한 번에 제압했던 호탕한 목소리였다.

당황해하며 바라보니 거기에는 변함없이 사람 좋게 웃는 노인의 얼굴이 있었다. 옆에 있는 겐지 청년도, 돌봐주던 간호사도 한순간 벌어진 이 일을 아무도 눈치채지 못했다.

벙벙한 상태로 앉아 있는 나를 뒤로하고 노인은 유쾌하게 웃는 목소리와 함께 사라져갔다.

부장실로 발길을 향한 것은 그날 밤이었다.

"대학병원으로 가고 싶다니 구리 짱도 특이하네." 왕녀 구리 선생님은 탁자 위의 달력을 들고 쳐다보면서 말했다. "뭐 잘하고 와."

정말이지 어이없는 말투였다.

확실히 당혹을 금할 수 없었다. 나조차도 내 마음대로 돌진하고 더없이 막무가내의 주문을 했다는 것을 충분히 인지하고 있었다. 고함치는 것은 좀 그렇다 쳐도 어리둥절하게 있거나 들리지 않는 척하는 식의 반응 정도는 예상했다. 하지만 예상은 보기 좋게 빗나갔고, 그래서 오히려 어찌할 바를 모르겠다.

"이유는 하나도 안 물어보는 건가, 라고 생각하고 있지?"

"알고 계시다면 물어봐주셔야 제 쪽도 머릿속이 좀 정리될 것 같습니다."

"싫지롱."

아주 정떨어지는 대답이다.

"구리 짱이 나에 대해 그동안 쌓아놓은 불평을 들어줄 정도로 나는 한가한 사람이 아니니까."

"불평요?"

조금은 센 표현이었지만 의외로 쉽게 목적을 달성한 기분도 들었다.

처음부터 왜 대학병원인지 물어본다면 그 정도로 명료한 대답은 할 수 없었다. 실컷 고민을 한 것치고 이유는 아득히 잘 보이지 않았고, 그저 근본적으로 행동에 옮긴 것뿐이었다.

"뭐, 그걸로 된 거 아니야?"

손에 들고 있던 서류에 도장을 찍으면서 말했다.

"대학이 구리 짱의 희망을 이루어줄지, 어떨지는 모르지. 하지만 가본다는 것에는 의미가 있잖아?"

"선생님은 독심술을 할 줄 아시는 겁니까?"

"멍청한 소리 하지 마. 마음 같은 거 안 읽어도 구리 짱은 전부 얼굴에 쓰여 있으니까."

이 말 또한 노골적이라 할 말이 없다.

"대학병원에 연락은 해둘게. 다음 주에 한번 의국장한테 인사라도 하고 와."

왕너구리 선생님은 펼쳐진 서류를 정리하면서 끝까지 담백한 어조로 말했다.

예상과 다르게 나를 밀어내버리니 대학병원이 받아주는 건지 아닌지의 문제는 입 밖으로 꺼내보지도 못했다. 그러기 위해 필요한 수속과 교섭이라는 귀찮은 일들도 일절 화제에 오르지 못했다. 지금 나는 여러 가지 질문을 할 입장이 아니니까 이것은 왕너구리 부장 선생님에게 맡길 수밖에 없었다.

내가 걱정해야 할 것은 나의 일상에 관련된 문제였다.

"혼조의 내과 업무는……."

쭈뼛거리며 물어보자 왕너구리 선생님은 갑자기 히죽히죽 의미 있는 웃음과 함께 말했다.

"오바타가 자기 코딱지로 구멍을 메워줄 거야."

그 말뿐이었다.

고민 끝에 내린 나의 결단이 원래부터 완벽하게 예정되어 있던 것처럼 빠르게 진행되어갔다.

질책도 혼란도 없었지만 붙잡는 기색조차 없었다. 맥이 빠져 마음이 좀 묘했지만, 얼마 안 있어 그것도 나름대로 좋다며 마음을 정했다.

의사가 된 지도 벌써 6년. 그 시간 모두를 왕너구리 선생님의 손바닥 안에서 조종당해온 나였다. 마지막까지 조종당한다 한들 지금에 와서 당황해할 것도 없다.

나는 모든 것을 이해하고 부장실에서 떠났다.

얼마 전 부장 선생님은 시종일관 기분이 좋은 듯, 웃음을 흘리고 다니기만 했다. 하지만 기분 좋은 얼굴을 보이면서도 한 번도 배를 팡팡 두드리지 않았던 것을 눈치챈 건, 꽤나 시간이 지나고 나서였다.

올해의 동장군은 그렇게는 쉽게 신슈를 떠날 생각이 없는 것 같다.

3월이 되었는데도 추위는 조금도 움츠러들 기세가 없었다. 요즘은 날씨가 좋아졌다 싶으면 눈이 다시 조금씩 내리며, 아직은 겨울이라고 속삭이듯 바람을 타고 거리를 지나간다.

그렇게 눈이 오는 날, 대학병원을 찾은 나를 맞아준 사람은 의국장으로 재직 중인 운상 선생님이었다.

의국장 선생님은 시나노대학 소화기내과의 조교수이기도 하다. 공직이 아닌 민간에만 있던 나 같은 의사가 보면 구름 위에 있는 신과도 같은 사람이라 운상 선생님이라 부르고 있다. 작년 늙은 여우 선생님의 배려로 대학병원을 보러 갔을 때, 여러모로 신경 써주고 환대해주었던 분도 바로 운상 선생님이었다.

선생님은 작년과 변하지 않은 온화한 미소로 나를 맞이했고 '소화기내과 의국'이라는 문패가 걸린 널따란 방으로 인도했다.

의국이라고 말해도 실내는 참 가지런하고 깨끗했으며, 혼조병원처럼 음료가 남아 있는 컵이나 사과 심지가 나뒹굴고 있지도 않았다. 벽 쪽의 책꽂이에는 다채로운 학회지가 빽빽하게 꽂혀 있었고, 창가 쪽의 전기포트에서는 수증기가 올라오고 있었다. 사무원으로 보이는 여자가 일어나서 나에게 가볍게 인사했다.

"여기 오는 건 1년 만이네요. 그때는 나이토 선생님의 소개였는데……."

탁자 쪽으로 자리 잡으며 운상 선생님이 갑자기 입을 다문 것은 늙은 여우 선생님의 죽음이 생각났기 때문일 것이다. 한순간 시선을 떨어뜨렸지만 바로 마주 앉은 나에게 말했다.

"그때랑은 결론이 바뀐 것 같네요, 구리하라 선생님."

고개를 끄덕거린 나는 견고하고 깊게 머리를 숙였다.

운상 선생님은 안경 너머로 실눈을 뜨며 웃음 지었다.

"이타가키 선생님한테 들었어요. 걱정은 안 합니다."

온화한 목소리가 그의 대답 전부였다.

한 번 더 깊이 숙인 머릿속에는 바로 저번에 다녀온 의국 콘퍼런스의 모습이 떠올랐다.

하얀 가운을 입은 20명도 넘는 인원이 어두운 회의실의 즐비한 의자에 앉아 스크린을 바라보던 풍경.

어색한 얼굴로 스크린을 노려보고 있던 남자와, 어떻게 봐도 수완가 같은 여의사의 모습이 있었다. 팔짱을 끼고 시원스러운 눈으로 쳐다보던 중년 의사도 있는가 하면, 약간은 그 장소에 있는 게 어색한지 유유히 웃고 있는 갈색 머리의 젊은 의사도 있었다. 그들의 시선 중앙에서 창백한 얼굴로 더듬더듬 증상을 제시하고 있던 청년은 레지던트였다.

정말로 다양한 사람들의 집단이었다. 그 다양한 집단 속에 나도 포함되어 있었다.

여자 사무원이 가져다준 커피를 운상 선생님은 "Thank you!"라며 변함없는 다정함으로 받아 들었고 조금은 친근한 어조로 대화를 다시 시작했다.

"그렇다고 해도 거기서 이타가키 선생이 총애했다는 걸 보면 구리하라 선생도 보통은 아니라는 거네요. 받아주는 내 쪽이 오히려 긴장되네요."

운상 선생님은 언제까지나 친절하게 대해주었지만 나는

웃을 입장이 아니었다.

"부장 선생님께는 민폐만 끼쳤습니다. 그저 죄송한 마음뿐입니다."

"AP와 췌장암의 판별 문제 때문이라면 나도 한마디해 둘까요?" 운상 선생님의 눈가에서 웃음이 조금 줄어들었다. "국한된 AP의 진단은 지극히 어렵습니다. 때로는 수술 전에 진단한다는 것 자체가 불가능하다고 해도 좋을 만큼 대학병원에서도 확정되지 않은 채로 수술에 들어가는 증례가 있습니다. 그게 지금의 의학에서 한계라고 해도 좋겠죠. 의사로서 그 한계를 충분히 이해해두는 것도 중요한 역할입니다."

커피 잔을 손에 쥔 채로 하나하나 설명이 시작되었다.

"누구에게나 첨단 의료를 익히게 해주기 위해서, 단순히 그것만이 이 대학병원이 존재하는 이유는 아닙니다. 첨단의 한계를 알고 불가능한 것은 불가능하다고 느끼면서, 자신을 갖고 말할 수 있는 의사가 된다면 그것이 의미가 있는 것 아니겠습니까?"

눈부신 말이었다. 신선하다고도 할 수 있었다.

갑자기 차가운 외부 공기가 들어온 것은 여직원이 환기를 위해 창문을 조금 열었기 때문이었다. 아직도 뼛속까지 추운 찬 공기 속에서 나는 왠지 봄의 향기를 느낄 수 있었다.

"구리하라 선생님, 사실은 말이에요……." 운상 선생님의 목소리에 어느새 즐거운 공기가 섞여 있었다. "선생님에 관한 건 이타가키 선생님뿐만 아니라 오바타 선생한테도 부탁을 받아서……."

"오바타 선생님요?"

의외였다.

"어쩌면 재미있는 남자가 거기로 갈지도 모르니까 잘 부탁드린다고. 6년차인 의사를 두고 재미있는 남자라고 하는 그 표현…… 어떻다고 생각합니까?"

"선생님은 오바타 선생님과 친하신가요?"

"으응? 그것도 몰랐어요?"

나의 질문에 고개를 끄덕이고 설명을 덧붙였다.

"오바타 선생이 레지던트였을 당시에 췌장과 쓸개 쪽의 반장이 이타가키 선생이었고, 부반장이 나였습니다. 반 자체에 세 명밖에 없었으니 그게 다였죠."

몇 개의 풍경이 갑자기 선명해졌다.

결국 왕너구리 선생님, 운상 선생님, 오바타 선생 이 세 명이 한 개의 팀을 꾸려 일하고 있었던 것이다.

갑자기 오바타 선생이 했던 말이 떠올랐다.

"반장은 악마 같은 이타가키 선생님이었는데, 부반장은

언제나 히죽히죽 웃으며 지켜보기만 하는 사람이었어."

그 부반장이 지금 내 눈앞의 운상 선생님인 것이다. 좀처럼 보기 힘든 진한 멤버였다고 해도 될 것 같다.

"이타가키 선생님 때부터 이어져온 것이 지금의 쓸개와 췌장반입니다. 거기에 이타가키 선생님의 제자라는 구리하라 선생님이 함께할 수 있어서 그저 기쁠 따름이죠."

돌연 운상 선생님이 어렴풋한 쓴웃음을 띠었다.

"될 수 있다면……. 여기에 오바타 선생도 돌아와준다면 모든 것이 완벽할 텐데, 그게 좀 안타깝네요……."

나를 당황시키는 말이 흘러나왔다.

운상 선생님의 쓴웃음 속에 복잡한 감정이 담겨 있는 것을 나는 놓치지 않았다. 운상 선생님의 자리에서 본다면 오바타 선생이 돌아오기를 바라는 것은 당연한 발상일지도 모른다. 하지만……

머릿속을 스쳐 지나간 것은 작년 마지막 날 밤에 본 오바타 선생의 험상궂은 옆모습이었다.

오바타 선생에게 대학교는 고통스러운 과거를 떠오르게 하는 장소이기도 하다. 그 과거가 지금도 그녀에게는 단순한 과거 그 이상이기 때문에 대학병원에 돌아온다는 것은 조금 힘든 이야기일 것이다.

"그 표정은 오바타 선생이 대학병원을 나오게 된 사정

을 이미 알고 있다는 거 같네요."

갑작스러운 말에 얼굴을 들자 운상 선생님이 잔잔한 바다처럼 가라앉은 눈으로 쳐다보고 있었다. 조금은 곤란한 얼굴로 생각에 잠겨 있던 내 표정을 보고 대충 눈치챈 것 같았다.

나는 조용하게 끄덕거리기만 했다.

"그녀 같은 우수한 인재가 꼭 대학병원에서 후배들을 육성해주었으면 해서 말은 해봤는데 말이죠. 아주 쌀쌀맞게 거절당했어요. 뭐 그녀의 기분을 짐작해보면 그럴 수밖에 없다고는 생각하지만……." 운상 선생님은 살짝 먼 곳을 응시하는 듯한 눈으로 한숨을 쉬었다. "태연한 척 잘 살고 있는 것처럼 보여도, 10년 전에 저지른 자신의 실수에 대해 아직도 결말을 내지 못하고 있는 것일지 모르겠어요."

무심한 듯 지나간 운상 선생님의 말을 나는 하마터면 흘려보낼 뻔했다.

선생님의 짧은 말 속에 이질감이 느껴지는 한 단어가 섞인 것을 나는 간신히 끌어올릴 수 있었다.

"자신의 실수……요?"

"남편을 진단한 실수요. 췌장암을 췌낭포라고 진단해버린 자신의……."

말을 하던 운상 선생님이 갑자기 말을 멈추었다.

나를 다시 보는 그의 눈동자에는 무언가를 물어보는 빛이 스쳐갔고, 얼마 되지 않아 탄식이 흘러나왔다.

"어쩐지 쓸데없는 말을 한 것 같네."

"오바타 선생님의 남편분은 의사의 진단이 늦은 이유 때문에 돌아가셨다는 이야기를 듣기는 했는데……."

나는 그 뒤에 이어진 질문을 이어갈 수 없었다. 그렇게 중단된 질문을 운상 선생님은 정확하게 짐작하는 듯했다. 눈을 감았다 다시 천천히 뜨고는 말했다.

"이미 어떻게든 알게 되어버린 것 같으니……." 그는 양해를 구한 후 조용히 말을 이어갔다. "오바타 선생 남편의 주치의가 오바타 선생 본인이었습니다."

전기 충격과도 같은 한마디였다.

"쓸개와 췌장반에서 췌장을 공부하고 있던 오바타 선생은 남편의 검사를 자신이 진행하고 혼자 판단했던 겁니다."

"그럼 췌낭포라고 진단하고, 반년 후에 재검사하기로 결정한 것은……."

"네, 오바타 선생 본인이었습니다."

나는 말을 잃어버리고 말았다.

"췌낭포의 많은 경우는 오바타 선생의 판단처럼 문제없이 경과되기도 합니다. 그때의 결과는 지극히도 특이한 경우입니다. 하지만 췌낭포가 더없이 어려운 질환이며 주의

가 필요하다는 점을 충분히 이해하지 못하고 있었던 것은
확실하다고 할 수 있겠죠."

운상 선생님이 한 그 말이 머릿속으로 들어오지 못하고
저 멀리서 떠다니고 있었다. 나는 갑작스러운 이 사태를
이해하지 못했다. 마음속에는 그 말만이 울려 퍼질 뿐이
었다.

'나는 지금까지도 그때 그 주치의가 용서가 안 돼.'

오바타 선생이 던지듯 내뱉은 그 말은 다른 사람이 아닌
자기 자신에게 향한 것이었다. 모든 것을 얼려버릴 듯했던
그때의 차갑고 뾰족했던 눈동자는 자기 자신에 대한 원망
과 분노, 그리고 비애감이었던 것이다.

그녀는 과거를 매듭지을 수 있는 상황이 아니었다. 오바
타 선생은 지금도 10년 전의 자기 그림자와 온몸으로 싸우
고 있었다. 얼마나 가혹한 길을 걸어온 것인가.

"구리하라 선생님, 무슨 일 있는 거예요?"

나를 신경 써주는 운상 선생님의 목소리에 어떻게든 자
제하려고 했다. 말문이 막힌 상태로 무언가를 대답했지만
대충 얼버무리는 나의 태도도 자연스럽지 못했던 것 같다.
그런데도 운상 선생님은 많은 것을 묻지 않은 채, 그저 고
개만 끄덕여주었다.

안경 저편으로 어렴풋하게 슬픔의 색을 보인 채, 중얼거

리듯 말을 이었다.

"어쩌면……." 운상 선생님은 갑자기 창밖으로 눈을 돌렸다. "오바타 선생은 자신이 못 했던 것을 당신이라면 해줄 수 있다고 생각한 걸지도 모르겠네요."

갑자기 또 차가운 바람이 흘러왔다.

나는 아직까지도 안정을 되찾지 못하고 동요하는 마음으로 선생님의 시선을 따라 창밖을 쳐다보았다.

어느새 해는 저물기 시작했고, 하늘은 선명한 붉은색으로 물들고 있었다. 저녁노을이 펼쳐진 하늘을 천천히 빙글빙글 돌며 올라가는 한 마리의 솔개가 보였다. 상승 기류를 탄 듯했다. 솔개는 날개의 움직임도 없이 고도를 오르더니 금세 저쪽 하늘로 사라져갔다.

"적색 3번에 구급차 들어갑니다!"

다급한 목소리가 응급실에 울려 퍼졌다.

접수처 앞의 복도를 다수의 구급대원이 이송 침대를 밀며 지나쳐 갔다. 교대하듯 뛰쳐나가던 다른 구급대원 중에 고토 대장 같은 사람이 보였지만 쓸데없는 수다를 떨 여유는 없어 보였다.

오늘 밤도 혼조병원 응급실은 대혼황인 것 같다. 그 모습을 쳐다보며 평소에 없던 여유를 보이는 이유는 오늘 밤의 당직이 내가 아니기 때문이다.

"꽤나 여유 있어 보이네?"

비꼬는 목소리가 들려 뒤돌아보니 하얀 가운 주머니에 손을 찔러 넣은 오바타 선생이 귀찮다는 얼굴을 하고 서 있었다. 마침 적색 3번으로 나가려던 참이었던 것 같다.

"확실히 3월이 되어서 그런가? 사과의 계절이 아닌가 보죠?"

"맞아. 그게 없어서 그런지 완전 기운이 안 나네."

농담으로 한 말인데 의외로 진지한 대답이 돌아왔다.

"정말로 구리하라 군은 이런 병원에서 6년이나 잘도 근무했네."

투덜거리면서도 등 뒤에서 간호사들이 지시를 원하는 소리가 들리자 오바타 선생은 곧바로 고개를 돌려 돌아보았다.

"주사 라인 확보, 혈액 세 팩 준비해놓고 혈압 떨어지면 알려줘."

"응급실이랑은 잘 지내고 계신 것 같네요."

"쓸데없는 말 하지 말고 빨리 가. 오늘은 구리하라 군 송별회 하는 날이잖아."

그렇다. 내과 병동의 간호사들이 시내에서 송별회를 열어주고 있다.

"2번에 있는 환자는 머리 쪽 CT가 먼저야. 빨리 방사선 과에 연락해줘요. 아, 근데 대학병원에는 다녀왔어?"

정말로 재주가 좋은 선생님이다.

"지난주에 의국장 선생님한테 인사 다녀왔어요. 별문제 없이 4월부터 대학병원에서 근무하게 되었습니다."

"그 의국장은 실실 웃기만 해서 별로 의지가 안 될 것같 이 보여도, 진지할 때는 꽤나 수완가니까 믿어도 좋아."

"믿어도……라니 의국장 선생님은 선생님보다 훨씬 위 에 계신 분 아니에요?"

"위에 있든 아래에 있든 안 되는 놈들은 안 되는 거야. 혼조랑은 다르게 그런 쓰레기 같은 의사들도 있으니까 잘 확인해두도록 해. 이봐! 채혈 끝났으면 바로 심전도!"

이야기 중에도 계속 돌아보면서 차례차례로 지시를 추 가하고 있다.

그녀의 주문에 맞춰 일을 처리하는 간호사들도 정말로 신속하고 능숙했다. 예전의 묘했던 분위기는 일절 없었고, 일류의 병원 응급실에서 느낄 수 있는 활기가 돌아와 있 었다.

"뭐, 오늘 밤은 응급실도 병동도 신경 쓰지 말고 죽도록 마시고 와. 그게 구리하라 군이 할 일이야."

"혼조에 와서 6년간 한 일 중에 제일 즐거운 일이네요."

"좋아. 고주망태가 되어서 실려 오면 내가 요도관 치료해줄게."

"그거 성희롱이에요."

나는 쓴웃음을 지으면서 그녀의 말에 드러난 작은 변화를 놓치지 않았다.

"안심이 되네요. 알코올의존증 환자도 제대로 치료해주실 계획이 있다는 거네요."

"쓸데없는 소리를 주의 깊게 듣는 건 여전하네, 구리하라 군."

그녀는 웃지도 않고 그런 말을 했다. 그대로 "또 봐" 하며 한마디를 던지고 오바타 선생은 몸을 돌려버렸다. 사라져가는 등을 향해 나도 모르게 불러 세웠는데, 구체적인 목적이 있어서가 아니었다. 가슴속에 오가던 몇 개의 감정을 미처 정리하지도 못한 채 내뱉은 것은 다분히 충동적이었다.

발을 멈추고 돌아본 오바타 선생에게 내가 전할 수 있었던 말은 더없이 평범했다.

"짧은 시간이었지만 지도해주셔서 정말 감사했습니다."

"지도?" 오바타 선생은 의아한 얼굴로 쳐다보았다. "무슨 말을 하는 거야? 내가 구리하라 군에게 가르쳐준 건 사과를 판별하는 법밖에는 없잖아. 의학적인 이야기까지는 가지도 못했어."

이런 마당에도 인정사정 없는 대쪽 같은 선생님이었다.

그 말이 끝나기 무섭게 새로운 구급차의 사이렌 소리가 가까워졌다. 오바타 선생은 창밖으로 눈을 돌리더니 한숨을 쉬었다.

"재미없는 말 그만하고 빨리 가봐. 구리하라 군이 있으면 환자들이 계속 와서 안 되겠어."

어디선가 주워들은 것 같은 대사를 던지고, 그녀는 다시 등을 돌렸다. 창문으로 새어 들어온 빨간 회전등 빛이 의외로 화사한 그녀의 등을 규칙적으로 비춰주고 있었다. 응급실 입구의 경사대를 빼내고 구급차가 미끄러지듯 들어온다. 이 시간만으로 벌써 몇 대째인지 모르겠다.

"하나 말해두겠는데⋯⋯."

갑작스러운 목소리에 얼굴을 들자 적색 3번 앞에서 오바타 선생이 돌아보고 있었다.

"논문 두세 개 정도 썼다고 나를 쫓아왔다고 생각하면 큰 오산이야."

시원스러운 목소리가 떠들썩한 응급실을 관통해왔다.

"의사는 종합력으로 승부하는 거니까."

가볍게 머리 위로 손을 흔들고 그대로 오바타 선생은 적색 3번으로 뛰어 들어갔다.

확인할 여유조차 없었다.

그럴 필요도 없었다.

나는 사람들이 격렬하게 왔다 갔다 하는 복도 중앙에서 이제는 보이지도 않는 오바타 선생을 향해 조용히 머리를 숙였다.

후카시 신사 주변에는 옛날 그대로의 오래된 상점가들이 남아 있다.

송별회 장소로 정해진 가게는 그 상점가 쪽에 있었으므로 혼조병원에서도 그렇게 멀지 않다. 차도에서 작은 골목으로 들어와 양손을 펼치면, 좌우의 벽을 만질 수 있을 정도로 좁은 길이 나온다. 처음에는 길을 잘못 들었다고 생각했지만 전해 받은 지도를 보면 틀린 것 같지는 않았다.

좌우에는 돌담이 이어져 있고 그 반대편에는 매끄러운 껍질의 노각나무가 가지와 잎을 머리 위까지 뻗치고 서 있었다. 병원 근처에 이런 장소가 있었나 어리둥절해하면서 골목 구석까지 걸어가니 갑자기 시야가 밝아졌다. 그곳에 호화로운 건축 양식을 가진 전통 민가풍의 작은 음식점이 서 있었다. 들어본 적은 있지만 방문한 것은 처음인 가게였다.

입구로 이어진 징검돌 앞에서 문득 발을 멈추었다. 입구

쪽 처마 그림자 속에 한가롭게 밤하늘을 올려다보고 있는 옛 친구를 확인했기 때문이었다.

"생각보다 빨리 왔네. 간호사들은 거의 다 모여 있어."

"의지박약."

눈썹을 올리고 내가 불쾌한 듯 대답했던 이유는, 다쓰야 의 손에서 한 줄기의 하얀 연기가 올라가고 있었기 때문이 었다.

"나쓰나를 위해서 끊기로 한 거 아니었어?"

"끊었어. 그래도 오늘 밤 정도는 괜찮지 않을까 하면서 도무라 씨가 주더라고."

후 연기를 뱉고 보니 정말이었다. 세븐스타가 아닌 필립 모리스의 향이었다.

"솔직히 네가 의사 7년차에 대학병원으로 가버릴 줄은 정말로 몰랐어."

"나도."

"너까지 그렇다면 이야기를 더 할 필요도 없겠네."

벌써 해가 진 겨울의 밤공기를 우러러본 채로 다쓰야는 연기와 한숨을 동시에 내뱉었다.

"자가면역성 췌장염의 증례, 꽤나 타격을 입은 모양이군."

"그거랑 상관없어."

나는 다쓰야의 가슴 부분 주머니에 보이는 필립모리스

상자에 손을 뻗어 한 개비를 꺼냈다. 다쓰야가 슬쩍 라이터를 꺼내서 불을 붙여준다.

나는 그 담배를 살짝 빨아들이고는 입을 열었다.

"그것 때문에 옮길 리 없잖아."

"알 수가 없는 남자야, 넌."

"근데 이런 불결한 연기 덩어리를 잘도 그렇게 맛있게 피우는 거네."

"'독을 가지고 독을 제거한다'고 하잖아. 마음의 독을 니코틴으로 가라앉히는 거야."

"의사가 그렇게 자신 있게 해도 되는 말인가. 의학부의 양심이 그래서 되겠어?"

"그 담배의 독에 기대지 않고도 버틸 수 있었던 건 여기에 네가 있어서였어."

갑자기 다쓰야의 목소리가 조금은 깊이 있게 들렸다.

시선을 돌려보니 옛 친구는 조용하게 밤하늘을 올려다보고 있다. 혼조병원에서 그다지 떨어져 있는 장소도 아니었는데, 구급차의 사이렌 소리도 들리지 않고 신기할 정도로 정적만이 흐르고 있었다.

"도쿄에서 쌓아두었던 마음의 독이 겨우 흘러 없어지고 이제는 담배에 의지하지 않아도 될 것 같다고 생각하게 되었는데, 네가 그만둔다니……. 너한테 진 빚을 갚을 시간조차 없는데 한 갑 정도는 피우고 싶어지지 않겠어?"

"걱정하지 마. 대학병원에 갔다고 해서 빚을 떼어먹어도 좋다고는 안 했어. 기회를 보다가 이때다 싶으면 빌려준 만큼 확실하게 청구하도록 할게."

"구리하라, 우리는 대체 어디로 가야 하는 걸까?"

툭 뱉은 말에 어딘가 아픔이 묻어 있었다.

입을 다문 내 앞에서 다쓰야는 끝까지 다 태워버린 담배를 재떨이에 눌러 끄고 있다. 그러고는 바로 그 손으로 새로운 한 개비를 입에 물고 라이터를 켰다. 나는 아무렇지 않게 그 라이터를 빼앗아버렸다. 딱히 금연을 강요하기 위함이 아니었다. 살짝 붙어 있던 불로 다쓰야는 담배 끝을 물고 계속 피워댔다.

"나는 너란 남자를 자랑스레 여기고 있었단 말이야."

"다쓰……."

"나는 환자보다도 가족을 더 우선시하는 남자야. 환자와 나쓰나 둘 다에게 문제가 생긴다면 나는 망설임 없이 나쓰나를 선택할 의사야. 그렇지만 너는 그렇지 않아. 언제라도 결연하게 이상을 향해 달려가는 남자야. 더할 것 없이 양심이 부끄럽지 않은 의사라고. 그런 네가 왜 혼조를 나가지 않으면 안 되는 거야?"

다쓰야가 천천히 나에게 시선을 돌렸다.

"지금의 너는 안 된다는 거야?"

"그런 건 아니야."

"그런데 너는 대학병원으로 가잖아. 그건 결국 혼조에서 쌓아왔던 방식을 부정하는 거잖아."

"그런 게 아니란 말일세, 다쓰."

나는 오히려 거만하게 대답했다. 다쓰야가 한순간 황당함을 보일 정도로 강하게 튀어나온 대답이었다.

나의 옛 친구 다쓰야는 요새 좀처럼 볼 수 없는 뜨거운 남자였다.

뜨거운 그 말 속에 있던 것은 내가 잘 아는 옛 친구의 모습이었다. 맑고 뜨거움이 전해오면서 나는 더 이상 장난치지 않고 진심을 담은 말을 해주어야겠다고 생각했다.

"지금 나한테는 너와 동등하게 논할 만큼의 자격조차 없어."

"자격?"

"좀 들어봐." 눈썹을 찡그린 옛 친구에게 나는 말을 계속 이어갔다. "우리는 의사야. 그것도 지역 의료의 중심을 지탱하고 있는 의사. 그 의사가 마치 싸구려 랩같이 아무렇게나 잘리고, 쓰이고, 버려지고 있어. 버려지기만 한다면 그런대로 괜찮은데 조금만 방심하면 금세 규탄을 받는 것이 지금 우리가 살고 있는 세상이야."

휴일이라는 개념에서 멀어진 지는 꽤나 오래되었다. 밤에 호출당하면 바로 나가야 하는 것이 당연한 듯 인식되어 있다. 그 가혹한 환경 속에서 그저 기를 쓰고 뛰어다니는 것만이 아닌, 더 큰 병에 걸린 환자나 난치병 환자들을 치료해나가려면 최신 지식과 기술을 항상 갱신해나가지 않으면 안 된다.

그것은 물론 평범한 세계는 아니다.

"다쓰." 나도 모르는 사이에 그의 이름을 불렀다. "나는 네 삶의 방식에 감탄하고 있어."

친구는 놀란 듯이 나를 본다.

대답을 기다리지 않고 바로 말했다.

"너는 이 가혹한 현장에서 일하면서도 나쓰나를 지키기 위한 흔들림 없는 신념을 가지고 있어. 그리고 발생하는 결과에 결연하게 책임을 지려는 각오도 되어 있고……. 하지만 나는……."

뜻밖에도 머릿속으로 아내의 웃는 얼굴이 지나갔다. 그날 마쓰모토성의 벤치에서 나를 똑바로 보던 맑은 눈.

"나는 앞으로 어떻게 해야 하는지조차 생각하려 하지 않았어. 열심히만 하면 만사가 다 잘되어갈 거라고 내 멋대로 생각하고 있었거든. 그런데 의료라는 것은 그렇게 간단한 것이 아니야."

소리 없이 쳐다보는 옛 친구에게 나는 눈을 돌렸다.

"나는 너처럼 최우선적으로 가족을 고를 만큼의 흔들림 없는 각오를 갖고 있지 않아. 반대로 오바타 선생님처럼 숭고할 정도로 사명감이 있는 것도 아니야. 결국 다쓰, 가야 할 길을 선택한 너와 비교하면 아무런 선택조차 하지 못한 나는 너와 대등한 말을 할 자격조차 없는 거잖아."

"구리하라……." 다쓰야는 눈을 가늘게 뜨며 솔직하게 물어왔다. "대학으로 가면 그 답을 찾을 수 있는 거야?"

"그런 건 몰라. 하지만 지금 이대로라면 안 돼. 나 자신이 어떻게 걸어갈 것인가, 그 해답을 찾아갈 거야."

겨울의 차가운 바람이 불어와 손가의 담뱃불이 빨갛게 달아올랐다.

"이게 내 대답이야."

다시 한층 더 센 바람이 불고 담뱃재가 흩날렸다. 재가 떨어진 정원 쪽에 사랑스러운 노란색 꽃이 피어 있었다. 아직 하얀 눈 덩어리들이 남아 있는 화단 한구석에 조용히 봄을 알리는 꽃이 있었다.

"드디어 겨울이 끝나는 건가……."

내 목소리에 다쓰야도 시선을 돌리더니 희미하게 끄덕거렸다. 친구는 그대로 잠시 침묵했고, 얼마 안 있어 조심히 걸음을 내딛더니 화단에서 허리를 낮추었다.

"원일초……. 복수초인데, 음력으로 1월 1일 즈음 피어서 그렇게 부르기도 한대."

그의 목소리에 대답하듯 복수초의 노란색 꽃잎이 희미하게 바람을 향해 인사했다. 그 꽃을 사랑스럽게 바라보던 다쓰야가 중얼거렸다.

"자라나는 땅에 따라서 노루귀라는 이름도 갖고 있는 꽃이야."

"노루귀…… 좋은 이름이다. 작은 꽃임에도 꽤나 기운이 좋은 이름이네."

"알고 있어? 복수초는 새싹일 때는 독이 있어. 어린잎을 실수로 먹으면 큰일 나기도 해."

"보기와 다르다는 거네."

"보기와 다르다는 의미로 봤을 땐, 사람이나 꽃이나 똑같을지도 몰라."

나와 다쓰야는 의도치 않게 시선을 주고받고는 피식 웃었다.

머릿속에서 '보기와는 다른 사람'이 여러 명 지나갔다. 왕너구리 선생님, 오바타 선생님……. 나와 다쓰야도 그럴지 모른다.

화단 옆에 웅크리고 앉아 있는 다쓰야의 등에 대고 나는 조용히 물어보았다.

"이제 이해했나, 다쓰?"

"웃기지 마."

그 한마디와 함께 돌아본 친구의 눈에 미소가 곁들여 있었다.

"착각하지 마, 구리하라. 너의 무모함에 대해서는 단 한 번도 이해한 적이 없었어. 생리학 교수님을 폭발하게 했을 때도, 병동에서 내 머리 위에 커피를 쏟아버렸던 때도 그렇고. 물론 내가 이해를 했든 안 했든, 너의 판단이 바뀌거나 하지는 않았을 테지만 말이야."

"머리가 좋은 친구를 두었으니 나는 참으로 행복한 놈일세."

서로의 작은 웃음소리가 처마 끝에 그득히 차올랐다.

"어? 역시 이런 곳에서!"

갑자기 밝은 목소리가 들려 돌아보니 음식점 문 쪽에서 미즈나시 씨가 얼굴을 빼꼼히 내밀고 있었다.

"왔으면 얘기를 좀 해주세요, 구리하라 선생님. 다들 기다리고 있었단 말이에요."

"미안, 미안!"

나는 웃으며 손에 있던 담배를 다쓰야 쪽의 재떨이에 짓눌렀다.

"정말 선생님들은 사이가 좋네요."

그녀가 생글거리는 목소리로 말하고는 가게 안으로 돌아갔다. 그 뒤를 따라 들어가다가 우연히 생각나서 옛 친구를 돌아보았다.

"다쓰야, 너한테 한마디해둘 게 있어."

"뭔데?"

"호모 의혹 말인데, 너의 눈치 없는 태도가 원래부터 원인이었잖아."

내 말에 다쓰야는 오히려 상쾌한 얼굴로 대답했다.

"뭐야? 괴짜 구리하라가 꽤나 신경 쓰고 있었잖아? 그럴 거라면 빨리 혼조로 돌아와야겠네. 소문이 더 커져버리기 전에."

별것도 아니라는 듯 말을 가볍게 던지고 다쓰야는 가게 안으로 들어갔다.

잔치는 호화로웠다.

그릇에 꽉 찬 말고기 회에 조금은 시기를 벗어난 산나물은 튀김이 되어 쌓여 있었다. 그 음식들을 남쪽 3병동의 간호사들이 둘러싸고 있다. 익숙해야 할 한 사람, 한 사람이 오늘은 모두 익숙하지 않은 사복 차림으로 있었기 때문일까. 약간은 당혹감을 느낄 정도로 화려했다.

병동 회식은 원래부터 딱딱한 인사 같은 것은 하지 않는

다. 그럼에도 다쓰야가 형식적인 건배 제의를 한마디 건네자, 금세 잔이 왔다 갔다 하면서 술잔이 맞부딪쳤다.

술은 최상이었고 나오는 음식들은 모두 맛이 좋았다. 거기에 옛 민가를 토대로 지은 이 가게는 위를 올려다보면 당당한 대들보를 전망할 수 있는 술맛 좋은 풍경을 가지고 있었다. "수고하셨습니다"라고 번갈아가며 따라주는 술을 마시다 보니 어느새 나의 송별회라는 것도 잊고 금세 흥건히 취해버렸다.

중간에 갑자기 나타난 왕녀구리 선생님이 자리에 합석하며 자리는 한층 더 활기를 띠게 되었다.

"부장 선생님이 병동의 송별회에 오시다니 정말 뜻밖이네요."

볼이 빨갛게 된 미즈나시 씨가 밝은 목소리로 말하며 술병을 기울였다. '지로는 뭐 하고 있어?'라고 묻기도 전에 그녀가 먼저 그의 안부를 건넸다.

"선생님이 대학교로 온다는 얘기를 듣고 엄청나게 좋아하고 있어요. '역시 우리는 뗄 수 없는 운명의 끈이 묶여 있다'면서."

괴물의 멍청한 너스레는 대학에 가서도 변하지 않은 것 같다. 웃으면서 술잔을 비우고 사람들을 둘러보다가, 나는 이 회식을 시작할 때부터 계속 신경이 쓰였던 것을 물었다.

"도자이는 어떻게 된 거야?"

나의 질문에 미즈나시 씨는 조그맣게 웃으며 옆에 있던 미카게 씨에게 눈을 맞추었다. 그녀는 술로 상기된 얼굴로 미즈나시 씨를 바라보며 끄덕거리고 있었다.

"뭐야, 지금? 무슨 뜻이야?"

"구리하라 선생님은 주임님 안 온 것도 모르고 있는 줄 알았어요."

"그 정도로 단순한 머리를 갖고 있지는 않아. 오늘도 일하는 거야?"

"다 같이 구리하라 선생님 송별회의 분위기를 잘 띄워주고 오라고 하시고, 정작 주임님 본인은 오늘 야근이에요."

미즈나시 씨에 이어서 미카게 씨가 입을 열었다.

"미즈나시 선배도 그렇고 저희도 '주임님이야말로 가셔야죠'라고 말을 하긴 했는데……."

"됐으니까 잘 놀다가 오라고…… 고집불통이었어요."

미즈나시 씨가 대답하며 탁자 밑에 손을 넣더니 작은 쇼핑백을 꺼냈다. "자" 하고 건네준 그것을 의미도 모른 채 받아버렸다.

"주임님이 드리래요."

"도자이가?"

"선생님이 혹시 본인의 부재를 알아챌 정도로 눈치가

있다면 전해줘도 된대요."

옆에 있던 미카게 씨가 이어서 말했다.

"선생님이 주임님의 부재를 눈치 못 챌 정도로 야박한 사람이라면 그대로 쓰레기통에 버리라고도 하셨어요."

점점 더 난해해지고 있다.

일단 받은 쇼핑백을 열어보았다. 특별한 포장이 되어 있는 것도 아니었다. 어디서나 볼 법한 종이 쇼핑백에 테이프만 붙어 있어 바로 안을 확인할 수 있었다.

거기서 나온 물건을 보고 나는 눈이 커져버렸다. 찰나를 두고 바로 미소가 번졌다. 바로 나쓰메 소세키의 『풀베개』였다.

가운 주머니에 넣어 다니던 너덜너덜해진 『풀베개』가 아니었다. 산 지 얼마 되지 않아 보이는 새 『풀베개』였다.

"뭐라고 말은 안 했어?"

메시지 카드 한 장 없는 선물을 바라본 채 물었다.

대답은 없었다.

대답뿐만 아니라 오히려 조용해졌다.

천천히 얼굴을 올리자 어느새 자리에 있던 간호사들 전부가 모두 조용해지더니 각자 나름의 웃는 얼굴로 나를 바라보고 있었다.

조금 멈칫거리다가 "뭐야?" 하고 목소리를 뱉은 찰나에 미즈나시 씨가 힘차게 일어나더니 머리를 숙였다. 그와 동시에 간호사들이 일제히 외치는 목소리가 가게를 울렸다.

"구리하라 선생님, 수고하셨습니다!"

놀랄 틈도 없었다.

그저 멍하게 있는 사이에 이번에는 전체가 일제히 박수갈채를 보냈다.

하지 마.

정말 하지 마.

그저 한 잔씩 서로 주고받으며 "안녕"이란 말만 던져주면 그것으로 족하다. 그것을 이렇게나 얼굴을 맞대면서 보내주면…….

나는 갑자기 탁자 위의 술잔을 손에 들고 그대로 한 번에 목으로 넘겨버렸다. 예전부터 줄곧 즐겨왔던, 사랑하지 않을 수 없는 이 일본주를 이런 식으로 막 들이켜기는 처음이었다. 하지만 오늘 밤만은 이렇게 할 수밖에 없었다. 과분한 송별회를 멀쩡한 정신으로 받아들일 수 있을 만큼 낮이 두껍지 않았다.

빈 술잔을 탁자 위에 내려놓으니 금세 누군가가 새 술을 따라주었다. 받고 나니 즉각 다음 한 잔을 채워준다. 나를 주는 줄 알았는데 다른 간호사가 "건배!"라고 외치며 내 잔을 마셔버린다.

그 뒤로는 앞이고 뒤고 정신없는 회식이 다시 시작되었다. 닥치는 대로 마셔댔던 술자리의 끝은 가게를 나온 시간이 정확히 몇 시인지도 기억나지 않을 어느 때였다.

그저 모두가 한창 마시고 있던 때, 갑자기 왕너구리 부장 선생님이 내 옆에 오더니 말을 걸었다.

"나랑 한잔 더 마시지 않을래?"

굵은 그 목소리를 거부할 리 없었다.

왕너구리 선생님과 자리에서 일어났지만 모두가 배려해주는 것인지 붙잡는 사람은 없었다. 그냥 말없이 밤거리로 나왔다.

왕너구리 선생님이 나를 데리고 들어간 곳은 아까의 가게에서 작은 길로 조금만 내려가면 있는 자그마한 옛날 가게였다.

달빛이 아름다운 밤이었다.

기와지붕에 흙벽이 있는 옛날 그대로의 건축 양식이 묻어나는 곳으로, 외관에는 달빛이 기하학적인 농담을 새기고 있었다. 낡은 나무문에 걸린 노렌은 작은 남빛 천 조각에 길할 길(吉) 자 한 글자만 쓴 단순한 장식이었다.

이런 곳에 가게가 있었나 하고 나는 술이 취한 머리로 감탄했다.

절반 정도는 꿈꾸는 기분으로 희미하게 켜진 전등을 올려다보고 있는 사이에, 왕너구리 선생님은 능숙한 동작으로 가게의 나무문을 밀었다. 옛날이야기의 한 풍경 속으로 들어가는 듯한 감각에 나도 곧장 빨려 들어갔다.

맞아준 사람은 생각보다 젊은, 요리복 차림의 남자 주인이었다. 다정하게 인사를 하고 나서 바로 안쪽으로 모습을 감추었다.

불이 꺼질 것 같은 기색의 가게 안에는 다른 손님의 모습은 보이지 않았다.

왕너구리 선생님은 이미 잘 알고 있는 가게인 것처럼 별안간 구석으로 가더니 안쪽에 있던 방으로 올라가버렸다. 따라 올라가보니 탁자에는 벌써 좌석 준비가 끝나 있었다.

나는 "엇" 하고 취한 눈을 번쩍 떴다. 세 명의 좌석이 준비되어 있어서였다.

한 자리를 비워둔 채, 왕너구리 선생님 자리의 맞은편에 앉으니 아까 그 젊은 주인이 어느새 술병과 잔을 가지런하게 준비해주고 있었다.

"생각보다 빨리 도착하셨네요."

"이런 시간에 와도 그렇게 말해주는 대장은 역시나 멋있어."

왕너구리 선생님이 유쾌하게 웃는다.

하지만 늘 듣던 호탕한 웃음소리가 아니었다.

원만함을 머금고 차분하게 빛나는 오래된 사찰 정원의 돌처럼…… 점점 감정이 번져가는 웃음소리였다.

"자, 마셔."

왕너구리 선생님이 내미는 술잔을 급하게 받아 들었다. 바로 선생님의 굵은 팔이 호박색 액체를 따라주었다. 곧바로 나도 선생님의 잔에 따라주며 말했다.

"이런 가게가 있는지 몰랐습니다."

"그거야 그렇지. 나도 누구한테 알려준 게 오늘이 처음이니까. 여기에서 구리 짱이 귀여운 여자애였으면 최고로 탁월한 그림이었을 텐데."

이런 밤에도 너구리의 농담은 변하지 않는다. 장소와 분위기를 갑자기 오락가락 바꿔가며 나를 당황시키는 것은 왕너구리 선생님의 변하지 않는 수법이다.

"구리 짱, 건배!"

어지간히도 가벼운 장단으로 술자리가 시작되었다.

이름은 확실치 않다.

씁쓸한 맛이었다. 그것도 일생을 풍미한 듯한 담백하면서도 부드러운 씁쓸함이 느껴지는 맛이었다. 다이긴조는 아닌 듯했지만 안정감 있는 맛의 깊이는 와카이쿠라도 아니었다.

"그렇게 비싼 술 아니야. 근데 꽤 좋지?"

빈말 같은 것을 보태지 않고 바로 수긍했다.

"희한하게 말이야, 나이가 들어가면 여러 가지 술을 마시다가 결국에는 옛날에 먹던 술로 돌아오게 돼. 돈 없던 시절에 마시던 게 제일 맛있는 술인 거야."

그런 혼잣말 같은 말을 하면서 왕너구리 선생님은 잔을 기울였다.

나는 왕너구리 선생님의 옆자리가 비어 있는 상태인 것이 살짝 신경 쓰였다. 이미 충분히 취한 기분이긴 하지만 누군가 오는 거라면 이 이상 술을 마셔야 하는 것도 자신이 없다.

그런 나의 기분을 아는지 모르는지 왕너구리 부장 선생님이 술병을 드는 속도는 매우 빨랐다. 따라주시면 나도 따라드리고, 절묘한 타이밍으로 젊은 주인이 다음 한 병을 갖고 온다. 이렇게 잔을 주고받다 보면 시간은 사라져 없어진 듯이 흘러가버린다.

신슈의 신의 손으로서 많은 의사들로부터 존경받고 있는 왕너구리 선생님이지만 나에게는 레지던트 시절부터 줄곧 나를 이끌어준 인물이다. 선생님이라고 하기보다는, 심경은 아버지라고 하는 게 더 가깝다. 사람은 취하게 되면 겸손과 예의의 문지방이 점점 낮아진다.

"선생님께는 각별할 만큼 신세를 졌습니다만, 이제부터도 지금까지 이상으로 신세를 계속해서 질 작정입니다. 잘 부탁드립니다."

"엇? 뭐야, 취한 거야? 아니면 술이 부족한 거야?"

"부족함이 없을 정도로 부족하지 않아요. 어쨌든 대학병원에서 공부하고 선생님 앞에 서 있어도 부끄럽지 않은 내과 의사가 되어서 돌아오겠습니다."

"그것참 너무나 먼 얘기네. 적어도 내가 살아 있을 때의 얘기로 해줘."

쌉쌀함 안에 맛의 깊이가 느껴지는 것은 이 술도 그렇고 선생님의 말도 그러했다. 그러므로 동요하지도 않았다. 언제나 그래왔듯 태연하게 응할 뿐이다.

"꽤나 시간이 필요할 것 같으니까요. 선생님이 오래오래 살아주시지 않으면 안 됩니다."

왕너구리 선생님은 배를 팡팡 두드리고 즐거운 듯이 웃었다. 그 팡팡거리는 소리가 한순간 끊기고 정적이 찾아왔다.

흔들리는 시선을 들어 올려다보니 왕너구리 선생님이 갑자기 조용한 눈으로 아무것도 없는 허공을 바라보고 있었다.

"아무 걱정도 필요 없어." 입가에 조용한 미소가 있었다.

"구리 짱이라면 어디에 가서도 잘할 테니까. 그것만은 내가 알지. 넌 아주 잘 배웠어. 조금 심하다 싶을 정도로 아주 잘 배웠어. 대학에 가면 별것도 아닌 놈들 투성이라 오히려 깜짝 놀라지나 않을까 몰라."

대답할 말은 없었다.

겸손도, 죄송한 마음도, 입에 담으면 멋이 떨어진다.

"하나만 구리 짱에게 말해둘게." 갑자기 음성이 낮아진 왕너구리 선생님이 말했다. "의사에게 제일 중요한 게 뭔지 알아?"

어려운 질문이었다.

선생님은 답을 알려주는 대신 새로이 탁자 위에 오른 술병을 집어 내 잔에 기울였다.

"그건 말이야……." 왕너구리 선생님은 중얼거리듯 말했다. "계속해나가는 거야."

허심탄회한 말이 내려왔다.

"어디에서 일하든, 어떤 병원에 가든 그런 것은 결국 아무렇게나 해도 돼. 일단 의사를 계속한다는 것이 가장 중요한 거다."

선생님은 다시 천천히 술을 머금고 말을 이어갔다.

"의사가 부족하다고 이야기하는 게 요즘 세상이야. 특별히 병원에서 노인들을 계속 지켜봐줄 의사가 부족해. 당직이다 응급이다 해서 불려 다니고 피곤에 찌든 패거리는 결국 비정규직 근무자가 되어서 현장과는 거리를 두게 되거나, 그렇지 않더라도 그와 관련한 다른 일로 가버려. 그러니 언제까지나 병원에는 의사가 없는 거야."

내가 내민 술병을 조금도 떨리지 않는 술잔으로 받아내며 말을 이었다.

"그니까 구리 짱, 내가 말할 수 있는 것은 딱 한 가지야. 의사에게 제일 중요한 것은 '계속하는 것'이다."

따뜻한 말이었다.

실력과 비례하는 무게감 있는 말이었다. 오랫동안 지역 의료를 지탱해왔기에 할 수 있는 말이었다. 나는 대답할 말도 없었고 그저 크게 고개를 끄덕이기만 했을 뿐이다.

자그마한 회식에 정적이 내려앉았다. 출렁출렁 흔들리는 것 같은 탁자 위에는 그저 술병과 술잔이 한데 섞여 있었다.

갑자기 왕너구리 선생님이 가볍게 한 손을 올리면서 말했다.

"미안하네, 대장. '스기노모리'를 따뜻하게 데워서 부탁해."

늘 찬술만 마시던 왕너구리 선생님이 희한한 말을 했다.

얼마 안 있어 도착한 따뜻한 술에 이번에는 세 개의 잔이 딸려왔다.

왕너구리 선생님은 굵은 팔로 한 잔은 나에게, 한 잔은 자신에게, 세 번째 잔은 옆에 있던 빈자리에 놓았다. 이상하게 쳐다보는 내 앞에서 선생님은 세 개의 술잔 전부에 술을 느릿느릿 따르기 시작했다.

빈자리에 관해서는 아무런 말도 하지 않은 채 왕너구리 선생님은 가만히 술잔을 들어 올렸다.

"자, 구리 짱. 술 취해 창피한 기분도 잘 모르는 이 시점에서 새롭게 건배할까!"

하라는 대로 나도 술잔을 들었다.

"6년간 구리 짱의 공로에 감사하며! 그리고 이제부터의 건투를 빌며!"

건배! 시원하게 말을 뱉은 왕너구리 선생님은 그 잔을 나에게 쩽 하고 부딪치고 다시 옆에 놓인 잔에도 부딪쳤다. 취기가 돈 나는 깊게 생각지도 않은 채 따라 하듯 그곳에 놓인 잔에 스스로 잔을 부딪쳤다.

그 순간 갑자기 모든 것이 이해되었다.

그 자리는 원래부터 누군가가 올 자리가 아니었다. 아니, 처음부터 공석이 아니었던 것이다.

나는 잔을 든 손이 부들부들 떨리는 것을 멈출 수 없었다. 그 자리는…… 늙은 여우 선생님의 자리였다.

내과의 부부장이면서 왕녀구리 부장 선생님의 오른팔이었고, 30년이라는 세월을 혼조병원에서 근무해오다 작년에 돌아가신 늙은 여우 선생님의 자리였던 것이다. 선생님은 나의 의사 인생 6년을 왕녀구리 선생님과 함께 지탱해주고 지도해준 선생님이기도 하다.

왕녀구리 선생님은 늙은 여우 선생님과 함께 나를 보내기로 한 것이다. 온몸에 뜨거운 맥박이 뛰며 퍼져나가는 기분이었다. 나의 기억이 놀랄 정도로 선명함을 동반하며 떠올랐다. 만개한 벚꽃을 기쁜 듯 응시하고 있던 늙은 여우 선생님의 웃는 얼굴이었다.

'벌써 꽃산딸나무가 피었습니까?'

미소 짓는 선생님의 옆모습이 있었다.

갑자기 쿵 하는 소리가 난 것은 내가 잔을 떨어뜨렸기 때문이었다. 당황하며 주워 올리자 왕녀구리 선생님이 "이봐, 이봐" 하고 웃으며 술병을 든 채로 따라주었다.

'이 고장에 누구나 언제든지 진찰 받을 수 있는 병원을 만들자.'

그런 맹세를 주고받았던 거인 두 명이 나란히 나의 출발 앞에 축배를 들고 있었다.

나는 만감이 교차하는 기분을 담아 한 잔을 비워냈다. 그리고 천천히 두 선생님들께 머리를 숙였다.

"확실히 공부해서 다시 돌아와라."

따뜻한 목소리가 들렸다.

나는 머리를 숙인 채 그대로 있었다.

언제까지나…… 언제까지나…… 그대로 숙이고 있었다.

에필로그

찍찍찍찍 하고 높은 목소리가 들려서 하늘을 올려다보 았다.

맑게 갠 봄의 파란 하늘을 배경으로 나뭇가지 위에서 열 심히도 지저귀는 새가 있다.

쳐다보고 있었더니 두 마리의 박새가 가지 위에서 정원 끝으로 훨훨 내려왔다. 과자 부스러기라도 본 것일까. 서 로 날갯짓을 번갈아가며 넓지도 않은 온타케소의 정원 이 곳저곳을 왔다 갔다 분주히 다니고 있다.

1년 내내 나타나는 이 작은 새도 한겨울에는 확실히 그 모습을 볼 기회가 드물다. 이런 지저귐 자체가 봄의 방문 을 상징하고 있는 것이리라.

두 마리는 발랄한 목소리를 내며 작은 날개로 날갯짓을 하더니 금방 울타리 너머로 사라져버렸다.

3월 말의 어느 날이었다.

혼조병원에 퇴직서를 내고 지난주부터 5일 동안, 나는 의사가 된 이후 처음으로 연휴라는 것을 손에 얻었다. 밤에도 호출이 없는 5일간을 보낼 수 있다. 휴대폰을 신경 쓰지 않고 목욕해도 되는 5일간을 보낼 수 있다.

그 귀중한 정적의 5일간. 특별히 뭔가를 한 것도 아니다. 그저 조용히 온타케소 안에서 커피를 마시고 책을 읽으며 보냈을 뿐이다.

오랜만에 『풀베개』를 천천히 다시 읽어보았다. 다 읽고도 시간이 남아 있다는 사실에 놀랐다. 어쩔 수 없게도 시계만 신경 쓰고 있는 나를 보며 아내는 이상하다는 듯 웃었다.

시계만 쳐다보고 있다고 한들 소용이 없으니 나는 다시 책을 펼쳤다. 모리 오가이의 책도 읽고, 아쿠타가와 류노스케와도 만나보고 이즈미 교카에 빠지기도 했다. 결국 하루 종일 온타케소의 툇마루에서 쌓여 있던 책을 탐독하기만 했다.

아내는 그런 나에게 한마디도 하지 않았다. 어딘가 가자고 보채지도 않았다. 옆에서 필름을 정리하고 카메라를 만질 뿐. 가끔 외출을 나갔나 하고 보면 근처 골목 쪽에서 이제 겨우 싹을 틔우기 시작한 머위 잎을 카메라에 담아와서 보여주었다.

조용한 하루하루였다. 그 정적 속에서 약간의 변화가 있다고 하면, 야쿠스기 군의 이사였다.

농학부의 캠퍼스로 떠나기 위한 이사 준비를 하는 야쿠스기 군을 도와준 건 바로 어제 일이었다. 이렇다 할 짐도 없던 이사 준비는 결국 반나절 만에 끝이 났고 정리를 마치니 전보다 더 큰 정적이 찾아왔다.

그 정적의 마지막 날을 나는 변함없이 툇마루에서 책을 펼치고 하늘을 올려다보며 보내고 있었다.

찰칵거리는 기계음이 옆에서 울렸고, 나는 소리 나는 쪽으로 시선을 돌렸다. 아내가 M9P로 초봄의 하늘을 담고 있었다.

"커피 마실래요, 이치 씨?"

나의 시선을 느낀 아내가 미소로 받아주며 말했다.

카메라를 놓고 아내는 부엌으로 향한다. 그 발 언저리에 달라붙어 있는 것은 삼색의 브로니카이다. 이곳에 온 지 4개월이 다 되어가는 이 손님은 마치 꽤 전부터 이곳에 살고 있었던 것처럼 당당하게 여기저기를 헤집고 다닌다. 내 앞에서는 건방져지고 아내 앞에서는 다소곳해지는 점을 보면 세상 사는 방법을 잘 알고 있는 고양이로 보인다.

브로니카를 눈으로 좇다 거실 벽에 걸린 기울어진 게시판을 보았다. 집주인이 붙여놓은 '분리수거의 날' 설명과 '항상 청소!'라고 적힌 종이가 붙어 있다. 그중에 흥미를 일으키는 것은 '새 입주자 예정'이라는 알림이었다.

"시나노대학교에 다니는 신입생이래요."

아내가 부엌에서 머리만 빼꼼 내밀며 말했다.

계절이 바뀌면 사람도 바뀐다.

언제나 배웅만 했던 나도 이번 4월부터는 대학병원에 가게 된다. 특별히 꿈이나 기대가 있는 것은 아니지만 느지막한 나의 걸음조차 희한하게도 지금은 유쾌하게 느껴진다.

갑자기 쾅쾅거리는 쇳소리가 들려온 것은 몇 집 떨어진 곳의 작은 집 하나가 철거되고 있어서였다. 고요한 주택가에는 어울리지 않게 중장비의 그림자가 담 너머로 어렴풋이 보인다. 낡은 집을 부수고 새로운 빌라를 짓는다는 이야기이다.

"이렇게 쾅쾅거리면서 때릴 때마다 머릿속에 있는 천재성이 흘러버리는 것 같아서 도무지 안정된 그림을 그릴 수가 없잖아."

남작은 그런 말도 안 되는 소리를 크게 외치더니 빙긋 웃으며 바로 어디론가 나가버렸다. 흘러버린 천재성을 충전하기 위해서 스카치라도 사러 나간 것이리라.

생각에 잠기는 동시에 정원을 바라보고 있던 나는 불현듯 얼굴을 들었다. 현관에서 초인종 소리가 들렸기 때문이었다.

이 누추한 곳에 손님이 오는 건 드문 일이다.

집주인 노인은 아무 말도 하지 않고 들어왔다가 나가버리기만 할 뿐, 그 외에는 대부분 초인종의 존재조차 잊고 사는 사람들이다.

아내가 포트를 올려놓았던 가스 불을 끄고 현관 입구로 뛰어갔다. 드르륵 미닫이문을 여는 소리와 잠깐의 침묵. 그리고 갑자기 "어머!" 하는 작은 목소리가 들려왔다. 이어서 "이치 씨!" 하고 당황하며 부르는 소리가 들려왔다. 나는 들고 있던 새 책 『풀베개』를 놓아두고 자리에서 일어났다.

복도를 나와 현관 입구로 향해보니, 문 바로 바깥쪽에 아내와 마주 보고 서 있는 사람이 보였다.

초봄의 햇빛 아래에서 가볍게 인사를 건넨 것은 윤기가 나는 생머리와 새하얀 와이셔츠의 청결감이 느껴지는 한 명의 청년이었다.

은테 안경 너머로 시원시원한 눈동자가 아내에서 나에게로 넘어왔다. 머지않아 그곳에 품격 있어 보이는 미소가 떠올랐다.

"오랜만이에요, 닥터."

또렷한 목소리는 내가 잘 아는 그 목소리이다. 태연히 미소를 보내는 나에게 그쪽이 오히려 김빠진 듯하게 대답했다.

"하루나 공주님처럼 조금은 놀라주시는 게 더 보람을 느낄 것 같은데……."

"놀랄 일이야? 네가 대학에 합격하는 건 당연한 일이었잖아."

나는 미소와 함께 그를 맞이했다.

"어서 와, 학사님."

1년 만에 돌아온 들국화방의 주인은 한 번 더 깊숙이 머리를 숙였다.

"다녀왔습니다, 닥터, 하루나 공주님."

대답도 않고 서 있는 아내를 보니 상기된 볼과 눈가에 촉촉한 무언가가 매달린 채, 그대로 아무 소리도 내지 못하는 모습이었다.

"하루, 괜찮아?"

웃음과 함께 물어보니 그 눈에서 눈물이 넘쳐흘러 떨어

졌다. 아내는 당황해서 눈물을 훔치며 꾸벅 머리를 숙였다.

"어서 와요, 학사 씨."

아내가 낭랑한 목소리로 받아주자, 학사님은 다시 한 번 정중하게 머리를 숙였다. 그 모습을 지켜보는 나의 마음속이 스스로도 신기할 정도로 차분했다.

그와 나 사이에 흔들거리는 바람도 조용했다.

고요한 바람의 어딘가에 들떠 있는 활력이 담긴 기분이 들어 맑게 갠 하늘을 올려다보았다. 오랫동안 눌러앉아 있던 동장군도 겨우 무거운 허리를 펼치며 일어나려 하고 있었다.

"커피 세 잔 만들어 올게요."

아내는 한마디를 남기고 곧바로 부엌으로 뛰어갔다.

"그럼 사양 않고 받을게요."

그 등을 향해 학사님이 온화한 목소리를 던졌다.

"닥터, 오늘 밤은 천천히 얘기 좀 할까요? 하고 싶은 얘기가 산처럼 쌓여 있어요."

"그거 좋은데?"

조용하게 웃으며 끄덕였다.

"나도 학사님에게 하고 싶은 말이 있어."

그리고 곧 학사님은 1년 반 만에 온타케소의 문지방을 넘었다. 나도 뒤를 따라 거실로 들어갔고 아내를 도와주러 부엌에 발을 디뎠다.

아내는 커피콩을 갈고 나서 뜨거운 물이 끓기를 기다리고 있었다. 불에 올라간 주전자가 세상의 평화를 대표하고 있다는 듯, 달그락달그락 흔들리고 있었다.

아무렇지 않게 아내 옆에 나란히 서서 주전자를 바라보고 있으니 아내가 가만히 내 왼손을 잡았다.

나는 주전자를 바라본 채로 그 손을 부드럽게 같이 잡아주었다. 오히려 놀란 듯한 아내를 힐끗 쳐다보니 망설이는 듯한 그녀의 얼굴이 어렴풋하게 빨개져 있었다.

나는 웃다 말고 갑자기 시선을 돌렸다. 창밖의 정원 쪽에서 휘파람새가 우는 소리가 들렸기 때문이다.

반쯤 열린 유리문 틈으로는 확실하게 그 소리의 주인을 알 수 없었지만, 그 대신 현관 쪽의 오래된 매화나무가 살짝 엿보였다. 그 가지 끝에 달린 어렴풋한 봄의 색채를 인지하고 나는 중얼거렸다.

"이제 봄이구나."

"네."

매화나무 너머를 희미하게 응시해보니 하얀색 하나만 입고 있던 북알프스의 산맥도 어느새 울퉁불퉁한 흙색이 보이기 시작했다. 사소한 사람들의 일상 정도는 개의치 않고, 시간은 변함없이 천천히 흘러서 나아가고 있다.

주전자가 갑자기 성급하게 소리치기 시작했다. "아!" 하고 목소리를 낸 아내가 손을 떨쳐내고 급하게 가스 불로 뛰어간다.

소소한 일상의 풍경이 나에게는 전부이다. 세상이 아무리 오래되었다고 하더라도 신슈에 사는 일개 내과 의사의 인생에 특별하게 변화를 요청하거나 하지는 않는다.

내일부터 시작하는 새로운 일상을 나는 다시 아내와 함께 계속해서 걸어가야 하는 것뿐이다.

따로 철학이나 이치가 있는 것도 아니다. 확실한 것은 걸어가기 위한 두 개의 다리와, 한숨을 돌릴 때 마실 수 있는 최상의 커피가 있다면 험한 길을 떠나는 것도 의외로 유쾌한 것일 터이다. 나는 찬장을 열어 머그잔을 꺼내 들었다.

한가롭게 식탁 위에 컵을 나란히 올리기 시작하니 어느새 브로니카가 쫓아와서 옆에 있던 의자 위로 폴짝 뛰어오른다. 그대로 나의 동작을 채점하는 듯이 앉아서 지켜보고 있다.

바람이 흔들렸다. 새로운 계절의 바람이었다.

정원 끝에서 또 한 마리의 휘파람새가 지저귀는 듯했다.

옮긴이 백지은

일본 쇼와여자대학교 일어일문학과를 졸업하고, 현재 전문번역가로
활동 중이다.

신의 카르테 3: 시간의 풍경

1판 1쇄 발행 2018년 5월 2일
2판 1쇄 발행 2022년 12월 1일

지은이 나쓰카와 소스케 **옮긴이** 백지은
펴낸이 김영곤 **펴낸곳** (주)북이십일 아르테

책임편집 정혜경 **디자인** soo_design
아르테출판사업본부 문학팀 김지연 임정우 원보람
해외기획팀 최연순 이윤경
출판마케팅영업본부 본부장 민안기
마케팅2팀 나은경 정유진 박보미 백다희
출판영업팀 최명열
제작팀 이영민 권경민

출판등록 2000년 5월 6일 제406-2003-061호
주소 (우 10881) 경기도 파주시 회동길 201(문발동)
대표전화 031-955-2100 **팩스** 031-955-2151

(주)북이십일 경계를 허무는 콘텐츠 리더

아르테 채널에서 도서 정보와 다양한 영상자료, 이벤트를 만나세요!
네이버오디오클립 / 팟캐스트 [클래식클라우드] 김태훈의 책보다 여행
페이스북 facebook.com/21arte   **블로그** arte.kro.kr
인스타그램 instagram.com/21_arte   **홈페이지** arte.book21.com

ISBN 978-89-509-7429-9 (04830)
     978-89-509-7431-2 (세트)